岩 波 文 庫

32-718-2

バ ウ ド リ ー ノ

（上）

ウンベルト・エーコ作
堤 康 徳訳

岩 波 書 店

BAUDOLINO

by Umberto Eco

First published 2000 by Bompiani.

First Japanese edition published 2010,
this paperback edition published 2017
by Iwanami Shoten, Publishers, Tokyo
by arrangement with
Rizzoli Libri S. p. A., Milan
through Tuttle-Mori Agency, Inc., Tokyo.

エマヌエーレに

目次

（下） 目次

[登場人物表]

バウドリーノ……………………北イタリアの貧しい農民の息子。皇帝フリードリヒに気に入られて養子となる。

ニケタス・コニアテス…………ビザンツ帝国の宮廷高官・歴史家。バウドリーノが語る数奇な生涯の聞き手。

フリードリヒ……………………神聖ローマ帝国皇帝。

ベアトリス………………………その妃。

ガリアウド………………………バウドリーノの実父。

オットー…………………………歴史家。バウドリーノの師。

〈詩人〉…………………………バウドリーノの仲間。詩才よりも野心に満ちた皮肉屋。

アブドゥル………………………バウドリーノの仲間。まだ見ぬ姫君への愛の歌を歌う。

ボロン……………………………バウドリーノの仲間。聖遺物グラダーレの熱心な探究者。

キョット…………………………バウドリーノの仲間。騎士や妖精の物語に強い関心をもつ。

ソロモン…………………………ユダヤ人ラビ。バウドリーノたちと行動を共にする。

ゾシモス…………………………ギリシア人修道士。ビザンツ皇帝の密使。

ボイディ…………………………アレッサンドリア人。バウドリーノの旧友。

クアルニエントのクッティカ…アレッサンドリア人。バウドリーノの旧友。

ポルチェッリ……………………アレッサンドリア人。バウドリーノの旧友。

とんま(チューラ)……………アレッサンドリア人。バウドリーノの旧友。

コランドリーノ…………………アレッサンドリア人。バウドリーノの義弟。

コランドリーナ…………………コランドリーノの姉。バウドリーノと結婚する。

アルドズルニ……………………小アジアの城主。機械仕掛けの愛好家。

ガヴァガイ………………………スキアポデス族のひとり。バウドリーノに忠実につかえる。

ヒュパティア……………………バウドリーノが東方で出会う一角獣をつれた美女。

司祭ヨハネ………………………東方にある伝説のキリスト教王国を支配する王。

『バウドリーノ』参考地図

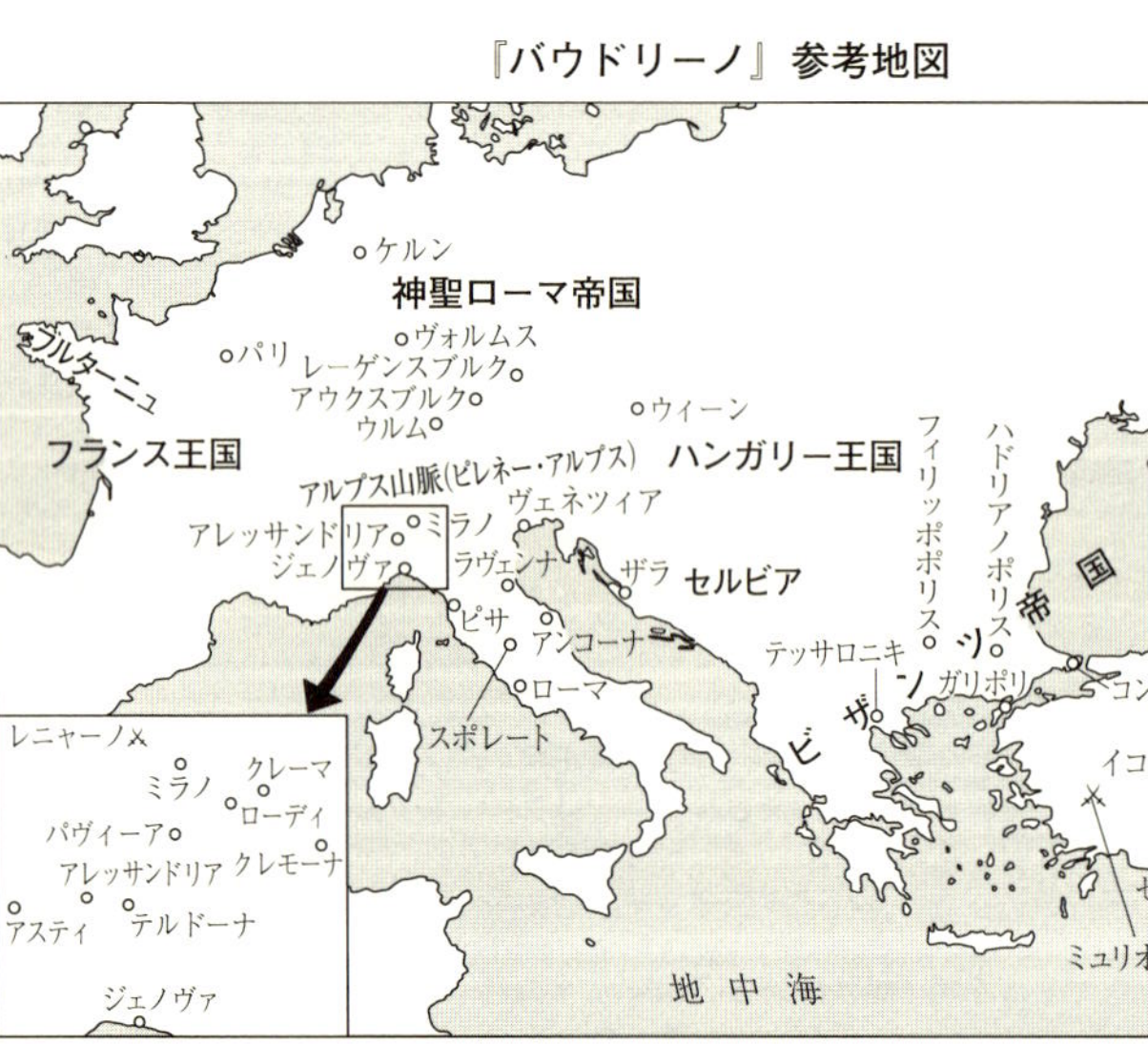
ケルン
神聖ローマ帝国
ブルターニュ
パリ
ヴォルムス
レーゲンスブルク
アウクスブルク
ウルム
ウィーン
フランス王国
アルプス山脈(ピレネー・アルプス)
ハンガリー王国
ヴェネツィア
アレッサンドリア
ミラノ
ジェノヴァ
ラヴェンナ
ザラ
セルビア
ピサ
アンコーナ
ローマ
スポレート
フィリッポポリス
ハドリアノポリス
テッサロニキ
ガリポリ
ビザンツ帝国
黒海
セルジューク朝トルコ
コンスタンティノープル
エデッサ
イコニウム
アルメニア
キリキア
カリカドノス川
セレウキア
ミュリオケファロン
エルサレム
地中海
レニャーノ
ミラノ
クレーマ
ローディ
パヴィーア
クレモーナ
アレッサンドリア
アスティ
テルドーナ
ジェノヴァ

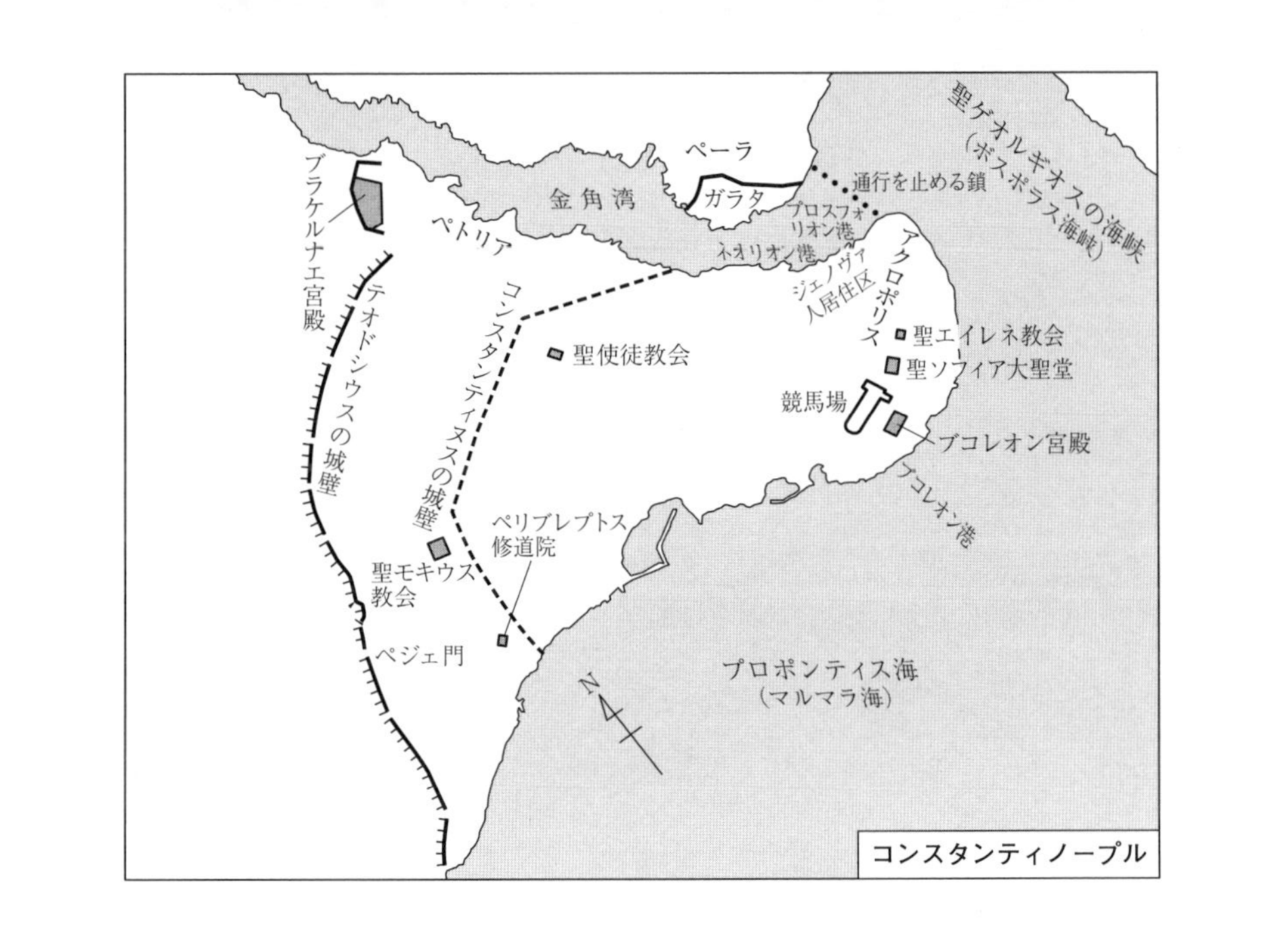
聖ゲオルギオスの海峡
(ボスポラス海峡)
ペーラ
通行を止める鎖
ガラタ
金角湾
プロスフォリオン港
ネオリオン港
ブラケルナエ宮殿
ペトリア
アクロポリス
ジェノヴァ人居住区
テオドシウスの城壁
コンスタンティヌスの城壁
聖使徒教会
聖エイレネ教会
聖ソフィア大聖堂
競馬場
ブコレオン宮殿
ブコレオン港
ペリブレプトス修道院
聖モキウス教会
ペジェ門
プロポンティス海
(マルマラ海)
N
コンスタンティノープル

バウドリーノ（上）

1　バウドリーノは書きはじめる

ラティスポーネ〔レーゲンスブルクのこと〕~~記~~紀元一一五五年十二月姓はアウラーリ名はバウドリーノの年代記

アウラーリ家のガリアウドの息子で獅子のごとき頭の僕バウドリーノはハレルヤ感謝を捧げますゆえ主よお許し下さい

~~おいらは~~僕は人生最大の盗みをはたらきました即ちオト司教の貴重品箱から帝国書~~紀~~記局のものらしい文書多数を盗(と)って表面の文字の消去できないものを除きほとんど全ての羊皮紙を搔き削りましただから僕は自分の書きたいもの即ち僕の年代記のための羊皮紙を今たくさん持っています僕はラテン語で書けはしませんけれど

もし文書の紛失に彼らが気づけばテンヤワンヤになるはずだ皇帝フェデリコ〔フリードリヒのこと〕をよく思わないローマの司教たちの回し者の仕業ときっと考えるだろう

いやきっと誰も気にとめないかもしれない書記局はむだなことでも全てを書きとめているので「これらの文書を」誰かが発見したところで~~ケツを拭く以外~~ナンの関

心も持つはずがない

紀元一一四三年に書かれた二国の歴史の序章ここに始まる
世俗的事柄の不確かな動きに我しばしば深く思いを馳せ

最初にあったこの二行を掻き削ることができず僕はここだけはこのまま残さざるをえない
僕の書き直したこれらの文書が見つかってもどんな書記官長だって意味がわかるまい何故(なぜ)ならこれはフラスケータの人が話すコトバ(レングワ)だが誰もそれを筆記したことがないからだ
でもこれが誰も理解できないコトバであるのなら僕の手になるものだとすぐに感づくだろう何故ならフラスケータで我々が話すコトバは下品で人間の話すものとは思えないと誰もが言うからだ僕はうまくこの文書を隠さなければならない

やれやれ書くのはなんて大変なんだ五本の指全部がもう痛くなってきた

僕の父ガリアウドはいつも言う僕がワラワの頃より誰かが単語を~~×××五~~V個言えばすぐにそれを復唱できたのはロボレートの聖母マリアのおかげなのだとたとえそれがテルドーナやガーヴィの話し言葉であれ犬語同然のメディオラヌム〔ミラノのこと〕のであれだ従って僕が生まれて初めて会ったドイツ人はテルドーナを包囲していたドイツ人だったのだが野蛮人も田舎モンもみな**シッシ**(ラウス)とか**マイッタネ**(ミン・ゴット)とか言うので僕も半日後にはラウスとかマインゴットと口にしていた奴らは僕に言った**小僧**(キント)きれいな**フロウエ**を探してこいや俺たちゃ一発槍テイ相手の了解なんかはどうでもいいオメエは俺たちにどこにいるかを言えばいいあとはこっちでつかまえる

僕が**フロウエ**って何だいって聞くと奴らはドミナだのダウナだのフェメナだのと言い換えたあげくに**ワカルカ**(ドウ・フェアシュタン)と大きなオッパイの手振りをしてさらに言う何故なら包囲網を敷く俺たちはオナゴにごぶさたテルドーナのオナゴたちは中にこもったきり俺たちが入城さえすればなんとでもなるが今んとこ城壁の外には姿を見せないからだ奴らはそれからさすがの僕も鳥肌が立つほど口汚く罵った

この薄汚ねぇスウェビ族めと僕は言ったオマエラなんかに女の居場所を言うもんかオレはスパイじゃないぞマスでもカイてろい

えらいこっちゃ奴らは今にも僕を殺そうとした

殺そうとしたあるいはアヤめようとしたとラテン語でネカーバントと書いてはみたがコチとらラテン語を解するわけじゃなし何故ならラテン語の本で読む勉強はしたからラテン語で話しかけられればわかるもののその言の葉(ウェルバ)をどう書けばいいのかわからない

くそ忌々しいことに僕はラテン語で馬と書くときエクウスとエクウムのどっちが正しいかわからず間違えてばかりだが僕らの地方では馬をカバッロではなくチヴァウスというので間違えっこない何故なら誰ひとりカヴァッロとは書かないからというか読み書きが全くできないから

とにかくそのときは無事ですみドイツ人たちは僕には指一本触れなかった何故ならちょうどそのとき再攻撃だ突撃するぞと叫びながら兵隊たちがやって来てそのあと大混乱となり僕はわけがわからなくなったからだ従者があちら矛槍(ほこやり)をかつぐ歩兵はこちらと右往左往ラッパが鳴りブルミアの木々のように高い木造のやぐらが石弓射手と投石兵を乗せたまま台車のように動き梯子(はしご)を持った兵にも巨大な匙(さじ)のようなもので投石する兵にも雨アラレと矢が降り注ぎデルトーナ〔テルドーナのこと。現トルトーナ〕の人々が城壁から投げつけるありとあらゆる物が僕の頭をかすめていった、戦闘だ！

僕は草むらに隠れて聖母マリアよ我を助けたまえと祈ったがしばらくしてすべて

静まりかえるやパピーア〔パヴィーアのこと〕の言葉を話す人々が僕の脇を走り去りながら口々にデルトーナの連中を血の海ができるほど大勢殺してきたと叫んでいた彼らは五月一日の祭みたいに陽気だったミラノ人と同盟を結ぶとどうなるかテルドーナはこれで思い知っただろうと言わんばかり

その後あの**オナゴ**狂いのドイツ人たちが戻ってきたが先程よりは人数が減っていたのはデルトーナもただ黙ってやられっぱなしだったわけではないからだ僕はここから退散すべしと考えた

歩きに歩いて帰宅したときはもう朝で父ガリアウドに全てを話すとこう言った夕ワケが包囲戦に首を突っ込むとはオマエいつかケツに槍を突っ込まれるぞイクサなんぞは旦那のするものだ好き勝手にさせておけワシらは~~めすうし~~牝牛のことさえ考えりゃそれでいいワシら正直者はフェデリクス〔フリードリヒのこと〕のことなんかほっておくんだ行ったり来たりでまったく当てにならない奴のことなどな

しかし結局テルドーナは陥落しなかった攻略されたのは城壁外の村だけで砦ではなかったのでテルドーナの町はまだもちこたえたが話の結末はこうだ結局水を絶たれて自らの小便を飲むよりはとフェデリクスに忠誠を誓ったのだった彼は市民を城壁の外に出してまずは町に火を放ちさらに瓦礫と化すまで破壊し尽くしたつまりは

デルトーナと犬猿の仲にあるパピーアとやったことは同じだドイツ人どうしはこの二本の指みたいにみんな仲良しだが一方のわが同胞たちときたらガモンディオ村の連中がベルゴリオ村の誰かを見ただけで我慢ならないらしい

　さてまた年代記を続けよう僕がフラスケータの森をぬけて行くときのことだ特に鼻の先すら見えないほどの濃い霧が出ているときそんなときこれまで見たこともなかったものが突然やって来るんだ僕には幻が見えるから一角獣も見たし聖バウドリーノだって見たことがある聖者は僕にこう言った娼婦の息子よオマエは地獄に落ちるぞとそれは一角獣の一件ゆえだった周知のごとく一角獣をつかまえるには汚れなき乙女を木の根元に連れてゆかねばならない獣が処女の匂いを嗅ぎつけて頭を処女の腹に入れに来るからだそこで僕は僕の父の~~めすうし~~牝牛を父親といっしょに買いに来た~~ぺ~~ベルゴリオ村のネーナをつかまえて言った森に行っていっしょに一角獣をつかまえようと僕は彼女が処女だと確信していたので木の根元まで連れてゆき彼女に言ったおとなしくここにいて一角獣が頭を入れられるように脚を開けと何を開くってと彼女が聞くので僕はそこだそこを大きく開くんだと言って触っていたらまるで牝ヤギが子を産むときのような声を上げはじめ僕も我を失いまるでこの世の終わり何が何だかわからずに百合のような純潔さが失われた彼女が言ったアラヤダどう

しちゃったのかしら一体これからどうやって一角獣をおびき寄せるのそのときだった僕が天の声を聞いたのは世の罪を除きたもう（トッリト・ペッカータ・ムンディス）一角獣それはオマエなのだと僕は草むらのなかを飛び跳ねながらウヒウヒと浮かれた声を発した僕は処女の腹に角（つの）を入れた本物の一角獣よりも有頂天だったこの件にかんして聖バウドリーノは僕に息子よナントカカントカと言ったのだが結局は僕を許してくれたその後も聖人を何度かぼんやりとではあるが見かけたがいずれも濃い霧の日かあるいは少なくとも羊（オウェス）と牛（ボウェス）の区別もつかないほど薄暗いときだった

　しかし聖バウドリーノを見た話を父ガリアウドにすると背中を三十回も叩かれこう言われた主よなぜよりによって私めにこんな息子をお授けになったか幻を見たというが~~めすうし~~牝牛の乳もしぼれない頭を叩き割るかそれともアフリカの猿を踊らせながら市（いち）を巡る輩（やから）にくれてやろうか優しい母上にも怒られたグウタラのごくつぶしオマエは最低の役立たず聖人を見るというこんな息子を産むなんて主よ私はどんな悪さをしたのでしょうか父ガリアウドは言った聖人を見るなんてのは嘘に決まってるこいつはユダ以上の嘘つきだ働くのがいやで口からでまかせを言ってやがるのさ

この年代記を僕が語らなければもう四月だというのにナイフで切れるほど濃い霧が出ていたあの夜に起きたことが伝わらない僕らの地方では八月でも霧が出るので地元の人間でなければブルミアからフラスケータに行くまで迷子になるのも十分うなずける馬の手綱を引いてくれる聖人でもいれば別だけどサテ帰宅途中に僕の目の前に全身鎧(よろい)で身を固めた馬に乗った騎士が現れた

鎧で身を固めていたのは✕✕馬じゃなくてこの騎士のほうで剣をもった姿はアラゴン王みたいだった

ぼくは腰を抜かした大変だ聖バウドリーノが本当に現れて僕を地獄に落とすつもりだぞ彼はしかし**すまんが小僧っ子**(クライネ・キント・ビッテ)と言った僕はすぐに彼がドイツ人の貴族で霧のために森で迷子になり仲間とはぐれたのだとわかったすでに夜も更けていたから彼は僕に一枚の貨幣を見せた僕はそれまで貨幣など見たことがなかったが彼の国の言葉で答えるのを喜ぶ彼に**ドイッチュ語**でこのまままっすぐ進めば沼に落ちるのはお日様を見るよりも明らかだと言った

ナイフで切れるほどの霧の日にお日様を見るよりもなんて言うべきじゃなかったが兎に角も彼は理解した

僕は言ったトイツ人たちがレバノンスギが咲くような常春の国から来ていること

を知っていますがボルミダ川とターナロ川の合流する沼地ここパレーアでは霧が出るのですそしてこの霧のなかをシャルルマーニュが戦ったアラビア人の孫の孫にあたる悪党がいまだにうろつき外国人を見るや顔面をなぐって髪の毛すら持ち去ろうとしますそれゆえ父ガリアウドの小屋にいらっしゃれば熱い一杯のスープと馬小屋のワラの寝床でもてなしましょう明日の明るいうちに道を案内いたしますその貨幣が頂ければなおのこと大変ありがたいです（グラッチェ・ベネディチテ）私どもは貧しいけれども正直者ですから
　こうして彼を父×××××ガリアウドのもとに連れてゆくとなんてオマエは馬鹿なんだと父はわめき始めた通りすがりのどこかの馬の骨にワシの名前を言うなんて何を考えてやがるんだもしかしたらモンフェラート侯の家来で作物やまぐさや豆類の十分の一税あるいは飼葉税や家畜の賃貸料を要求してくるかもしれんで若（も）しそうなればワシらはオシマイだと言って棒をつかもうとした
　あのお方はドイツ人でモン・フェラートの人ではないと言うと父は闇夜を歩くよりもさらに危険だと言い返したけれど僕が貨幣のことを話すとすっかり怒りがおさまった何故ならマレンゴ村の出身者は牡牛のように頑固だが馬のように柔軟でもあるからで父は儲け話の匂いを嗅ぎつけて言ったヨイカいろんな言葉のできるオマエがこう話すんだ

一つ、我々は貧しいが正直者である
それはもう僕が言った
かまうものか同じことを繰り返せ一つお金には感謝いたしますが馬の飼葉の分がまだです一つ熱いスープにチーズとパンと百薬の長を一杯付け加えましょう一つ今夜はいつもはオマエが寝ている~~とめ~~火のそばで寝てもらうオマエは馬小屋で寝ろ一つ貨幣を見せてくださいあっしはできればジェノヴィーノ金貨を頂きたいあなた様は家族同然です私どもマレンゴ出身者にとってお客様は聖人様です
客人は**ハッハッ**と笑って言ったおぬしたちマレンゴ人はさすがに抜け目ないのうしかし取引は取引だ余はおぬしたちに二枚この貨幣をやろうそちはジェノヴィーノ金貨をよこせというが馬鹿をぬかすでないジェノヴィーノ金貨一枚でおぬしたちの家も家畜も**買えるわ**（カウフェン）黙ってこの貨幣を取っておけこれでも充分な稼ぎになるではないか父は黙って客人が机に置いた二枚の貨幣を取ったマレンゴ人は頑固者だが柔軟でもあるからだ(客人は)狼のようにガツガツと喰ったそれも一匹ではなく狼二匹分の喰いっぷり父と母は僕がフラスケータに行っているあいだ一日じゅう腰が折れるほど働いていたので床についた**客人**（ヘル）は言ったこのぶどう酒は美味だも少しくれんか**小僧**（キント）火のそばに寄って話してくれおぬしは何故ドイツ語がそれほど達者なのか

親愛なる兄弟イシングリーノそなたの頼みどおり我が年代記の最初の数巻を送らん

よもや人間の過ちにより

この箇所も消去できなかった

さてその夜の話に戻ろう何故ぼくがドイツ語を知っているのかあのドイツのお方が尋ねたところだった僕は彼に言った僕は使徒のごときコトバの才に恵まれマグダラのマリアみたいに幻視の才に恵まれています何故なら僕は森に行くと乳白色の一角獣にまたがった聖バウドリーノに会えるからです螺旋(らせん)形のその角は馬の鼻面にあたるところにあります

でも馬の鼻は鼻とは言えない何故なら鼻であればその下にヒゲがないとおかしいからちょうどドイツのお方が蓄えた見事な赤銅色のアゴヒゲのように一方他のドイツ人は僕の見たところ耳のなかにまで黄色い毛が生えていた

なるほどと彼は言ったおぬしにはおぬしが一角獣と呼ぶものが見えるおそらくそれはモノケロスではないか一体どこでこの世に一角獣がいると知ったのか僕は答え

たフラスケータの隠者が持っていた本で読んだのですすると彼はフクロウのように目を見開いて言ったおぬしは読むこともできるのか

あったりまえですと僕は言ったではその話をしましょう

さてさて森のそばに聖なる隠者がおりました人々は雌鶏やウサギをときおり届けておりました隠者は書物に向かって祈り人が通ると石で自らの胸を叩きますが石というよりも叩いても痛くない土くれと言うほうがいいでしょうさてあの日は卵ふたつの届け物があった日で彼が読書中だったのをいいことに僕は良きキリスト教徒として僕と彼でふたつの卵を一個ずつ分け合おうと思ったのですが読書しているのに何故見えたのか僕の首根っこをつかみました僕がラテン語で彼らは私の服を分けた（ディウィセルント・ウエスティメンタ・メア）という聖書の一節を引くと隠者は笑って言いましたオマエは賢い子供だ毎日ここに来い読み方を教えてやろうと

こうして隠者は僕の頭をバンバン叩きながらアルファベットを教えてくれました打ち解けてからはオマエは男前だとか獅子の頭のようだと言いましたがオマエの腕がどれほど逞（たくま）しいか胸がどんなか見せてくれオマエが健康かどうか見たいから両足の付け根を触らせろと言われ魂胆を見抜いたのです僕は彼の金玉正しくは睾丸に膝蹴りを食らわせてやりました隠者は体を二つ折りにしてチキショウ（ディオ・ファウス）と悪態をついて

から言いました私はマレンゴに行って村人にオマエが悪魔に取り憑かれたと言おうオマエは火あぶりにされようぞ僕は言い返しました結構ですとも僕が先にこう言いましょうあなたが夜中にナニを魔女か妖女のたぐいにくわえさせていたところを見たと人はどっちが悪魔に憑かれていると思うでしょうかすると彼は言いました待たんか冗談のつもりだったのに私はただオマエが神を怖れる者か判別したかっただけだもうこの話はやめにしてまた明日来てくれ書き方を教えてやろう読み方を覚えるにはよく見て口を動かすだけでよいからタダでできるが帳面に書くとなると紙とインクとペンが必要になる白き草地を耕し黒き種を蒔いていた（アルバ・プラタリア・アラバット・エト・ニグルム・セメン・セミナバット）〔「ヴェローナの謎歌」と呼ばれる初期ロマンス語の断片。「黒き種」がインクを意味し、書く行為の比喩とみる解釈が有力〕といつものようにラテン語で言いました

　僕は隠者に言いました読み方だけで充分です読めればまだ知らないことを学べますが書けたとしてもすでに知っていることしか書けませんですから仕方ありませんこのまま書き方を知らない方がよいのです書けなくてもお尻がお尻であることにかわりません

　このような話をするとドイツのお方は狂ったように笑って言った偉いぞ少年騎士よ確かに隠者は**どいつもこいつも男色者**（アッレスザムト・ソドミテン）だからなところで教えてくれないか森ではほかに何を見たか僕は彼が皇帝フェデリクスに随行してテルドーナ攻略にあたるのだ

と考えお世辞を言えばもう一枚貨幣がもらえるかもと思ってこう答えた二晩前に聖バウドリーノが現れて僕に告げました皇帝はフラスケータを含む全ロンゴバルディア〔ロンバルディアのこと〕の唯一の真の君主でありテルドーナで偉大な勝利をおさめるだろうと

するとそのお方は**小僧**(キント)おぬしは天からの使者だ皇帝軍の野営地に来て聖バウドリーノのお告げを繰り返してくれぬかと言ったので私はこう答えたお望みとあれば聖バウドリーノはこうも言ったと付け加えましょう包囲戦に聖ペテロと聖パウロも皇帝軍を導くためにやって来るでしょう**オオなんと素晴らしい**(アッハ・ヴィー・ヴンダバー)だが余には聖ペテロだけで充分だと彼は応じた

小僧(キント)余といっしょに来いおぬしの将来は約束されたも同然

すぐさまというか翌朝にそのお方は父に僕を連れてゆく旨を伝えた僕が読み書きを習いやがてはおそらく廷臣(ミニステリアレ)となる場所へと連れてゆくと

父ガリアウドはその意味をよく理解できずともタダ飯食いの厄介払いになることは重々承知で僕の放浪生活を心配するはずもないが気に入らないのはそのお方が猿といっしょに市(いち)を巡るような輩で僕を手ごめにすることだったしかしそのお方は自分が有力な廷臣でありドイツ人に**ソドミテン**はいないと明言した

父がソドミテンとは何だと尋ね僕がオカマのことだと答えると何だオカマのことかそれなら至る所にいるじゃないかと言うしかしそのお方が前夜の二枚に加えてさらに貨幣五枚を懐から出すのを見るや目を輝かせ父は言った息子よ行けオマエにとっても我が家にとってもそれが福となろうそれにドイツ人はこのあたりを始終行き来しているから時折会いにくればよい僕は必ずやそうすると答えいよいよ出発とあいなったがひとつ辛かったのはまるで死出の旅路に出るように母が泣いていたことかくして僕らは出発したそのお方は皇帝軍の野営地に連れてゆけと僕に命じお安いごようと僕は答えた太陽を追いかければよいのですから即ち彼が来た方角に向かえばよいのですから

野営地が見えるところまで来ると鎧で身を固めた騎兵隊が到着した僕らを見るやいなや跪き(ひざまず)槍と旗印を下げて剣を高く掲げた一体これはどういうことだろうと僕は思ったあちこちで~~かいざー~~**カイザーケイザー神聖なる王**(サンクティッシムス・レクス)の声が上がる彼らはそのお方の手に接吻をした僕はアゴがはずれそうなほど口をかまどのようにポカンと開けていたそのときになってようやくわかったのだったそのお方が本物の皇帝フェデリクスだと僕ときたら一晩中まるでそこらの間抜け(チューラ)のように口からでたらめを言っていたのだ

やばいぞ首を切られちまうと思ったけどⅦ枚もの貨幣を費やさずともその気になれば簡単に昨晩のうちに首を切れたのだった

恐れるでないと彼は言った幻視の重大な予言を伝えれば大丈夫だ小僧おぬしが森で見た幻視を我ら全員に語るのだ僕はまるでテンカンの発作のように倒れ白目をむき口からはヨダレを垂らして我は見た我は見たと叫びながら聖バウドリーノの予言のことを全て語ると皆が~~神さま~~主なる神（ドミネ・イッディオ）を誉め称え奇跡だ奇蹟だ**神のご加護がありますように**（ゴットステフミルベイ）と口々に言った

そこにはテルドーナの使者たちもいて降伏するかどうかまだ決めかねていたが僕の話を聞くと地にひれ伏して言った聖人たちが敵方にまわれば降伏するほうがよいどうせ持ちこたえられない

やがてデルトーナ市民が老若男女を問わず泣きながら城壁から出てくるのを僕は見たドイツ人たちは彼らを片っ端からまるで羊のように連行しパピーア人たちはそこのけそこのけ（アレ・アレー）と歓声を上げトゥルトーナ〔テルドーナのこと〕市内に入った手には柴束と金槌と棍棒と鶴嘴（つるはし）を持って我を忘れて町を蹂躙（じゅうりん）したのだ

夜になって丘の上に大きな煙が上がるのを見たテルドーナまたはデルトーナはほとんど何も残っていなかった父ガリアウドが言うように戦争とはかくも残虐なもの

だけど僕らよりも彼らのほうがましだ

その夜皇帝はいかにも満足げに天幕に戻り僕の頬を軽くつねった僕の父がついぞしたことのない仕草だ皇帝はやがて誰かを呼び出したその人こそ良き司教座聖堂参事会員ラヘヴィヌス〔ラヘウイン〕だった皇帝は僕が書き方と算盤(そろばん)そして文法を学びたがっていると彼に言った僕はそれが何かをまだ知らなかったが今少しずつ学びつつあることを父ガリアウドは想像だにできまい

賢者になるのはなんと素晴らしいことだろう誰もそれを教えてはくれなかった

グラティア・アガームス・✕✕✕✕✕✕✕要するに主に感謝を捧げよう

しかし年代記を書いていると冬でも体が熱くなるがランプが消えないか心配だ誰かの言うように〔『薔薇の名前』の語り手アドソが最終段落で書き残した言葉をふまえている〕親指が痛い

2　バウドリーノはニケタス・コニアテスに出会う

「これは何ですか？」とニケタスは羊皮紙をなでまわしながら、その何行かを読もうと試みたあとで言った。

「初めての作文の練習ですよ」とバウドリーノは答えた。「これを書いたとき――たしか私は十四歳だったと思いますが、まだ森の生き物も同然でした――お守りのようにそれを持ち歩いていました。それからというもの、何枚もの羊皮紙を文字で埋めました。ときには来る日も来る日も。朝に起きたことを夜語ることができる、ただそれだけの理由で私は存在しているように思えたのです。主なできごとを記憶するには、毎月ほんの数行の要約をすれば充分でした。年月が過ぎ、ちょうど今の年頃になったら、このノートをもとに『バウドリーノの事績』を書くつもりでした。こうして私は旅を続けながら、わが人生の歴史をたずさえてきたのです。ところが、司祭ヨハネの王国から逃げるときに……」

「司祭ヨハネ？　初めて聞く名前だが」

「その話はまたにしましょう、長くなりそうなので。話を戻すと、逃げるときに、書いた羊皮紙をなくしてしまったのです。まるで人生そのものをなくしたような気分でした」

「あなたがおぼえていることを話してください。私には、事実の断片、事件の切れ端だけしか得られなくても、そこから歴史を紡ぐことができる。神の摂理によって編まれた歴史を。あなたが私を救い出してくれたおかげで、私の将来がわずかだけ延びました。あなたが失った過去をあなたに返すことで、私はあなたに報いましょう」

「ですが、私の歴史には意味などないかもしれません……」

「意味のない歴史などありません。他人が意味を見出せないところに意味を見つけられる人がいるものだが、私もそのひとり。やがて、歴史は生きている者たちの書物となるのです、最後の審判のときに鳴り響く喇叭が何世紀ものあいだ土に埋もれていた人々を墓から蘇らせるように……。ただしそれには時間がかかります。できごとを考察し、それらをつなぎ合わせ、その結び目を発見する必要があります。たとえそれらが目に見えぬものであるにしても。どうせほかにすることはなし。あなたのジェノヴァの友人たちは、あの犬どもの怒りが静まるのを待つしかないと言っています」

コムネノス朝とアンゲロス朝の多くの皇帝に仕えた歴史家であっただけではなく、元宮廷弁論家にして、帝国裁判長官、天幕の判事、ロゴテテス・トン・セクレトン、すなわち、ラテン人の言い方に習えばビザンツ皇帝の書記官長を歴任したニケタス・コニアテスは、目の前にいる男を興味深げに見た。バウドリーノは皇帝フリードリヒの治世にガリポリでニケタスと会ったと言うのだが、ニケタスは、多くの廷臣のなかにバウドリーノがいたかどうか定かではなかった。一方、ビザンツ皇帝の名において交渉にあたっていたニケタスははるかに目立っていた。バウドリーノは嘘をついたのだろうか？　いずれにせよ、凶暴な侵略者からニケタスを救い出し、安全な場所へと導き、家族に引き合わせてくれたのはバウドリーノだった。そして今、コンスタンティノープルの外へ連れ出そうと約束しているのだ……。

ニケタスは命の恩人をまじまじと見た。キリスト教徒というよりもサラセン人のようだった。日に焼けた顔、頬全体を横断する青白い傷跡。今もなお黄金色に輝く環状の頭髪が、彼を獅子に似せていた。腹の前で両手を組むとふしくれだった大きな手がよけいに目立った。まさにそれは、剣ではなく鋤（すき）を握ってきた農民の手だった。

しかしながら、バウドリーノは流暢（りゅうちょう）なギリシア語を話し、多くの外国人のように一語ごとに唾をとばすこともなかった。ニケタスは、彼が侵略者たちに彼らの粗野な言語で話しかけるのを聞いたばかりだった。早口で簡潔なその話しぶりは、罵（ののし）りの言葉をも使いこなせるほど達者だった。たしかに、その前の晩に彼にはある才能があるとは聞かされていた。どんな言語でもふたりが会話をしているのを聞けば、しばらくして、彼ら同様に話せるようになるというのだった。そのような才能は、使徒のみに授けられた特殊なものだとニケタスは思っていた。

宮廷に生きながら、それがどんな宮廷であれ、ニケタスはさぐるような目で冷静に人物を評価することを学んでいた。ニケタスが驚かされたのは、バウドリーノがどんなことを言うときも、伏し目がちに相手を見ることだった。まるで、自分の言うことなど真に受けるなと言わんばかりに。それが一般の人間なら、見とがめるほどの悪癖ではあるまい。しかし、それが、歴史をつくるような真の証言を期待できる者であれば話は別だ。しかしニケタスは生まれつき好奇心が旺盛でもあった。自分の知らないことにかぎらず、他人の話を聞くのが好きだった。自分の目ですでに見たことであっても、あらためてそれを誰かに言われれば、別の視点から見ているような気がした。それはあたかも、イコンに描かれた岩山の頂に立って、信者のように下からではなく、山上の使徒のように上から石を見ることに等しかった。それに彼は、ラテン人に質問をするのが好きだった。耳慣れない彼らの言葉は多種多様であって、それぞれ互いにことなっているのだった。彼らは、その言語からして、ギリシア人とはまったくちがっていた。

ニケタスとバウドリーノは、三方に二連窓のついた小塔の部屋に面と向かって坐っていた。ひとつの二連窓からは金角湾と対岸のペーラ、集落とあばら家の連なりのなかにそびえるガラタの塔が見えた。もうひとつの窓からは、港の運河が、聖ゲオルギオスの海峡〔ボスポラス海峡〕に流れこむのが見えた。そして西に面した三つ目の窓からは、コンスタンティノープル全市街が見渡せるはずであった。だがその日の朝は、淡い空の色が、炎に呑みこまれた宮殿と聖堂のもうもうたる煙によって黒ずんでいた。

それは、ここ九ヶ月のうちに町を襲った三回目の火事だった。最初の火事は、ブラケルナエ宮殿からコンスタンティヌスの城壁までの倉庫と宮廷の貯蔵庫を破壊した。第二の火事は、ペラマから海岸近くまでの、ヴェネツィア、アマルフィ、ピサ、ユダヤの商館をすべて破壊した。助かったのは、アクロポリスのふもと付近にあるジェノヴァ人地区だけだった。そして三番目の火事は今やいたるところを焼き尽くそうとしていた。

低いところは、まさに火の海で、回廊が倒壊し、宮殿は崩れ、円柱が折れていた。炎の中心から舞い上がる火の玉は遠くの家々を嘗め尽くしていたが、その灼熱地獄に気ままに油を注ぐがごとき風に押し戻されて、燃え残った場所をも呑みこもうとしていた。高いところには、濃い雲が上り、その底は炎の照り返しでまだ赤く染まっていたが、その色が炎とはことなっていた。それが、朝日による幻覚なのか、それとも、燃えて雲を発生させている香料や木材、その他の物質の性質によるのか定かではなかった。それだけではなかった。風向きによって、町のさまざまな地点から、ナツメグ、シナモン、胡椒、サフラン、カラシ、ショウガの香りが立ち上っていた。かくして、世界一美しい町は、まさしく、香炉のように燃えていたのだった。

　バウドリーノは第三の二連窓に背を向けた。その姿は、陽射しと火事の二重の光に縁どられた暗い影のように見えた。ニケタスは彼の話に耳を傾けながらも、一方で、数日のうちに起きたできごとを思い起こしていた。

　紀元一二〇四年、あるいはビザンツの暦（こよみ）の数え方にならえば、世界の始まりから六七一二年、四月十四日水曜日の朝、野蛮人がコンスタンティノープルを完全に手中に収めてからすでに二日たっていた。行進中はまばゆいばかりに輝く鎧兜（よろいかぶと）と盾で武装したビザンツ軍と、恐るべき両刃（もろは）の斧をもつイングランドとデンマークの傭兵からなる帝国守備隊は、金曜日にはまだ勇敢に戦って敵に抵抗していたが、月曜になって敵が城壁を突破したとき、降伏したのだった。それはまさに突然の勝利であり、夜になると勝者自身が怖気づいて立ち止まり、反乱にそなえ、また町を死守する者たちを遠ざけるために、新たに火を放った。しかし火曜の朝、皇位簒奪者のアレクシオス・ドゥカス・ムルツフロスが夜陰にまぎれて後背地に逃亡したことに、町じゅうが気づいた。今や孤児にしてしかも敗者となった市民たちは、自分たちが前夜まで祝福していた皇位泥棒を呪ったのだが、彼が前皇帝を絞殺したときに彼に媚びたのもまた同じ市民だった。彼らは、どうしてよいかわからず(卑怯者、卑怯者、卑怯者、なんたる恥さらし、とニケタスは降伏という恥辱を目のあたりにして嘆いた)、集まって一大行進を行った。そのなかには、総主教をはじめあらゆる階層の司祭と、哀れみを請う修道士たちがいたが、彼らはかつての権力者に身売りしたように新しい権力者に身売りする心づもりで、十字架とキリストの像を少なくとも彼らの叫びや嘆きと同じくらいに高く掲げながら、征服者たちのもとに出向いて彼らをなだめようとしたのだった。

その野蛮人どもから哀れみを望むのは狂気の沙汰だった。連中が何ヶ月も前から夢見ていたこと、つまり、世界一広くて人口が多く、世界一豊かで高貴な町を破壊し、戦利品を分配するのに、敵に降伏してもらう必要などなかったからだ。泣きながら行進する長蛇の列は、眉を吊り上げた怒りの形相のまま、血に染まっていまだに赤い剣をもち、地面を踏み鳴らす馬に乗った神を怖れぬ者たちを前にしていたのだ。まるで行列などなかったかのように、略奪が始まった。

おお、主キリストよ、そのときの私たちの苦難と試練はいかばかりだったでしょうか？　しかし、いったいなぜ、海鳴り、日の翳り(かげ)や皆既日食、月の赤い暈(かさ)、星の運行などによって私たちはこの最後の災難をあらかじめ知らされることがなかったのでしょうか？　ニケタスは火曜日の夜、最後のローマ人の首都であった町を、途方にくれて歩きまわりながら、そう慨嘆した。不信心者の大軍を避けるように気を配る一方で、つねに新たな火の手に道をはばまれたため、帰路につけずに絶望感がつのった。そのうえ、ならず者の一味が家族を脅かしはしないか、気が気ではなかった。

ついに夜が更けてから、聖ソフィア大聖堂と競馬場(ヒポドロム)のあいだの庭園と広い空間をあえて横断することは避けながら、大聖堂のほうに走った。大きな扉が開いているのが見えたし、凶暴な野蛮人もその神聖な場所までは汚しにこないだろうと思ったからだった。

しかし、そこに入るやいなや、恐怖で血の気が引いた。内部の広い空間には、死体がばらまかれ、そのあいだを泥酔した敵方の騎士が走り回っていた。奥では、不逞の輩(やから)が、金で縁どりされた、後陣の銀の門を、棒で叩き壊していた。絢爛(けんらん)たる説教壇は、根こそぎにされ、ラバの一群に引かせるためロープにつながれていた。酒くさい盗賊の一味がラバに悪態をつきながら棒で小突いていたが、つるつるの床に蹄(ひづめ)が滑った。兵士たちはまず剣先で、それから刃を使って哀れなラバをけしかけたので、驚いたラバは糞を垂れ流し、うち何頭かはころんで脚を折った。こうして、説教壇のまわりには血と糞尿の海が広がった。

反キリストの前衛部隊が祭壇に襲いかかった。ニケタスは彼らが聖櫃を開け、聖杯をつかむのを見た。彼らは聖体を地面に投げ捨てると、杯を飾っていた宝石を短剣ではがし、それを懐に入れた。そして、杯は、いっしょくたにして溶かすために積まれた金属の山に放り投げた。しかしなかには、その前に、へらへら笑いながら、自分の馬の鞍からぶどう酒の詰まった水筒をもってきて、ミサを行う司祭の動作をまねながら、聖杯に酒を注いで飲む者がいた。もっとひどいのは、すでに丸裸にされた中央祭壇で、酒に酔ったしどけない姿の娼婦が、聖体拝領台に乗り、神聖な儀式を滑稽にまねながら、裸足で踊っていたことだった。男たちは、笑いながら、最後の一枚まで脱ぐように彼女に促していた。ゆっくりと服を脱ぎながら、女は、古代ギリシアのみだらな踊りを祭壇の前で披露し、最後は、げっぷをしながらぐったりと総主教の座に身を投げ出した。

ニケタスは、目の前の光景に心を痛めながら、聖堂の奥へと急いだ。そこには、民間信仰が「湿った支柱」と呼ぶ柱が立っており、実際に、それに触れると、神秘の汗がたえず湧き出た。しかし、ニケタスがそこに向かおうとしたのは、そのような神秘現象ゆえではなかった。ところがそこにたどり着く前に、ニケタスは、背の高いふたりの侵略者――彼は巨人かと思った――に行く手を阻まれた。彼らは横柄な態度で何かを叫んだ。言わんとすることを理解するのに彼らの言語を知っている必要はなかった。彼らは、ニケタスが宮廷人の服を着ているので金を所持していると思いこみ、所持していなければ、その隠し場所を言わせようとしたのだった。そのときニケタスはもう終わりだと感じた。略奪された市街を命からがら走り抜けてきたときに目のあたりにしたように、わずかの貨幣しかもっていないといくら言っても、財産を隠していることをいくら否定しても、むだだったからだ。名誉を汚された貴族も、哀願する老人も、財産を奪われた資産家も、財産をどこに隠したか白状するまで死の拷問にかけられた。もし、本当にもっておらず、そのありかを言えなければ殺された。さんざん過酷な拷問を受けたあとでそれを白状すれば、地面に捨て置かれた。いずれにせよ、彼らは死ぬ運命にあったのだ。一方、拷問した者たちは、床石をもちあげ、見せかけの壁を倒し、仮天井をこわして、高価な陶磁器やなめらかな絹とビロードにその貪欲な手を伸ばした。さらには、毛皮をなでまわし、宝石とネックレスを指のあいだにはさみ、珍しい薬草の入った壺や袋の匂いをかいだ。

したがってその瞬間、ニケタスは命運尽きたと確信し、自分を失うことになる家族を哀れみながら、生前に犯した罪の許しを全能の神に請うた。そのときだった、聖ソフィア大聖堂にバウドリーノが入ってきたのは。

その姿はサラディンのように美しかった。飾り立てられた馬にまたがり、胸に大きな赤い十字架をあしらい、剣を抜いて、「神と聖母を冒瀆する汚らわしい狼藉者よ、聖物売買の豚どもよ、われらの主のものをこんなふうに扱うやつがあるか」と叫ぶと、不敬の輩をいっせいに追い払った。その連中は、彼と同じように十字架の印をつけてはいたが、激昂する彼とはことなり、みな酔っ払っていた。それから、総主教の座にだらしなく腰掛けた売春婦のもとに行き、かがんで女の髪をつかむと、ラバの糞まで引きずっていき、女を産んだ母親を罵るすさまじい言葉を浴びせた。しかし彼のまわりでは、彼が罰しようとしていた者たちはみなひどく酔っているか、さまざまな物に象嵌（ぞうがん）された宝石をはがすことに夢中で、彼が行おうとしていたことに気づかなかった。

そうするうちにバウドリーノは、ニケタスを拷問しようとしていたふたりの大男の前に出た。命乞いをしているほうの顔を見ると、バウドリーノは思わず娼婦の髪を離したので、すでに腰を抜かしていた女は床に崩れ落ちた。彼はみごとなギリシア語で言った。「東方の賢王全十二人に誓って、あなたは皇帝（バシレウス）の大臣、ニケタス殿ではありませんか！いかがなされましたか？」

「あなたがどなたか存じませぬが、キリストに結ばれた兄弟よ」とニケタスは叫んだ。

「これらラテンの野蛮人から私を自由にしてくださらんか、私の体を救えばあなたの魂は救われるでしょう！」東方の言葉のやりとりをふたりの巡礼者〔十字軍士のこと〕はほとんど理解できず、彼らの仲間らしきバウドリーノにプロヴァンス語で説明を求めた。バウドリーノはみごとなプロヴァンス語でどなった。この男はフランドル伯ボードワンの捕虜であり、伯の命を受けて、また、おまえたちのような下っ端の一兵卒には理解できない国家機密(アルカナ・インペリイ)のために、まさに私がさがしていたところだった、と。ふたりは一瞬あっけにとられていたが、ほかの財宝を難なく見つけることができるのだから、そこで議論しても時間のむだだという結論に達し、その場を離れて中央祭壇のほうに向かった。

ニケタスは救世主の足に接吻するために身をかがめた。そうしたのは、もともと床に倒れていたからでもあったが、あまりにも頭が混乱し、自らの地位にふさわしい尊厳をもってふるまうことができなかったからだった。「おお、わが良き君、あなたの救助に感謝いたします。ラテン人みながみな、憎しみに顔をゆがめて狂奔する獣ではないのですね。エルサレムを奪還したときのサラセン人でさえこんなことはしなかった。あのときサラディンは、わずかの貨幣で満足して住民たちを逃がしたというのに！　キリスト教全体にとってなんたる恥辱、兄弟どうしが武器をとって争うとは！　聖墳墓の奪還を目指したはずの巡礼者たちが、貪欲と妬(ねた)みの虜(とりこ)となってローマ帝国を破壊するとは！

おお、コンスタンティノープル、コンスタンティノープル、教会の母、宗教の王女、完璧な意見の先導者、すべての学問の養母、あらゆる美の憩いの場よ、おまえは神の手から怒りの杯を飲み、ペンタポリスを焼き払った火よりもさらに大きい業火に焼かれたのだ！　いかに妬み深く冷酷な悪魔が、おまえの頭上に、放埒な陶酔をばらまいたことか。いかに狂った憎むべき求婚者がおまえの結婚の松明(たいまつ)に火をともしたことか。おお、かつて黄金と帝国の紫をまとった母よ、今や薄汚れて痩せ衰え、子供を失った母よ、かごに入れられた鳥のように、私たちは自分たちのものだったこの町から逃げ道すら見出せず、また、とどまる気力もないのに、多くの過ちを犯しながら、さまよえる星のように右往左往しているのです！」

「ニケタス殿」とバウドリーノは言った。「あなたがたギリシア人は何ごとにおいてもおしゃべりが過ぎると聞いておりましたが、これほどとは知りませんでした。いま先決の問題は、ここからどうやって逃げ出すかということ。私はあなたをジェノヴァ人居住区の安全な場所までお連れしてもよいが、ネオリオン港までの最も短く安全な経路を教えていただきたい。というのは、この胸の十字架が守るのは私であって、あなたではないからです。まわりの連中は理性を失っております。私がギリシア人捕虜を連れていると見れば、何かの利益を期待して私から奪い取るでしょう」

「ひとついい経路を知っていますが、それは道なき道です」とニケタスは言った。「したがってあなたは馬を手放さねばなりますまい……」

「では手放しましょう」とバウドリーノが平然と言ったので、その軍馬をいかにやすやすと手に入れたかを知らないニケタスは驚いた。

そこでニケタスはバウドリーノの手を借りて立ち上がり、その手をつかんだまま、ひそかに「湿った支柱」に近づいた。ニケタスはあたりを見回した。広い聖堂のなかを巡礼者たちは、遠くから見ると、蟻のように動いていた。彼らは富の収奪に熱心で、ふたりには注意を払っていなかった。ニケタスは支柱の背後でひざまずき、少しずれている床石の隙間に指を入れた。「手を貸していただけませんか」とバウドリーノに言った。「ふたりならば、なんとかなるかもしれません」そして実際に、力を合わせると、床石がもちあがり、暗い抜け穴が現れた。「階段があります」とニケタスが言った。「足の置き場を知っているので私が先に行きましょう。あなたは頭上の石をもとに戻してふたをしてください」

「どうするおつもりですか？」とバウドリーノは尋ねた。

「降りるのです」とニケタスは言った。「それから、手さぐりで壁龕（へきがん）を探しましょう。そのなかに、松明と火打ち石があるはず」

「このコンスタンティノープルはなんとすばらしい都だろう、驚きに満ちている」とバウドリーノは螺旋(らせん)階段を降りながら言った。「この豚どもが跡形もなく破壊してしまうのはなんとも残念だ」

「この豚ども?」とニケタスは聞き返した。「あなたもそのひとりではないのですか?」

「私が?」バウドリーノは驚いた。「私はちがう。この服からそう判断されたのでしょうが、これは借り物です。あの連中が市内に入ってきたとき、私はすでに城壁のなかにいました。ところで松明はどこにあるのですか?」

「あわてなさるな。まだ段がある。あなたはどなたですか、お名前は?」

「アレッサンドリアのバウドリーノ。アレッサンドリアといってもエジプトではありません。今はチェザレーアと呼ばれる町。いや、もはや名前すらない、コンスタンティノープルのように誰かに燃やされてしまったから。それは向こうの、北の山々と海のあいだにあって、メディオラヌム〔ミラノ〕のそばなのですが、ご存じですか?」

「メディオラヌムは知っています。かつてその城壁がドイツ人たちの王に破壊されたことがありました。そのあと、わが皇帝(バシレウス)が再建援助のため資金を提供したのです」

「そのとおり、私はドイツ人たちの皇帝といっしょでした、彼がまだ生きていたときのことです。あなたが彼に出会ったのは、十五年近く前、彼がプロポンティス海〔マルマラ海〕を渡っていたときのことです」

「フリードリヒ赤髭王（エノバルボ）。きわめて気高く偉大な君主でした。寛容で哀れみ深かったあのお方なら、よもやしますまい、こいつらのようなことは……」

「都市を征服するとき、あのお方も情け深くはありませんでした」

　ついにふたりは階段の下までたどり着いた。ニケタスが松明を見つけ、ふたりは頭上にそれを掲げて長い通路を進んだ。その先にバウドリーノが見たのは、まさにコンスタンティノープルのはらわただった。そこには、世界最大の教会の下にあって人目に触れることなく、もうひとつの聖堂が広がっていた。柱の森が、まるで無数の木々が水面から突き出る湖底の森のように、闇のなかに溶けこんでいた。聖堂か修道院付属教会が、まっさかさまに建っているようだった。柱頭が、かすかな光を浴びて、きわめて高い天井の影にぼんやりと浮かびあがっていたが、それは光源が、薔薇窓やステンドグラスではなく、ふたりの訪問者の松明を反射する水につかった床だったからである。

「町を貯水槽が貫通しています」とニケタスが言った。「コンスタンティノープルの庭園は自然の恵みによってできたものではなく、技術の産物なのです。だがごらんなさい、水位が膝までしかない。火事を消すためにほとんどすべてが使われてしまったのです。

もし征服者たちが水道も破壊すれば、みな喉の渇きで死ぬでしょう。通常ここは、歩いて進むことはできません。船が必要です」

「では、この通路は港に通じているのですか？」

「いや、ずっと手前で終わっていますが、私は、ほかの貯水槽、ほかの地下道につながる通路と階段を知っています。したがって、ネオリオン港までではなくても、プロスフォリオン港までなら地下を歩いて行けるのです。しかし」と悩ましげに、まるで、そのときになって初めて用事を思い出したかのように言った。「私はあなたといっしょには行けません。道は教えますが、私は引き返さねばならない。家族を救わねばなりません。家族は聖エイレネ教会の裏手の小さな家に隠れているのです。ご存じのように」と釈明するように言った。「私の館は二番目の火事で焼かれました、八月の火事で……」

「ニケタス殿、あなたは狂っています。まず第一に、こんなところまで私を連れてきて、しかも私の馬を捨てさせたのですよ。私はあなたがいなくても表を歩いてネオリオン港まで行けたのにです。第二に、さっきのふたりのような兵士にまたつかまることなく、あなたはご家族のもとにたどり着けるとお思いなのですか？　もしそれがうまくいったとしても、そのあとどうするおつもりか？　遅かれ早かれ、誰かに見つかるでしょう。もし家族を連れて逃げるつもりなら、いったいどこに行くのです？」

「セリンブリア〔コンスタンティノープルから西方約五十キロの町。現シリウリ〕に友人がいるのです」とニケタスは困惑したように言った。

「それがどこか存じませぬが、そこにたどり着く前にあなたは町を出なければならないでしょう。よく聞いてください。あなたがいてもご家族には何の役にも立たない。ところが私があなたを連れてゆくところにはジェノヴァ人がいます。彼らはこの町で、天気がよくても悪くても、サラセン人やユダヤ人、修道士や帝国守備隊、ペルシャ商人、今日ではラテン人巡礼者との交渉に慣れています。抜け目ない人々ですから、家族の居場所を彼らに言えば、明日には私たちのいるところにご家族を連れてきてくれるでしょう。どのようにかはわかりませんが、やってくれるはずです。どんなことがあっても、古い友人である私のために、そして神の愛のために、やってくれるはずですが、彼らがジェノヴァ人であることに変わりないので、何か贈り物をすればさらによいでしょう。それから、事態が落ち着くまで、そこにいることにしましょう。通常、略奪は数日しか続きません。何度もそれを見てきた私を信じてください。そのあとで、セリンブリアなりどこなり、お行きなさい」

ニケタスは納得して感謝の言葉を述べた。歩きながら、バウドリーノに、ラテン人巡礼者でなければなぜ市内にいたのかと尋ねた。

「私が着いたとき、ラテン人はすでに対岸に上陸していたのです。私には何人か連れがいましたが……今はもういません。私たちは、とても遠いところからやって来たのです」

「なぜあなたがたは、余裕のあるうちに町を去らなかったのですか?」

バウドリーノは答えようとして躊躇した。「なぜなら……なぜなら、あることを知りたくてここに残らねばならなかったのです」

「それがわかりましたか?」

「残念ながらわかりました。今日になって初めて」

「もうひとつ質問があります。なぜあなたは、私のためにここまで骨を折ってくれるのですか?」

「良きキリスト教徒にほかにどうしろと? でも、あなたの疑問はもっともです。あのふたりからあなたを解放して、あなたの好きなように逃げてもらうこともできました。ところが私ときたら、蛭のようにあなたにしがみついたままだ。よろしいですか、ニケタス殿、私はあなたが、フライジングのオットー司教のように、歴史の著述家のひとりだと知っています。しかし私が生前に彼と知り合ったとき、私はまだ少年だったので、自らが語るべき歴史はもっておらず、他人の書いた歴史を知りたいと思っただけでした。

今なら私にも語るべき歴史があるとも言えましょうが、私の過去について書いたものすべてを失くしてしまったばかりか、思い出そうとすると考えが混乱するのです。それは私が事実をおぼえていないからではなく、それらに意味を与えることができないからなのです。今日私の身の上に起きたことを、誰かに話さずにはいられません、さもなければ気が狂ってしまう」

「いったい今日、何が起きたのですか?」ニケタスは水のなかを苦労して進みながら尋ねた。学者、宮廷人として生きてきた彼は、太っていて動きが鈍く、弱々しかった。

「私は人をひとり殺しました。それは、十五年前に、私の養父、王のなかの王、皇帝フリードリヒを殺した男なのです」

「フリードリヒはキリキアで溺死したはずだが!」

「誰もがそう信じています。だが本当は殺されたのです。ニケタス殿、今夜あなたは、聖ソフィア大聖堂で猛り狂った私が剣を振るうのを見られた。だが、どうか信じていただきたい、私はこれまで誰も傷つけたことはありません。私は平和の徒です。ところが今度ばかりは殺さざるをえなかった。それも、裁きを下せる者が私以外にいなかったからなのです」

「その話はまたいずれ。なぜあなたが、聖ソフィア大聖堂に天啓のように現れ、私を救ったのか教えてくだされ」

「巡礼者が町の略奪を始めたとき、私は薄暗い場所に隠れました。あたりが暗くなってからそこを出て、一時間前に、競馬場（ヒポドロム）付近に戻ったのですが、叫び声をあげながら逃げるギリシア人の群集に踏みつぶされそうになり、半焼した家の玄関に逃げこんで、彼らが通り過ぎるのを待ったのです。彼らが通り過ぎてから、そのあとを追いかける巡礼者を見ました。私は何が起きようとしているかを理解しました。一瞬にして厳然たる真実が脳裏をよぎりました。私はたしかにラテン人であってギリシア人ではないが、獣と化したあのラテン人たちがそのことに気づくまで、私と死んだギリシア人のあいだには、何のちがいもないのです。それにしてもありうるだろうか、と私は自問しました。征服したばかりのキリスト教世界最大の町を破壊するなどということが……。そのあとでこう思い返したのです。彼らの祖先がゴドフロワ・ド・ブイヨンの時代にエルサレムに入城したとき、町が自分たちのものになるにもかかわらず皆殺しにしたことを。女子供も、家畜も。幸いなことに、たまたま聖墳墓は燃やされませんでしたが。たしかに、あのときは異教徒の町への入城ではありましたが、私は旅の途中でキリスト教徒どうしがちょっとした言葉で殺し合うのを見てきました。周知のごとく、長年にわたり私たちの司祭とあなたがたの司祭は、聖霊が子からも発するかどうかのフィリオクエ問題をめぐって口論を続けています。要するに、早い話、戦士が入城すれば、宗教の入りこむ余地はないのです」

「それから、どうされたのですか？」

「私は玄関を出て、壁沿いに歩き、競馬場まで行きました。そこで、美が廃れ、だいなしにされるのを見たのです。私は市内に来ると、ときおりそこまで行って、あの乙女の銅像を眺めることがありました。形のよい足、雪と見まごうばかりの腕、赤い唇。あのほほえみ、あの胸、衣服、風に舞う髪、遠くから見ると、それがブロンズ像とはとても思えず、生きている生身の人間にしか見えません」

「それはトロイアのヘレネの像だ。いったい何が起きたのですか？」

「ほんの一瞬のできごとでした。像が載っている円柱が、根元をのこぎりで切られた木のように折れて倒壊し、土ぼこりが高く舞い上がったのです。体はこなごなになって地面に散らばり、頭部は私から数メートルのところにころがりました。そのときになって初めて、像がいかに大きいかがわかりました。両腕を広げても頭部を抱えることはできなかったでしょう。彼女は、まるで寝ているかのように、鼻を地面と水平に、口を垂直にして、私を横目でにらみました。はしたない話で恐縮ですが、唇は、女の脚の付け根にあるモノさながら、目からは瞳が飛び出して、突然盲目になったようでした。おっとこれは驚いた、ここにも同じような女がいるぞ！」水を四方に跳ね上げて、彼がうしろに跳びのいたのは、松明が突然、石でできた頭部を水中に照らし出したからだった。それは、人間の頭十人分の大きさで、円柱を支えていた。この頭部もやはり横を向き、口はさらに陰部に似ており、半開きだった。頭には巻き毛のように無数の蛇がうごめき、古びた象牙の顔は死人のように青ざめていた。

ニケタスはほほえんだ。「これは何世紀も前からここにあります。メドゥーサの頭ですよ。来歴は定かではないが、円柱の台座として建築家たちに使われていたものです。あなたは些細なことに驚かれるようだ……」

「驚いてなどいません。この顔はすでに見たことがあります。別の場所で」

バウドリーノが取り乱したのを見て、ニケタスは話題を変えた。「ヘレネ像が倒されたということでしたが……」

「それだけならまだしも、競馬場から広場までのすべての像が倒されたのです。少なくとも、金属製の像はすべて。彼らはよじのぼり、首に麻縄か鎖を巻き、地上から二、三対の牛に引かせていました。戦車の御者、スフィンクス、エジプトのカバとワニ、ロムルスとレムスに乳を吸わせる大きな牝狼、ヘラクレスの像も倒されました。あとでわかったことですが、その像も巨大で、親指は普通の人間の胴体くらいありました……。

それに、あのみごとなレリーフのついたブロンズのオベリスク、あの風向きによって回転する小さな女性像をいただくオベリスクも……」

「それは〈風の伴侶〉だ。なんたる災厄。なかには、ローマ人自身の作品よりも古い、古代異教徒の彫刻家による作品もあるのに。いったいなぜ、なにゆえに？」

「溶かしてしまうためですよ。ある町を略奪するとき、まず最初にすべきことは、持ち運べないものをすべて溶かすこと。したがって通常、いたるところに坩堝（るつぼ）が用意されるものですが、ここではそんなものはいりません、なにしろ、立派な家がみんな天然のかまどのように燃えているのですから。あなたも教会のなかの連中をごらんになったでしょう、聖櫃から奪った聖体器と聖体皿をもってうろうろしているのを見られるとまずいのです。略奪とは」とバウドリーノは、まるで略奪の専門家であるかのように言った。「ぶどうの収穫に似ています。役割を分担する必要があるからです。ぶどうを足で踏む者、そのしぼり汁を桶に運ぶ者、足で踏む人のために食事の用意をする者、前年のおいしいぶどう酒をとりに行く者……。略奪とは真剣な仕事です――少なくとも、私がいた頃のメディオラヌムのように、町が跡形もなく消えることを望むのであれば。しかしそのためには、パヴィーア市民のような者たちが必要です。町を消滅させるすべを彼らは熟知していますからね。ところが、ここの連中はまだ未熟です。像を放り投げてそのうえに坐り、みんなで酒盛りを始めたかと思えば、若い女の髪を引っ張ってくる輩がいる、こいつは処女だとわめきながら。すると、どいつもこいつも中に指を入れて……するだけの価値があるかどうか確かめようとするしまつ。略奪とは本来、すぐに丸裸にするもの、どの家もしらみつぶしに。楽しむのはあとまわしです。さもなければ、最も抜け目ない者たちにいいものをみんなもっていかれます。ところで、問題は要するに、この連中に、私もモンフェッラート侯の土地の者であることを言うひまがなかったことです。ほかにどうしようもなかったので、物陰に隠れていると、ひとりの騎士が入ってきました。前後不覚に泥酔し、馬の歩みに身を任せていました。騎士を振り落とすには、その脚をつかんで引っ張るだけでよかったのです。私は兜を脱がせ、頭のうえに石を落としました……」

「殺したのですか？」

「いいえ、気を失ってもらえばよかったので、もろい石を落としました。私は勇気をふるいました。その男が紫がかったものを吐きはじめたからです。鎖帷子(くさりかたびら)と衣装、兜と武器を脱がせ、彼の馬に乗って市街を抜け、聖ソフィア大聖堂の門までたどり着くと、ラバを連れて兵士がなかに入ってゆくのが見えました。腕の太さほどもある鎖を使って銀の燭台を運び出そうとしていた兵士の集団が私の前を通りすぎました。彼らの言葉はロンバルディア地方のそれに似ていました。あのような破壊活動と破廉恥な行為、闇取引を目のあたりにして、私は頭に血が上りました。そのような暴挙に手を染めていたのが、まぎれもなくわが同胞であり、ローマ教皇の敬虔な息子たちなのですから……」

このような話をしながら、まさに松明が消えようとしていたときに、ふたりは貯水槽から外に出た。真夜中だった。人気のない路地を抜けてジェノヴァ人たちの家の小塔までたどり着いた。

扉を叩くと降りてきた者がいた。ふたりは、無骨ながらも心のこもったもてなしを受け、食事を与えられた。バウドリーノはわが家に戻ったようにくつろぎ、すぐにニケタスのことを頼んだ。彼らのうちのひとりが言った。「苦もないことです。私たちにお任せを。さあ、もう休んでください」その言い方が自信に満ちていたので、バウドリーノのみならず、ニケタスもまた安心して夜を過ごした。

3 バウドリーノは子供の頃に書いたことをニケタスに説明する

翌朝、バウドリーノはジェノヴァ人のなかで最も機敏な者たちを呼び出した。ペーヴェレ、ボイアモンド、グリッロ、タラブルロの面々である。ニケタスから家族の居場所を教えられた彼らは、ニケタスを再度安心させ、出発した。するとニケタスは、ぶどう酒をもってくるように頼み、それをバウドリーノの杯に注いだ。「松脂(まつやに)の香りのするこの酒がお好きかな？　ラテン人の多くが、かびくさいといって嫌っていますが」ギリシア特産のこの美酒がバウドリーノの好物だと確認してから、ニケタスは彼の話を聞こうと身を乗り出した。

バウドリーノは誰かに話したくてうずうずしているように見えた。いつの頃からかずっと内部に抱えこんできたものを、ようやく吐露できるときが来たかのように。「さてニケタス殿」とバウドリーノは、首にかけた革の袋を開き、一枚の羊皮紙を差し出しながら言った。「これが私の歴史の始まりです」

ニケタスは、ラテン文字は読めたので、その解読を試みたが、さっぱりわからなかった。

「これは何ですか？」と尋ねた。「つまり、うかがいたいのは、何語で書かれているかです」

「何語かはわかりません。この話から始めることにしましょう、ニケタス殿。あなたはイアヌア、つまりジェノヴァがどこかご存じのはず。そしてメディオラヌム、つまりメイラントがどこかも。メイラントとは、チュートン人、またはゲルマン人、みなさんに言わせればアラマノイの呼び方です。さて、このふたつの都市の中間に、二本の川が流れています。ターナロ川とボルミダ川です。二本の川のあいだに平野が広がり、暑いときは、石の上に卵を置けば焼けそうなくらい暑いのですが、そうでなければ、霧が出ます。霧が出なければ、雪が降ります。雪が降らなければ、凍りつきます。凍りつかなくても、寒いことに変わりないのです。私はそこの、フラスケータ・マリンカーナという名の平地の生まれです。この二本の川のあいだには、美しい沼もあります。プロポンティス海の岸辺とはまた少しちがいますが……」

「察しはつきます」

「でもそこが私は好きでした。親しみがわく土地柄なのです。私はこれまでずいぶんと旅をしてきました、ニケタス殿、おそらく大インドまで……」

「たしかではないのですか?」

「はい、どこまで行ったかはっきりわかりません。角（つの）を生やした人間や、腹に口のある人間のいる場所であることはたしかです。はてしない砂漠や、見渡すかぎりの草原で何週間も過ごしました。そんなときいつも、私の想像力の限界を超えた何かに囚われたような気がしたものです。一方、私の故郷では、霧のなか森を歩けば、今もなお、自分の母親のお腹のなかにいるような気がして、何の恐怖も感じず、自由な気分を味わうのです。たとえ霧がなくても、歩いて喉が渇けば、木からつららを取り、しもやけ（ジェローニ）だらけの指に息を吹きかけ……」

「そのジェローニというのは何ですか……滑稽（ゲロイオイ）なものなのか?」

「滑稽（ゲロイオイ）なものと言ったのではありません！　これに相当する言葉がここにはないので、自分の国の言葉を使わざるをえなかったのです。寒さが厳しくなると指や関節にできる切り傷のことで、かゆくなって、掻くと痛みます……」

「まるで楽しい思い出のような口ぶりですな……」

「寒さはすばらしい」

「誰もが生まれ故郷を愛するもの。さあ話を続けて」

「了解しました。そこにはかつてローマ人（ロマーニ）がいました。つまり、ラテン語を話すローマの人々です。ギリシア語を話すあなたがたが今では自らをそう名乗っていますが、私たちに言わせれば、あなたがたは東ローマ人（ロメーイ）、あるいは失礼な言い方ですが、ギリシア野郎（グレークリ）です。その後、そのローマ人の帝国は消滅し、ローマには教皇だけが残り、イタリア全土にはさまざまな言葉を話すさまざまな民族が見られるようになったのです。フラスケータの人々は、テルドーナで話されている言葉とは別の言葉を話します。私はフリードリヒとイタリアじゅうを旅しながら、このうえなく甘美な言葉を耳にしてきました。それに比べて、私たちフラスケータの言語は、人の言葉ではなく、犬のうなり声です。それに、誰もその言葉では書きません。書くときはラテン語です。したがって、私たちが話すように書こうとしたのは、おそらく、この羊皮紙に書きなぐった私が最初でした。それから私は文人となり、ラテン語で書くようになりました」

「しかしここには、何と書いてあるのでしょうか？」

「ごらんのように、教養ある人々のなかで暮らしていたので、自分の生きている年が紀元何年かも知っていました。これを書いたのは、紀元一一五五年の十二月のことです。ところが、自分の年齢は知りませんでした。父は十二歳だと言い、母は十三歳のはずだと言い張りました。神を畏れる人間になるよう育てるのに苦労したせいで、母にはその年月がより長く感じられたのかもしれません。十四歳になる前に書きはじめたのはたしかです。書き方をおぼえたのは、四月から十二月にかけてです。皇帝に引き取られたあと、どんな状況にあっても、私は熱心に学習にはげみました。戦場でも、天幕の下でも、廃屋の壁に寄りかかりながらでも。たいていは書字板に書き、羊皮紙はまれでした。フリードリヒのような生き方に、私はすでに慣れつつありました。皇帝はひとところに数ヶ月以上滞在することはなく、滞在することがあっても期間はいつもきまって冬で、それ以外の季節は旅路にあり、夜ごと寝る場所はちがったのです」

「なるほど、だがいったい何が語られているのですか?」

「その年の初め、私はまだ両親と暮らし、牝牛と野菜の世話をしていました。そのあたりのひとりの隠者が私に読み方を教えたのです。私は、森や沼で遊びまわる空想好きの子供で、一角獣を見たり、霧のなか聖バウドリーノが現れたり(と言ったり)……」

「そのような聖人の名は聞いたことがないが、本当に現れたのですか?」

「わが故郷の聖人で、ヴィッラ・デル・フォーロの司教でした。しかし、私が会ったかどうかは、また別の問題です。ニケタス殿、わが人生の問題は、実際に見たことと、見たいと思っていたことをつねに混同することです……」

「それは多くの人に起こりうること……」

「おっしゃるとおり。しかし私の場合、これを見た、あるいはこんなことが書いてある手紙(私自身が書いたものかもしれません)を見つけたと口にするやいなや、ほかの人たちがそれを切に望むようになるらしいのです。いいですか、ニケタス殿、あなたが想像したことを口にするとしましょう。すると他人までが、そのとおりだとあなたに言って、あなたも結局それを信じるようになるのです。こうして私は、フラスケータを歩きまわり、聖人や一角獣を目にするうちに、皇帝に出会いました。それが誰か知らずに、彼の国の言葉で、私はこう言ったのです。あなたがテルドーナを征服するだろうと聖バウドリーノが私に告げた、と。彼に気に入られようとして私はそう言ったのですが、みんなに、とりわけテルドーナの使者に、皇帝は私からそう言ってほしかったのです。そうすれば、聖人も皇帝の側についたと使者たちは確信するでしょうから。だからこそ皇帝は私を父から買い取ったのです。父からすれば、そのわずかの代金ほしさというよりも、食い扶持(ぶち)を減らすためでした。こうして私の人生は変わったのです」

「あなたは彼の下僕となったのですか?」

「いいえ、息子です。当時フリードリヒにはまだ子供がおらず、私がかわいかったのでしょうが、ほかの人々が遠慮して言わないことも私は言いました。私を肉親のように扱い、私の落書きや、指を使って行った最初の計算をほめてくれました。また、私が把握しつつあった彼の父や祖父についての認識ゆえに……。おそらく、どうせ私には理解できまいと思って、私に打ち明け話をすることもありました」

「こちらの父親のほうが、実の父よりあなたを愛していたのですか、それとも、あなたがその威厳に魅了されていたのでしょうか？」

「ニケタス殿、そのときまで私は、父ガリアウドが私を愛しているかどうかと自問したことなど、まったくありませんでした。父から蹴られたり棒で叩かれたりしないように、あまり近づかないようにせいぜい用心していただけですが、これは、息子なら当然のことでしょう。父が死んだときに初めて、私は父を愛していたことに気づきました。それまでは、父を抱きしめたことなどないと思います。泣きたいときは、母の胸のなかで泣いていました。私の母は、哀れな女で、世話をすべき家畜の数が多く、私をなぐさめている暇などあまりありませんでしたが。フリードリヒは背が高く、その赤みを帯びた白い顔は、私の同郷人のなめし革のような顔色とはことなり、髪も髭も燃えるように赤く、長い手と細い指をもち、爪は手入れがゆきとどいていました。自らが自信家だったために、人にも自信を与え、陽気で決断力があったために、人にも陽気さと決断力を与え、勇敢だったために、人にも勇気を与えました……。私が獅子の子供なら、彼は獅子です。冷酷になることもできましたが、自分が愛する人にはこのうえなく優しかった。

私は彼を愛しました。彼は私の言うことに耳を傾けてくれた最初の人だったのです」

「あなたを民の声として使っていたのです……良き君主とは、宮廷人の声に耳を貸すだけではなく、自らの臣民の考えを理解しようと努める者のこと」

「それはそうですが、私は自分が誰でどこにいるのか、もはやわからなかったのです。皇帝と出会ってから、四月から十二月にかけて、皇帝軍は二度イタリアを縦断しました。最初は、ロンバルディアからローマまで、二回目は、その反対方向を、蛇のように進みながらです。まずは、スポレートからアンコーナへ向かい、そこからアプリア〔プーリア〕地方、またロマーニャ地方に戻ってから、さらにヴェローナ、トリデントゥム〔トレント〕、バウザーノ〔ボルツァーノ〕を通って、山を越え、ドイツに戻ったのです。二本の川に囲まれた土地でわずか十二年を過ごしたにすぎない私が、いきなり世界の中心に投げ出されたのです」

「あなたには、そう思われたのですね」

「わかっています、ニケタス殿、世界の中心はあなたがただということを。ですが、世界はあなたがたの帝国よりも広いのです。北限の島ウルティマ・トゥーレとヒベルニア人の国〔アイルランド〕があります。たしかに、コンスタンティノープルに比べれば、ローマは瓦礫の山、パリは泥だらけの村にすぎませんが、ときおりそこでも何かが起きます。

世界の大部分でギリシア語は話されていませんし、同意の返事にオックと答える人々までいるのです」

「オック？」

「オック」

「それはふしぎだ。さあ話を続けて」

「話を続けます。私はイタリア全土を見ました。全国の新しい場所と新しい顔を。見たこともないような衣服、ダマスク織り、刺繍、金のマント、剣、甲冑などを。人々の声を聞き、毎日それを苦労してまねました。おぼろげながらではありますがおぼえているのは、フリードリヒがパヴィーアでイタリア王の鉄王冠を戴冠したときのこと。その後、フランチージェナ街道〔フランク人の街道〕を通って、皇帝はいわゆるこちら側の（キテリオル）〔オットーはアペニン山脈以南のイタリアをこう呼んだ〕イタリアまで南下し、ストリで教皇ハドリアヌスと会見し、ローマで戴冠したのです……」

「皇帝のことをそちらではインペラトーレ、こちらではバシレウスと呼びますが、このあなたの皇帝が戴冠したのは、パヴィーアですか、ローマですか？　しかも、なぜイタリアなのですか、彼はドイツ人（アラマノイ）たちの王であるのに？」

「順序だてて説明しましょう、ニケタス殿、私たちラテン人は、あなたがた東ローマ人ほど単純ではないのです。誰かが当代のビザンツ皇帝の目を抉れば、その者が新たな皇帝になる。そのことに異議をはさむ者は誰もいません。総主教でさえ、皇帝の言うなり。さもなくば、皇帝に目を抉られますから」

「そこまで言うと、おおげさになる」

「おおげさですって？　私がここに着いてすぐに、アレクシオス三世が皇帝になったのは、彼の兄である、正統皇帝のイサキオス二世の目をつぶしたからだと説明を受けたのですよ」

「王が抹殺されて王位が奪われることは、あなたがたの世界では皆無なのですか？」

「ありますとも、ですが、戦闘で殺されるか、毒殺されるか、短剣で殺されるかです」

「ごらんなさい、あなたがたのほうが野蛮ではないか。統治にかかわることがらを解決するのに、残酷な方法しか思い浮かばないのだから。それにです、イサキオスはアレクシオスの兄でした、兄弟どうしで殺し合うことはないのです」

「わかりました、目をつぶしたのは、温情ある措置だったというわけですね。私たちはちがいます。ラテン人たちの皇帝は、シャルルマーニュの時代からもはやラテン人ではありませんが、ローマ皇帝の後継者です。私の言うローマ皇帝とは、ローマの皇帝であって、コンスタンティノープルの皇帝ではありません。しかし、帝位を確実なものにするために、教皇から戴冠される必要があるのです。なぜなら、キリストの法が、偽りの神とまやかしの神の法を掃き清めたからです。しかし、教皇に戴冠してもらうために、皇帝はイタリア諸都市からも認証を受けねばなりませんが、どの都市もそれぞれ思惑がことなります。そこで、イタリア王の称号を得る必要があるのです。当然のことながら、ドイツ諸侯によって選ばれるという条件つきですが。おわかりですか？」

　ニケタスは昔から、ラテン人が野蛮とはいえ、一筋縄ではいかないことを理解していた。彼らは神学上の問題を扱うときには、繊細で細かい議論をする能力に欠けていたが、法律上の問題を議論するとき、たぐいまれな才能を発揮するのだった。ビザンツ帝国のギリシア人たちは、実り多い公会議でキリストの性質を定義するために何世紀もついやしたものの、コンスタンティヌスにいまだに直接由来する権力については議論の対象にすることはなかった。一方、西欧人たちは、ローマの司祭たちに神学を任せ、互いに毒を盛ったり斧（おの）を振りまわしたりして、皇帝はまだ存在するかどうか、存在するとしたらそれは誰なのかを決めようとした結果、本当の皇帝を失うことになったのだった。

「つまり、フリードリヒはローマでの戴冠を必要としていたのですね。きっと荘厳な儀式だったことでしょう……」

「ある程度までは。まず第一に、ローマのサン・ピエトロ大聖堂は、聖（ハギア）ソフィア大聖堂に比べれば、荒れはてた小屋にすぎないからです。第二に、ローマの状況が非常に混乱していたからです。当時、教皇はサン・ピエトロ大聖堂のそばの居城に避難しており、川向こうではローマ人たちが町の領主になったかのようでした。第三に、教皇が皇帝をばかにしていたのか、それともその逆なのかはっきりわからなかったからです」

「といいますと？」

「というのは、諸侯や宮廷の司教に私が話を聞くと、彼らは、教皇の皇帝にたいする扱い方に憤慨していたからです。戴冠は日曜日に行われねばならなかったのに、実際は土曜日になりました。皇帝は中央祭壇で塗油されねばならないのに、フリードリヒが塗油されたのは、脇の祭壇でした。しかも、かつてのように頭上ではなく、腕と肩甲骨のあいだに塗油され、そのさいに使われたのは聖油ではなく、洗礼志願者の油でした。あなたはその違いがおわかりにならないかもしれません。私も当時はわかりませんでしたが、宮廷ではみなが顔をくもらせていました。しかしフリードリヒが豹のように激怒するかと思いきや、教皇への態度は丁重そのものでした。むしろ、教皇のほうが、まるで損な取引をしたかのように顔をくもらせていました。そこで私はフリードリヒに、諸侯は不平を言っているのになぜ彼本人は言わないのか忌憚なく尋ねました。彼は、ささいなことですべてが変わってしまう典礼の象徴を私が理解すべきだ、と答えました。たしかに彼は、教皇によってなされる戴冠を必要とはしていたが、あまり荘厳なものになってはならない、なぜなら、教皇の恩恵によってのみ彼が皇帝になったことになり、ドイツ諸侯の意思によってすでにその座にあったという事実と反するからだ、と。私は彼に、あなたはイタチのように狡猾だ、と言いました。というのは、教皇にこう言ったも同然だから、と。教皇さん、あんたはここで公証人役だけやればいい、こちとら、協定はもう全能の神と結んでますぜ。彼は吹き出して、私の後頭部を軽く叩きながら、言いました。おまえはうまいことを言う、本質を突く表現がよくすぐに見つかるものだ。それから、戴冠式のときローマで私が何をしていたか尋ねました。彼は式典に忙しく、私の姿を見失ったからです。私は、あなたがたの行った式典がいかなるたぐいのものだったかは、見て知っていると答えました。ローマ人たち――ローマの人々のことです――は、ローマ元老院が教皇庁よりも重要であることを示すために、サン・ピエトロ大聖堂での戴冠式を望んではおらず、フリードリヒをカンピドリオの丘で戴冠させようとしていたのでした。彼はそれを拒みました。なぜなら、民衆から戴冠されたと彼が公言すれば、ドイツ諸侯のみならず、フランスとイングランドの王からも、聖なる平民から塗油されるとはたいへんけっこうと言われるのがおちですが、教皇に塗油されたとなれば、誰もが真剣に受けとめるでしょうから。しかしことはさほど単純ではなかったのです。私はそれをあとになって思い知りました。ドイツ諸侯はそのしばらく前から帝権の移動（トランスラティオ・インペリイ）についての議論を始めていました。あたかも、ローマ皇帝の継承権は彼らに渡ったといわんばかりに。さて、フリードリヒが教皇によって戴冠されたとすれば、彼の継承権が地上における神の代理人によっても認められたことになります。彼の住まいが、言わば、エデッサであれレーゲンスブルクであれ、同じことです。ところが、彼が元老院とローマ市民によって戴冠されたとなれば、言わば、帝国はいまだにそこに残り、その移動（トランスラティオ）はなかったことになります。さすがに狡猾、私の父ガリアウドならすかさずそう言うでしょう。もちろん、皇帝はその手には乗りませんでした。だからこそ、戴冠式の盛大な宴の最中に、怒り狂ったローマ市民がテーヴェレ川を越えて、司祭殺しは日常茶飯ではありましたが、司祭数人だけではなく、帝国兵も二、三人殺したのです。フリードリヒは激怒して宴を中断し、彼らを皆殺しにするよう命じました。そしてテーヴェレ川は魚よりも死体の数が多くなり、その日の終わりにローマ人は誰が主人であるかを悟ったのでした。もちろん、祝宴の盛り上がりには欠けましたが。このときから、フリードリヒはアペニン以南（キテリオル）のイタリア諸都市への反感をつのらせました。だからこそ、七月末に彼がスポレートの前まで来たときに、自分の滞在費を払うように要求したところ、スポレート市民がぐずぐず言ったので、ローマのとき以上に激怒して、コンスタンティノープルの今回の略奪が子供だましに思えるほどの略奪を行ったのです……。ニケタス殿、ご理解いただきたいのは、皇帝たるもの、感情に左右されずにふるまわねばならないこと……。私はあの数ヶ月で多くを学びました。スポレートを出てから、アンコーナでビザンツの使者たちと会見し、その後はアペニン以北（ウルテリオル）のイタリアの、オットーがピレネーと呼んだアルプス山腹まで戻りました。雪で覆われた山頂を見るのはそのときが初めてでした。その頃から毎日、司教座聖堂参事会員のラヘウィンが書き方の手ほどきをしてくれました」

「子供にとっては、さぞ厳しい手ほどきだったのでは……」

「いいえ、厳しくはありませんでした。たしかに、理解できないことがあると、司教座聖堂参事会員のラヘウィンは、私の頭をげんこつで叩きましたが、父のびんたに慣れていたので、痛くもかゆくもありません。しかしそれ以外では、みんなが私の話に耳を傾けました。海でセイレンを見たと口にすれば——皇帝が私を聖人を見た者としてそこに連れていったあとは——、みんながそれを信じ、私をほめそやすのです……」

「こうしてあなたは、言葉を吟味することを学んだのですね」

「反対です。言葉をまったく吟味しないことを学んだのです。私は思いました、どうせ、何を言おうが、私が言えばそれが真実となる、と……。ローマに向かう途中に、コッラードという名の司祭が、ローマの驚異を話してくれました。カンピドリオの丘には、一週間の各曜日を表す七つの自動人形がいて、それぞれが、帝国の属州で反乱が起きたときに警告の鈴を鳴らすこと。ひとりでに動くブロンズ像のこと。魔法の鏡で充たされた宮殿のこと……。私たちがローマに着いてから、テーヴェレ川沿いで殺し合いのあった日に、私は一目散に逃げ出して町をさまよいました。歩けど歩けど、見えたのは羊の群れと古代遺跡だけです。柱廊では、ユダヤの言葉を話す民が、魚を売っていました。しかし、驚異といえるものは何ひとつありません、カンピドリオの丘の騎馬像をのぞけば。しかしそれとて、たいしたものには見えませんでした。ところが、帰国の途上、みんなが私に、何を見てきたんだと尋ねるのです。なんと答えればよかったでしょう？　ローマには遺跡とそのまわりをうろつく羊しかないと言えたでしょうか？　誰も信じるはずがありません。そこで私は、人から聞いた驚異について語り、さらに、話に尾ひれをつけました。たとえば、なかにキリストの臍と包皮の入った、ダイヤモンドがちりばめられた黄金の聖遺物箱をラテラーノ宮殿で見た、なんて。みんな私の話に聞き入り、口々に言うのです。あの日にローマ人を殺さなくてもよければ、その驚異をすべて見ることができたのに、残念だったな、と。こうして、あの年代を通じてずっと、ローマの町の驚異が語られるのを私は耳にすることになりました。ドイツや、ブルゴーニュや、ここにおいてさえもです。それは、私が話したからこそなのです」

そうこうするうちに、修道士に変装したジェノヴァ人たちが帰ってきたが、顔まで隠れるような白っぽい汚れた服に身を包んだ集団を、鐘を鳴らしながら先導していた。それは、ニケタスの身重の妻、胸に抱かれた末の男の子、ほかの息子たち、愛くるしい娘たち、数人の親類とわずかの召使だった。ジェノヴァ人たちは、レプラ〔ハンセン病〕病者の一群と見せかけて町を横断させたのだった。さすがの巡礼者たちも、道を開けて彼らを通した。

「よくぞ変装が見破られなかったものだ」笑いながらバウドリーノが言った。「レプラ病者はいいとして、あなたがたがいくらそんな格好をしていても、まるで修道士らしくない！」

「お言葉を返すようですが、巡礼者たちはどいつもこいつも間抜けばかり」とタラブルロは言った。「それに、私たちもこっちに来て長いので、いざというときのギリシア語くらいは知っています。みんないっせいに小声で、主よあわれみたまえ（キリエ・エレイソン）、ピゲ、ピゲと、連禱のように繰り返したのです。すると、誰もが尻込みして、十字架を切る者、厄除けに、指で角（つの）をつくったり、自分の睾丸に触ったりする者などさまざまでした」

召使がニケタスのもとに金庫をもってくると、ニケタスは部屋の奥に下がり、それを開けた。数枚の金貨をもって戻り、家のあるじたちに差し出すと、彼らは繰り返し礼を述べ、「あなたが出発するまで家の主人はあなたです」と言った。どんなラテン人も略奪に入ろうなどとはよもや思わない不潔な路地裏の近所の家に、ニケタスの大家族は、分散して泊まることになった。

すっかり満足したニケタスは、あるじたちのなかで最も権威がありそうなペーヴェレを呼んで、「たとえ隠れていなければならないにしても、だからといって、日常の楽しみを放棄するつもりはありません」と伝えた。町は燃えていたが、港には、商人の船と漁師のボートが続々と到着していた。彼らは、自分たちの荷を商館に降ろすことができないまま、金角湾に停泊せねばならなかった。したがって、金さえあれば、快適な生活をおくるうえで必要なものを安価で買うことができた。まともな料理にありつくには、かろうじて助かった親類のなかに、義理の兄弟にあたるテオフィロスという料理の達人がいたので、必要な食材が何かを教えてもらえばよかった。こうして、午後になってようやく、ニケタスは、書記官長（ロゴテテス）としてふさわしい正餐をあるじにふるまうことができたのだった。食卓にのぼったのは、太った子ヤギだった。ニンニク、玉ねぎ、長ねぎがなかに詰められ、魚のマリネのソースがかかっていた。

「二百年以上前に」とニケタスが言った。「あなたがたの王であるオットーの大使として、リュートプラント司教が来られ、ビザンツ皇帝ニケフォロスの客人となったことがありました。それは、愉快な会見ではなかったのですが、私たちはあとで、リュートプラントが旅の報告書を書いていることを知りました。そこには私たちローマ人が、不潔で粗野で野蛮で、ぼろを着ていると書かれていました。松脂入りのぶどう酒も耐えがたかったらしく、彼には私たちの食べ物がすべて油のなかで溺れていると映ったようです。しかしひとつだけ、熱狂的に記述しているものがあった。それがこの一皿なのです」

バウドリーノは子ヤギがたいそう気に入り、ニケタスの質問に答えつづけた。

「それで、軍隊と生活をともにすることによって、あなたは書き方を学んだ。しかし読み方はすでに知っていたのですね」

「たしかにそうですが、書くことは読むことよりもっとやっかいです。書くのはラテン語なので。というのは、皇帝が兵士に悪態をつくときはドイツ語ですが、教皇やいとこのヤゾルミゴットに手紙を書くときも、書記局の文書も、すべてラテン語で書かねばなりませんでしたから。最初の何通かの手紙を書くのには苦労しました。最初は、意味のわからない言葉や文章を丸写ししたのですが、早い話が、その年の末には、文字は書けるようになっていたのです。ですが、ラヘウィンは私に文法を教える暇がまだなかったので、書き写すことはできても、自分の頭で表現することはできませんでした。私がフラスケータの言葉で書いたのはそのためです。しかしそれは本当にフラスケータの言葉だったのでしょうか？　私は自分のまわりで聞いたほかの話し言葉の記憶を混ぜ合わせていたのです。それは、アスティの言葉、パヴィーアの言葉、ミラノの言葉、ジェノヴァの言葉ですが、これらの言葉は、互いに通じないこともあります。その後、そのあたりに、あちらこちらからやって来た人々とともに、私たちは町を建設しました。ひとつの塔を建てるために集まった人がみな、まったく同じように話しはじめたのです。それは、私が考え出した方法といくぶん重なり合うと思います」

「あなたはノモテテス〔命名者・言語の創始者〕になったのですね」

「言葉の意味はわかりかねますが、おそらくはそうでしょう。いずれにせよ、そのあとの書類はすでにまずまずのラテン語で書かれています。私はもうレーゲンスブルクの、オットー司教が管轄する静かな修道院におり、その平穏のなかで、何頁も書物をめくりつづけ……学んだのです。羊皮紙の表面がきちんと削りとられていないことに、あなたはまずお気づきでしょう。下にあった文章が部分的にまだ見えます。私は詐欺師もいいとこでした。自らの先生たちから盗みをはたらいていたのですから。白い頁がほしくて、古文書と思われた羊皮紙を二晩にわたって削りました。その数日後、オットー司教は、彼が十年以上にわたって書き継いだ自らの『ふたつの国の年代記あるいは歴史（クロニカ・シウェ・ヒストリア・デ・ドゥアブス・キウィタティブス）』の初稿が見つからず、悲嘆のあまり、哀れなラヘウィンにその責任を負わせたのです。旅行中に彼が紛失したのだ、と言って。二年後にオットーはそれを書き直す決心をし、私が彼の書記をつとめました。『年代記』の初稿を削ってしまったのは私であると打ち明ける勇気はついぞありませんでしたが。ごらんのように、のちに私が自分の年代記を失くすのですから、裁きがくだされたのです。ただし、私にはそれを書き直す気力はありませんでした。ですが私は、オットーが書き直したときに、修正を加えたことを知っています……」

「どういう意味ですか？」

「世界の歴史ともいうべきオットーの『年代記』を読めば、彼が、なんと言うか、世界と私たち人間にたいしてよい見解をもっていなかったことがわかるでしょう。おそらく世界の始まりはよかったのですが、ますます悪くなっていき、要するに、ムンドゥス・セネスキット、つまり、世界が老いて、私たちは終末に向かっていると……。しかしまさに、オットーが『年代記』を書き直しはじめた年に、皇帝は自らの業績も称賛するように要請し、オットーは、『フリードリヒの事績（ゲスタ・フリデリキ）』を書きはじめました。しかし、それから一年たらずで死亡したために書き終えられず、ラヘウィンがそれを書き継いだのです。自らの君主の事績を記述することは、彼が王位につくことによって新しい世紀が始まる、それは幸福な歴史(ヒストリア・ユクンダ)である、という確信がなければ、不可能なのです」

「自らの皇帝の歴史を、厳正さを失わずに書くことは、彼らがいかにして、またなぜ崩壊に向かうかを説明すれば可能なはずですが……」

「きっと、あなたならそうなさるでしょう、ニケタス殿。しかし、お人よしのオットーはちがいます。ことの次第のみをお話ししましょう。かくして、あの聖人のごときオットーは、一方で『年代記』を書き直して世界が悪くなってゆくさまを、他方で『事績』において、世界が必然的につねによいほうに向かうさまを書いたのです。それは矛盾している、とあなたは言うことでしょう。それだけならばまだよかったのです。私が疑うのは、『年代記』の初稿には世界がさらに悪くなると書かれていたにもかかわらず、『年代記』をしだいに書き直すにつれ、大きな矛盾を避けるために、オットーは私たち哀れな人間にたいしてより寛大になったのではないか、ということなのです。しかも、このような事態を引き起こしたのは、初稿の羊皮紙を削りとった私なのです。おそらく、もし初稿が残っていたならば、オットーは『事績』をあえて書くことはなかったでしょう。そして、フリードリヒが行ったこと行わなかったことを未来に知らしめるのがこのたでしょう」

『事績』である以上、私がもし『年代記』初稿を削りとらなかったなら、フリードリヒが行ったと言われていることのいっさいは、行っていなかったことになってしまっていたでしょう」

「あなたは」とニケタスは言った。「まるでクレタ島の嘘つきだ。自分は札つきの嘘つきだと私に言っておきながら、自分を信じろと私に要求する。あなたは私以外のすべての人に嘘をついてきたと私に信じこませようとしているのです。長年にわたり、こちらの皇帝たちの宮廷で、わたしはあなた以上に悪賢い嘘の達人の罠をかわすすべを学んできたというのに……。あなたは自らの告白によって、自分が誰か、もはやわからなくなっている。おそらくそれはまさに、あなたがあまりにも多くの嘘を、あなた自身にさえもついてきたからなのです。そして今、あなたの手から漏れてゆく歴史を私が構築するように求めています。しかし私は、あなたのような名うての嘘つきではありません。私は、他人の話を調べてそこから真実を引き出すことに一生をかけてきました。おそらくあなたが私に要求しているのは、フリードリヒのかたきうちをするためにあなたが犯した殺人を、免責してくれるような歴史です。あなたは、あなたの皇帝とのこのような愛の歴史を着々と築こうとしている。そうであれば、あなたが彼のあだうちをする必要があったのはなぜか、説明するのが当然です。たとえ彼が殺されたのが事実であり、彼を殺したのがあなたの殺した男であるにしても」

それからニケタスは外を眺め、「火事がアクロポリスに迫りつつある」と言った。

「私は行く先々の町に不幸をもたらしています」

「あなたは自分が全能だと思っている。それは高慢の罪にあたります」

「いいえ、むしろそれは苦行です。生まれてこのかた、私がひとつの町に近づくやいなや、その町は必ずや破壊されるのです。私の生まれは、集落と小さな城がいくつか散在するような土地で、通りがかりの商人がミラノの町（ウルビス・メディオラニ）のすばらしさを称賛するのを聞いてはいましたが、都市とはいかなるものかを知りませんでした。塔が遠くに見えるテルドーナでさえ行ったことがなく、アスティやパヴィーアは、地上楽園との境界にあるものと信じていたくらいです。しかしその後、私の見た町はすべて、まさにこれから破壊されようとしているか、またはすでに燃やされてしまったかのどちらかでした。テルドーナ、スポレート、クレーマ、ミラノ、ローディ、イコニウム〔現コンヤ〕、そしてプンダペッツィム。どの町に行こうが、同じことが起こるでしょう。私は、邪視をもつ都市破壊者、あなたがたギリシア人が言う、ポリオクラスタなのでしょうか？」

「自らを罰してはいけません」

「ごもっともです。少なくとも一度は、嘘をついて、私も町を救ったことがあります、それは私の町だったのですが。邪視を取り除くには、一度だけで充分だと思われますか？」

「それは、運命が存在しないということです」

バウドリーノはしばらく黙っていた。それから振り返り、蹂躙されて原形をとどめぬコンスタンティノープルを見た。「それでも私はやましさを感じます。このような行為をしているのは、ヴェネツィア人であり、フランドル人ですが、とりわけ、シャンパーニュ地方や、ブロワ、トロワ、オルレアン、ソワソンの騎士なのですから。もちろん、私の同郷、モンフェッラート人も。いっそトルコ人がこの町を破壊してくれればよかったものを」

「トルコ人がこんなまねをするはずがない」とニケタスは言った。「私たちは、彼らとはきわめて良好な関係にあるのですから。私たちが警戒せねばならなかったのは、キリスト教徒だったのです。それとも、あなたがたは、私たちの罪を罰するために神から遣わされた、神の手なのかもしれません」

「フランク人による神の御業（ゲスタ・デイ・ペル・フランコス）です」とバウドリーノは言った。

4　バウドリーノは皇帝と話し皇妃に恋する

午後になると、バウドリーノはよりなめらかに語りはじめた。そこでニケタスは、その話をもう中断しないことに決めた。彼が早く成長して、話の核心に到達するのを聞きたかったのだ。バウドリーノが語っているそのとき、まだ核心には遠く、そこにいたる途上であることをニケタスは理解していなかった。

フリードリヒは、バウドリーノを、オットー司教と、その助手、司教座聖堂参事会員ラヘウィンにゆだねたのであった。オットーは、名門バーベンベルク家の出身で、皇帝の母方の叔父にあたった。叔父といっても、皇帝よりもわずか十歳ほど年長にすぎなかったが。たぐいまれな賢者であり、パリで偉大なるアベラールのもとで学んだあと、シトー会の修道士となった。非常に若い年齢で、フライジング司教の要職にのぼりつめた。しかし彼は、きわめて高貴なこの町に多くの精力を傾けたわけではなかった。西洋キリスト教世界においては、貴族の子息たちが、あちこちの都市の司教に任命されても、任地に赴かずに収入だけ受け取ることができたと、バウドリーノはニケタスに説明した。

オットーはまだ五十歳にも満たなかったが、百歳のように見えた。慢性的に軽い咳をし、腰や肩の痛みのせいで一日おきに足を引きずり、結石を患っていた。さらに、日の光のもとでも、ろうそくの明かりのもとでも、読み書きを怠ることがないので、目やにがちだった。往々にして痛風病みがそうであるように、短気そのもので、初めてバウドリーノと話したときには、吠えるような口調でこう言った。「ほら話をたくさんして、おまえは皇帝に気に入られたそうだな?」

「先生、誓って言いますが、それはちがいます」とバウドリーノは反論した。するとオットーは、「まさしく、嘘つきの否定は、肯定と同じ。私について来なさい。私が知っていることを教えよう」

このことからもわかるように、じつは、オットーは愛すべき好人物であり、バウドリーノがものわかりが早く、聞いたことをすべて記憶できるのですぐに気に入ったのだった。しかし、バウドリーノが、学んだことだけではなく、自分で思いついたことも大声で吹聴していることに気づいていた。

「バウドリーノ」とオットーは言った。「おまえは生まれながらのほら吹きだな」

「なぜ、そんなことをおっしゃるのですか、先生?」

「なぜなら、真実だからだ。だが、おまえを非難していると思うな。おまえが文人になって、いつか歴史を書きたいのなら、嘘をつかねばならない。話を作らねばならないのだ。さもなければ、おまえの歴史は単調になるであろう。しかし、節度をもって嘘をつかねばならんぞ。世俗世界は、どんなくだらないことについても嘘しかつかない嘘つきを断罪するが、このうえなく大きなことについてのみ嘘をつく詩人を称賛する」

バウドリーノはこのような師の教えに学びながらも、『ふたつの国の年代記あるいは歴史』から『フリードリヒの事績』に移行するにつれて、師の発言がくいちがってきたことを目のあたりにして、師自身もまたいかに嘘つきであるかがしだいにわかりはじめていた。したがって、完璧な嘘つきになりたければ、あれこれの議論においてどのように人々が互いに相手を説得するかを知るために、他人の話にも耳を傾けねばならないと心に決めていた。たとえば、ロンバルディアの諸都市をめぐる、皇帝とオットーとのあいだのさまざまな対話に、彼は立ち会っていた。

「よくもここまで野蛮になれるものだな！　かつてやつらの王たちが鉄王冠をかぶったのもむべなるかなだ！」フリードリヒは怒りをぶちまけた。「皇帝にたいして敬意をはらうべきことを誰も彼らに教えなかったとみえる。バウドリーノ、考えてもみろ、彼らはレガリアを行使しているのだぞ！」

「わが良き父よ、そのレガリオーリとは何ですか?」全員が噴き出したが、なかでも、いにしえの正しいラテン語にまだ通じ、レガリオルスが小鳥を意味することを知っていたオットーの笑い声が大きかった。

「レガリア、レガリア、ユラ・レガリア、つまり王権だ、バウドリーノの唐変木(とうへんぼく)が!」フリードリヒが叫んだ。「余に属する権利のことだ、判事を任命したり、公道、市場、航行可能な河川への税を徴収し、貨幣を鋳造する権利……ほかに、ほかには何があった、ライナルト?」

「罰金や刑罰から派生する利益、法定相続人なき家督の没収、犯罪行為や近親婚による没収から派生する利益、鉱山、塩田、漁場から得られる収益の歩合、公共の場で採掘された財宝の歩合です」とライナルト・フォン・ダッセルが続けた。彼はこれからしばらくのちに、書記官長、すなわち帝国第二の権力者に任命されることになる。

「そういうことだ。ところがこれらの都市ときたら、余の権利すべてを横取りしたのだ。やつらには正しいこと、良いことの分別がない。ここまでやつらの頭がイカレたのは、いったいどんな悪魔のしわざだ?」

「わが甥にしてわが皇帝よ」とオットーは言葉をはさんだ。「あなたは、ミラノ、パヴィーア、ジェノヴァのことを、まるで、アウクスブルクかウルムのように考えています。

ドイツ諸都市は王の意思によって誕生し、最初から自らを王と同一化しています。しかしこれらの都市はちがいます。ドイツの皇帝たちが、ほかの用事で忙しいときに勃興して、彼らの君主の不在に乗じて成長してきたのです。あなたがそれらの都市に司法長官(ポデスタ)を派遣する意向だと住民に話せば、彼らはこの権力の傲慢(ポテスタティス・インソレンティアム)を耐えがたいくびきとみなし、彼ら自らが選ぶ執政官(コンソレ)に統治させようとします」

「すると彼らは、君主の保護を受け、帝国の尊厳と栄光を共有することがいやなのか?」

「それは大いにありがたいのです。そのように有利な立場をあえて放棄する理由など、この世にないはずです。さもなければ彼らは、どこかの君主、ビザンツ皇帝か、はたまたエジプトのスルタンの餌食になってしまうでしょう。しかしそれは、保護を受ける君主が離れているという条件つきです。あなたは、ご自分の貴族に囲まれて暮らしているので、おそらく、それらの都市での関係のちがいに気づかないのです。それらの都市は、野や森の領主である大貴族を認めません。なぜなら、野も山も都市に属しているからです――おそらく、モンフェッラート侯などの一握りの諸侯の土地をのぞけば。よろしいですか、技芸にたずさわる職人の若者たちは、あなたの宮廷に足を踏み入れることなどけっしてないでしょうが、都市においては、そういう彼らが行政に加わり、命令を下し、ときには騎士の称号までもつにいたるのです……」

「これでは世界がひっくり返ってしまう！」と皇帝は叫んだ。

「父上」バウドリーノが指を立てて発言を求めた。「しかしあなたは、私をまるで家族の一員のように扱っているではありませんか、昨日まで干し草のなかで暮らしていたこの私を。これはどうしたことですか？」

「それは、余が望めば、おまえを公にもできるということだ。なぜなら余は皇帝であり、勅令によって、誰にでも貴族の位を授けることができるから。しかしだからといって、誰もが自力で貴族の位を得られるわけではないのだ！　もし世界がひっくり返れば、自分たちもまた破滅に向かうことを彼らは理解できないのか？」

「まったく理解していないようです、フリードリヒ殿」とオットーが言葉をはさんだ。「それらの都市はすでに、その自治という方法によって、あらゆる富が集まり、いたるところから商人が集まる場所となっています。その城壁は、多くの城の外壁よりも美しく堅固です」

「叔父上、あなたはどちらの味方なのか？」皇帝がどなった。

「あなたの味方です、わが甥にしてわが皇帝よ、しかしながらだからこそ、あなたの敵の力がどれほどなのかを理解してもらえるように、手助けするのが私の義務。もしあなたが、それらの都市があなたに与えようとしないものをむりにでも獲得しようとすれば、あなたは人生の残りを、その包囲と征服についやしてむだにするでしょう。そして結局は、わずか数ヶ月のうちに、彼らが以前にもまして傲慢になって復活するのを見て、彼らを再び屈服させるために、アルプスをまた越えることになるのです。しかし、あなたの帝国の運命は別のところにあります」

「余の帝国の運命はどこにあるのか？」

「フリードリヒ殿、私は自らの『年代記』――不可解なできごとによって紛失したため、私はそれを書き直すことになりましょう。この紛失に責任があるにちがいない司教座聖堂参事会員ラヘウィンに天罰が下らんことを――に次のように書きました。その昔、エウゲニウス三世が教皇の時代、アルメニア使節団一行と教皇を訪れたガバラのシリア人司教は、教皇にこう言いました。極東の、地上楽園にきわめて近い国々で、王にして祭司（レクス・サケルドス）であるプレスビュテル・ヨハネス〔司祭ヨハネ〕の王国が繁栄している、と。彼は、ネストリウスの異端の徒とはいえ、キリスト教徒の王であり、その祖先は、同じく司祭ながら太古の知恵に通じ、幼子イエスのもとを訪れたあの東方の三賢王である、と」

「それで、神聖ローマ皇帝の余と、その司祭ヨハネとどんな関係があるのだ？　主の思し召しによって、彼が長いこと、ムーア人たちの王にして祭司の地位にある場所は、いったいどこなのだ？」

「ごらんなさい、誉れ高きわが甥よ、あなたが「ムーア人」と言うとき、あなたはエルサレム防衛――このうえなく深い信仰心から発した事業であることは私も否定しませんが、それはフランス王にゆだねなさい。どのみちエルサレムの実権を握るのはフランス人なのですから――で消耗しつつある他のキリスト教徒の王たちと同じように考えているのです。キリスト教世界と、神聖なローマ帝国たらんとするあらゆる帝国の運命は、ムーア人の向こう側にあります。エルサレムと、異教徒の土地の向こうに、キリスト教の王国がひとつあります。ひとりの皇帝が、このふたつの王国を統合できれば、異教徒の帝国もビザンツ帝国自体も、彼の栄光の大海に呑みこまれ、ふたつの孤島となって見捨てられることでしょう！」

「それは絵空事だ、叔父上。よろしければ、地に足をつけてイタリア諸都市に話を戻そう。親愛なる叔父上、ひとつ説明してほしい。彼らがそれほど望ましい状況にあるなら、なぜ、いくつかの都市は余と同盟を結び、ほかの都市と対立するのだ？　なぜ全都市が余に反旗をひるがえさないのだ？」

「少なくとも、今のところはまだ」と慎重なライナルトが留保をつけた。

「繰り返しになりますが」とオットーが言った。「それらの都市は、帝国にたいするみずからの服従関係を否定するつもりはないのです。だからこそ、ちょうどミラノがローディにたいして行ったように、別の都市がそれらの都市を迫害すれば、あなたに助けを求めるでしょう」

「しかし都市であるという状態が理想の状態であるのなら、なぜ、各都市が近隣の都市を迫害しようとするのか？　まるで、その領地を呑みこみ、王国への変貌を欲するかのように」

そこでバウドリーノが言葉をはさみ、地元に精通した彼ならではの知恵を発揮した。

「父上、問題は、都市だけではなく、アルプスの向こう側では村もまた、喜び勇んで一発ヤッテやろうと……イテッ……」(オットーはしつけのためにつねることもあった)「……つまり、互いに相手を辱めるのです。私たちの地元はこんなもんです。外国人を嫌悪することもありますが、誰よりもまず隣人を嫌う。もし外国人が、隣人を痛い目にあわせることに手を貸してくれれば、大歓迎なんです」

「いったいなぜ？」

「なぜなら、悪い人たちだから。私の父の言い方を借りれば、アスティの人間のほうがバルバロッサよりもたちが悪いのです」

「バルバロッサとは誰のことだ?」皇帝フリードリヒが怒った。

「あなたのことですよ、父上、あちらでは誰もがそう呼びます。それに、どこがいけないのでしょう? 父上の髭(バルバ)は本当に赤い(ロッサ)し、よく似合っていますよ。あなたの髭を彼らが赤銅色(ラーメ)と表現したとしましょう。バルバラーメならいいのですか? たとえ父上の髭が黒くても、私があなたを愛し敬うことにかわりません。でも、本当に髭が赤いのだから、バルバロッサと呼ばれてなぜそんなに文句を言うのか解せません。私が言いたかったことは、髭のことで怒りさえしなければ、父上が心配する必要などないということ。というのは私が思うに、あなたに対抗するべく彼らが一致団結することはありえないから。彼らが勝ったあかつきに、そのうちのひとりが他よりも強大になることがこわいのです。だから父上のほうがましなのです。ただし、彼らへの税を重くしなければですけどね」

「バウドリーノの言うことをすべて信じなさるな」オットーがほほえんだ。「この若者は生来の嘘つきです」

「いやそれはちがう」フリードリヒが答えた。「イタリアのことであれば、こいつはたいていしごくもっともなことを言う。たとえば今、イタリア諸都市にたいしてわれわれのできる唯一のことは、できるだけ分割することだと教えているのだ。ただし、誰が味方で誰が敵かの区別がつかん」

「しかし、われらがバウドリーノの言うことが正しいなら」とライナルト・フォン・ダッセルが冷笑を浮かべながら言った。「誰が敵で誰が味方かは、こちらしだいではなく、そのときにほかの諸都市から踏みにじられようとしている都市しだいということになります」

堂々たる体格で、力もあるのに、そのような臣民たちの考え方が受け入れられないフリードリヒに、バウドリーノは少し心が痛んだ。皇帝が自国以上にイタリア半島で時間を過ごしていることを考えればなおさら。彼はイタリア人が好きなのに、なぜ彼らに裏切られるのか理解できないのだとバウドリーノは思った。おそらく、嫉妬深い夫のように彼らを殺すのは、このためなのだ。

しかし彼らが帰ってから数ヶ月のあいだ、バウドリーノはフリードリヒに会う機会がわずかしかなかった。フリードリヒは、まずレーゲンスブルク、その後ヴォルムスで、帝国会議を開く準備をしていた。恐るべきふたりの親類とよい関係を保たねばならなかったのだ。そのふたりとは、彼がしまいにはバイエルン公国を与えたハインリヒ獅子公と、わざわざオーストリア公国を作り出して与えたハインリヒ・ヤゾルミゴットである。翌年の春先にオットーは、フリードリヒがめでたく結婚するので六月にはみんなでエルビポリス〔ヴュルツブルク〕に行くことになろうとバウドリーノに告げた。皇帝にはすでに妻がいたが、その妻とは数年前に別れていた。そして今、ブルゴーニュのベアトリスと結婚しようとしていた。プロヴァンスまで広がる伯領が彼女の持参金だった。その莫大な嫁資ゆえに、オットーとラヘウィンは財産目当ての結婚だろうと踏んでいた。バウドリーノも、同じ気持ちで、祝賀のおりに着るべき新しい服を手に入れて、本人の美貌よりも祖先の財産によって望まれているブルゴーニュの年増女と養父が腕を組む日に備えていた。

「正直に言って、私は嫉妬していたのです」とバウドリーノはニケタスに言った。「つまり、第二の父親を見つけて間もないうちに、継母によって、少なくとも部分的に私は引き離されるわけですから」

そこでバウドリーノは息をついだ。やや困惑の表情を浮かべ、傷跡に指を当ててから、恐るべき真実を明かした。結婚式の場所に着いた彼は、ブルゴーニュのベアトリスが並外れた美貌をもつ二十歳の娘——もしくは、少なくとも彼にはそう思われたのであり、彼女を一目見るや身動きができず、目を大きく見開いて見とれていた——であることがわかった。髪は黄金に輝き、顔立ちは美しすぎるほど整っていた。熟した果実のように赤く小さな口、みごとに整った純白の歯、背筋は伸び、まなざしは控えめで、瞳は澄んでいた。その魅惑的な話しぶりにはつつしみがあり、体つきは華奢だった。彼女をとりまく者はみな、その優美さが放つ輝きに心を奪われているようだった。どうすれば夫に服従しているように見えるか熟知し(未来の皇妃にとってそれは最高の美徳だった)、主人として夫を畏敬しているところを態度で示していたが、妻としての自らの意思を彼に伝えるときには、彼女が主人となった。その伝え方がきわめて優雅だったので、彼女の訴えはすべて命令としてすぐに聞き入れられたほどである。称賛すべき彼女の美点をほかに付け加えるならば、文学の素養があり、作曲が巧みで、その歌はこのうえなく甘美だったということである。ベアトリスの名にたがわず、まさしく神に祝福されたお方だったとバウドリーノは話をしめくくった。

少年が継母に一目惚れしたことはニケタスにはなんなく理解できたが、少年にとってそれが初恋だっただけにそれからどういう事態になるか、彼ははかりかねた。農民の子が、にきびだらけの若い農民の娘に初めて恋するだけでも、まばゆいばかりに強烈でやるせない体験であるが、よりによって、農民の子の初恋の相手は、乳のように肌の白い二十歳の皇妃だったのだから。

バウドリーノは、自らのいだく感情が父親にたいする窃盗のようなものだとすぐに理解し、若年の継母を姉のように見ているだけなのだと、自らに言い聞かせようとした。

だがたとえ道徳神学をさほど勉強したことがなくても、姉を愛することもまた——少なくとも、ベアトリスを見るときに彼をかきたてる情念のおののきと激しさをもって愛することは——許されざる行為だと気づいていた。したがって、彼は赤面しながら頭を垂れた。まさにそのとき、フリードリヒから彼の小さなバウドリーノを紹介された(変わり者だが最愛の、ポー平原のいたずらっ子、というフリードリヒの言葉とともに)ベアトリスが、やさしく手を差し伸べ、まずは頬を、それから頭をなでたのだった。

バウドリーノは意識を失いそうになった。まわりの光が消えてゆくように感じ、復活祭の鐘の響きのような耳鳴りがした。オットーが「ひざまずけ、無礼者!」と声を抑えてささやきながら、首筋を強く叩いたので、ようやくわれに返った。自分の前にいるのが、イタリアの女王であるだけでなく、神聖ローマ帝国の皇妃であることを思い出し、ひざまずいた。そしてそのときから、申し分のない宮廷人としてふるまったが、そのかわりに、悶々と眠れぬ夜を過ごすことになった。あの神秘的なダマスカスへの道に歓喜するかわりに、未知の情念のたえがたい炎に焼かれ、涙を流したのだった。

ニケタスは、獅子のごとき風貌の話し相手を見ながら、その繊細な表現力、文語的ともいえるギリシア語の抑制された修辞に感心していた。そしてあらためて、自分の前にいるのはいったいいかなる人物なのだろうと思った。同郷人のことを話すときは粗野な言葉を、君主のことを話すときは王宮の言葉を用いることができるこの男が。ニケタスは思った。さまざまな魂を表現するために自らの語りを調整できるこの人物の魂はひとつだけなのだろうか。もし彼がさまざまな魂をもつのなら、話すときにいったい誰の口を借りて、私に真実を言っているのだろうか。

5　バウドリーノはフリードリヒに賢明な忠告をする

翌朝、市街はまだ、たったひとつの煙の雲に覆われていた。ニケタスは果物を食べ、落ち着かないようすで部屋のなかを歩き回っていたが、ジェノヴァ人をひとり使いにやってアルキタスという男をさがし、洗顔をしてもらいたいのだがと、バウドリーノに言った。

おいおいあんた、とバウドリーノは心のなかでつぶやいた。町が壊滅し、人々は路上で喉を掻き切られ、この男だってわずか二日前まで、あやうく家族全員を失いかけていたというのに、もう誰かに洗顔してほしい、だと。この堕落した町の宮廷人は、こんな暮らしに慣れているのだな。フリードリヒなら、こんなやつはもうとっくに窓から放り投げているだろう。

しばらくして、アルキタスが、銀製の道具と、奇想天外な香水瓶の詰まったかごをもって現れた。その腕前は名人の域にあった。まず、熱い布で顔を柔らかくしてから軟化クリームを塗り、それを顔全面に伸ばして、汚れをすべて除去し、最後に、しわを伸ばす美容液をつける。目もとには褐色の顔料でうすく線を引き、唇にかすかにばら色の光沢を出し、耳毛を抜く。もちろん、髭と髪の手入れは言うまでもない。ニケタスはじっと目を閉じていた。熟練の手つきでなでられ、自らの物語を話しつづけるバウドリーノの声を子守唄がわりに聞きながら。美の達人が何をしているか知りたくて、むしろときどき話を中断するのは、バウドリーノのほうだった。たとえば、達人が小瓶からトカゲを一匹とり出したときだった。頭と尻尾を切ってすりつぶし、そのペーストを油の入った小鍋で揚げるのを見て、それが何かを尋ねた。なんとそれは、ニケタスの頭にまだわずかに残った髪の毛の寿命を延ばし、輝きと香りを与える薬だったのだ。ではあっちの小壜は？　それらは、ナツメグやカルダモンや薔薇水のエキスで、それぞれが、顔の各部に活力をよみがえらせるためのものだった。さらに、のり状の蜂蜜は、唇をじょうぶにするために、もうひとつのペーストは、成分の秘密を明かしてはくれなかったが、歯茎を引き締めるために使われた。

ついにニケタスは、天幕の判事にして書記官長という地位にふさわしく、見違えるほど立派になった。その陰気な朝に、断末魔の叫びを上げるように煙るビザンツ帝国を背景にして、彼ひとりがまるで生まれ変わったかのように輝きを放っていた。バウドリーノは、冷たく住みごこちの悪いラテン人の修道院で過ごした自らの青春時代をニケタスに語るのが、はばかられた。そこでは、オットーの健康を考慮して、育ち盛りの彼までが、ゆで野菜とスープという質素な食事をとるよう義務づけられていたのだった。

バウドリーノはその年、宮廷で過ごす時間があまりなかった（宮中にいるときは、ベアトリスに出くわさないかと、いつもおそるおそる行動していたが、しかし同時に、会いたくてうずうずしていた。それは、責め苦に等しかった）。フリードリヒは、まず、ポーランド人と決着をつけねばならなかった（「ポーランド人は好戦的にして野蛮同然の民族なり」とオットーが書いている）。三月には、再度イタリアへの南下を準備するために、ヴォルムスで新たな帝国会議を召集した。イタリアでは例によってミラノが、衛星都市を従えて、ますます反抗的な態度を示していたからだった。さらに九月にはエルビポリスで、十月にはブザンソンで帝国会議を召集した。要するに、悪魔にとりつかれたようにせわしなかったのだ。一方バウドリーノは、ほとんどモリモンの修道院にオットーとともにとどまり、それまでどおりラヘウィンに学問を習い、ますます病気がちになった司教の写字生をつとめていた。

『年代記』の筆写が、司祭ヨハネ（プレスビュテル・ヨハネス）について叙述される章に達したとき、バウドリーノは、彼がキリスト教徒といってもネストリウス派（セド・ネストリアヌス）であるとはどういう意味かと尋ねた。

つまり、このネストリウス派とは、部分的にはキリスト教徒だが、部分的にはちがう、ということか、と。

「わが息子よ、要するに、ネストリウスは異端者であったが、私たちは彼に多大な恩があるのだ。インドで使徒トマスが説教をしたあと、絹が渡ってくるはるかかなたの国々までキリスト教を広めたのはネストリウス派だった、ということを知らねばならない。ネストリウスは、われらが主イエス・キリストと聖母にたいして、たったひとつだけ、それも重大な過ちを犯した。よいか、私たちは、唯一の神性が存在することを、しかしその一方で、三位一体が、この性質の一体性において、三つの自立した位格、父と子と聖霊からなることを、あくまでも信じている。しかし、同様に、キリストのなかには唯一の神聖な位格とともに、ふたつの性質、人性と神性があることを信じている。ところが、ネストリウスは、キリストのなかにはたしかに人性と神性のふたつの性質があるが、神格と人格のふたつの位格もあると主張した。したがって、マリアは、人格だけを産んだのであるから、神の母とは言えず、キリストの母であるにすぎない。マリアは、神を出産したテオトコス、あるいはデイパラではなく、せいぜい、キリストの母、クリストトコスにすぎない、と」

「そのように考えることは、重大な過ちですか？」

「重大であるとも、そうではないとも言える……」オットーはいらだっていた。「聖母マリアをネストリウスのように考えても、同じように愛することはできようが、より敬意を欠くことはたしかだ。それに、位格とは、理性的存在者の個人的実体であるからして、もしキリストのなかにふたつの位格があったとするなら、ふたりの理性的存在者のふたつの個人的実体があったというのか？　この先はどういうことにあいなるか？　イエスは日によって別の考え方をする、ということにならないか？　だからといって、司祭ヨハネ（プレスビュテル・ヨハネス）が人を欺く異端者だというわけではない。彼に真の信仰を理解させるキリスト教徒の皇帝と、出会うことになればよいのだが。彼は必ずや誠実な人間だから、改宗するにちがいない。だがもちろん、おまえが神学を少し学ばなければ、こういうことはまったく理解できまい。おまえは利発だし、ラヘウィンは、読み書きと、簡単な計算、文法規則の習得にかんしては良き教師だ。しかし、三学四科はまったく別物なのだ。神学に到達するには、弁証法を学ばねばなるまいが、こうした学問はここモリモンでは学べないだろう。おまえは、どこかのストゥディウム、つまり大都市にあるような学校に行かねばならないだろう」

「どういうところかもわからないストゥディウムなんか、行きたくありません」

「それがわかれば、喜んで行くことになろうぞ。いいか、わが息子よ、人間社会が、兵士、修道士、農民という三つの力を土台としているとは、よく言われるところであるが、それが妥当したのは昨日までかもしれない。私たちは今、新しい時代を生きているのだ。たとえ修道士でなくても、法律、哲学、天体の運行やほかの多くのことどもを学び、司教や国王から行動をつねに拘束されることのない賢者が、同じように重要になりつつある時代が来たのだ。ボローニャやパリでしだいに誕生しつつあるこれらのストゥディウムは、権力の一形式でもある知を磨き、伝達する場なのだ。私は偉大なアベラールの弟子だった。多くの罪を犯しはしたが、大いに苦しみ、罪を贖ったこの男を、神よ哀れみたまえ。怨恨による復讐のために生殖能力を奪われるという不幸のあとで、修道士になり、その後は修道院長として、世俗を遠く離れて生きた。しかし彼が栄光の頂点にあったのは、パリで教師として学生に崇められ、まさにその知識ゆえに、有力者に敬われていたときだった」

バウドリーノは、教わることがまだ山ほどあるオットーのもとをけっして離れまいと心に誓った。しかし、出会ってから四度目の春が来る前に、オットーは、マラリア熱、全身の関節の痛み、胸部鬱血、そしてもちろん結石により、すでに虫の息だった。数多くの医師たちは——このなかにはアラブ人やユダヤ人の医師まで数名含まれており、したがって、キリスト教徒の皇帝が司教に提供しうる最良の治療を受けていたのだが——、もはや衰弱していた彼の体をおびただしい数の蛭に血を吸わせてさらに痛めつけたが――これらの学識ある医師たちすら説明できない理由によって――、ほぼすべての血を抜き取ったあとで、抜き取る前よりも病状は悪化したのだった。

　オットーはまず最初にラヘウィンを枕元に呼び、フリードリヒの事績にかんする自らの歴史書の継続を、簡単だからと言って彼にゆだねた。事実を語り、古代人の文献から抽出した演説を皇帝に言わせればよいのだから、と。それからバウドリーノを呼んだ。「最愛の子よ（プエル・ディレクティッシメ）」とオットーは言った。「私はこの世を去る。天に帰るとも言える。いったいどちらの言い方のほうが適切か私には自信がない。同じく自信がもてなくなった、ふたつの都市をめぐる私の歴史書のほうが正しいのか、それともフリードリヒの事績のほうなのか……」（「ニケタス殿、おわかりになりますか」とバウドリーノは言った。「ひとりの少年の生涯は、ふたつの真理をもはや区別できない瀕死の師の告白によって、決まってしまうかもしれないのです」）。「去るでも帰るでもよいが、なにもそれがうれしいわけではない。それは主の思し召ししだい。神意を議論すれば、今この瞬間にも私は雷に打たれかねないので、わずかに残された時間を有効に使うほうがよかろう。よく聞け。私は皇帝に、ピレネー・アルプス〔オットーはアルプス山脈のことをつねにこう呼んでいた。七二頁参照〕以南の諸都市の、それなりの言い分を理解させようとつとめた。皇帝はそれらの都市を自らの支配下に置くことしか眼中にないが、服従を承認させるには、さまざまな方法がある。おそらく、包囲でも殺戮でもない手段を見つけられるはずだ。だからこそ、皇帝も耳を傾けるおまえが、しかも、かの土地の息子でもあるおまえが、われらの君主の要求とおまえの故郷の町々の要求を調停するべく最善を尽くさねばならん、できるだけ死者の数を減らし、最後はみなが満足するようにな。そのためには、理路整然と推論することを学ばねばならない。そこで私は皇帝に、おまえをパリにやって学ばせるよう頼んでおいた。法律一辺倒のボローニャではないぞ。おまえのようなイカサマ師は、学説彙纂に首をつっこむべきではない、なぜなら、法律によって嘘をつくことは許されないから。パリでおまえは、修辞学を学び、詩人の作品を読むことになろう。修辞学は、真実かどうか定かでないことを巧みに語る学芸であり、詩人たちは、美しい嘘を発明する義務を負っている。それから、神学を少々勉強するのもよいだろう。だが神学者にはなろうとするな。全能の神のことどもを冗談の対象にすべきではないからな。しっかり勉強して、宮廷で好印象をもたれれば、おまえはきっと廷臣になるであろう。それは農民の息子が望みうる最高の地位だ。そして、騎士と同じように多くの貴族と肩を並べ、おまえの養父に忠実に仕えることができよう。どうか私の思い出のためにそうしてくれ。イエスよ、われを許したまえ、意図せずにあなたの言葉を使ったとしても」

そして苦しげに息を吐くと、動かなくなった。バウドリーノが、息を引き取ったのだと思い、その目を閉じようとしたとき、オットーはいきなり口を開き、最後の力をふりしぼってささやいた。「バウドリーノ、司祭ヨハネの王国のことを忘れるなよ。それを探すことによってのみ、キリスト教の旗印はビザンツとエルサレムを越えていくことができるだろう。私はおまえが、皇帝も信じた多くの作り話をするのを聞いてきた。であるから、もしこの王国についてほかに情報がなければ、おまえがそれを発明せよ。いいか、注意してくれよ、私はおまえが偽りとみなすことを証言するよう要求しているのではないぞ。それは罪となろうから。そうではなくて、おまえが真実と信じることを嘘を並べて証言するのだ。それは、確実に存在するか、確実に起きた何かについての証拠の不足を補うために有効な方法なのだ。お願いだ、司祭ヨハネはきっと実在している、ペルシャ人とアルメニア人の土地の向こう側に、バクタ、エクバタナ、ペルセポリス、スーサ、アルベラのかなたに、三賢王の末裔が……。フリードリヒを東方へとかりたてよ、東方から、彼を最も偉大な王として輝かせる光が到来するであろう……。ミラノとローマのあいだに広がる泥沼から皇帝を救い出せ……。さもなければ、死ぬまでそこから抜け出せないかもしれない……。教皇までが命令を下すような王国から彼を遠ざけよ。つねに中途半端な皇帝となるだろうから。おぼえておけ、バウドリーノ……。司祭ヨハネは……。東方への道は……」

「なぜ私にそのような話をなさるのですか、先生、ラヘウィンにではなく？」

「なぜなら、ラヘウィンは、想像力がないからだ。彼は見たことだけしか語れないばかりか、それもできないことがある、見たことすら理解できずに。おまえのほうは、見なかったことまで想像できる。おお、いったいなぜこんなに暗くなったのだ？」

バウドリーノは、嘘つきだったので、夜の帳(とばり)が下りようとしているだけだから心配しないように彼に言った。ちょうど鐘が正午を打ったとき、オットーは、かすれた声で息を吐いた。その目は、まるで、彼が思いを馳せる玉座の司祭ヨハネ(プレスビュテル・ヨハネス)を見つめているかのように、開かれたまま動かなかった。バウドリーノはその目を閉じ、心の底から泣いた。


オットーの死にうちひしがれて、バウドリーノは数ヶ月間フリードリヒのもとに帰った。皇帝に再会できれば、皇妃にも再び会えるだろうという考えに、最初はなぐさめられた。いざ再会してみれば、さらにいっそう悲しくなった。このときバウドリーノが十六歳になろうとしていたことを私たちは忘れないでおこう。最初は彼自身もほとんど理解できないような少年期の惑いのように見えた彼の恋は、今や、欲望に目覚め、重い責め苦になりつつあった。

宮廷で悲しい思いをしなくてすむように、つねに戦場のフリードリヒに従い、そこで、皇帝の意にそまぬできごとの数々を目撃した。ミラノがローディを再度破壊した。正確に言えば、まず、家畜、飼料、家財道具を各世帯からもちさり、町を略奪した。次に、城壁の外にローディ市民を追いやり、へんぴな場所に移動しないのなら、女も老人も子供も、ゆりかごの赤子も含めて、刃にかけると告げた。ローディ市民は城内に犬だけを残し、田園に出て、雨のなかを歩いた。馬を奪われた貴族も、子供を抱いた女たちも、ときおり道端でころび、溝のなかを惨めにもころがった。彼らは、アッダ川とセリオ川のあいだに避難して、なんとかあばら家を見つけ、重なりあうように眠った。

ミラノ人たちはそれでも安心せず、ローディに戻ると、立ち去らなかった少数の市民を投獄し、ぶどうの木も草花も刈り取ってから、家に火を放ち、犬もまた大半が殺された。

こうした事態は、皇帝にとっては耐えがたいできごとであり、当然ながら、フリードリヒに再度のイタリア遠征を促した。その大軍勢は、ブルグント人、ロートリンゲン人、ボヘミア人、ハンガリー人、シュヴァーベン人、フランケン人など、数えあげればきりがなかった。皇帝軍はまず、モンテジェッツォーネに新ローディを建設してから、ミラノの正面に陣営をかまえた。それを熱狂的に支援したのは、パヴィーア、クレモーナ、ピサ、ルッカ、フィレンツェ、シエナ、ヴィチェンツァ、トレヴィーゾ、パドヴァ、フェッラーラ、ラヴェンナ、モデナなど、ミラノを辱めるために帝国軍と同盟を結んだ各都市だった。

そして、まさしくミラノは辱められたのだった。夏の終わりに降伏したミラノ市民は、町を救うために、屈辱的な儀式を強いられた。彼らとは何ひとつ共有すべきもののないバウドリーノでさえも、その儀式には屈辱感を味わうほどだった。敗者たちは、彼らの主君の前で、惨めな行進をさせられたのだ。許しを請う者らしく、司教も含めみな裸足で、粗衣をまとい、兵士は剣を首につるしていた。フリードリヒは、それを見るやまたもや寛大になり、辱められた者たちに平和の接吻を与えるのだった。

「なぜあそこまで」とバウドリーノは思った。「ミラノはローディにたいして横暴にふるまう必要があったのか。そのあと一転、みじめに降参したくせに？　なぜこのような土地に暮らさねばならないのだろうか、まるで誰もが自殺の誓いを立てて、お互いがその手助けをするかのような土地に？　私はここを去りたい」じつは、ベアトリスからも遠ざかりたかったのだ。というのは、ついにどこかで、ときには距離の遠さが恋の病を治すと書いてあるのを読んだからだった(しかしまだ、その正反対、つまり、まさに距離の遠さが情熱の炎をかきたてると書いてある本は読んでいなかった)。こうして、バウドリーノはフリードリヒのもとに行き、パリに行かせてもらえるように、オットーの推薦のことを切り出した。

悲しみと怒りの表情を浮かべて自室を行ったり来たりする皇帝を見て、ライナルト・フォン・ダッセルは、部屋の隅で皇帝が落ち着くのを待った。しばらくしてフリードリヒは、動き回るのをやめ、バウドリーノの目をじっと見つめて言った。「おまえが余の証人になるんだ、小僧、余は、イタリア諸都市に唯一の法律を課そうとして四苦八苦しているが、ときに一からやり直さねばならんときがある。もしかすると余の法律はまちがっているのか？　余の法律が正しいと言ってくれる者は誰なのだ？」するとバウドリーノは、言下にこう答えた。「陛下、そのように考えはじめれば、きりがありません。逆に、皇帝が存在するのは、まさに以下のような理由によります。つまり、正しい考えをいだくから皇帝なのではなく、皇帝が考えることが正しいのであり、それ以上でも以下でもないのです」フリードリヒは、彼を見つめてからライナルトに言った。「この子は、おまえたちの誰よりもよいことを言う！　もしこの言葉がきちんとしたラテン語に訳されれば、さぞ立派に聞こえるであろうな！」

「クオッド・プリンキピ・プラクイット・レギス・ハベット・ウィゴレム、すなわち、君主の意思は法律としての効力を有する」とライナルト・フォン・ダッセルは言った。

「たしかに、きわめて賢明で、明確に聞こえます。しかし、福音書に書かれていなければなりません。さもなければ、このすばらしい考えを受け入れるようにみなを説得できるでしょうか?」

「われわれはローマで起きたことをしかと見た」とフリードリヒは言った。「余が教皇に塗油してもらえば、それはただちに（イプソ・ファクト）、彼の権力が余の権力にまさると余が認めることになってしまう。余が教皇の首根っこをつかんでテーヴェレ川に放り投げれば、余は、今は亡きアッティラ以上の神の災いとなってしまう……。余の上に立とうなどと思わずに、余の権利を明確にしうる者はいったいどこにいるのだ? この世にはおらんのか?」

「おそらく、そのような権力は存在しないでしょう」とバウドリーノが言った。「しかし、知が存在します」

「それはどういう意味だ?」

「オットー司教がストゥディウムとは何かを話してくれたとき、この教師と生徒の共同体は、独自に運営されているとのことでした。生徒は世界じゅうから集まります。彼らの君主が誰であろうとかまいません。教師に支払うのは彼らであり、したがって、教師は生徒だけに依存しているのです。ボローニャの法学教師がそうですし、また、パリでも、そうなりつつあります。パリではかつて、教師たちは大聖堂付属学校で教えており、したがって司教の配下にあったのですが、ある日、サント・ジュヌヴィエーヴの丘に登って教えたのです。彼らは、司教にも王にも耳を傾けることなく真実を発見しようとしています」

「余が彼らの王なら、目にもの見せてくれよう。しかし、そうなったとしたら？」

「ボローニャの教師が、ほかのいっさいの権力、つまり、父上や教皇や他のすべての君主から本当に独立し、法にのみ従うことを認める法律を父上が作れば、そうなるでしょう。彼らが世界で唯一のこのような地位をいったん授けられれば、こう主張します。正しい理性、自然の光、伝統にしたがって、唯一の法はローマ法であり、それを体現する唯一の存在が神聖ローマ皇帝である、と。そして、当然のことながら、ライナルト殿がいみじくも言われたように、君主の意思は法律としての効力を有するのです」

「なぜ彼らがそんなことを言わねばならんのだ？」

「といいますのは、父上がかわりに、それを言う権利を与えるからです。これは、些細なことではありません。こうして、父上も満足、彼らも満足で、私の実父ガリアウドの口癖を借りれば、両者ともに大船に乗ったも同然です」

「そのようなことを、彼らが受け入れるはずがない」とライナルトが異を唱えた。

「いやちがう」と顔を輝かせてフリードリヒは言った。「まちがいなく彼らは受け入れるだろう。ただし、彼らがまずそのような声明を出してからでなければ、余が独立を認めることはできない。さもなくば、余の与えた恩恵に報いるために彼らがそうしたと誰もが考えるだろうからな」

「私が思うに、いくら表面をとりつくろったところで、父上と法学者たちが互いに折り合いをつけていたと言いふらす者は、どっちにしろそう言うでしょう」とバウドリーノが疑義をはさんだ。「しかし、ボローニャの学者はこれっぽっちも価値がないなどと、わざわざ言いふらす者がいるかどうか見てみたいものです。こともあろうに皇帝が頭を下げて彼らに意見を求めに行ったあとにです。その時点で、彼らが言ったことは、絶対的な真実となるのですから」

その年、ロンカリアで二度目の大規模な帝国会議が開かれたとき、事態はまさにそのとおりになった。バウドリーノにとって、むしろそれは巨大な見世物に等しかった。ラヘウィンが彼に説明したように――いたるところに翻る旗、紋章、色鮮やかな天幕、商人と道化師など、目に入るものすべて円形競技場の娯楽にすぎないと思わないように――、フリードリヒがポー川の片方の岸に、典型的なローマの野営地を建設させたのは、自らの尊厳がローマに由来することを確認するためだった。野営の中央には、神殿のような皇帝の天幕が張られ、それを、封建領主、封臣、陪臣の天幕が王冠のように囲んでいた。フリードリヒの側には、ケルン大司教、バンベルク司教、プラハ司教ダニエル、アウクスブルク司教コンラート、その他大勢がいた。対岸には、使徒座代理枢機卿、アクイレイアの総主教、ミラノ大司教、トリノ、アルバ、イヴレーア、アスティ、ノヴァーラ、ヴェルチェッリ、テルドーナ、パヴィーア、コモ、ローディ、クレモーナ、レッジョ、モデナ、ボローニャの司教、ほかにも数えきれないほどの人がいた。このように厳粛で文字どおり普遍的な会議に臨んだフリードリヒは、もろもろの議論を開始したのだった。

手短に言えば(とバウドリーノは、帝国的、法学的、教会的な弁論の傑作でニケタスを退屈させないように言った)、大イルネリウスの弟子にして、ボローニャで最も著名な四人の学者が、皇帝に招かれて、その皇帝の権限について反論の余地のない見解を表明することになっていた。彼らのうち三人、ブルガルス、ヤコブス、ポルタ・ラヴェニャーナのフーゴーは、フリードリヒの思惑どおりの見解、すなわち、皇帝権はローマ法に由来すると述べた。見解がことなったのは、マルティヌスなる人物だけだった。

「フリードリヒはきっと、目をくりぬいたでしょうな」とニケタスが言った。

「とんでもありません、ニケタス殿」とバウドリーノは答えた。「あなたがた東ローマの人たちは、すぐに人の目をくりぬきますが、あなたがたの偉大なユスティニアヌスを忘れ、法の所在をもはや理解していません。その直後にフリードリヒは、勅令ハビタを公布して、ボローニャの学問の自治を認めました。学問が自立している以上、マルティヌスは言いたいことを言えるのであり、皇帝であろうと彼の頭を押さえつけることはできません。もし押さえつければ、学者たちはもはや自立しておらず、もし自立していなければ、彼らの判断は無意味であり、フリードリヒは簒奪者呼ばわりされかねません」

大変けっこう、とニケタスは思った。バウドリーノ殿は、帝国を建国したのが彼だと私にほのめかそうとしている。彼が発するどんな言葉も、いずれは真実になるほど自らの影響力は絶大である、と。残りの話を聞くことにしよう。

その間に、昼どきになっていたので、ニケタスの腹ごしらえのためにジェノヴァ人たちが果物かごをもってきた。彼らの話では、略奪はまだ続いていたので、家から出ないほうがよかった。バウドリーノは再び語りはじめた。

フリードリヒは心に決めた。ラヘウィンのような愚か者に教育を受けた、まだ髭も生えそろわない少年が、これほどまでに鋭い考えをいだくなら、パリに留学させれば、いったいどうなるのだろう。自らは、政治的な責務と、軍事的活動によって、しかるべき教養を身につける暇がなかっただけに、フリードリヒは少年をやさしく抱きしめて、本物の賢者になるように励ました。皇妃は彼の額に別れの口づけをし（バウドリーノの法悦を私たちは想像してみよう）、「私に手紙を書いて、あなたのようすを知らせてちょうだい。宮廷の暮らしは単調なの。あなたの手紙はきっと慰めになるわ」（偉大な貴婦人にして皇妃であるだけでなく、才能豊かな彼女は読み書きができた）と言った。

「きっと手紙を書くと誓います」バウドリーノは、そこに居合わせた者が不審に思うほどの大胆さで言った。しかし実際は、不審に思う者は誰もいなかった（パリに行こうとしている少年の興奮を誰が警戒するだろう？）、おそらくベアトリスをのぞいて。実際に、彼女は初対面のように彼を見つめ、その透きとおるように白い顔が一瞬赤く染まった。しかしその瞬間にバウドリーノはもう、床しか目に入らぬほど深くお辞儀をして、大広間をあとにしていた。

6　バウドリーノはパリに行く

バウドリーノはパリ到着が数年遅れた。この種の学校には十四歳以下でも入学できたが、彼はその年齢を二歳上回っていたからである。だが彼はオットーから、すでに多くを学んでいたので、すべての授業には通わずにすんだ。それは、これから語られる別のことをするためであった。

旅の道連れは、軍務よりも自由学芸の道を選んだ、ケルンの騎士の息子だった。息子の選択を父親は嘆いたが、その早熟な詩人の素質を称賛する母親が息子を応援した。そのため、バウドリーノは彼の本名を、聞いたにしてもすっかり忘れてしまい、〈詩人〉と呼んでいた。こうして、それから先は、ほかの誰もが、彼をそう呼ぶようになった。バウドリーノは、〈詩人〉が一篇たりとも詩を書いたことがなく、書きたいと公言しているにすぎないことを早々に見抜いた。つねに他人の詩を暗唱していたので、最後は父親までが、息子が詩の女神（ムーサイ）の教えをたどるべきだと納得し、彼の出発を許したのだった。とはいえ、ケルンで生活するにははした金で充分だから、パリでの暮らしにもそれで充分どころか余るくらいだろうという完全にまちがった考えをいだき、なんとか暮らせるだけの費用しか息子の懐には入れなかった。

バウドリーノは到着するやいなや、一刻も早く皇妃の意向に従おうとして、手紙を何通かしたためた。当初は、便りを届けるという約束を守ることで、燃えるような恋心を静められると思っていたが、自分の本当の感情を表現できない手紙を書くことがいかにつらいかに気づいた。このうえなく丁重な手紙のなかで描写したのは、パリのたたずまいだった。美しい教会が立ち並ぶ町の空気は澄みわたり、雨さえ降らなければ空が広く穏やかに晴れること。雨はせいぜい一日に一、二回なので、永久に霧が晴れないような土地から来た者にとっては、常春の地に思われること。中州にふたつの島が浮かぶ、曲がりくねった一本の川が流れ、極上の飲み水となること。城壁のすぐ外側にはかぐわしい大地が広がり、サン・ジェルマン修道院のそばの草原では、ボール遊びをしてじつに気持ちのいい午後が過ごせること。

着いてまもない頃、家主にふんだくられないように用心しながら、〈詩人〉と同居する部屋をさがしたときの苦労も彼女に語った。高額で見つけた家はかなり広く、机一台に、長椅子が二台、本棚と、行李がひとつ備えつけられていた。背の高いベッドにはダチョウの羽布団が、脚車のついた低いベッドにはガチョウの羽布団が備わり、小さいベッドは昼間大きいほうに収納されていた。ベッドの割り当てをめぐって、ふたりの同居人はしばらく躊躇したあと、毎晩チェスの勝負で快適なベッドを賭けることに決めた。それを手紙に書かなかったのは、宮廷ではチェスがあまり好ましくないゲームとみなされていたからだった。

別の一通には、授業が七時に始まり、午後遅くまで続くので、早朝に起きねばならないと書いた。パンをたっぷりと、お椀一杯のぶどう酒で腹ごしらえをしてから、馬小屋のような場所で教師たちの講義を聞くのだが、薄いわらを敷いて地面に坐るので、外よりも中のほうが寒いくらいだ、と。すると、ベアトリスは感動して、さまざまな助言をしてきた。ぶどう酒代を節約しないようにすること。節約すれば、若者は必ず一日じゅうぐったりして力が出ないから。召使を雇い、重い本をもってもらうようにすること。自分で本をもつのは、高い階層の人間にはふさわしくないから。またそれ以上に、夜の寒さに充分に備えるため、薪を買ってこさせ、早めに部屋の暖炉に火をともしてもらうために。そして、これらすべての費用に、牛一頭分にも相当する、スーザで鋳造されたソリドゥス金貨四十枚を送ってきた。

しかし、召使を雇うことも、薪を買うこともなかった。夜は二枚の羽布団で充分すぎるほどだったからだ。その金は、もっと適切に使われた。暖かく快適で、しかも、一日の勉学のあと、女給の尻を触りながら、空腹を満たすことのできた居酒屋で、夜を過ごす習慣だったのだ。〈銀の盾〉、〈鉄の十字架〉、〈三つの燭台〉といった、にぎやかな居酒屋で、杯を重ねながら、豚肉や鶏肉のパイ、二羽の鳩かガチョウ一羽のあぶり焼きを食べて精をつけた。貧しい者たちは、牛の胃袋や羊肉でがまんしたが。バウドリーノは、文無しの〈詩人〉の食事が、牛の胃袋だけにならないように援助した。しかし〈詩人〉は、金のかかる友人だった。彼が湯水のように飲むぶどう酒は、みるみるうちに、あのスーザの牛をやせ細らせていったからだ。

これらの細部を省略して、バウドリーノは、彼の教師たち、そして、自分が学びつつあったすばらしいことの数々に話題を移した。ベアトリスは、自らの知的好奇心を満足させるこれらの報告にきわめて敏感に反応し、バウドリーノが文法、弁証法、修辞学、算術、幾何学、音楽、天文学について記した手紙を何度も読み返した。しかしバウドリーノは、ますます自分がみじめになった。心が本当に訴えることだけではなく、母にも姉妹にも皇妃にも、ましてや愛する女に言えるはずもない自らの行動をすべて、黙っていたからだった。

もっぱらボール遊びが学生の気晴らしだったのはたしかだが、サン・ジェルマン修道院の人たちとつかみ合いのけんかになることもあった。あるいは、さまざまな国の学生どうし、たとえば、ピカルディー人とノルマンディー人が対立すれば、相手を愚弄していると双方がわかるようにラテン語でののしりあった。こうした事態は、〈大聖堂参事会長〉を怒らせ、羽目をはずした学生を逮捕するために、弓兵が派遣された。もちろん、そうなれば、学生たちは自らの出自を忘れ、一致団結して弓兵と殴りあった。

この世に〈大聖堂参事会長〉の弓兵ほどの金の亡者はいなかった。ひとりの学生が逮捕されれば、弓兵が彼を釈放するように、学生全員が自分の金を出さねばならなかった。こうして、パリの享楽はますます高くつくのだった。

しかも、恋愛に無縁な学生は仲間にばかにされた。あいにく、学生にとって最も縁遠かったのが女たちだった。女子学生はほんのわずかしかおらず、恥部の切除という犠牲をその愛人に払わせた美しきエロイーズの伝説がいまだに話題にのぼっていた。たとえ、もともと悪名が高く何ごとも大目に見てもらえる学生と、偉大なる悲運の人アベラールのような教授とでは、事情がことなるにしても。金で女を買うのは、高くついたので、頻繁にできる贅沢ではなかった。したがって、居酒屋の女給か、下町の娘の尻を追いかけねばならず、下町はいつも若い娘以上に学生であふれていた。

もっとも、ぼんやりと、うろんな目つきでシテ島を徘徊して、上流階級の夫人たちを誘惑できれば別であるが。欲望の格好の対象となったのは、グレーヴ広場の肉屋の妻たちだった。その亭主たちは、自らの職業において立派な成功をおさめたのち、もはや家畜の処理に手を染めず、食肉の市場を運営し、まるで貴族のようにふるまっていた。生まれたときから牛の解体をなりわいとしてきた夫が晩年に裕福になったとき、その妻たちは、眉目秀麗な学生たちの魅力に気づいた。奥方たちは、毛皮をあしらった豪華な衣装を身にまとい、銀や宝石のベルトを締めていたため、一見しただけでは、法律が禁じているにもかかわらず堂々と同じように着飾る高級娼婦たちと、見分けがむずかしかった。その結果、不幸なかんちがいの犠牲になった学生たちは、あとで友人たちの物笑いの種になるのだった。

もし、真の貴婦人や、はたまた純潔の乙女をものにできたとしたらどうなるか。いずれは、夫や父親の知るところとなり、取っ組み合いや、ひいては、決闘へと発展する。そして、けが人や死者が出るのだが、それはいつも決まって夫か父親であり、こうしてまた、〈大聖堂参事会長〉の弓兵と一戦を交えるはめになるのだ。バウドリーノは誰も殺したことはなく、またたいていは、いざこざから身を遠ざけていたが、〈肉屋の〉夫の恨みをかったことはある。恋愛沙汰には大胆で、争いごとには慎重だった彼は、肉を吊すあの鉤(かぎ)を振り回しながら夫が部屋に入ってきたとき、すばやく窓から飛び降りようとした。しかし、飛び降りる前に、高さを慎重に計算しているあいだに、頬に切り傷をくらった。こうして、戦士にふさわしい名誉の傷跡を永久に顔に刻んだのである。

一方、下町の娘も、連日ものにできるわけではなく、長い待ち伏せ(講義を犠牲にして)が必要で、窓から一日じゅう監視するのは退屈きわまりなかった。そこで、誘惑の夢を捨てて、通行人に水をかけたり、女たちをエンドウ豆の吹き矢の標的にしたりした。さらに、下を通る教師をからかうこともあった。教師がもし怒れば、その家まで集団で追いかけ、窓に石をぶつけた。彼らの給料を払っていたのもやはり学生だったので、それくらいのことをする権利はあったのだ。

バウドリーノがニケタスには語っていたのは、じつは、ベアトリスには伏せていたことだった。つまり、パリで自由学芸を、ボローニャで法学を、サルルノで医学を、トレドで魔術を研究しながらも、良俗についてはいかなるところでも学ばない学生のひとりになりつつある、ということだった。ニケタスはその話に、憤慨すべきか驚くべきか、それとも、おもしろがるべきかわからなかった。ビザンツには、裕福な家庭の若者のための私的な学校しかなく、そこでは、幼い頃から文法を学び、宗教書と古典の傑作を読む。十一歳になると、詩と修辞学を学び、古代人の文学を模範とする作文を習得する。使用する言葉はますます珍しい語句に、構文はますます複雑になり、帝国の統治という輝かしい未来に向けて着実に近づくための場とみなされる。しかし、学業を終えると、修道院の賢者となるか、あるいは、個人教師のもとで、法律や天文学などを学ぶことになる。とはいえ、彼らがあくまでも真剣に学んでいるのにたいして、パリの学生たちは、勉学以外のあらゆることをしているように思われたのだ。

バウドリーノは、彼のそのような意見を正した。「パリでは、みな勤勉そのものでした。たとえば、最初の一、二年で学生は討論に加わるようになりますが、その討論のなかで、反対意見を述べ、決定を下すこと、つまり、問題の最終的な解決に到達することを学びます。それに、学生にとって講義が最も重要だとか、居酒屋が時間をむだにする場所でしかないなどと考えてはなりません。ストゥディウムのすばらしいところは、たしかに教師からも学ぶのですが、学友から、とりわけ年長の者たちから学べることです。彼らが読んだことを聞かされるとき、世界はすばらしい驚異に満ちているにちがいないと気づくのです。そして、人生があまりにも短く、世界じゅうを移動することがかなわない以上、それらを知るには、あらゆる書物を読むしかないと悟るのです」

バウドリーノはオットーのもとで多くの本を読んではいたが、パリにあるほど多くの本が世界にあるとは思ってもいなかった。それらの書物は誰でも閲覧できるわけではなかったが、運よく、というよりも、講義によく出席したために、アブドゥルを知る機会を得たのだった。

「アブドゥルと図書館がどう関係するかを言う前に、話をやや戻す必要があります、ニケタス殿。さて、ある講義を私が聞いていたときのことです。いつものように、指に息を吹きかけて暖めていましたが、あの年の冬、パリの凍てつく寒さのなか、わらは床の冷たさをさえぎるには充分ではなかったので、お尻は冷え切っていました。ある朝、私のそばに坐ったひとりの若者に目がとまりました。顔の色はサラセン人に見えるのに、髪は赤いのです。赤毛はムーア人にはいません。彼が講義を聞いていたのか、自分の考えをたどっていたのかわかりませんが、その視線は宙をただよっていました。ときどき、衣服を引っ張りながら身震いをしたかと思えば、再び宙を眺め、書字板に何かを書くのです。私が首を伸ばしてのぞきこむと、その半分は、蚊の糞のようなアラビア文字であり、残り半分が、ラテン語のように見えてラテン語ではない、どこか私の故郷の方言を思わせる言葉でした。それで、講義が終わると、私は彼に話しかけました。彼は私にていねいに返答しました。まるで、話し相手をちょうどさがしていたかのようでした。私たちは友だちになり、川沿いを散歩しながら、彼は身の上話を語ったのです」

さて、その若者は、まるでムーア人さながらにアブドゥルという名だった。母親の出身がヒベルニア〔アイルランド〕と聞かされて、赤毛の説明はついた。この辺境の島の出身者たちはみんな髪が赤いから。また彼らは、風変わりな夢想家として有名だった。父親はプロヴァンス人で、エルサレム征服のあと、五十年以上前に海を渡って聖地に定住した一家の出だった。アブドゥルが説明を試みたとおり、海外の王国に住むこれらフランク人の貴族たちは、彼らが征服した民族の風習をとりいれ、ターバンその他のトルコ風衣装を身にまとい、敵の言語を話し、放っておけば、コーランの教えまで守りかねなかった。これが、赤い髪のヒベルニア人(の血を半分引く子)がアブドゥルと名づけられた理由であり、顔が日焼けしていたのは、出生地のシリアの強い日射しによるものだったのだ。彼はアラビア語で考え、プロヴァンス語で、母親から聞かされた、冷たい北方の海に伝わる太古のサガを語った。

バウドリーノはすぐに尋ねた。パリに来たのは、再び良きキリスト教徒になって、食べるのと同じくらい自然な言葉で、つまり正しいラテン語で話すためなのか、と。パリに来た理由について、アブドゥルは、あまり話したがらなかった。自身の身に起きた、どうやら不安の種らしきことについて話した。それは、まだ子供の頃に体験させられた、ある種の恐るべき試練であり、何かの復讐から逃れるために、貴族の両親は彼をパリにやる決心をしたのだった。その話になると、アブドゥルは険しい表情になり、褐色の顔を最大限に紅潮させ、手を震わせたので、バウドリーノは話題を変えることにした。

若いアブドゥルは頭がよく、パリに着いて数ヶ月で、ラテン語と地元の言葉を話すようになった。彼はサン・ヴィクトール律修参事会員の伯父と住んでいた。この修道院は、パリの（そしておそらくキリスト教世界全体の）学問の聖地のひとつに数えられ、アレクサンドリア図書館よりも蔵書の多い付属図書館があった。数ヶ月のちに、バウドリーノと〈詩人〉が、この世界の知の宝庫への入館を許されたのは、アブドゥルのおかげだったのである。

バウドリーノがアブドゥルに、授業中に何を書いているのかと尋ねると、学友は、教師が弁証法について言ったことをいくつかアラビア語で書きとめているのだと答えた。それは、アラビア語こそ、まちがいなく哲学に最も適した言語だからである、と。ほかのことがらは、プロヴァンス語で書かれていた。それについては語ろうとせず、しばらく口を閉ざしていたが、その目は、さらに質問してほしいと言わんばかりで、結局は翻訳してくれた。それは韻文で、およそ次のような内容だった。「おお、遥けき地のわが愛する人よ――わが心は、あなたのために苦しみ……おお、花咲く私のカーテン、まだ見ぬわが伴侶よ」

「きみは詩を書くのか？」とバウドリーノは聞いた。

「ぼくは歌を歌う。ぼくが感じることを歌う。ぼくは遠くの王女を愛している」

「王女って？　誰のこと？」

「わからない。見たんだ――見たというよりは、見たも同然だったのだが――ぼくが聖地パレスティナで囚われの身だったとき……つまり、まだきみには話していない冒険をしていたときに。ぼくの心に火がともり、この貴婦人に永遠の愛を誓った。人生をそのお方に捧げる決意をした。たぶんいつか、会うことになるかもしれないけれど、そうなるのがこわい。不可能な愛に悩むのはなんとすてきなのだろう」

バウドリーノは、父の口癖をまねて、「さすがカマトト」と言いそうになった。しかし自らもまた、不可能な愛に悩んでいることを思い出すと（彼の場合は、ベアトリスにたしかに会ったことがあり、彼女の姿が夜になると彼を悩ませるのだったが）、友人アブドゥルの境遇が不憫に思われた。

こうして、美しい友情が始まった。その日の夜、アブドゥルは、アーモンド形で何本も弦が張られた、バウドリーノの見たこともないような楽器をもって、バウドリーノと〈詩人〉の部屋に現れ、指を弦に走らせながら歌った。

泉から流れる小川が
輝きはじめ、いつものように
野薔薇が咲くとき、
枝の小夜鳴き鳥が
やさしく、さまざまにさえずり、
甘い歌声をみやびやかに響かせれば、
わが歌が呼応する。

おお、遥けき地のわが愛する人よ、
わが心は、あなたのために苦しみ、
妙薬は見あたらない、
あなたの呼び声に応じないかぎりは、
あなたの羊毛のぬくもりを感じないかぎりは、
おお、花咲きみだれる私のカーテン、
まだ見ぬわが伴侶よ。

あなたのそばにいられず、
私は炎に焼かれ、恋こがれる。
私は会ったことがない、
あなたほど美しい生身の女性には、
キリスト教徒であれ、はたまた、
ユダヤやサラセンのお方であれ。
あなたの愛をかちとるのはいったい誰？

夜も昼も
おお、わが愛する人よ、私はあなたを呼ぶ。
わが心は千々に乱れ、
熱き思いが日をくもらせる。
すぐさま、棘（とげ）に刺されたような痛みが
私を正気に返し、
涙が頰を濡らす。

旋律は甘く、眠っていた未知の情念を和音が呼び覚ました。バウドリーノはベアトリスのことを思った。

「まいったね」と〈詩人〉は言った。「なぜおれにはこんな美しい詩が書けないのだろう」

「ぼくは詩人にはなりたくない。自分のために歌う、ただそれだけ。お望みなら、この詩をきみに贈ろう」柔和な表情に戻ったアブドゥルが言った。

「それはありがたい」と〈詩人〉が答えた。「ただし、プロヴァンス語からドイツ語に訳すと、くず同然になっちまう……」

アブドゥルは、彼らの三番目の仲間となった。バウドリーノがベアトリスのことを考えないようにしているときにかぎって、この忌まわしい赤毛のムーア人は、彼の呪われた楽器を手にとり、バウドリーノの心をさいなむ歌を歌うのだった。

小夜鳴き鳥が小枝から
愛を贈り、愛を望めば、
その妻が応答し、
歌声が混ざり合う、

小川のさざ波と
野原の歓喜とともに。
すると、わが心に喜びがあふれる。

わが魂は
親愛の情に満ち、
何の報いも望まない、
あの方が授ける愛以外には。
わが病んだ心に
すばやく住みつき、
胸をうずかせる愛以上のものは。

バウドリーノは、いつの日か自分も、遠く離れた皇妃のために歌を書こうと心に誓ったが、それを作るにはどうすればいいのかよくわからなかった。オットーもラヘウィンも、賛美歌を彼にいくつか教えた以外は、詩の話をまったくしなかったからだ。さしあたりは、むしろサン・ヴィクトール図書館に入るために、アブドゥルを利用していた。

講義をさぼり、口をかすかに開けて、胸が躍るような文献についてあれこれ考えながら、長い朝の時間を図書館で過ごした。読んだのは文法の教科書などではなく、プリニウスの博物誌、アレクサンドロス大王物語、ソリヌスの地誌、イシドルスの語源学……。

次のような生き物が棲息する、遠く離れた地方にかんする本も読んだ。ワニとは巨大な水蛇であり、人を食べたあとで涙を流し、上あごを動かすが、舌をもたなかった。カバとは半人半馬の生き物である。そして、レウコクロカ。胴体はロバで、背中が鹿、胸と太ももはライオン、足は馬で、二つに割れた角をもつこの獣は、耳までさけた口から人間のような声を出し、歯のかわりに骨が一本だけ生えていた。さらに、膝の関節のない人間、舌のない人間、寒さから身体を守るために巨大な耳をもつ人間、一本足で猛烈な速さで走るスキアポデスの住む国々のことを読んだ。

ベアトリスに自作のものではない歌を贈ることはできないので(自分で書いたとしても、それを送る勇気はなかった)、恋人に花や宝石を贈るように、自らが学びつつあったすべての驚異を贈り物とすることに決めた。こうして、小麦粉や蜂蜜の木が生い茂る土地について、また、晴れた日に頂上でノアの箱舟の遺物がかいま見えるアララト山について、彼女への手紙に書いた。山頂にたどり着いた者が、「祝福せよ(ベネディイチテ)」とノアが唱えたときに悪魔が逃げ出した穴を指で触ってきたと言っている、と。さらには、ほかのどこの人よりも肌が白く、猫のひげのように毛がまばらな人々のいるアルバニア、東を向くと影が自分の右側にできる国、子供が生まれると喪に服し、死んだときに盛大な祭を開く、獰猛きわまりない人々の住む国、犬と同じくらい大きい蟻に守られた巨大な金の山のそびえる土地について。隣接地に男をかこう女戦士アマゾネスの暮らす土地では、男児が生まれると父親のもとに送りつけるか殺してしまい、女児が生まれると熱した刀で胸をえぐる習慣があり、高い階級であれば、盾をもてるように左胸、低い階級であれば、弓を引けるように右胸がえぐられるということも。最後に、地上楽園の山に源をもつ四本の川のひとつナイル川が、インドの砂漠を流れたあと、地下にもぐり、アトラス山あたりで再び地上に現れて、エジプトの地を貫いて海に注いでいると報告した。

しかし、インドに言及するにいたって、バウドリーノはベアトリスのことをほとんど忘れ、ほかの空想にふけっていた。オットーから聞いた司祭ヨハネの王国があるとすれば、そのあたりのはずだと記憶していたからだった。それ以来司祭ヨハネのことがバウドリーノの頭から離れたことはいっときもなかった。未知の国のことを読むたびに、彼の王国に思いを馳せた。羊皮紙のうえに、有角人や、鶴との戦いに一生をついやすピグミーといった奇妙な人間たちの色鮮やかな細密画が描かれているとき、よけいに思いはつのった。もはや、司祭ヨハネがまるで家族みんなの友人のようにさえ思えるほどだった。したがって、その居場所を知ることは、彼にとっては重要だった。司祭ヨハネがどこにもいないとすれば、所在の可能性の残されたインドをなんとしても見つけねばならなかった。いまわのきわの敬愛する司教との誓い（実際に誓約したわけではなかったが）を守りたかったからである。

司祭ヨハネのことをふたりの友に言うと、彼らはすぐに話に乗ってきて、インドの香の匂いのするような写本をめくって見つけた、あいまいではあるがおもしろい情報をバウドリーノに逐一伝えてきた。アブドゥルの頭に、はるかかなたの彼の王女が、遠く離れていなければならないとしたら、それは、最果ての国で自らの輝きを隠さねばならないからだという考えがひらめいた。

「そうさ」とバウドリーノは返事をした。「だがいったい、インドに行くにはどこを通ればいいんだろう？　地上楽園からは遠くないはずだ。つまり、東洋のさらに東にあって、地の果て、海洋が始まるところに……」

彼らは天文学の講義をまだ受けていなかったので、地球の形にかんしてはあいまいな知識しかもっていなかった。〈詩人〉はいまだに、地球が長く平らな広がりであって、それが尽きるところで、海洋の水が、神のみぞ知る場所へと落下していると信じていた。一方、バウドリーノにはラヘウィンが、懐疑の念をいくぶんいだきながらも、こう語ったことがあった。古代の偉大な哲学者たちや、すべての天文学者の父であるプトレマイオスのみならず、聖イシドルスもまた、それが球形だと主張した。さらに、イシドルスは、そのことにキリスト教徒として確信をいだき、赤道の直径を八万スタディオンと確定するにいたった、と。しかし、ラヘウィンは用心深く次のような留保をつけた。偉大なラクタンティウスをはじめ、何人かの教父が、こう指摘したのもまた事実である。つまり、聖書によれば、地球は臨在の幕屋の形をしており、したがって、天と地は一体のものとして、聖櫃のように、美しい丸屋根と床をもつ神殿のように、大きな箱のように見なされるべきであって、断じて球ではない。このうえなく慎重な男であるラヘウィンは、聖アウグスティヌスの次のような発言をよりどころとしていた。おそらく異教の哲学者たちの言うとおり地球は丸く、聖書は比喩的な意味で幕屋という言葉を使ったのだろうが、地球の形を知ることは、すべての良きキリスト教徒にとって唯一真剣な問題、すなわち魂の救済という問題を解決しない以上、たとえ三十分でも地球の形について考えあぐねることはまったくの時間のむだである。

「それはもっともだとおれは思う」〈詩人〉が居酒屋に行きたくてそわそわしながら言った。「地上楽園をさがすなんてむださ。なぜって、もともと楽園は、驚嘆すべき空中庭園だったはずで、アダムの時代から誰も住んでおらず、誰も露台を生垣や柵で補強し

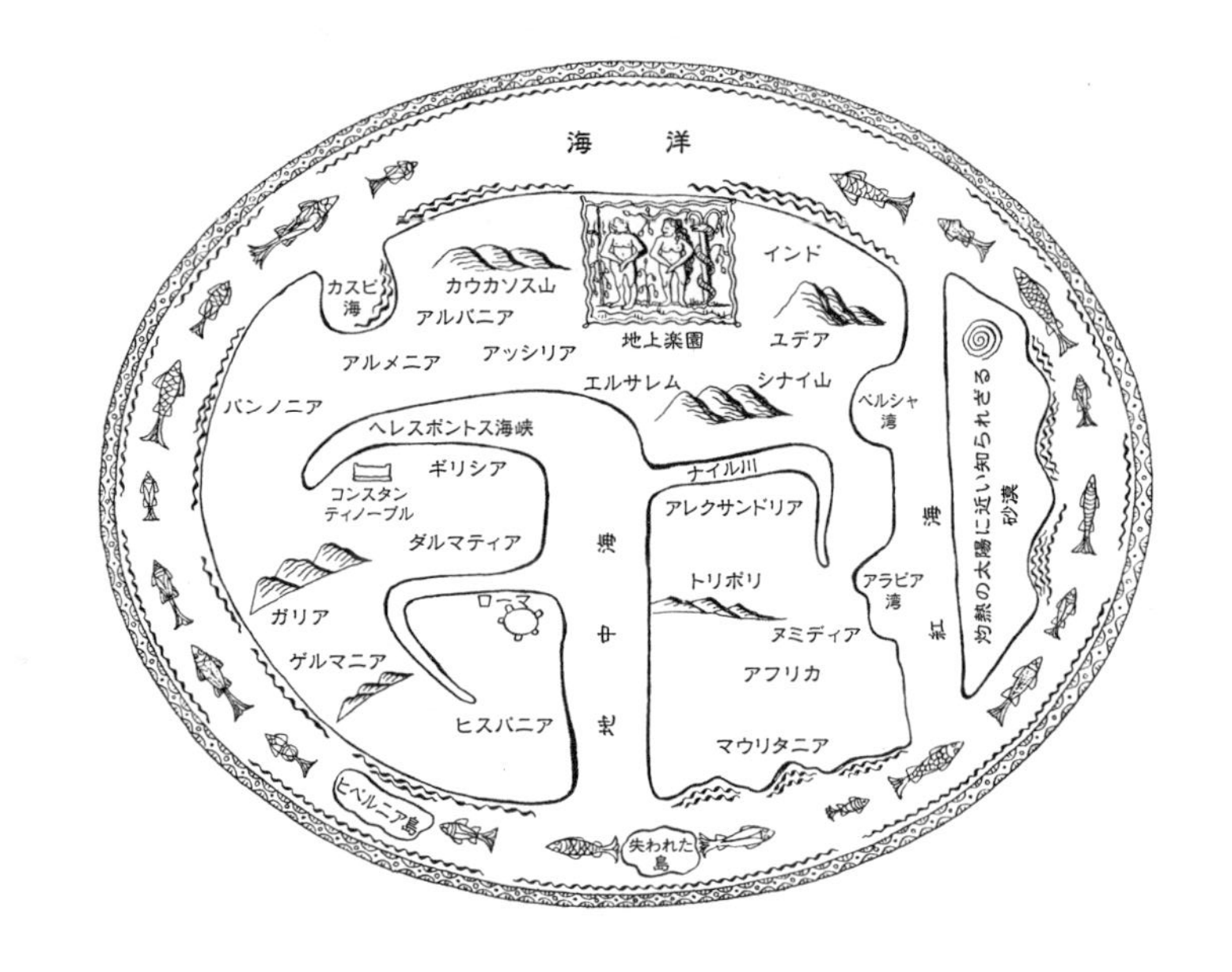

海洋
カスピ海
カウカソス山
アルバニア
アルメニア
アッシリア
地上楽園
インド
ユデア
エルサレム
シナイ山
パンノニア
ヘレスポントス海峡
ギリシア
コンスタンティノープル
ダルマティア
ナイル川
アレクサンドリア
ペルシャ湾
ガリア
ゲルマニア
ローマ
ヒスパニア
地中海
トリポリ
ヌミディア
アフリカ
マウリタニア
アラビア湾
紅海
灼熱の太陽に近い知られざる
砂漠
ヒベルニア島
失われた島

ようとしなかったため、洪水のときに全部流されて海洋に沈んじまったんだ」

一方、アブドゥルは地球が球形であることに深い確信をいだいていた。「それがたんに平らな広がりであるならば」彼の推論にはゆるぎない厳格さがあった。「愛する者がみなそうであるように、恋によって研ぎ澄まされているぼくの視線は、はるかかなたまで、わが愛する人のいかなる気配をも察知できるはずだが、実際は、地球の湾曲によってぼくの願いもむなしくその姿は消えてしまう」彼はサン・ヴィクトール修道院付属図書館をさがしまわった結果、地図を数枚見つけていたので、友人たちのために、記憶をたよりにそれを部分的に再現した。

「地球は、海洋の大きな輪の中央にあり、三つの大きな水の流れによって分けられている。ヘレスポントス海峡〔ダーダネルス海峡〕、地中海、ナイル川がそれだ」

「ちょっと待ってくれ、東洋はどこだい？」

「この地図の上のほうがそうだ。もちろんそこにはアジアがあり、東洋の終わり、ちょうど太陽が昇るところに、地上楽園がある。楽園の左側には、カウカソス山と、そのそばにカスピ海がある。さて次は、三つのインドがあることを知ってほしい。猛暑の大インドは、楽園のちょうど右側に位置しているが、カスピ海の向こう側の北インドは、左上に位置し、水が水晶になるほど寒冷だ。そこには、アレクサンドロス大王が壁のなかに封印したゴグとマゴグの一族が住んでいる。最後が、アフリカのそばの温暖なインドだ。右下の南のほうに見えるのがアフリカで、ナイル川が流れ、アラビア湾とペルシャ湾がちょうど紅海に開け、その向こう側には、砂漠が広がっている。太陽にきわめて近い赤道直下の灼熱の砂漠にあえて行く者は誰もいない。アフリカの西、マウリタニアのそばにあるのが、〈幸運の島々〉あるいは〈失われた島〉だ。この島は何世紀も前に、わが故郷の聖人によって発見されている。北部の下のほうに、ぼくたちの住む土地や、ヘレスポントス海峡に面したコンスタンティノープル、ギリシア、ローマが、極北に、ゲルマニアとヒベルニア島がある」

「そんな地図を真に受けるなんて、おまえさんはどうかしてるぞ」と〈詩人〉がからかった。「ここにあるのは平たい地球じゃないか、おまえさんはそれが球形だと主張しているというのに」

「そんな理屈があるものか」とアブドゥルは怒った。「きみは、上に載っているものすべてが見えるように球を描けるのか？　地図は道をさがすために役立つものだ。歩いているときに地球は丸くは見えない、平らに見える。それに、それはたしかに球形ではあるけれど、下側は人が住んでおらず、海洋が広がっているだけなのだ。だからもし、そこに住む者がいたら、足と頭をさかさまにして暮らさねばならないだろう。したがって、上側を描くだけなら、このような円で充分なのさ。だけど、ぼくは修道院の地図をもっと詳しく調べてみたいんだ。図書館で地上楽園のことならなんでも知っているひとりの神学生とも知り合ったしね」

「きっとその人は、エヴァがアダムにりんごを与えたときにそこにいたんだな」と〈詩人〉が言った。

「ある場所についてすべてを知るために、必ずしもそこにいる必要はないさ」とアブドゥルは答えた。「さもなければ、船乗りが神学者よりも物知りということになってしまう」

バウドリーノはなぜこのようなことを語るのかをニケタスに説明した。それは、まだ髭も生えそろわないわれらが仲間たちが、パリに来た当初からすでに、何年ものちに世界の最果てへと彼らを向かわせる運命の手にからめとられていたことを示すためだった。

7　バウドリーノはベアトリスにかわり恋文を〈詩人〉のかわりに詩を書く

春になり、バウドリーノは、この季節の恋人たちがみなそうであるように、自らの恋がさらに成長したことに気づいた。その感情は、つまらない娘たちとの味気ない情事によって静まるどころか、むしろ逆に、ますます巨大になった。なぜなら、ベアトリスは、優美さと知性と皇妃という地位だけでなく、不在という利点に恵まれていたからである。その不在の魅力をつねに意識させて彼を悩ませたのは、夜になると楽器をつま弾きながら、さまざまな歌をうたうアブドゥルだったが、バウドリーノは、それを充分に味わうために、すでにプロヴァンス語もおぼえていた。

五月、日が延びて
遠くの鳥の歌声が甘く響くのは、
この旅が始まってからいっときも、

はるかなる愛を私が忘れたことがないから。
わが苦悩ゆえ、頭を垂れて歩く私は、
もはやその歌にも癒されず、サンザシが……

バウドリーノは夢見ていた。そして、こう思った。アブドゥルは未知の姫君にいつの日か会うことをすっかり諦めている。なんとうらやましいことか！　わが苦悩のほうがよほど深刻だ。いずれの日か、愛する人に再会する機会は必ずや訪れるだろう。自分は彼女と会ったことがないという幸運には恵まれず、彼女が誰でどういう人かを知っているという不幸が課せられているのだ。しかし、アブドゥルが、彼の苦悩をわれわれに語ることに慰めを見出しているとすれば、こちらも自分の苦悩を彼女に語ることで慰めを得られるはずではなかろうか？　要するにバウドリーノは、自らの思いを文字にすれば、胸の激しいときめきを抑えられるのではないかと気づいたのだった。彼の愛の対象からこのかけがえのない甘美さが奪われれば、なおさらよくない。そこで夜が更け、〈詩人〉が眠ってから、彼は書きはじめた。

「星は北の空を照らし、月光が夜空を染めています。しかし私を導く星はたったひとつしかありません。闇夜が去りゆき、東から私の星が昇れば、わが心は苦悩の闇を忘れるでしょう。あなたこそ、光をもたらし、夜を追いはらう私の星です。あなたなくしては、光ですら夜であり、あなたさえいれば、夜までが光り輝きます」

そしてこう続けた。「私の飢えは、あなたによってのみ満たされます。喉の渇きは、あなたによってのみ潤されます。いったい私は何をばかなことを言っているのだろう？　あなたは私の糧ではあっても、私を満たすことはありません。それは、いくら食べても、これまで一度も食べ飽きたためしのない糧なのですから。そして、これからもそうでありつづけるでしょう……」さらに、「あなたの優しさはかぎりなく、その不変性は驚くばかり、声の音色は得も言われぬほど。美と優雅の王冠をかぶるあなたを言葉に表せば、かえって失礼というもの。願わくは、私たちの身をこがす炎が、勢いをさらに増し、新たな糧を得んことを。それがますます秘められた炎となるにつれ、妬み深い人を焼き尽くし、罠を仕掛ける人を惑わさんことを。そしてついには、私たちふたりのうちどちらがより愛しているかという疑問だけが残り、私たちがともに勝者となるような至福の論争がつねにふたりのあいだで起きんことを……」

手紙のできばえがすばらしく、読み返すと、バウドリーノは体が震え、そのような情熱をかきたてられる人への憧れをさらに強めた。そのうち、ベアトリスがこの甘美な激しさにどう対応するか、知らずにはいられなくなり、彼女に返答させることにした。彼女の筆跡をできるだけまねながら、こう書いた。

「わが心の奥底より湧き上がり、いかなる香りよりもかぐわしい愛よ、あなたの若々しさで潤される花々に、身も心もあなたに捧げた私が望むことは、とわの幸福の清新さ……。私の喜ばしき希望であるあなたに、私は忠誠を捧げます、私が生きているかぎり、誠心誠意、私自身を捧げます」

「ああ」と彼はすぐに彼女に返答した。「どうかお元気で。私の健康も、希望も、憩いもあなたのなかにあるのですから。目覚める前に、わが心は、その内奥にかくまわれたあなたを見つけ……」

すると彼女は大胆にも、「初めて会った瞬間から、私はほかの誰よりもあなたを目にかけ、目にかけることによってあなたを大切に思い、大切に思うことによってあなたをさがし、さがすことによってあなたを見つけ、見つけることによってあなたを愛し、愛することによってあなたを欲し、欲することによって、何よりも大切にわが心にあなたをしまいました……そして私はあなたの蜜を味わったのです……さようなら、私の心、私の体、私の唯一の喜びよ……」

数ヶ月続いたこのような手紙のやりとりは、初めは、バウドリーノの沈痛な心の慰めとなり、それから大きく膨らんだ幸福感へ、さらには、強烈な自信のようなものへと発展した。というのは、愛するほうは、愛されている女が彼をどれくらい愛しているか、知りようがないからだった。恋する者がみなそうであるように、バウドリーノは、うぬぼれが強くなり、恋する者がみなそうであるように、恋する女と共通の秘密を大切に分かち合いたいと書いてはいたが、それと同時に、世界じゅうが彼の幸せを知るにいたり、彼を愛する女のあらがいがたい愛らしさに驚愕してほしかった。

そしてついにある日、友人たちにその書簡を見せた。そのやりとりが誰とどのように行われたかについては、明言を避けたが、嘘はつかなかった。それどころか、まさに彼の想像の産物だからこそ、こんな手紙を見せられるのだと打ち明けた。しかしほかのふたりは、まさにこの件にかぎっては、彼が嘘をついていると確信し、その境遇をますますうらやんだ。アブドゥルは心のなかで手紙の主が彼の姫君だと思い、まるで自分が手紙を受け取ったかのように身悶えた。この文学的な戯れに無関心を装っていた〈詩人〉は（しかし心のなかでは、このように美しい手紙を書いて、さらに美しい返信をもらったのが自分ではないことが悔しくてならなかった）、恋する相手もいなかったので、手紙そのものに恋した。そのような事態は、ニケタスがほほえみながら述べたように、若いときに人は恋に恋する傾向があるので、驚くべきことではなかったのだが。

おそらくこの手紙から、自らの歌の新しい主題を見つけるために、アブドゥルは、それを大切に書き写してサン・ヴィクトール修道院で夜中に読んだ。ところがある日、何者かに手紙を奪われたことに気づいた。律修参事会員の堕落した誰かが早くもそれを舐めるように読み、そのあとで、修道院のほかのいくたの手稿のなかに投げ入れたのではないかと不安になった。バウドリーノはぞっとして、書簡を行李のなかにしまい、その日から、文通の相手を危険にさらさないように、一通も手紙を書くことはなかった。

バウドリーノは、しかしなんらかの形で十七歳の懊悩(おうのう)を吐露する必要があったため、詩を書きはじめた。手紙が純真な愛をつづるためのものだったとすれば、詩作のねらいは、ラテン語風刺詩(タベルナリア)の習得にあった。これは、当時の遍歴学生たちによって、放埓で無軌道な自らの生を謳歌するために作られたもので、そこには、彼らの行う浪費への一抹の無常感もこめられていた。

ニケタスに自らの才能を証明したかったので、その一節をそらんじた。

フェロル・エゴ・ウェルティ　シネ・ナウタ・ナウィス
Feror ego veluti – sine nauta navis,
ウト・ペル・ウィアス・アエリス　ワガ・フェルトゥル・アウィス
ut per vias aeris – vaga fertur avis...
クイドクイト・ウェヌス・インペラット　ラボル・エスト・スアウィス
Quidquit Venus imperat – labor est suavis,

クアエ・ヌンクアム・イン・コルディブス　ハビタット・イグナウィス
quae nunquam in cordibus – habitat ignavis.

ニケタスがラテン語をあまり解さないことに気づくと、およそ次のように翻訳した。「船頭のいない船のように私は漂う、さながら空をかけめぐる鳥のように……。しかしヴィーナスの命に従うことはなんと心地よき労苦だろうか、それは、卑しい心とは無縁」

バウドリーノが〈詩人〉に自作の詩をあれこれ見せたところ、〈詩人〉は妬みと恥ずかしさで赤面して、涙を流しつつ、自らの感性の欠如と想像力の枯渇を認めた。そして、おのれの無能さを呪いながら、たとえ女と交わるすべを知らずとも、自らの内なる思いを表現できないことに比べればよほどましだと叫んだ。彼の内面は、まさにバウドリーノがかくもみごとに表現したとおりであり、彼の心のうちを本当に読んだのではないかと思われるほどだった。また、いずれの日にか家族と世間の前で、〈詩人〉の名にふさわしいところを示さねばならないが、自分がこのようにみごとな詩を作ると知れば、父親はさぞ鼻が高いだろう、とも言った。詩人の呼称はいまだに彼の自尊心をくすぐるとはいえ、自分が栄光に飢えた詩人（ポエタ・グロリオスス）であるような、他人の才能を横取りするうぬぼれ屋であるような気にもさせる、と。

バウドリーノは、ひどく落ちこむ友を見て、自作の詩を譲渡することに決め、これはきみの作品だと言わんばかりに、彼に羊皮紙を握らせた。それは貴重な贈り物となった。というのも、ベアトリスに最新の消息を伝えるさいに、その詩を友の作品として送ったところ、つねに宮廷の陰謀の渦中にあったとはいえ、文芸の愛好者だったライナルト・フォン・ダッセルが、その詩をベアトリスがフリードリヒに読み上げるのを聞いて、〈詩人〉を自らのもとに仕えさせたいと申し出たからだった……。

ライナルトはその年、ケルン大司教という高い地位に就いていたが、〈詩人〉にとって、大司教のおかかえ詩人、すなわち、冗談半分うぬぼれ半分の彼の言い方にしたがえば、大詩人（アルキポエタ）となること自体、悪い気分はしなかった。どうせ勉学にはほとんど身が入らず、父親からの送金はパリの暮らしには足りなかったので、宮廷詩人であれば、心置きなく一日じゅう飲み食いができるという考え――それはまちがっていなかった――を抱いたからである。

ただし、宮廷詩人になるには、詩作をせねばならなかった。バウドリーノは少なくとも一ダースほど友のために詩を書く約束をしたが、それは一遍にではなかった。「いいかい」と彼は友をさとした。「偉大な詩人が早書きとはかぎらない。遅筆のこともある。最も偉大な詩人がそうだ。だからきみは、詩の女神（ムーサイ）に悩まされながらも、たまには二行連句のひとつもひねりだせるところを見せねばならない。これからきみに渡す分だけでも、何ヶ月ももつだろう。でも時間をくれ。ぼくは遅筆ではないが、早書きでもないからね。だからきみは出発を延期して、ライナルトに期待をもたせるように詩を数行送るんだ。そうしてから、きみの恩人への献辞か賛辞をたずさえて、彼のもとへ出向くのがよいだろう」

バウドリーノは一晩かけて考えたのち、ライナルトへの詩を〈詩人〉に贈った。

Presul discretissime – veniam te precor,（プレスル・ディスクレティッシメ　ウェニアム・テ・プレコル）
morte bona morior – dulci nece necor,（モルテ・ボナ・モリオル　ドゥルキ・ネケ・ネコル）
meum pectum sauciat – puellarum decor,（メウム・ペクトゥム・サウキアット　プエッラルム・デコル）
et quas tacto nequeo – saltem chorde mechor,（エト・クアス・タクト・ネクエオ　サルテム・コルデ・メコル）

その意味は、「いとやんごとなき司教よ、私を許したまえ、私は美しい死に直面し、甘い傷跡に身を焦がしておりますゆえ。わが心をさいなむ美しい乙女には、たとえ触れられぬとも、せめて心のなかでわがものにしておりますゆえ」

ニケタスが、ラテン人の司教はおよそ神聖さとは無縁の歌に興じているらしいと言ったので、バウドリーノはこう説明した。まず第一に理解すべきは、ラテン人の司教に求められる資質であり、とくに彼が帝国の書記官長でもある場合、聖人であることを必ずしも期待されていないという事情である。第二に、ライナルトという人物は司教とは名ばかりの根っからの書記官長であり、たしかに詩の愛好者ではあるが、あとで判明するように、自らの政治的目的のために詩人の才能を利用することのほうが多いという事実である。

「かくして〈詩人〉はあなたの詩で有名になった」

「まさにおっしゃるとおり。〈詩人〉は、私が徐々に書いていった詩に、畏敬の念であふれんばかりの手紙をそえ、それをほぼ一年間にわたってライナルトに送りました。ついにライナルトは、そのたぐいまれな才能をなんとしてでも呼び寄せようとしました。〈詩人〉は、かなりの詩のたくわえをもって出発しました。遅筆と見せかければ、少なくとも一年間はもちこたえそうな量です。大成功でした。人から恵んでもらった名声を、よくぞそこまで誇れるものだと思いましたが、〈詩人〉はそれでも満足でした」

「ふしぎでしかたがないのですが、あなたの作品が他人のものになるのを見たとき、あなたはどんな気分だったのでしょう。父親が自分の体から搾り出したものを他人に譲り渡すのは、残酷なことではないですか？」

「ラテン語風刺詩の運命は口から口へと伝わることです。それが歌われるのを聞くのは幸せなこと。自分の栄誉を増やすためだけにそれを披瀝するのは利己主義というものです」

「あなたがそれほど謙虚だとは私には思えません。あなたは、再び〈嘘つき王子〉となったことがうれしくて、それが自慢なのだ。また同様にあなたは、誰かがいつの日かサン・ヴィクトール修道院の草稿のなかからあなたの恋文を見つけ、誰か他人の作とされることを望んでいるのです」

「自分を謙虚に見せるつもりはありません。何かことを起こして、それが私のしわざだと私以外は誰も知らないのが愉快なのです」

「問題は変わりません、わが友よ」とニケタスが言った。「寛大にも私は、あなたが〈嘘つき王子〉になりたがっていると指摘しましたが、いま気づかされました。あなたは神になろうとしている」

8 バウドリーノは地上楽園を想像する

パリで勉強を続けながらも、バウドリーノはイタリアとドイツの情勢には通じていた。オットーの命令に従って『フリードリヒの事績』を書き継いだラヘウィンは、第四章を書き終えると、福音書の数を超えるのは冒瀆的と思われたため、そこで執筆を終えることに決めた。義務を果たしたことに満足して、彼は宮廷を去り、バイエルンの修道院で退屈な日々を送っていた。バウドリーノが、サン・ヴィクトール図書館の無尽蔵の書物が手元にあると彼に手紙に書くと、ラヘウィンは、自らの知識を広げてくれるような珍しい学術書があれば名を挙げてほしいと頼んできた。

バウドリーノは、この哀れな司教座聖堂参事会員の想像力の乏しさにかんしては、オットーと同意見だったので、それを少し伸ばしてやるのもむだではないだろうと思い、実際に目にした写本の題名を少しだけ伝えたあとで、巧妙に捏造したほかの題名を列挙した。たとえば、尊者ベーダの『臓物料理トリッパの卓越性について（デ・オプティミタテ・トリパルム）』、『礼儀正しい放屁術（アルス・ホネステ・ペタンディ）』、『脱糞の作法（デ・モド・カカンディ）』、『頭髪に陣営を設営することについて（デ・カストラメンタンディス・クリニブス）』、

『悪魔の故郷について』。これらの著作はすべて、お人好しの司教座聖堂参事会員を驚かせ、好奇心をかきたてたので、彼は、それらの知られざる知の宝典の写しを送るように急いで要請した。バウドリーノは、オットーの羊皮紙を削りとってしまったことへの自責の念から、その埋め合わせに、喜んでこの要請に応えたいところだったが、どの文献を写せばいいかまったく見当がつかず、サン・ヴィクトール修道院にそれらの著作はたしかにあるのだが、異端の臭いがするため、律修参事会員たちが誰にも見せようとしないのだ、と言いわけをでっちあげた。

「あとでわかったのですが」とバウドリーノはニケタスに言った。「ラヘウィンは知り合いのパリの学者に手紙を書き、それらの写本をサン・ヴィクトール修道院から入手してほしいと頼んだのです。しかし、修道院側は当然のことながら、何の手がかりもつかめず、それを図書館長の怠慢のせいにしましたが、哀れなこの男は、そのような本を見たことはないと誓いました。結局、律修参事会員の誰かが、事態を取り繕うために、本当にそれを執筆したらしいのです。いつの日か、見つかるといいのですがね」

同じ頃、バウドリーノは、〈詩人〉からフリードリヒの戦についての情報を得ていた。

イタリアの諸都市は、ロンカリアの帝国会議においてなされた宣誓をいっさい遵守していなかった。協定は、反乱した都市が、城壁を取り壊し、兵器を破壊することを求めていたが、市民は、都市を囲む堀を埋め立てるふりをしただけで、実際は、まだそこに堀はあった。フリードリヒは使者をクレーマに派遣して、急ぐように促したが、クレーマ側は皇帝の使者たちを殺すと脅した。彼らは、退散しなければ、本当に殺されるところだった。さらに、ミラノには、司法長官（ポデスタ）の任命のために、なんと書記官長のライナルトと宮中伯のひとりを派遣した。ミラノが皇帝の権利をいったん認めた以上、独自の執政官（コンソレ）を選出するという要求は受け入れがたいものだったからである。そして、このときもまた、ふたりの使者はあやうく殺されるところだった。両者ともただの伝令ではなく、ひとりは帝国の書記官長、もうひとりは宮中伯だったというのにである！　それでも言うことをきかないミラノは、トレッツォ城を包囲し、駐屯部隊を拘禁した。そしてついには、またもローディを攻めた。ミラノがローディに手を出すにおよんで、皇帝は烈火のごとく怒り、戒めのために、クレーマを包囲した。

　当初は、包囲戦はキリスト教徒どうしの戦争の掟にしたがって行われていた。ミラノの支援を受けたクレーマは、果敢な突撃を試み、皇帝軍の大勢の捕虜をとらえた。クレモーナ（当時、クレーマへの憎悪から、パヴィーアとローディともども、皇帝側についていた)は、すさまじい破壊力の攻城兵器を造り、被包囲軍よりも包囲軍のほうに多くの犠牲者を出したのだが、戦争とはかくなるものだった。すさまじい戦闘が繰り広げられたと、〈詩人〉は楽しそうに語った。とくに人々の耳目を集めたのは、皇帝が二百個の空の樽をローディ人に作らせたことだった。土を入れた樽をまず堀に投げ入れてから、ローディ人が二千台以上の荷馬車で運んできた土木でそれを覆った。こうして、城壁を粉砕するために、「猫」と呼ばれる大木槌(きづち)をもって通ることが可能になった。

しかし、クレモーナ人が構築した、最大級の木の櫓(やぐら)による攻撃が始まり、それにたいして被包囲軍が自分たちの投石器で雨あられと石を浴びせて櫓を倒しにかかると、皇帝は激怒してわれを忘れた。クレーマとミラノの戦争捕虜を連れてこさせ、櫓の前面と側面に縛りつけた。被包囲軍が、自分たちの兄弟やいとこ、息子や父親を眼前にしたとき、攻撃を控えるだろうと皇帝は考えたのだ。彼は、クレーマ人——城壁のうえに立つ者も城壁の外でつながれた者も——の怒りもまた、同じくらいに大きいとは想定していなかった。自分たちのことは気にかけるなと兄弟たちに叫んだのは、城壁の外につながれた者たちだった。城壁に立つ者は、歯をくいしばり、目に涙をため、自らの親族の死刑執行人となって、櫓への攻撃を続け、九人の同胞を犠牲にした。

パリに来たミラノ人学生たちはバウドリーノに、櫓には子供まで縛りつけられていたと断言したが、〈詩人〉は、その噂は真実ではないと否定した。実際は、ことここに及んで皇帝までが仰天し、生き残った捕虜の縛を解いたのだった。しかしながら、クレーマ人もミラノ人も、同胞のとげた最期にその怒りは収まらず、城内のドイツ人およびローディ人捕虜を連行して、斜堤に並べ、フリードリヒの目の前で冷然と惨殺した。すると皇帝は、城壁の下に、ふたりのクレーマ人捕虜を連れてこさせ、宣誓を破った賊として彼らを裁き、死刑判決を下した。クレーマのほうは、もし同胞の捕虜を縛り首にすれば、手中にある皇帝軍の人質を縛り首にすると通告した。フリードリヒは、やれるものならやってみろと返答し、ふたりの捕虜を処刑した。クレーマは仕返しに、人質全員を公衆の面前で処刑した。フリードリヒは逆上し、拘留中のクレーマ人を全員連れ出し、町の正面に絞首台を林立させ、すべての捕虜をその場で吊るし首にしようとした。司教と修道院長の面々が、刑場に駆けつけ、哀れみの泉であるはずの皇帝が、敵の邪悪さを模倣すべきではないと訴えた。フリードリヒはこの説得に心動かされたが、自らの意思を変えるまではいたらず、悲運の捕虜から少なくとも九名を処刑することに決めた。

この知らせを聞いてバウドリーノは涙を流した。彼が武器をとらなかったのは性格だけによるものではなかった。敬愛してやまない養父が多くの犯罪に手を染めているという事実が、彼にパリに残って学問をする決意を固めさせ、はっきり意識することなく、知らず知らずのうちに、皇妃を愛することが罪ではないという意識を芽生えさせた。彼は、ますます情熱的な手紙と、隠者をも震撼させるような返信を再び書いた。ただし、今回はそれを友人たちに見せることはなかったが。

とはいえやはり、罪の意識はあったので、主君の名誉のために何か貢献することでその埋め合わせをしようとした。そこでバウドリーノは、オットーから、司祭ヨハネを伝説の闇のなかから引っ張り出すという神聖な使命を託されていたことを思い出し、知られざる――オットーによれば、きわめて有名な――この司祭の探索に没頭した。

三学四科にかんする学業を終えたバウドリーノとアブドゥルは、討論の練習にとりくんだ。最初の課題は、司祭ヨハネが実在するかどうかだった。しかし彼らがその問いを発したのは、バウドリーノがニケタスに語るのがはばかられるような状況においてだった。

〈詩人〉が旅立ってから、アブドゥルはバウドリーノと暮らしていた。ある夜、バウドリーノが帰宅すると、アブドゥルがひとり、自作の美しい歌を一曲歌っていた。それは、遠くにいる姫君に会うことを夢見てきたが、突然、彼女の姿を間近に見ると、自分が後ずさりしているように思われた、という歌だった。バウドリーノは、旋律のせいなのかそれとも歌詞のせいなのか定かではなかったのだが、その歌を聞いているうちに突如目に浮かんだベアトリスの姿が、視界から遠ざかり、虚空に消えていくのがわかった。アブドゥルはなおも歌いつづけた。彼の歌がこのときほど魅惑的に思われたことはかつてなかった。

歌い終わるとアブドゥルは、力尽きたようにその場にくずおれた。バウドリーノは一瞬、アブドゥルがこのまま気を失うのではないかと不安になって、そのうえに身をかがめたが、彼は、心配ないと言うように手を上げ、静かに、ひとりで笑い出した。理由もなく笑いながら、全身を震わせていた。バウドリーノは、熱があるからだと思ったが、アブドゥルは、なおも笑いながら、「じきに落ち着くからかまわないでくれ、何が原因かもわかっているから」と言った。そしてついに、バウドリーノの質問攻めにあい、自らの秘密を告白する決心をした。

「聞いてくれ、友よ。ぼくは緑の蜜を少し舐めた、ほんの少しだけ。それが悪魔の誘惑だとは知っているけれど、歌うときの助けにもなる。聞いてくれ、どうかぼくを非難しないで。子供のころからぼくは、聖地パレスティナで、信じがたいようなこわい話を耳にしてきた。アンティオキアから遠くないところに、サラセンの一族が暮らし、鷲でなければ到達できないような山あいの城に住んでいるという噂だった。彼らの主君はアロアディンという名で、キリスト教徒の君主だけではなくサラセン人の君主からも非常に恐れられていた。彼の居城の中央には、実際に、ありとあらゆる果実と花があふれる庭園があり、ぶどう酒や牛乳、蜜や水をたたえる運河が流れ、そのまわりを、たぐいまれな美少女たちが歌い踊ると言われていた。その庭で暮らすことができたのは、アロアディンが手下に拉致させてきた若者だけで、その逸楽の園において彼らは快楽のみを教えこまれた。快楽という言葉を使うのは、大人の内緒話を聞いたかぎりでは——その話に当惑のあまりぼくは赤面してしまったが——、少女たちが客人を満足させるためなら骨惜しみせず、たとえようもない喜びを彼らに与えていたからだ。その喜びは同時に、彼らを消耗させたと思う。こうして、当然ながら、いったんそこに入った者は、どんなことがあってもけっして離れようとしなかった」

「なかなかやるじゃないか、きみのその、アロアディンだっけ、名前は?」バウドリーノは、友の額に濡れた布きれをあてながら言った。

「きみがそんなことを言うのは」とアブドゥルは言った。「真実を知らないからだ。ある朝、これらの若者のひとりが、日にさらされた殺風景な中庭のなかで目覚め、自分が鎖につながれていることに気づいた。このような苦痛を数日間体験させられたあと、彼はアロアディンの前に引き出された。若者はその足元に身を投げ、自殺をほのめかしながら、もはやそれなしではいられなくなった逸楽の世界に帰してくれるように嘆願した。するとアロアディンは若者に告げた。おまえは預言者の不興を買ってしまったのだ、ある大仕事を成し遂げることに同意しないかぎり信頼の回復は望めまい、と。そして若者に黄金の短剣を渡し、旅に出て、敵方のある君主の宮廷におもむき、彼を殺すように言った。そうしなければ、若者の望みは二度とかなえられない、しかしたとえ使命の遂行において命を落としても、天国に召されるであろう、天国とは、若者が追放された庭園と何から何まで同じか、もしくは、それにまさるところである、と。だからこそ、アロアディンは、強大な権力をもち、ムーア人であれキリスト教徒であれ、周辺のすべての君主に恐れられていたんだ。それは、彼の使者たちが、いかなる犠牲もいとわなかったから」

「それならば」とバウドリーノは言った。「ここパリの愉快な居酒屋のほうがましじゃないか。店の娘だって、代償を払わずとも手に入れられるし。ところで、きみはこの話とどんな関係があるんだ?」

「関係あるさ、ぼくは十歳のとき、アロアディンの手下に拉致されて、五年間彼らのもとにいたのだから」

「十歳できみは、いま話してくれたその美少女たち全員と楽しんだのかい? きみは誰かを殺すように言われたのか？　アブドゥル、どうなんだ？」バウドリーノは心配になった。

「ぼくはまだ小さすぎて、すぐにはその幸運な若者たちのなかに入れられなかった。彼らの快楽をとりしきる城中の宦官のひとりに下男として預けられた。そこで何がわかったと思う？　五年間で一度も花咲く庭園を見たことがなかったんだ。というのは、若者たちはいつもきまって、太陽が照りつける中庭に集団で鎖につながれていたのだから。毎朝、宦官は戸棚から銀の容器を取り出した。そのなかには、蜜のように濃密な、緑色がかったペースト状のものが入っていた。そして、捕虜ひとりひとりの前まで行って、その薬物を口に含ませた。それを味わうにつれて、彼らは、噂どおりの享楽のすべてを、自分自身や他人に語りはじめた。わかるかい、彼らは目を見開き、幸せそうにほほえみながら日中を過ごすが、夜になると、疲れを感じ、あるときは静かに、またあるときは、げらげらと笑ったかと思うと、眠りこけてしまう。こうしてぼくは、徐々に成長するにつれて、アロアディンによって仕組まれた罠に気づいた。若者たちは、楽園で暮らしていると思いこみ、その快楽を失いたくないがゆえに、彼らの主君の復讐の道具となっていたんだ。彼らが役目を終えて無事に帰れば、再び拘束されて、またもや、緑の蜜が導く夢の世界を目と耳で感じることになる」

「それできみは？」

「ぼくはある夜、みんなが眠っているときに、緑の蜜が入った銀の容器のしまってあるところに入りこみ、味見してみた。味見どころか、ふた匙それを飲みこむと、突然、驚異的な光景を目にしはじめた……」

「庭園のなかにいるような感じだった？」

「いや、ほかの若者たちは庭園の夢を見たのかもしれない。彼らが着いたときに、アロアディンから庭園の話を聞かされたからだ。緑の蜜は、人が心の底から望むものを見させるのだと思う。ぼくは、砂漠というか、オアシスのなかにいた。すると、まばゆいばかりの隊商がやって来るのが見えた。ラクダはいずれも羽飾りをつけ、色鮮やかなターバンを巻いたムーア人一行は、太鼓とシンバルを打ち鳴らしていた。そのうしろから、四人の巨人が運ぶ天蓋つき寝台に乗って、彼女が、姫君が来たんだ。ぼくはもう、その姿をどう表現すればいいかわからない、なんて言うか……燦然と輝き、ぼくがおぼえているのは、その閃光だけ、まばゆい輝きだけ……」

「で、どんな顔だった？　きれいだった？」

「顔は見なかった、ヴェールをかぶっていたから」

「じゃあ、きみが恋したのはいったい誰なんだ？」

「彼女だよ。それは、ぼくが彼女を見なかったからなんだ。わかるかい、この心に無限の甘美さが、けっして消えないけだるさが入りこんだ。隊商は砂丘のほうに遠ざかっていった。この光景を見ることはもはや二度とあるまいと確信し、彼女を追いかけねばと思ったが、夜が明けると、ぼくは笑いはじめた。うれしさのせいかと思ったが、それは、効き目がなくなったときの緑の蜜の影響だった。日が高くなってようやくぼくは目が覚めたものの、その場でまだぼうっとしていたので、あやうく宦官につかまるところだった。そのときから、ぼくは逃げねばならないと思うようになった、遠くにいる王女にまた会うために」

「でもきみは、それが緑の蜜の効果にすぎないと知っていたはずだが……」

「たしかに、その光景は幻覚だったが、ぼくが心のなかで感じていたことはもはや幻覚ではなく、本当の願望だった。願望を感じるとき、それは幻覚ではなくなり、存在する」

「でもそれは、幻覚を望むことと同じだ」

「でもぼくは、その願望を二度と失いたくなかった。それは、人生を捧げる価値のあるものだったから」

結局、アブドゥルは城からの逃げ道を見つけ、家族のもとにたどり着いたが、家族は彼のことをもう諦めていた。彼の父親はアロアディンの復讐を恐れ、聖地パレスティナから遠ざけるために、息子をパリにやった。アブドゥルはアロアディンのもとから逃げる前に、緑の蜜の容器をひとつ盗んできていたが、バウドリーノに説明したところでは、その呪われた薬物が再び彼をあのときと同じオアシスへと連れてゆき、恍惚状態を永遠に持続させるのがこわかったので、それ以来まったく口にしていなかった。そのときの興奮に耐えられるかどうか彼には自信がなかった。すでに王女は彼の心のなかにあり、誰も彼から奪いとることはなかっただろう。彼女を憧れの対象とするほうが、偽りの記憶のなかで彼女を所有するよりもましだった。

それから、時間がたつにつれて、自作の歌を歌うだけの気力を養って、王女をはるかかなたに出現させるべく、ほんの少しだけ、蜜をあえて口に含むことがあった。匙の先端にそれを塗って、舌で舐める程度の量ではあったが。すると、短時間の恍惚状態におちいるのだが、まさにその日の夜がそうだった。

バウドリーノは、アブドゥルの話に心を奪われた。皇妃が現れる幻覚を、たとえ短いあいだでも見たい、という誘惑にかられた。アブドゥルは、友の試飲を拒むことができなかった。バウドリーノは、軽いしびれと笑いの衝動を感じただけだった。しかし気持ちは高ぶっていた。ふしぎなことに、興奮の原因はベアトリスではなく、司祭ヨハネだった。彼の真の願望の対象が、もはや、心を寄せる貴婦人ではなく、到達不能のその王国になったかと思ったほどだった。こうしてその夜から、もうすでに蜜の効果が失せたアブドゥルと、やや酔い心地のバウドリーノが、司祭にかんする討論を再開し、彼が実在するかどうかという問題がまさに主題となったのだった。緑の蜜の効能が、目には見えないものを知覚させることにあると思われたからこそ、彼らは司祭の実在を選択したのである。

実在する、とバウドリーノは主張した。なぜなら、その実在に反対すべき理由はないからである。実在する、とアブドゥルが同意した。なぜなら、ある神学生から聞いたところによれば、メディア人とペルシャ人の国のかなたには、その地方の異教徒と戦うキリスト教徒の王たちがいるからである。

「その神学生というのは誰のこと?」とバウドリーノは身を乗り出して尋ねた。

「名をボロンという」とアブドゥルが答えた。こうして、さっそく翌日、ふたりはボロンをさがしに出かけた。

彼はモンベリアールの出身で、ほかの学生同様に遍歴を重ね、ちょうど今はパリ(サン・ヴィクトール図書館に通っていた)にいたが、明日のゆくえを知る者はいない。どうやら、誰にも明かしていない独自の計画を追いかけているらしかった。頭が大きく、髪はもじゃもじゃ、ランプの灯りの下で長時間の読書を続けたせいで目は真っ赤だったが、まさしく博学の徒そのものに見えた。この男に初めて会ったのは当然のごとく居酒屋だったが、そのときからふたりは、彼らの教師たちならば討論に何日も費やしたであろう微妙な問題を提起され、すっかり魅了された。精子は氷結しうるか、娼婦の妊娠は許容されるか、頭の汗は体のほかの部分の汗よりもくさいか、人は恥ずかしいときに耳が赤くなるか、男は愛人の結婚よりもその死を悲しむか、貴族は垂れ下がった耳をもたねばならないか、狂人は満月のときに病状が悪化するか。しかし最も興味深かったのは真空の問題であり、この問題にかんして彼は、ほかのどんな哲学者よりも詳しいと自認していた。

「真空は」すでにろれつのまわらないボロンが言った。「存在しない。なぜなら、自然がそれを嫌悪しているから。それが存在しないことは哲学的理由から明らかである。なぜなら、もし存在するならば、実体あるいは偶有性であることになるから。それは物質的な実体ではない、なぜなら、もしそうなら、物体であることになり、空間を占有することになるだろうから。また、それは非物質的な実体でもない、なぜなら、もしそうなら、天使のように、知性をそなえていることになるだろうから。それは偶有性ではない、なぜなら、偶然は実体の属性としてのみ存在するから。第二に、真空は物理的理由から存在しない。円柱の容器を例にとろう……」

「でもどうして」とバウドリーノは彼に尋ねた。「真空が存在しないことの証明にそれほど関心があるんだい？　きみにとって真空はそれほど大事なのかな？」

「大事だとも。なぜなら、真空は、空隙的、すなわち、月面下のわれわれの世界において物体と物体のあいだにあるか、もしくは、延長的、すなわち、天体の大きな球に閉ざされたわれわれの見ている宇宙のかなたへと伸びているか、そのどちらかだから。もしそうだとすると、その真空のなかに、ほかの複数の世界が存在しうることになる。しかし、空隙的な真空が存在しないことが証明されれば、なおさら延長的な真空は存在しないことになるのだから」

「でも、ほかの世界が存在するかどうかが、きみにはそれほど重要な問題なのか？」

「大事だとも。なぜなら、それらの世界が存在すれば、われらが主は、そのいずれの世界においても自らを犠牲とし、パンとぶどう酒を聖別せねばならなかっただろうから。したがって、その奇蹟の証拠であり刻印である最高の物が唯一無二ではなく、多くの複製が存在することになってしまう。小生の人生に何の価値があるだろうか、再発見すべき最高の物がいずこかにあるとわからなければ？」

「その最高の物とは何？」

ここでボロンは、その説明を避けようとして、「それはきみの知ったことではない」と言った。「不敬の輩の耳に入るとまずいのでな。別の話をしようではないか。もし多くの世界が存在するならば、最初の人間もたくさんいたことになる、原罪を何度となく犯した多くのアダムとエヴァがいたことになってしまう。したがって、彼らが追放された地上楽園もたくさんあることになるだろう。一本の川が流れ、サント・ジュヌヴィエーヴのような丘のある町は多かれど、地上楽園のように崇高なものが多く存在しうるときみたちは想像できるか？　地上楽園は、メディア人とペルシャ人の王国の向こうの、はるかかなたの地に、たったひとつしか存在しない」

話が核心に達したとき、ふたりは、司祭ヨハネにかんする推論をボロンに語った。ボロンは、東洋のキリスト教国王については、ある修道士から聞かされて知っていた。この修道士は、何年も前に、インドの総主教が教皇カリクストゥス二世を訪問したときのものとされる記録を読んだことがあった。そこには、言葉の大きな差異に起因する、教皇との意思疎通の困難が語られていたが、総主教はフルナの町についておよそ次のように述べていた。その町には、地上楽園に源を発する川のひとつで、ガンジスとも呼ばれるフィソン川が流れ、郊外の山には、使徒トマスの遺体が安置された教会が立っている。

この山は、湖の中央にそびえているため、ふだんは近づくことができず、一年のうち八日間だけ湖の水が引くときに、当地の良きキリスト教徒は使徒の遺体を崇めに行くことができる。その遺体は、まだ生きているかのように、損傷もなく、この記録によれば、顔は星のように輝き、赤い髪が肩まで伸び、髭をたくわえ、衣服は仕立てられたばかりのようである。

「しかし、彼は、この総主教が司祭ヨハネだとは言ってはいない」ボロンは最後に、そう慎重に付け加えた。

「もちろん」とバウドリーノは答えた。「だが、ずっと以前から、遠くにあって、誰も知らない幸いなる王国が巷間の噂となっている。ところで、わが敬愛するオットー司教の著書『ふたつの国の歴史』によれば、ガバラ司教のフーゴーなる者がこう述べている。ヨハネはペルシャ人に勝ったあと、聖地パレスティナのキリスト教徒を救おうとしたが、ティグリス川の岸辺で部下を乗せる船がなく、行く手を阻まれた、と。したがって、ヨハネは、ティグリス川のかなたに生きているのだ。いいかい？　しかしここが肝心だが、フーゴーが言及する前に、みんなそのことを知っていたはずなのだ。オットーの書いたことをもう一度よく読んでみよう。でまかせを言う人ではないから。いったいなぜ、このフーゴーとやらは、ヨハネがエルサレムのキリスト教徒を助けられなかった理由を教皇に説明しにこなければならなかったのだろう？　まるで、ヨハネの弁明をせねばならない、とでもいうように。その理由は、明らかにローマでは、このような希望をいだく者がいたからだ。オットーは、フーゴーがヨハネの名を挙げるとき、「彼はそう呼びならわされていた」と書き加えている。「呼びならわされていた」とは何を意味するのだろうか？　明らかに、フーゴーだけでなく、ほかの者たちもそう呼ぶのが「つねであり」、つまり当時からすでに、彼はそう呼びならわされていたことになる。さらにまたオットーは、ヨハネが彼の祖先である三賢王同様にエルサレムに向かおうとしたと書いている。しかし、それに成功しなかったと主張しているのがフーゴーだとは書かず、ほかの者たちがそれに成功しなかったと主張しているらしいと書いているのだ。われわれは今ちょうど、先生方から学んでいるところだった」バウドリーノは話の結びに付け加えた。「伝承の継続にまさる真実の証明はないということを」

アブドゥルは、きっとオットー司教もときどき緑の蜜を飲んでいたのかも、とバウドリーノの耳にささやいたが、バウドリーノは彼の肋骨にひじ打ちをくらわせた。

「この司祭がきみたちにとってなぜそれほど重要なのか、小生にはまだわかりかねるが」とボロンは言った。「さがすべきところは、地上楽園から流れる川に沿ってではなく、まさに地上楽園のなかだろう。地上楽園についてなら、小生は言うべきことが多々あるが……」

バウドリーノとアブドゥルは、ボロンが地上楽園についてさらに話すように仕向けようとしたが、ボロンは〈三つの燭台〉の酒をがぶ飲みしており、何もおぼえていないと言った。ふたりの友は、言葉を交わすことなく相手と同じ考えをいだいたのか、ボロンの脇をかかえて自分たちの部屋まで運んだ。そこでアブドゥルは、さも惜しそうにではあったが、緑の蜜をほんのわずか、匙の先端ですくって彼に分け与え、もうひと匙をバウドリーノと分かち合った。するとボロンは、はじめこそ驚いたようすだったが、しばらくして、どこにいるかよくわからないというようにあたりを見回し、楽園の何かを見はじめたようだった。

彼は口を開き、地獄と天国をともに訪れたことのあるらしいトゥヌクダルスなる者のことを語った。地獄のようすは語るに値しなかったが、天国は、愛、喜び、誠実、美、神聖、調和、統一、そしてまた愛と、終わりのない永遠に満ちあふれたところだった。そこは黄金の城壁に守られ、壁の向こう側に、宝石で飾られた多くの椅子が見え、そのうえに、男も女も、老いも若きも、絹の肩掛けを羽織って坐っていた。みなの顔は太陽のように輝き、髪の色は純金のようだった。そしていっせいに、金の文字で装飾された本を読みながら、ハレルヤを歌っていた。

「だが」とボロンは、思慮深く言った。「地獄には、行きたいと思えば誰でも行ける。そこにいる者が戻ってきて、悪夢や夢魔、その他の汚らわしい幻想の形式のもとに、体験を語ることもある。しかし、そのようなことを見た者が、はたして本当に天国に入ることを許されたと考えられるだろうか？　たとえ許されたにしても、慎みなくそれを語ったりするだろうか？　謙虚で正直な人なら、ふしぎな体験は自分の胸に秘めておくはずだから」

「神よ、そこまで慢心に蝕まれた者がこの地上に現れないようにしたまえ」とバウドリーノが言った。「主が彼に授けた信頼にふさわしくないゆえ」

「ところで」とボロンは言った。「きみたちはアレクサンドロス大王の話を聞いたことがあるはずだ。大王は、ガンジス川の岸辺まで来て、川の流れに沿ってそびえる城壁までたどり着いたと言われているが、この城壁には、ひとつも門がなかった。三日間の航行ののち、ようやく小さな窓を発見すると、ひとりの老人が顔をのぞかせた。訪問者たちが、王のなかの王、アレクサンドロスに税を支払うように彼に要求すると、老人は、ここは祝福された者たちの都だと答えた。偉大な王ではあっても異教徒のアレクサンドロスが天国まで行ったとは考えられないので、彼やトゥヌクダルスが見たのは、地上楽園だったはずだ。まさに小生が今見ているところ……」

「それはどこ?」

「あそこ」と言って、部屋の隅を指した。「すばらしい緑の草地の茂る場所が見える。そこは、かぐわしい草花で彩られ、さわやかな匂いがあたり一面に漂い、小生がそれを嗅ぐともはや、食べ物も飲み物も何もほしくなくなる。このうえなく美しい芝生には、顔に威厳のある四人の男がいる。金の王冠をかぶり、手には棕櫚(しゅろ)の枝をもっている。歌が聞こえ、樹脂油(バルサム)の香りがする。これは驚きだ! 蜜のような甘さが口に広がる……。水晶の教会が見える。中央の祭壇から、乳のように白い水が流れ出ている。教会は、昼間は宝石のように見え、南側は血のように赤く、西側は雪のように白い。そのうえには、この空の星よりもさらに明るい無数の星が輝いている。雪のように髪が白く、鳥のような羽を生やした男がひとり見える。目は、真っ白い眉毛が垂れ下がり、ほとんど隠れて見えない。小生に、けっして歳をとらない一本の木を指さす。その木陰に坐ればどんな病気も治してしまう木だ。さらに、虹の七色の葉をつけた別の木を指さす。でもいったいどうして今宵、小生にはこんなものが見えるのだろう?」

「きっと以前にどこかで読んだことを、ぶどう酒が心の奥底から引き上げたのだろう」とアブドゥルが言った。「ぼくの島に生きたあの徳高き男、聖ブレンダンは、地の果てまで海を航海し、青や紫や白の熟したぶどうで覆い尽くされた島を発見した。そこには七つの奇蹟の泉と、七つの教会があり、うちひとつは水晶、もうひとつは柘榴石（ざくろいし）、三番目はサファイア、四番目はトパーズ、五番目はルビー、六番目はエメラルド、七番目は珊瑚（さんご）でできており、いずれの教会にも七つの祭壇と七つのランプがある。広場中央の教会の前には、玉髄（ぎょくずい）の柱が立ち、その先端では、いくつもの鈴をつけた車輪が回転している」

「いやちがう、小生のそれは島ではない」とボロンは興奮して言った。「そこはインドに近い土地で、人々は、われわれよりも耳が大きく、二重の舌で同時にふたりと話すことができる。多くの作物が、自然に育つ場所らしく……」

「もちろん」とバウドリーノは解説を加えた。「『出エジプト記』によれば、神の民に乳と蜜の流れる土地が約束されたことを、われわれは忘れてはならない」

「ものごとを混同してはいけない」とアブドゥルが言った。「『出エジプト記』のそれは、約束された土地、原罪のあとに約束された土地だ。一方、地上楽園は、原罪を犯す前の、人類の始祖の土地だった」

「アブドゥル、今われわれは討論（ディスプタティオ）をしているのではない。要は、われわれが行くべき場所を特定することではなく、誰もが行きたいと願うような理想の場所はどうあるべきかを理解することだ。もしそのような驚異が、地上楽園だけではなく、アダムとエヴァが足を踏み入れたことのない島々にも、今にいたるまでずっと存在してきたならば、ヨハネの王国がそれらの場所にかなり似ていることは論をまたない。嘘と貪欲と情欲が存在しない、豊かさと徳の王国とはいかなるものか、われわれは理解を深めよう。さもなければ、すぐれてキリスト教的な王国を目指さねばならない理由があるだろうか？──「ただ、それをあまり誇張すべきではない」とアブドゥルは賢明にも言った。「さもなければ、もはや誰も信じないだろう。つまり、そんなに遠くまで行けるとは誰も信じなくなるだろう」

「遠い」という言葉をアブドゥルは使った。バウドリーノはついさっきまで、アブドゥルが地上楽園を想像することで、彼の満たされることのない恋心を一晩だけでも忘れていると思いこんでいた。だが、それはちがった。彼は地上楽園を見ながら、そこに彼の姫君をさがしていたのだった。実際、蜜の効果がしだいに薄れていくなか、彼はこうつぶやいていた。「きっといつの日か、ぼくたちはそこに行くだろう、ランガン・リ・ヨルン・ソン・ロン・アン・メ、つまり、五月になって日が長くなったなら……」

ボロンは静かに笑い出した。

「こういうわけで、ニケタス殿」とバウドリーノは言った。「私はこの世の誘惑のとりこになっていないとき、もっぱら、ほかの世界のことを考えて夜を過ごすようになったのです。多少、ぶどう酒の助けを借りたり、緑の蜜の助けを借りたりはしましたが。ほかの世界を想像するにこしたことはありません」さらにこう続けた。「私たちが生きている世界がいかに苦しいものであるかを忘れるためには。少なくとも当時、私はそう思っていました。ほかの世界を想像することが、結局はこの世界を変えることにつながるということにまだ気づいていなかったのです」

「さしあたりは、神の意思が授けたこの世で平穏に生きようではありませんか」とニケタスは言った。「さあ、私たちの優秀なジェノヴァ人がおいしい料理を用意してくれましたよ。海と川のさまざまな魚が入ったこのスープを飲んでごらんなさい。きっと、いい魚はあなたがたの国にもいるのでしょうね。寒さのせいで、プロポンティス海のように魚はすくすくと育つことはないにしても。私たちは、このスープを、オリーヴオイルで炒めた玉ねぎ、ウイキョウや他の薬草、辛口のぶどう酒二杯で味付けします。さあ、切り分けられたこのパンのうえにスープをかけて。卵黄とレモン汁をだし汁でわずかに薄めたこのアヴゴレモノソースをかけてもよい。私が思うに、地上楽園でアダムとエヴァはこんな食事をしていたのではないかな、原罪の前は。原罪のあとは、おそらく臓物料理でがまんしたにちがいない、パリの暮らしと同様に」

9　バウドリーノは皇帝を叱責し皇妃を誘惑する

バウドリーノは、さほど厳しくはない学業の一方で、エデンの園への空想を膨らませながら、すでにパリで四度目の冬を過ごしていた。フリードリヒにも会いたかったが、それ以上にベアトリスに会いたかった。彼の高ぶる気持ちのなかで、彼女はすでに世俗的な特徴をいっさい失い、アブドゥルのはるかなる王女のように、地上楽園の住人となっていた。

ある日、ライナルトは〈詩人〉に、皇帝への頌歌を依頼した。絶望した〈詩人〉は、時間稼ぎのため、自らの主君には、しかるべき着想がわくのを待ちたいと言いわけをして、バウドリーノに救援を要請した。バウドリーノは、秀作「めでたし、世界の君主(サルウェ・ムンディ・ドミネ)」を書き上げた。この詩のなかで、フリードリヒは、ほかのすべての王の上に君臨し、その支配はこのうえなく優雅であると称えられていた。しかし彼は、それを使者に託すのが不安だったので、イタリアに帰国することに決めた。そして、そのイタリア滞在中に、ニケタスに要約するのが困難なほど、数多くのできごとが起こったのだった。

「ライナルトは、世界の君主、平和の王、あらゆる法の源として、皇帝のイメージを築き上げようとしていたのです。誰にも服従せず、王にして祭司（レクス・エト・サケルドス）のメルキゼデクのように。したがって、教皇との衝突は避けられませんでした。さて、クレーマ包囲戦の頃、教皇ハドリアヌスが死にました。ローマでフリードリヒに戴冠した教皇です。枢機卿の大半はバンディネッリ枢機卿を教皇アレクサンデル三世として選びました。ライナルトにとって、それは災厄以外の何ものでもありません。教皇の優越を頑として譲らないバンディネッリとは、まさに犬猿の仲だったからです。ライナルトが何をたくらんだのかわかりませんが、彼は自分とフリードリヒの意のままになる別の教皇、ウィクトル四世を、何人かの枢機卿と元老院議員にまんまと選ばせました。当然ながら、アレクサンデル三世は、フリードリヒとウィクトルの双方を破門しました。アレクサンデルは本当の教皇ではないから、彼の破門は何の意味もないと言ってもむだでした。というのは、一方で、フランス王とイングランド王が彼の承認へと傾き、他方で、イタリア諸都市にとって、皇帝が教会の分裂をたくらんでいるので服従の必要はないと主張する教皇の出現は、天恵だったからです。加えて、アレクサンデルが、フリードリヒの帝国よりも大きな帝国に頼るべく、あなたがたの皇帝マヌエルと共謀しているという情報が寄せられたのです。ライナルトが、ローマ帝国の唯一の継承者はフリードリヒであると主張したいなら、その血統の目に見える証拠を見つけねばなりません。だからこそ、〈詩人〉まで動員したのです」

ニケタスは、バウドリーノの物語を、年代順にたどるのに骨が折れた。それは、語り手が前後の消息をやや混同しているように見えたからだけではなく、フリードリヒの歴史が、つねに同じことの繰り返しのように思え、ミラノがいつ武器をとり、いつ再びローディを脅迫したのか、いつ皇帝が再度イタリアに南下したのか、わからなくなっていたからだった。「もしこれが年代記なら」とニケタスは思った。「たまたま開いた頁を読めば充分だろう、どうせ、どの頁にも同じ事蹟が書いてあるはずだから。つねに同じ物語が回帰し、早く覚めてほしいと思うようなあの夢のように」

いずれにせよ、ニケタスは、ミラノが嫌がらせと小競り合いで挑発し、またもフリードリヒを窮地に陥れてから、すでに二年経過したらしいことがわかった。そして翌年、皇帝はノヴァーラ、アスティ、ヴェルチェッリ、モンフェッラート侯、マラスピーナ侯、ビアンドラーテ伯、コモ、ローディ、ベルガモ、クレモーナ、パヴィーアなどの支援を受けて、再びミラノを包囲したのだった。そんな春のある朝のこと、二十歳になっていたバウドリーノは、〈詩人〉のための「めでたし、世界の君主」と、泥棒の餌食とならぬようパリに残してきたくなかったベアトリスとの書簡を携えて、ミラノ城壁の前に着いたのだった。

「ミラノでのフリードリヒのふるまいが、クレーマのときより、ましだったことを祈りましょう」とニケタスは言った。

「さらにひどかったのです、私が到着したときに聞いた話では。メルツォとロンカーテの六人の捕虜の両目をくりぬき、さらに、ひとりのミラノ人の片目だけをくりぬいたそうです。この男を先導役として、ほかの捕虜ともどもミラノに送り返すためでしたが、そのかわり、彼は鼻を削ぎ落とされました。ミラノに物品を運びこもうとした者を捕えれば、その両手を切り落としたのです」

「それ見たことか、彼も目を抉るのではないか！」

「だが、民衆の目であって、あなたがたのように、主君の目ではない。敵の目であっても、親類の目ではない」

「彼の弁明をするのですか？」

「今はそうですが、当時はちがいました。当時私は、怒りがおさまりませんでした。彼の顔を見たくもなかった。しかし、私は彼に表敬の挨拶をせねばならず、避けて通ることができなかったのです」

久しぶりにバウドリーノに再会した皇帝は、満面に笑みを浮かべて、彼を抱擁しようとしたが、バウドリーノは自らの感情を抑えられなかった。後ずさりし、涙を流しながら、皇帝の悪行を非難して言った。不正な行いをしておきながら、自らが正義の源だと主張することはできない、養子であることが恥ずかしい、と。

彼以外の誰かに同じことを言われれば、それが誰であっても、フリードリヒは、その目を抉るだけでなく、鼻と耳も削ぎ落としただろう。しかし、バウドリーノの怒りに気おされて、皇帝である彼のほうが弁明を始めた。「これは反逆だ、法にたいする反逆なんだ、バウドリーノ。それに、余が法だと最初に言ったのはおまえではないか。余は許せん、寛大にはなれん。無情に徹することが余の使命。おまえは、余が好きでやっていると思うのか？」

「好きではありませんか、父上。二年前、クレーマであれだけ人殺しをしておきながら、今度はミラノで手の切断ですか？　そんな必要があったのですか、戦場でもないところで冷酷にも、ご自分の意地のため、復讐のため、相手の面目をつぶすために？」

「おまえは、余の事蹟をたどっているのだな、まるでラヘウィンのように！　ならば、それが意地のためではなく、みせしめのためだと知るがいい。これが、反抗的な息子どもに言うことをきかせる唯一の方法なのだ。おまえは、カエサルやアウグストゥスがより寛大だったとでも思うのか？　これは戦争だぞ、バウドリーノ、そのなんたるかがわかるか、パリで偉そうに学者ぶっているおまえなんかに？　おまえが学業を終え帰国したら、余の廷臣に加えてやるぞ、なんなら、騎士にしてやろうか？　神聖ローマ皇帝の騎士が自分の手を汚さずにすむと思うか？　おまえは血を見るのが嫌なのか？　それならば、そう言え、修道士にしてやる。だがそうなると、貞潔を守らねばならないぞ、いいか用心しろ、おまえがパリで浮名を流していることは耳に入っている、それで修道士とは聞いてあきれる。どこでその傷跡をつけた？　ケツではなく顔に傷があるとは驚きだわい！」

「きっとあなたの密偵が、パリでの私の色恋沙汰を話したのでしょうが、私は密偵に頼らずとも、ハドリアノポリスでのあなたの武勇伝を、いたるところで聞かされました。私とパリの夫君たちとの一悶着のほうが、あなたとビザンツの修道士との一件よりもましです」

フリードリヒは身を硬直させ、顔面蒼白になった。バウドリーノ（オットーからその話を聞かされていた）が何のことを言っているか充分に承知していた。それはまだシュヴァーベン大公だったフリードリヒが、十字架を手に取り、エルサレムのキリスト教国を助けるため、第二回の遠征に加わったときのこと。ハドリアノポリス付近で、十字軍が前進に苦労していたとき、遠征軍から遠ざかった従士のひとりが、おそらくは地元の山賊に襲撃されて殺された。ラテン人とビザンツ人のあいだではすでに緊張が高まっていたが、フリードリヒはこの一件を侮辱と受け取った。クレーマのとき同様に、彼の怒りは頂点に達し、そばにあった修道院を襲撃し、修道士を皆殺しにしたのだった。

この事件はフリードリヒの名に汚点として残った。誰もがそのことを忘れたふりをした。オットーもまた、『フリードリヒの事蹟』のなかでその件は沈黙している。ただ、その直後に若き日のフリードリヒが、コンスタンティノープルから遠くないところで、すさまじい洪水の難を危うく逃れたことに言及し、天が彼を見捨てなかったことの証だとしている。しかし、唯一フリードリヒ本人だけは、その事件を忘れていなかった。悪行の傷跡はいまだに癒えず、自らとった行動に苦しめられていた。フリードリヒは、青ざめた顔を紅潮させ、ブロンズ製の燭台をつかむと、殺さんばかりの勢いで、バウドリーノに飛びかかった。服をつかんでから、なんとか思いとどまり、武器を下ろして、絞り出すような声で言った。「地獄のあらゆる悪魔に誓って、おまえが今言ったことを二度と口にするな」そう言い残し、天幕から出ていこうとしたが、出口で急に振り返った。「皇妃に表敬の挨拶をしてこい。それから、パリのおまえの仲間たち、腰抜け学生どものところに戻れ」

「おれが腰抜けかどうか見せてやる、目にもの見せてくれるぞ」バウドリーノはそう呟きながら陣営をあとにしたが、彼自身にもわからなかったのだ、何が自分にできるかが。養父に憎しみをおぼえ、彼を傷つけること以外に。

怒りがおさまらないまま、ベアトリスの宿営に向かった。まず皇妃の衣服の裾に、それからその手にうやうやしく接吻をした。すると皇妃は、彼の傷跡に驚き、心配げに尋ねた。バウドリーノは平然と答えた。これは追いはぎの一味とやりあったときの傷で、こうしたことは各地をめぐる身には起こりうることだ、と。ベアトリスは彼を感嘆のまなざしで見た。今や認めないわけにはいかなかった。獅子のような顔が傷跡によっていっそう精悍になったこの二十歳の若者が、いわゆる一人前の若武者になったことを。皇妃は彼に坐るよう促し、最近の彼の動向を尋ねた。皇妃は優雅な天蓋の下に腰かけて、ほほえみを浮かべながら刺繍をしていた。彼はその足下にうずくまり、緊張を和らげるためだけに話しつづけていたので、何をしゃべっているかもわからなかった。しかし、このうえなくうるわしい顔立ちを下から見上げながら話すにつれて、かつての燃えるような感情がまるごと、百倍にも膨れ上がってよみがえってきた。ちょうどそのとき、べアトリスが、とびきり魅惑的な微笑を浮かべて言った。「ところで、あなたは私が頼んだことを手紙に書いてくれなかったわね、ずいぶん楽しみにしていたのよ」

　おそらく彼女は、いつもの姉のような気づかいからそう言ったのか、あるいは、会話を弾ませようとしただけだったのかもしれない。しかしバウドリーノにとって、ベアトリスの話す言葉はつねに、香油であると同時に毒でもあった。バウドリーノは震える手で、彼の彼女宛ての手紙と、彼女の彼宛ての手紙を懐から取り出し、それを彼女に差し出しながらこうささやいた。「いいえ、私は手紙を書きましたよ、こんなにたくさん、そして、奥方様、あなたからも返事をいただきました」

　ベアトリスは彼の言わんとすることがわからぬまま、紙の束を受け取り、ふたとおりの筆跡をよりはっきりと判読するために、小さく声を出して読みはじめた。バウドリーノは、彼女から二歩離れた位置で、冷や汗をかきながら、両の手を握り締めていた。自分は気がふれてしまったのかと思った。彼女が衛兵を呼んで、追い出されるかもしれなかった。自分の心臓を一突きにする剣がほしいくらいだった。手紙を読み進めるにしたがって、ベアトリスの頬はしだいに赤く染まっていった。火のような言葉を反復する声は震えていた。まるで、神を冒瀆するミサを執り行っていたかのように。そして、立ち上がると、二度もよろめいた。その体を支えようとして前に出たバウドリーノを、彼女は二度ともしりぞけて、か細い声で、かろうじて言った。「ああ、あなたはいったいどうしてしまったの？」

バウドリーノはまたもベアトリスに近づき、全身を震わせながら、手紙を取り戻した。彼女もまた同じように全身を震わせながら、手を伸ばして彼のうなじをなでた。ベアトリスの目をまともに見ることができなかったので、バウドリーノが横顔を向けると、彼女は指の腹で傷口をなでた。その接触をも避けようとして、再び横を向いたものの、彼女があまりに近くまで迫っていたので、ふたりの鼻は触れ合わんばかりだった。バウドリーノは、彼女を抱擁してはならないと思い、両手を自分の背中にまわしたが、ときすでに遅く、唇と唇が接触した。ふたりの唇は、触れ合ったあとでわずかに開かれ、一瞬だけ、短い口づけのほんの一瞬のあいだ、半開きの唇の奥でふたりの舌もまた、かすかに触れ合った。

永遠のような一瞬が過ぎ去ると、ベアトリスは身を引き、病人のように蒼白になった。そして、バウドリーノを険しい表情で見つめながら言った。「天国のあらゆる聖人に誓って、今したことをもう二度としないで」

その口調には怒りもなければ、ほとんど何の感情もこめられておらず、気を失いそうな気配だった。それから目に涙をため、やさしく付け加えた。「お願いだから！」

バウドリーノは、額が床につくまでひざまずいてから、その場を去ったが、どこに向かえばよいかわからなかった。あとになって、わずか一瞬のあいだに四つの罪を犯したことに気づいた。皇妃の権威を傷つけたこと、姦通によって身を汚したこと、彼の父親の信頼を裏切ったこと、そして、復讐という恥ずべき誘惑に屈したことである。「なぜ復讐なのか」と彼は自問した。「もしフリードリヒがあの殺戮を行わず、私を罵倒することがなかったら、したがって私の心に憎悪の感情が芽生えていなかったとしたら、それでも私は同じことをしただろうか？」この問いへの返答をあえて回避しているうちに、彼は気づいた。その答えが自分の恐れるとおりならば、第五の最もおぞましい罪を犯したことになるだろう。自分の恨みをはらすためだけに、自らの偶像の美徳にぬぐいがたい汚点を残したことになるだろう。彼の生きがいとなっていたものを、けがらわしい道具に変えてしまったことになるだろう。

「ニケタス殿、私はこの疑惑を長年にわたっていだきつづけました。たとえ、あのときの悲痛なまでの美しさを忘れることができなかったにしても。私は恋心をつのらせましたが、今回ばかりは希望がありませんでした、たとえ夢のなかでも。なぜなら、私がどんなかたちであれ許しを請えば、まちがいなく彼女の姿は私の夢からも消えてしまったでしょうから。要するに、眠れない長い夜が幾日も続くなか、私は思ったのです。おまえは、すべてを得たのだ、これ以上何も望むことはできない」

コンスタンティノープルに夜の帳(とばり)が下りようとしていた。空はもう赤くはなかった。火事はすでに消えつつあった。市内のいくつかの丘の上でのみ明滅が見られたが、それは炎ではなく、残り火だった。ニケタスは、そのあいだに、蜂蜜味のぶどう酒を二杯注文していた。バウドリーノは、目を虚空に漂わせながらそれをすすった。「これはタソス産のぶどう酒です。酒壺のなかに、蜂蜜でこねたスペルト小麦を入れ、味も香りも濃厚なぶどう酒と、軽いぶどう酒を混ぜ合わせるのです。どうです甘いでしょう?」とニケタスが聞いた。「ええ、とても」別のことを考えていたバウドリーノは、そう答えて杯を置いた。

「その夜のうちに」彼は最後に付け加えた。「私はフリードリヒの是非を判断することを永久に放棄しました。なぜなら、私のほうが罪深いと感じていたからです。敵の鼻を削ぎ落とすことのほうが、恩人の妻の唇を奪うことよりも、罪深いと言えるでしょうか?」

翌日、彼は養父のもとに行き、厳しい言葉を浴びせたことの許しを請うたが、後悔しているのがフリードリヒのほうであることに気づき、赤面した。皇帝は彼を抱きしめ、怒ったことを詫びて言った。まちがったときは、まちがったと進言できる彼のような息子のほうが、まわりにいる百人のおべっか使いよりも好きだ、と。「聴罪司祭でさえも、余にそれを言う勇気がないのだからな」と皇帝は笑いながら言った。「おまえは、余が信頼するただひとりの人間だ」

バウドリーノは、羞恥心に身を焦がすことで、自らの罪の報いを受けはじめていた。

10 バウドリーノは三賢王を見つけ シャルルマーニュを列聖する

バウドリーノがミラノ城壁の前に着いたのは、内部の不和もあって、もはやミラノ人たちが力尽きようとしているときだった。ミラノ側はついに降伏を協議するための使節団を送ってきたが、その条件は依然としてロンカリアの帝国会議で決定された条件と同じだった。つまり、四年が経過して、多くの死者を出し、町が蹂躙(じゅうりん)されたにもかかわらず、四年前と同じ条件にしろ、と言うに等しかった。むしろ実際は、今回の降伏のほうが前回以上に不名誉なものだったにもかかわらず。フリードリヒは、またも寛大な措置に傾いたが、ライナルトが頑として聞き入れなかった。誰もが肝に銘じるようなみせしめにし、皇帝への愛ゆえではなく、ミラノへの憎しみのために皇帝とともに戦った諸都市を満足させねばならない、というのだった。

「バウドリーノよ」と皇帝は養子に向かって言った。「今度ばかりは余をうらむな。ときには皇帝といえども、重臣の望むままに行動せねばならんときがある」そして小声でこう付け加えた。「余はミラノ人よりもライナルトのほうがこわいのだ」

こうして彼は、ミラノをこの地上から抹消するように命じ、男女の別なく全市民を町の外に出した。

町周辺の野原は今や、あてどなくさまようミラノ市民であふれかえり、なかには近隣の都市に避難する者もいたが、それ以外は、城壁の前に野営しながら、皇帝が彼らを許し、城内に戻してくれないものかと期待してとどまっていた。雨が降り、避難民たちは夜は寒さに震えた。子供は病気になり、女は泣き、武器を奪われた男たちは道端にしゃがんで、拳を天に突き上げた。皇帝よりも全能の神を呪うほうが無難だったのだ。なぜなら、皇帝には巡回する部下がいて、彼らのあまりにも激しい嘆きの理由を尋ねるからだった。

フリードリヒは当初、ミラノに火を放って、この反逆した町を抹消しようとしたが、自分以上にミラノを憎むイタリア人の手にことをゆだねるほうがいいと考え直した。そこで、レンツァ門と呼ばれる東門を全壊させる役割をローディに与え、ロマーナ門の粉砕をクレーマに任せた。パヴィーアには、ティチネーゼ門を跡形もなく消し、ノヴァーラには、ヴェルチェッリーナ門を根こそぎにするように命じた。コモには、コマチーナ門を消滅させ、セプリオとマルテサーナには、ヌオーヴァ門を瓦礫の山とするように命じた。これらの都市の人々はこの任務がいたく気に入り、皇帝に多額の金を払ってでも、敗北したミラノに自らの手で借りを返そうとした。

破壊が始まった次の日、バウドリーノは城壁の内側に入りこんだ。場所によっては、巨大な土煙しか見えなかった。土煙のなかに入ると、こちらでは、太い縄を建物の正面に結わえつけ、それが倒壊するまでいっせいに引っ張る者がおり、あちらでは、専門の石工が、教会の屋根を鶴嘴(つるはし)で叩き落としてから、大木槌で壁をこわし、基部に楔(くさび)を差し入れて柱を倒すのが見えた。

バウドリーノは、蹂躙された市街を歩き回って数日間を過ごした。イタリアでは他に類例がないほど美しく堂々とした、大聖堂の鐘楼が崩壊するのを、彼は目撃した。最も熱心だったのは、復讐心にのみ衝き動かされたローディ人で、自分たちの分担を片づけると、クレーマ人のもとに駆けつけ、ロマーナ門の破壊に手を貸した。しかし、最も手馴れていたのは、パヴィーア人のようだった。彼らはむやみに叩き壊そうとはせず、怒りを抑えていた。彼らが石と石をつなぐモルタルをはがすか、あるいは、城壁の基部を掘るだけで、あとは自然に崩落した。

言ってみれば、いったい何が起きているのかわからない者にとって、ミラノは、おのおのが神を讃美しながらきびきびと働く、陽気な建設現場のように見えたにちがいない。

ただし、時間の流れは逆向きだった。つまり、新しい町が何もないところから建てられつつあるように見えたが、実際は、ひとつの古い町が、塵芥に帰し、荒野となりつつあったのである。バウドリーノは、そんなことを考えながら、復活祭の当日、皇帝がパヴィーアで盛大な祝典を開いているあいだ、ミラノが消えてなくなる前に、ミラノの驚異（ミラビーリア・ウルビス・メディオラニ）を急いで発見しようとした。こうして彼は、まだ無傷のすばらしい聖堂（バジリカ）に出くわした。するとちょうどパヴィーア人たちが、そのそばの小さな建物の破壊作業を終えるところだった。彼らは、祝祭日だったにもかかわらず、懸命に仕事に励んでいた。バウドリーノは、それが聖エウストルジョの聖堂（バジリカ）であり、翌日にはそれもまた取り壊されることを彼らから聞かされた。「美しすぎて、立ったままにしておくのは、もったいないだろう？」と破壊者のひとりが諭すように彼に言った。

バウドリーノは、聖堂の身廊（しんろう）に入った。がらんとした聖堂は、ひんやりとして静かだった。左右の祭壇と礼拝堂は何者かがすでに略奪していた。どこから来たのか犬が何匹か、この居心地のいい場所を見つけて棲みかとし、柱の根元に小便をひっかけていた。中央祭壇のそばを一頭の牝牛が鳴きながら徘徊していた。みごとな牝牛だった。町を一刻も早く消滅させることに熱中するあまり、食欲をそそる獲物すら目に入らない破壊者たちのはげしい憎悪に、バウドリーノは思いをめぐらせた。

側面の礼拝堂の、石棺の脇に、絶望のうめきというよりも、手負いの獣のような声で泣く年老いたひとりの司祭が見えた。顔は白目よりも白く、痩せこけた体は、嗚咽のたびに痙攣していた。バウドリーノは、老人を助けようとして、携帯していた水筒を差し出した。「かたじけない、良きキリスト教徒よ」と老人は言った。「だがもはや私は死を待つばかり」

「あなたが殺されることはないでしょう」とバウドリーノは彼に言った。「包囲は終わり、和平が結ばれます。外の連中はあなたの教会を壊したいだけで、あなたの命まで奪いますまい」

「わが教会なきわが人生など、何の意味があろうか？　これは、天が下した正しき罰なのです、なぜなら、私は何年も前に、野心から、私の教会がどこよりも美しく有名になることを望み、ある罪を犯したのだから」

この哀れな老人がいかなる罪を犯しうるというのだろう？　バウドリーノはそれが何かを尋ねた。

「昔、東方のひとりの旅人が、キリスト教史上最高の聖遺物を買わないかと私にもちかけました。三賢王の無傷の遺体です」

「三賢王ですって？　三人とも？　無傷で？」

「賢王を、三人とも、無傷でです。まるで生きているようでした、つまり、死んだばかりに見えたということです。本物でないことはわかっていましたが、三賢王に言及している福音書はただひとつ、マタイだけです。しかもわずかに触れているにすぎない。何人いたか、どこから来たか、王だったのか、それとも博士だったのか書かれていません……。ある星を追いかけてエルサレムに着いたと書かれているだけです。いかなるキリスト教徒も、彼らがどこから来て、どこに帰ったのか知りません。彼らの墳墓を発見できた者が誰かいたでしょうか？　だからこそ私は、このような宝物を隠しているとミラノ人にあえて言う勇気がなかったのでした。彼らが欲を出して、これをイタリアじゅうの信者を集める機会ととらえ、偽の聖遺物で一儲けしないか心配だったのです……」

「したがって、あなたは罪を犯していない」

「私は罪を犯しました。この聖なる場所にそれを隠しもっていたからです。私は天からのしるしが訪れるのをずっと待ちましたが、何も起きませんでした。今望むことは、この野蛮人たちに見つからないようにすること。やつらは、ご遺体を山分けしかねません。今日この町を破壊しているこれらの都市が、至上の権威をうるためなら。お願いです、どうか、かつての私の恥部の痕跡をすべて消し去ってくだされ。助っ人をさがしてきたら、夜ここに戻り、この疑わしい聖遺物を撤去して、あとかたもなく消していただきたい。きっとあなたは労せずして天国に行けることでしょう。それは、けっして些細なことではないはずです」

「お察しのとおり、ニケタス殿、私はそのとき、オットーが三賢王について司祭ヨハネの王国と関連づけて話していたのを思い出したのです。もちろん、その哀れな司祭に、まるで天から降ってきたかのような遺体をそのまま見せられても、信じる者は誰もいなかったでしょう。しかし、聖遺物が本物であるには、聖人本人や、それにまつわる事実にまでさかのぼる必要があるでしょうか?」

「もちろん、その必要はありません。ここコンスタンティノープルで保存されている多くの聖遺物の由来は、きわめて疑わしいものばかりですが、それに接吻する信者が、そこから超自然的な香りの立ち上るのを感じるのです。聖遺物を真たらしめるのは信仰であって、聖遺物が信仰を真たらしめるのではありません」

「おっしゃるとおり。私もまた、聖遺物が真実の物語のなかにしかるべき場所を見つければ意義があると考えたのです。例の三賢王は、司祭ヨハネの伝説からはずれれば、絨毯(じゅうたん)商人のいかさまのたぐいとなりかねませんが、司祭ヨハネの真の物語のなかでなら、確実な証言となります。扉はまわりに建物がなければ扉ではありません、さもなければ、ただの穴となってしまうでしょう。おっといけない、それは穴ですらない。なぜなら、真空を取り囲む、物質が充満した空間がなければ、それは真空ですらないから。そのとき私は、三賢王に何がしかの意味をもたせうる物語がわが手中にあることを理解したのです。皇帝を東方への道に導くために、司祭ヨハネについて私が何か話す必要があるときに、三賢王がまちがいなく東方の出身であることを裏づければ、私の証言を補強することになるだろうと思いました。その哀れな三人の王は石棺のなかで眠っていました。彼らがとどまった町が、パヴィーアとローディの人々のなすがまま、ずたずたに引き裂かれつつあることも知らずに。彼らはこの町に何の借りもありません。たまたま通りがかっただけなのです。言うなれば、宿屋に泊まって、別の場所に移動するまで待機中だったのです。彼らはつまるところ、生まれながらの放浪者であり、ある星を追いかけて、どこかから出発したのではないでしょうか？　であるなら、新しいベツレヘムまで三人の遺体を導くのが私の役目だったのです」

バウドリーノは、由緒ある聖遺物が町の命運を変え、その町を絶えざる巡礼の目的地とし、小さな教会を大聖堂へと変貌させうることを知っていた。三賢王に関心をいだくとしたらそれは誰だろう？　彼の頭にライナルトの顔が浮かんだ。ライナルトはケルン大司教に任命されていたが、まだ正式に叙任されておらず、これからケルンに赴かねばならなかった。三賢王を引き連れて自らの司教座聖堂に入れば、華々しい初登場を飾れるだろう。ライナルトは帝権の新しい象徴をさがしていたのではなかったか？　それならば、ひとりならず三人もの王にして祭司を、自らの手中にする好機ではないか。

バウドリーノは司祭に遺体を見せてもらえないかと頼んだ。司祭は、遺体の収められた聖遺物箱は石棺にしまってあり、そのふたを動かすのを手伝ってほしいと言った。

それは骨の折れる作業だったが、苦労のかいはあった。なんという驚異だろう、三賢王の遺体はまだ生きているように見えた。たしかに、肌は乾燥して羊皮紙のようになっていたが、ミイラにされた死体に見られがちな黒ずんだ肌ではなかった。三人のうちふたりの顔色は乳白色に近く、ひとり目は豊かな白い髭を胸まで垂らしていた。その髭は硬くなってはいたが、損傷はなく、まるで綿菓子のようだった。ふたり目は、髭を生やしていなかった。残るひとりの顔は黒檀のようだったが、それは時間が経過したせいではなく、存命中から黒い肌だったことが見てとれた。木像のようにも見え、左の頬には割れ目のようなものさえあった。髭は短く、厚ぼったい唇はめくれ上がって、白く鋭い歯を二本だけ見せていた。三人とも大きな目を驚いたように見開き、その瞳はガラス玉のように輝いていた。彼らは三枚のことなるマントに身を包んでいたが、一枚は白、もう一枚は緑、三枚目は紫だった。それぞれのマントの下からは、蛮族風の膝丈のズボンがのぞいていたが、その生地は、真珠で刺繍された純正のダマスク織りだった。

バウドリーノは、皇帝の野営地に急いで戻ると、ライナルトのもとに駆けつけてその話をした。書記官長は、バウドリーノの発見の価値をすぐに見抜いて言った。「すべて内密に、しかも迅速にことを進めねばならん。聖遺物箱をまるごともち去ることは不可能だろう、目立ちすぎる。もし、このあたりのほかの誰かがおまえの見つけたものに気づけば、ためらわずにそれを奪って、自分の町にもちかえってしまうだろう。白木の棺を三つ用意させよう。遺体を夜中に城壁の外に運び出すんだ。包囲戦で命を落とした三名の勇敢な友の遺体だと言えばよい。ことにあたるのは、おまえと〈詩人〉と、私の従者の三人だけだ。それから、しかるべき場所に運び、しばらく置いておこう。あわてる必要はない。ケルンに運ぶ前に、聖遺物と、三賢王自身の由来について、確かな証拠を作らねばならない。明日おまえはパリに戻れ。そして、知り合いの学者から、三賢王の伝説をできるかぎり集めてこい」

深夜、三人の王は、城壁の外にあるサン・ジョルジョ教会の地下聖堂に運ばれた。彼らをじかに目にしたライナルトは怒り出し、大司教にあるまじき呪詛を連発した。「膝丈のズボンをはいておるのか？　それにこの帽子ときたら、まるで道化師じゃないか」

「ライナルト殿、あの時代、東方の三賢人はたしかにこのようなかっこうをしていました。数年前、私がラヴェンナに行ったとき、皇妃テオドラのまとった裳裾のうえに三賢王がおよそこんなふうに描かれているモザイクを見ました」

「そのとおりだとも。ビザンツのギリシア人どもなら、これで納得させられるだろう。だが、考えてもみろ、こんな曲芸師みたいな服を着た三賢王をケルンに連れていけばどうなるか。着替えさせよう」

「どうやって?」と〈詩人〉が尋ねた。

「どうやって、だと? 私は年に二、三行しか書かないおまえに、まるで封臣のように飲み食いさせているというのに、おまえときたら、われらが主イエス・キリストを最初に拝んだ者に服を着せることもできんのか? 司教でも教皇でも大修道院長でもなんでもよいから、人々がふさわしいと思うように着せるんだ!」

「大聖堂と司教館は略奪されました。祭服を手に入れられるかもしれない、やってみます」と〈詩人〉は言った。

身の毛のよだつ夜だった。祭服は見つかった。それに、三つの三重冠らしきものも。しかし問題は、三体のミイラの服を脱がすことだった。たしかに顔は生きているようだったが、身体は、完全に乾燥した手をのぞき、小枝とわらで組み立てられたようになっており、服を脱がせようとするたびにバラバラになった。「気にするな」とライナルトは言った。「どうせ、ケルンにいったん着けば、誰も聖遺物箱を開けようとはしまい。杭でも中にさしこんでおけ、体をまっすぐにするような何かを、ちょうど案山子(かかし)を立てるときのように。頼むから、丁重に扱ってくれよ」

「なんてこった」と〈詩人〉は嘆いた。「どんなに泥酔したときでも、思わなかったぜ、まさか三賢王をうしろから犯すことになろうとは」

「やかましい、黙って服を着せろ」とバウドリーノは言った。「こんなことをしているのも、ひとえに帝国の栄光のためだ」〈詩人〉は口汚く神を呪った。三賢王はすでに、神聖なるローマ教会の枢機卿さながらだった。

翌日バウドリーノは旅立った。パリでは、東方の事情に詳しいアブドゥルが、自分よりもさらにその事情に通じたサン・ヴィクトール律修参事会員を紹介してくれた。

「三賢王のことだね！」と彼は言った。「聖伝には幾度となく彼らの名が出てくるし、多くの教父も言及しているのに、三つの福音書は沈黙している。イザヤや他の預言者たちの言葉はどちらにもとれる。つまり、三賢王のことを言っていると読む者もいるが、そうではないかもしれない。彼らは誰だったのか、本当はなんという名だったのか？

セレウキア出身でペルシャの王ホルミズド、シバの王ヤズデゲルド、セバの王ペロズだと言う者がいれば、ホル、バサンデル、カルンダスだと言う者もいる。だが、きわめて信頼性の高い他の著述家によれば、メルコン、ガスパール、バルタザール、あるいは、メルコ、カスパーレ、ファディッザルダである。マガラト、ガルガラト、サラチンとか、アッペリウス、アメルス、ダマスクスという説もあるが……

「アッペリウスとダマスクスはとてもきれいな名前ですね、遠くの土地を思い起こさせて」とアブドゥルがあらぬほうを見ながら言った。

「なぜカルンダスはだめなんだ?」とバウドリーノは反論した。「見つけなくてはいけないのは、おまえが好きな三つの名前ではなく、本当の三つの名前だぞ」

律修参事会員はさらに続けて言った。「私が信頼性が高いと思うのは、ビティサレア、メルキオール、ガタスファで、最初がゴドリアとシバの王、二番目がヌビアとアラビアの王、三番目がタルシスとエグリセウラ島の王だ。三人は旅に出る前に互いに知り合いだったかって? いや、エルサレムで出会って、奇蹟的に互いに誰であるかがわかったのだ。彼らが、ヴィットリアーレ山、あるいはヴァウス山に住んで、山頂から天のしるしを探っていた博士だと言う者もいる。イエスのもとを訪れたあとヴィットリアーレ山に戻り、のちに、インド伝道に赴く使徒トマスのもとに合流した、というのだ。ただし、三名ではなく、十二名だったというが」

「十二賢王ですか？　多すぎませんか？」

「ヨハネス・クリュソストモスも十二名だと言っている。ほかにも、それぞれの名を以下のごとく特定した者たちがいる。ズルウンド、フルムズド、アウスツプ、アルスク、ズルウンド、アルユウ、アルトシスト、アストンブズン、ムルウク、アスルス、ンスルディ、ムルウドク。しかしながら、私たちは慎重にならねばならない。なぜなら、オリゲネスは、彼らはノアの息子の数と同じく三人だったと、その数は彼らの出身地インドの数と同じ三であったと言っているから」

　彼らは十二名かもしれないが、ミラノで見つかったのは三人であり、この三人にまつわる、もっともらしい伝説を作り上げる必要があると、バウドリーノは指摘した。「彼らの名を、バルダサール、メルキオール、ガスパールということにしておきましょう。尊敬すべき大先生の今しがた発したクシャミみたいな奇妙な名前よりは、発音が容易だからです。問題は、彼らがどのようにミラノにたどり着いたかです」

「それが問題だとは私には思えない」と律修参事会員が言った。「彼らがたどり着いたのは事実なのだから。私は彼らの墓が、コンスタンティヌスの母、ヘレナ皇太后によって、ヴィットリアーレ山で発見されたと確信している。聖十字架を見つけ出すことのできた女なら、真の三賢王を見つけ出すこともできただろうから。ヘレナがその遺体をコンスタンティノープルの聖ソフィア大聖堂に運んだのだ」

「それはまずい。もしそうなら、東ローマ皇帝は、それをどこで手に入れたのかと私たちに尋ねるでしょう」とアブドゥルが言った。

「心配するな」と律修参事会員が言った。「もしそれが聖エウストルジョの聖堂にあったのなら、きっとこの聖人がもってきたにちがいない。聖人は、マウリキウス帝の時代、つまり、西欧ではシャルルマーニュが生きた時代よりもはるか昔に、ミラノ司教の座に就くためにビザンツを旅立ったのだ。エウストルジョが三賢王を奪うはずがないから、東ローマ皇帝から授かったにちがいない」

このように伝説をきちんと作ってから、バウドリーノは年末にライナルトのもとに戻り、三賢王が司祭ヨハネの先祖であり、彼らの尊厳と職務がヨハネに譲渡されているというオットーの説を思い起こさせた。三つのインド全域、もしくは少なくともそのうちのひとつにたいする司祭ヨハネの権限は、この事実に由来するのだ、と。

ライナルトは、オットーのそのような言葉をまったくおぼえていなかったが、帝国を治める司祭、聖職者の役割を担う王、教皇を兼ねる君主のことを聞いて、これで教皇アレクサンデル三世は窮地におちいったと確信した。王にして祭司である三賢王、王にして祭司であるヨハネ。なんと感嘆すべき存在だろう。それは、ライナルトがフリードリヒに少しずつ付与しようとしていた皇帝の尊厳の寓意、前触れ、予言、予兆であった！

「バウドリーノよ」と彼は即座に言った。「三賢王のことは私にまかせろ、おまえには司祭ヨハネをまかせる。おまえの話では、今のところはたんなる噂のようだが、それでは不充分だ。彼の実在を証明する文書が必要だ。彼が誰で、どこにいて、どのように生きているかを」

「そんなものがどこにあるのですか？」

「見つからないのなら、おまえが作れ。皇帝はおまえに学問をさせた。今こそおまえの才能を発揮するときだ。私に言わせれば、学業は長すぎたくらいだが、修了後すぐ、おまえは騎士に叙任されるであろう。その名にふさわしいところを証明せよ」

「おわかりでしょうか、ニケタス殿？」とバウドリーノは言った。「もはや、司祭ヨハネは私にとって仕事であり、遊びではなくなったのです。彼をさがすのはもはや、オットーの思い出のためではなく、ライナルトの命令に従うためとなったのです。私の父ガリアウドは、私が天邪鬼（あまのじゃく）だとよく言ったものです。何かをするように強いられると、やる気が失せてしまう。ライナルトの命に従い、私はすぐにパリに戻りましたが、それは皇妃に会わないようにするためでした。アブドゥルは作曲を再開しましたが、緑の蜜の壺がもう半分なくなっていることに私は気づきました。三賢王たちの冒険の話を再び彼にすると、彼は楽器を奏でながら歌うのです。「誰も驚かないでおくれ、たとえ私が、そう、けっして会えないひとを愛していても。わが心は、まだ見ぬ愛よりほかの愛を知らないから。他のいかなる喜びにも私がほほえむことはない、たとえどんな幸福が待ってようとも、ああ、ああ」ああ、やれやれ……私は、自分の計画について彼と議論するのを断念し、司祭ヨハネのことは、一年間ほど放っておきました」

「それで三賢王は？」

「ライナルトは二年後に聖遺物をケルンにもっていったのですが、寛大なところを見せました。というのは、その昔、ヒルデスハイム大聖堂参事会長だった彼は、三賢王の遺体をケルン大聖堂の聖遺物箱に収める前に、それぞれの指を一本ずつ切り取り、かつて彼がいた教会に贈呈したからです。しかし、その同じ時期、ライナルトには解決せねばならない問題がほかにもありました。それも、些細な問題ではありません。ケルンで祝典を行うちょうど二ヶ月前、対立教皇ウィクトルが死に、ほとんどの人が、安堵のため息をつきました。事態はおのずから好転し、きっとフリードリヒがアレクサンデルと和解することになるだろうと思ってのことです。ところが、ライナルトは、その教会分裂に賭けていたのです。おわかりですか、ニケタス殿、教皇がふたりのほうが、ひとりだけのときより、彼の存在感は増すのです。こうして彼は、新たな対立教皇パスカリス三世を世に送ります。どこの馬の骨とも知れない聖職者四人を集め、教皇選挙(コンクラーヴェ)もどきを開いて。フリードリヒはこれには納得しておらず、私にこう漏らしました……」

「あなたは彼のもとに戻られたのか?」

バウドリーノはため息をついた。「ええ、ほんの数日間。その同じ年に、皇妃がフリードリヒの息子を産んだからです」

「どんなお気持ちでしたか?」

「彼女のことを永久に忘れねばならないと決意しました。私は七日間、水しか飲まずに断食をしました。断食は魂を清め、最後に幻視を見せると、どこかで読んだからです」

「そのとおりになりましたか?」

「まさにそのとおりでしたが、幻視のなかに彼女が現れました。そこで、その子に会うべきだと心に決めたのです、夢と幻視の違いをはっきりさせるために。私は宮廷に戻りました。あの、すばらしくも恐ろしい日から、二年以上がたっていました。それから私たちは顔を合わせていません。ベアトリスは子供しか眼中になく、私を見ても、いさ さかの動揺も感じていないようすでした。そこで私は自分に言い聞かせました。たとえ ベアトリスを諦められず、彼女を母親のようには愛せなかったにしても、この子は弟の ように愛せるはずだと。ところが、揺りかごのなかの赤ん坊を見ているうちに、ほんの ちょっと運命の歯車がずれていたら、この子は私の息子だったかもしれないという思い をいだかずにはいられませんでした。いずれにせよ、近親相姦のような罪悪感がつねに まとわりついたのです」

フリードリヒはそのとき、まったく別のもろもろの問題に頭を悩ませていた。彼はラ イナルトに、半人前の教皇は皇帝の権利をごくわずかしか保証しないと訴えた。また、 三賢王はたいへんけっこうだが、三賢王を発見したからといって彼らの末裔だというこ とにはならないので、それだけでは不十分だ、と。教皇は、うらやましいことに、自ら の起源をペテロまでさかのぼることができる。しかも、ペテロは初代教皇としてイエス 自身に指名されている。一方の神聖ローマ皇帝はどうか？ その起源はカエサルに求め られたが、カエサルが異教徒であることにかわりないのである。

バウドリーノは、そのとき頭にひらめいたことをすぐに口に出した。つまり、フリードリヒが自らの尊厳をシャルルマーニュまでさかのぼらせることができるのではないか、と。「だがシャルルマーニュは、教皇によって国王塗油の秘蹟を受けている。どうどうめぐりなのだ」とフリードリヒが答えた。

「父上、あなたが彼を聖人にすれば話は別です」とバウドリーノは言った。フリードリヒは、たわごとを言う前によく考えろと彼に厳しく言った。「たわごとではありません」とバウドリーノは答えた。彼はそのとき、よく考えたうえで発言したわけではなく、そのような発想が実を結ぶ場面が目に見えたのだった。「聞いてください。父上、あなたは、シャルルマーニュの遺体が埋葬されているアクイスグラヌム〔アーヘン〕に行って、遺体を掘り起こし、宮廷礼拝堂中央の立派な聖遺物箱にそれを入れさせるのです。そこへ、忠実な司教たちを従えた父上ご自身が現れます。その一行には、ケルン大司教であり、その教会管区の首都大司教でもあるライナルト殿も含まれています。父上は、あなたの正当性を保証する教皇パスカリスの勅書にもとづき、シャルルマーニュが聖人であると宣言します。おわかりですか？　神聖ローマ帝国の建国者を聖人であると宣言するのです。いったん彼が聖人となれば、彼は教皇よりも地位が高くなります。そして父上は、彼のまったくもって正当な後継者として、聖人の一族の出身ということになり、いかなる権力からも解放されるのです。あなたの破門を主張する者の権力からも」

「あの髭面(ひげづら)のシャルルマーニュのおかげでか」と言ったフリードリヒの髭は、興奮のため逆立っていた。「聞いたか、ライナルト？　いつもながら、こいつの言い分はもっともだ！」

そして事実そのとおりになった。ある種のことがらは、しっかりと準備をするのに時間がかかるものなので、それは翌年の末のことであったが。

そのような発想は常軌を逸していると指摘したニケタスにたいし、バウドリーノは、しかしそれは功を奏したと答え、胸を張ってニケタスを見た。当然だとニケタスは思った。あなたのうぬぼれは際限がないらしい、シャルルマーニュを聖人にしたとは。バウドリーノからは、どんなことでも期待できるというわけだ。「それでどうなりました？」とニケタスは尋ねた。

「フリードリヒとライナルトがシャルルマーニュの列聖を急ぐあいだ、私はしだいに、シャルルマーニュと三賢王だけではまだ不十分だと気づきました。四人みんなが天国にいるからです。もちろん、三賢王は確実ですし、シャルルマーニュも天国にいてもらわなければ困ります、でなければ、アクイスグラヌムの大騒ぎは、とんだまやかしになってしまうでしょう。しかしいずれにせよ、それだけでは足りず、この地上にある何かが必要だったのです。皇帝が、私の居場所はここだ、ここが私の権利を認定するのだ、と言える場所が。皇帝がこの地上で見出せる唯一のものが、司祭ヨハネの王国だったのです」

11　バウドリーノは司祭ヨハネのために宮殿を建てる

金曜日の朝、ペーヴェレ、ボイアモンド、グリッロの三人のジェノヴァ人が、遠くからでも一目瞭然のことを伝えにきた。火事が消えた、と。懸命に消火にあたった者が誰もいなかったところを見ると、火はほぼ自然に消えたらしかった。しかしだからといって、コンスタンティノープルが自由に歩きまわれるようになったのではなかった。かえって、巡礼者たちは、道も広場も支障なく通れるようになって、富裕な市民の追跡を強化したのだった。最初の略奪をまぬがれた最後の財宝をさがして、彼らは、まだ暖かい瓦礫のなかに崩れずに立っていたわずかな残骸をなぎ倒していた。ニケタスは落胆したようにため息をつき、サモス島のぶどう酒を所望した。また、ゴマの種をほんの少し油をたらして炒(い)ってくれないかと頼んだ。ゴマを口のなかでゆっくりと嚙んで、酒のつまみにするためだった。さらに、話のおともに欠かせないクルミとピスタチオを少々頼んでから、バウドリーノに続きを促した。

ある日、〈詩人〉は、ライナルトの使命を帯びてパリに派遣された。彼はその滞在を利用して、バウドリーノとアブドゥルといっしょに、なつかしい居酒屋で愉快なひとときを過ごした。ボロンとも知り合ったが、地上楽園の彼の空想にはさほど興味を引かれたようすではなかった。宮廷で過ごした年月が彼を変えたことに、バウドリーノは気づいた。〈詩人〉は冷徹な性格に変わっていた。陽気に酒杯を重ねてはいたが、飲み過ぎないように自制し、まるで獲物を待ち伏せる猟師のごとく身構えて、警戒を解かずにいるように見えた。

「バウドリーノ」と彼はある日、話しかけてきた。「おまえたちはここで時間をむだにしている。ここパリで学ぶべきことはもう学んだんだ。ここの学者先生はひとり残らず、ビビッて糞をちびるだろうな、もし明日、おれが大使の正装に身を包み、脇に剣を差して論争に臨めば。宮廷でおれは四つのことを学んだ。大物のそばにいれば、われわれでも大物になれること。大物はじつはかなりの小人物であること。権力がすべてであること。そして、少なくとも部分的に、われわれが権力を握れる日が来ないともかぎらないこと。そのためには、待つことを知らなくてはいけないが、もちろん、好機を逃すべきではない」

しかし、友人たちがなおも司祭ヨハネのことを話しているのを聞くと、すぐに耳をそばだてた。学業の半ばで彼らをパリに残して出発したときはまだ、そのような噂話は、本の虫が見るような空想だと思っていたのが、ミラノでは、バウドリーノがライナルトに、少なくとも三賢王の発見と同程度には、帝権の目に見えるしるしとなる可能性がある、と話すのを耳にしていた。もしそうであるならば、その計画は彼の関心を引いた。彼はそれに、あたかも兵器の組み立て作業のように加わろうとしていた。話せば話すほど、彼には司祭ヨハネの国が、地上のエルサレムのように、霊的な巡礼地から征服すべき領土へと変貌してゆくように思われた。

そこで彼は仲間たちに言った。三賢王の発見後、司祭ヨハネは以前よりもはるかに重要になった。まさしく、王にして祭司として扱わなくてはならない。司祭ヨハネは、王のなかの王として、コンスタンティノープルにいる東方教会の離教者たちの皇帝(バシレウス)も含め、いかなるキリスト教国の君主の王宮もあばら家に見えるほど立派な王宮をもつべきであり、祭司としては、教皇の教会が掘っ立て小屋同然に見えるような神殿をもつべきである。彼にふさわしい宮殿が与えられねばならない。

「いい見本がある」とボロンが言った。「使徒ヨハネが『黙示録』で見たと言っている天上のエルサレムがそれだ。高い城壁で囲まれ、イスラエルの十二部族のように十二の門がある、南に三つ、西に三つ、東に三つ、北に三つ……」

「そいつはいい」と〈詩人〉が軽口を叩いた。「司祭ヨハネは、ひとつの門から入り、別の門から出てゆくというわけだ。嵐のときは、門の扉がいっせいにバタバタと鳴り、すきま風が吹きすさぶに決まってる。そんな宮殿には、おれは死んだって住まないぞ……」

「話の続きをさせてくれ。壁の基礎は、ダイヤモンド、サファイア、玉髄、エメラルド、紅縞瑪瑙、紅玉髄、橄欖石、緑柱石、トパーズ、緑玉髄、ヒヤシンス、アメジストで、十二の門は十二の真珠で、正面の広場は、ガラスのように透明な純金でできているのだ」

「悪くないね」とアブドゥルが言った。「だが、見本とすべきは、預言者エゼキエルが述べているようなエルサレムの神殿だと思う。明日の朝、修道院にみんな来てくれ。律修参事会員のひとりで、博覧強記のサン・ヴィクトールのリカルドゥスが、神殿の素描を復元する方法をさがしている、『エゼキエル書』はときに難解なのでね」

「ニケタス殿」とバウドリーノは言った。「あなたはエルサレムの神殿の大きさについて考察したことがありますか?」

「いいえ、今のところはまだ」

「そうでしたか、それならば絶対にやめたほうがよい、頭がおかしくなりますよ。『列王記』によれば、神殿は幅が六十腕尺（キュービット）、高さが三十、奥行きが二十、柱廊は幅が二十腕尺（キュービット）、奥行きが十。しかし『歴代誌』によれば、柱廊の高さは百二十腕尺（キュービット）とあります。さて、幅が二十、高さ百二十で奥行きが十だとすれば、柱廊は神殿全体の四倍の高さになるだけでなく、あまりに細すぎて、息を吹きかければ倒れそうなくらいです。だが、エゼキエルの幻視を読むと、ますます混乱してきます。まともな寸法が書かれていないので、多くの敬虔な人々が、エゼキエルはまさに幻を見たのだと認めたわけですが、それは、彼が酒をちょっと飲みすぎて、物が二重に見えたと言うに等しいのです。それが悪いわけじゃありません、哀れなエゼキエル、彼にだって気晴らしをする権利くらいあります。ところが、サン・ヴィクトールのリカルドゥスは次のような推論を立てたのです。聖書において、いかなるものも、どんな数字も、どんなに細かいことも、霊的な意味をもつならば、それが字義どおりに意味するところをよく理解せねばならない、なぜなら、霊的な意味において、ある物の長さが三であると言うのと、九であると言うのは、このふたつの数字の神秘的な意味がことなる以上、まったくことなるからである、と。私たちは、神殿にかんするリカルドゥスの講義を聞きに行きました。そのようすは、まさに異様でした。彼は手にした『エゼキエル書』を見ながら、紐ですべての寸法をとっていました。エゼキエルが叙述した神殿の側面図を描いてから、軟材の棒と木舞（こまい）を手にして、彼の侍者に手伝わせながら、それらを切って、糊と釘で組み立てようとしていました……。神殿を再現しようとして、寸法を縮尺していました。つまり、エゼキエルが一腕尺（キュービット）と言えば、指の幅一本分の木を切り取らせるのです……。しかし、二分もたつと全部崩壊してしまうので、リカルドゥスは助手たちに怒りをぶつけ、彼らがしっかりと押えていなかったせいだとか、糊のつけ方が足りなかったせいだと言うのですが、助手たちは、まちがった寸法を言ったのは彼のほうだと反論します。すると先生は発言を撤回して、おそらく原文に門（ポルタ）と書いてあれば、それは柱廊（ポルティコ）を意味するのではないか、そうでなければ、神殿全体と同じくらい大きな門ができてしまう、などと言います。そうかと思えば、また逆戻りして、ふたつの寸法が一致しないのは、エゼキエルの寸法が最初は神殿の建物全体、その次が建物の一部分を示していたからだ、と言い出します。あるいは、腕尺（キュービット）というのは、幾何学的腕尺（キュービット）のことで、それは通常の六腕尺（キュービット）に相当する、とも。要するに、悪戦苦闘する聖人のごとき先生の話を聞くのが朝の楽しみとなり、神殿が瓦解するごとに私たちは噴き出しました。私たちは笑っていることに気づかれないように、落とし物を拾うふりをしましたが、あるとき、ひとりの律修参事会員に、いつも私たちが落とし物をしていることに気づかれ、追い払われたのでした」

後日アブドゥルが、エゼキエルもやはりイスラエルの民であるから、同じ信仰をもつ誰かが問題を解明できるかもしれないと言い出した。その発言に憤慨した仲間たちが、この不実の民族はキリストの到来にかんする言及をことごとく消去するために聖書の原文を変更したことで有名なので、聖書を読むときにユダヤ人に助言を求めることはできないと反論すると、アブドゥルは、最も偉大なパリの学者のなかにも、少なくともメシアの到来が論じられていない箇所では、ひそかにラビの知を利用している者たちがいると指摘した。ちょうど同じ時期に、偶然にも、サン・ヴィクトール律修参事会員たちは、ラビのひとりで、若くして名声の高いゲロナのソロモンを、自らの修道院に招いていた。

当然ながら、ソロモンはサン・ヴィクトール修道院には滞在しなかった。律修参事会員たちは、パリのなかで最も荒れ果てた一角の、薄暗くて不潔な一室を彼のために用意した。たしかに年齢は若かったが、顔は瞑想と学問によってやつれて見えた。ラテン語をたくみに操ったが、口に珍しい特徴があって、言葉は聞き取りづらかった。上下の歯が前歯より左側にしかなく、右側には一本も歯がなかったからである。朝だったにもかかわらず、部屋の薄暗さのせいで、彼はランプをともして読書することを強いられていた。来訪者たちが部屋に入ってきたとき、自分の前に置かれた巻き物を他人が盗み見ないように、そのうえに両手をかざしたが、巻き物はヘブライ文字で書かれていたので、その心配は無用であった。ラビは、その本が、キリスト教徒の忌み嫌う、悪名高き『イエス伝』(トーレドート・イエシュー)だからと言って、詫びようとした。その本には、イエスが、娼婦と、パンテーラなる傭兵との息子だと書かれていたのだったが、サン・ヴィクトール律修参事会員たちは、ユダヤ人の悪意がどの程度かを知りたくて、まさにその箇所の翻訳を彼に頼んでいたのだ。ソロモンは、彼自身もこの本の見解が厳しすぎると考えており、喜んでその作業にあたることを約束した。彼によれば、イエスは、まちがいなく徳の高い男だった。たとえ、不当にも自らをメシアとみなすという欠点があったにしても。だがそれもおそらくは、福音書も認めているように、イエスを誘惑しにきた闇の王子にだまされたせいだったのだ。

エゼキエルの言う神殿の形について問われると、彼は笑みをもらした。「聖典の最も思慮深い注釈者たちも、神殿の形を正確に把握できていません。偉大なラビ、ソロモン・ベン・イサクも認めているとおり、原文を逐語的にたどると、たとえば、どこに北側の外の部屋があり、どこから西側が始まり、東はどのくらい広がっているのか、わからなくなります。あなたがたキリスト教徒は、聖典がひとつの声から生まれていることを理解していません。ハカドシュ・バルフ・フ、すなわち、つねにたたえられる聖なるものである神は、その預言者たちに話すとき、彼らに音を聞かせるのであって、あなたがたの彩色された写本に見られるように、図像を見せるのではありません。声はもちろん預言者の心にイメージを喚起しますが、それらのイメージは不動ではなく、流動的であり、声の旋律に応じて形を変えます。したがって、もし、神、すなわち、つねにたたえられる聖なるものの言葉がイメージに還元されることをあなたがたが望むなら、その声を凍らせてしまいます。まるで、冷たい水が氷になるように。そしてそれは、もはや喉の渇きを癒さず、死の冷気のなかで四肢を眠らせてしまいます。律修参事会員リカルドゥスは、神殿各所の霊的な意味を理解するために、石工の師匠がやるように、それを復元したいのでしょうが、けっして成功しますまい。幻視は、ものごとが次々に変容する夢に似ているのであって、ものごとがつねに同一でありつづけるあなたがたの教会のイメージに似ているのではありません」

それから、ラビのソロモンは、なぜ訪問者たちが神殿について知りたがっているのかを尋ねた。彼らは、司祭ヨハネの王国の探索のことを話した。ラビは興味津々だった。「あなたがたは知らないのか」と彼は言った。「私たちの聖典にも、イスラエルの離散した十支族が今も暮らす、遠い東洋の神秘の王国のことが書かれています」

「それらの部族のことは聞いたことがありますが」とバウドリーノは言った。「ごくわずかのことしか知りません」

「すべてが書かれています。ソロモン王の死後、イスラエルは十二の部族に分裂して、部族どうしで争いました。ダヴィデの家系に忠実だったのは、ユダ族とベニヤミン族のふたつの部族だけで、残りの十部族は北に向かいましたが、やがてアッシリアに破れ、隷属させられます。彼らがその後どうなったかまったくわかっていません。エズラは、アルサレトと呼ばれる地方にある、人の住んでいない国に行ったと言い、ほかの預言者たちは、いずれの日にかまた現れて、エルサレムに凱旋するだろうと予告しています。さて、私たちの兄弟のひとり、ダン族のエルダッドが、百年以上前に、選ばれた民の共同体が存在するアフリカのカイラワンにたどり着いたとき、自分は離散した十支族の王国から来たが、そこは、天によって祝福された土地で、犯罪の心配のいっさいない平和な生活が営まれ、小川には乳と蜜が流れていると言っていました。この土地は、サンバティオン川に守られて、他のいかなる地方からも隔てられています。この川の広さは、最も強力な弓で射られた矢しか届かない距離で、水がなく、砂と石だけが狂ったように流れ、そのすさまじい轟音は、半日歩いたところからでもまだ聞こえるほど。この生命なき物質の流れはきわめて急で、川を渡ろうとすれば、呑みこまれてしまいます。この石の激流が止まるのは、土曜日の始まりだけで、土曜日には横断が可能ですが、イスラエルの息子は誰も安息日の掟を破ることはできません」

「しかしキリスト教徒なら可能なのでは?」とアブドゥルが尋ねた。

「いいえ、土曜日は炎の壁がそびえ立ち、川岸に近づくことができませんから」

「それならば、このエルダッドとやらは、どうやってアフリカまでたどり着けたのだ?」と〈詩人〉が尋ねた。

「それは私にもわかりません。しかし、神、すなわち、つねにたたえられる聖なるものの思し召しを、私ごときが議論できるでしょうか? 信仰心の薄い人々よ、きっと、エルダッドは天使に運んでもらったのでしょう。私たちラビは、バビロンでもスペインでも、エルダッドの話についてすぐに議論を始めましたが、問題点はむしろ別なのです。つまり、離散した十支族が神の律法によって生きてきたのなら、彼らの律法はイスラエルのそれと同じはずなのに、エルダッドの話ではことなっていたという点が問題なのです」

「しかしながら、エルダッドが話しているのが司祭ヨハネの王国なら」とバウドリーノは言った。「その律法は、あなたがたのものとはことなり、われわれの律法に似ています。もっとも、より優れたものではありますが」

「この点については、私たちと、キリスト教徒であるあなたがたで、見解がことなります」とラビのソロモンは言った。「あなたがたは、自らの律法を遵守する自由がありますが、それを堕落させたがために、それがなおも守られている場所を探しているわけです。私たちは、私たちの律法をそのまま維持しましたが、それを守る自由はありません。ともかく、おわかりいただきたいのは、その王国を発見するのは私の願いでもあること。というのも、離散したわが十支族とキリスト教徒が、自らの律法を遵守する自由を互いに認めあって、平和と調和のなかで暮らしていないともかぎらないからです。驚異的なこの王国の存在自体が、つねにたたえられる聖なるもの、至高の神のすべての息子にとっての模範となるかもしれません。さらに、あなたに言っておきたいのは、その王国を発見したいと私が願うのには、別の理由もあるのです。エルダッドが語ったところによれば、そこではまだ聖なる言語が話されているといいます。それは、つねにたたえられる聖なるもの、至高の神がアダムに与えた原初の言葉であり、バベルの塔の建設によって失われてしまったものなのです」

「そんなばかな」とアブドゥルは言った。「私は、母にいつも言われてきました。アダムの言語とは、母の島で復元された言語、つまりゲール語であると。それは、九つの品詞によって構成されていますが、九というのは、バベルの塔を構成する原料の数と同じです。すなわち、粘土と水、羊毛と血、木と石灰、松脂、麻、瀝青(れきせい)の九つ……。言語の混乱以降に生まれた全部で七十二の言葉の断片を用いてゲール語を構築したのは、フェニウスの学校の七十二人の賢者でした。したがって、ゲール語は、あらゆる言語の最良のものを含んでおり、アダムの言語と同じように、創造された世界と同じ形式を有するがために、すべての名詞が、そのなかにあって、指示する事物そのものの本質を表現します」

ラビのソロモンは、寛大な笑みを浮かべた。「多くの民族がアダムの言語は自分たちの言語だと信じて、アダムの言語が、嘘偽りの神々について語るそれらの聖典の言語ではなく、トーラーの言語でしかありえないことを忘れています。言語の混乱のあとに生まれた七十二の言語はいくつかの基本的な文字を知りません。たとえば、キリスト教徒はヘットの文字を、アラブ人はペーの文字を知りません。したがって、そのような言語は、豚のブーブーや蛙のゲロゲロ、あるいは鶴の鳴き声に似ています。なぜなら、それらの言語は、正しい生活態度を放棄した民族に固有のものだからです。しかしながら、原初のトーラーは、天地創造のさい、至高の神、つねにたたえられる聖なるものの面前にあって、白い火のうえの黒い火のように書かれており、今日私たちが読んでいる書かれたトーラーとは文字の配列がことなりました。現在のトーラーの文字の配列は、アダムの原罪後に初めて現れたものです。だからこそ私は夜ごと、神経をすみずみまで集中させて、書かれたトーラーの文字をつづることに何時間も費やし、文字を混ぜ合わせ、水車の車輪のように回転させて、永遠のトーラーの原初の配列を浮かび上がらせようとしています。永遠のトーラーとは、天地創造に先立って存在し、至高の神、すなわち、つねにたたえられる聖なるものの天使たちに与えられたのでした。もし、その原初の配列と、アダムが原罪を犯す前に創造主と話していた言語が保存されているような、遠く離れた王国の存在がわかれば、私はその探索のために自分の命を喜んで捧げましょう」

このように話すソロモンの顔が光り輝いたので、われらが仲間たちは、自分たちの将来の秘密会議にソロモンを参加させるだけの価値があるのではないかと考えた。決定的な論拠を見出したのは〈詩人〉だった。ソロモンが、司祭ヨハネの王国において彼の言語と彼の十支族を見出したがっているにしても、そのこと自体が自分たちの邪魔になるわけではない。司祭ヨハネが、ユダヤ人の離散した支族まで統治するほどの権力者ならば、彼自身もアダムの言語を話さないともかぎらない。主要な問題は、まず何よりも、その王国を構築することであり、その目的のためなら、ユダヤ人であっても、キリスト教徒と同じように役立ちうるのである。

とはいえ、司祭の宮殿がいかなるものだったかについては、いまだ確定できずにいた。幾晩かたってから、四人がバウドリーノの部屋に集まって、問題の解決を図った。その場の守護霊にそそのかされたアブドゥルは、緑の蜜の秘密を新しい友人たちに打ち明ける決心をし、その蜜が、司祭の宮殿について考えることではなく、宮殿を直接見ることの手助けをするだろうと言った。

すぐにラビのソロモンが、幻視を得るためのはるかに神秘的な方法を知っていると応じた。神の秘密の名前を構成する文字の多様な組み合わせを夜に彼がつぶやき、それらを舌のうえで巻き物のように回転させて休ませないようにするだけで、思索とイメージの渦が湧き上がり、ついには、至福の消耗状態におちいるというのだった。

〈詩人〉は、最初は信じようとしなかったものの、緑の蜜を試してみることにし、その効力をぶどう酒の効力で薄めようとしたのだが、結局は自制心を失い、ほかの誰よりも支離滅裂になった。

すっかり酩酊した彼は、酒杯に指を浸してテーブルに引いた、たどたどしい何本かの線の助けを借りながら、司祭ヨハネの宮殿は、使徒トマスがインド王グンドフォルスのために建設させた宮殿に似ていたにちがいないと言い出した。天井と梁(はり)はキプロス産の木材、屋根は黒檀でできており、丸屋根には黄金のふたつの球が載せられている。それぞれの球の上ではルビーが輝き、昼間は金が日の光を、夜は宝石が月明かりを反射している。ここで彼は、記憶に頼るのもトマスの権威に頼るのもやめ、直接目に浮かぶものを列挙しはじめた。紅縞瑪瑙の門は、毒をもち運ぶ侵入者を防ぐために、ツノ蛇の角が混ぜ合わされている。水晶の窓、象牙の脚が支える黄金の食卓、香油を燃やすランプ。司祭の寝台は、純潔を守るためにサファイア製だった。「というのは」と〈詩人〉は話のしめくくりに言った。「このヨハネという御仁、おっしゃるとおり王ではありますが、祭司でもありまして、女はご法度なんでね」

「なかなか豪勢じゃないか」とバウドリーノは言った。「でも、このように広大な領土を統治する王なら、ローマにあるという自動人形を、宮廷の大広間にでも置きたいところだね。属州のひとつが反乱したときに警告するようにね」

「ぼくが思うに、司祭の王国には」とアブドゥルが指摘した。「反乱はありえない、なぜなら平和と調和がそこを支配しているから」しかし、ムーア人であれキリスト教徒であれ、偉大な皇帝の宮廷に自動人形があるのは周知の事実なので、自動人形を置く案自体には、反対ではなかった。そして彼は、ただちにそれを目に浮かべ、友人たちの眼にも浮かぶような驚くべき迫真法で描写した。「宮殿は山のうえにあり、オニキスでできているその山の頂は、きわめて滑らかで、月のように輝いている。丸屋根をいただく神殿は円形。黄金製の壁にちりばめられた宝石は真紅に輝いて、冬はぬくもりを、夏は爽涼感を与える。天を表すサファイアと、星を表すルビーがちりばめられた天井。黄金の太陽と、銀の月、するとそこで自動人形たちが蒼穹を横断し、機械仕掛けの鳥たちは毎日歌をさえずる。四隅には、金色のブロンズの天使が四人、喇叭（らっぱ）をもって彼らのお供をしている。宮殿は、隠された井戸のうえにそびえ、井戸のなかでは、対になった馬たちが石臼（いしうす）をまわし、季節に応じて宮殿を回転させることによって、宮殿は宇宙の象徴となる。水晶の床下で泳ぐ魚や空想上の海の生き物たち。でも、ぼくは、森羅万象を映す鏡があると聞いたことがある。これさえあれば、司祭が自らの王国を辺境まで監視するのに、きわめて有効なのに……」

今や建築に自らの素質を見出した〈詩人〉は、鏡の素描を始め、こう説明した。「それはとても高いところに設置されているにちがいない、百二十五段の斑岩の階段をよじのぼらないとたどり着けないような……」

「素材は雪花石膏だ」と、そのときまで緑の蜜の効果によって押し黙っていたボロンが訂正した。

「じゃあ、雪花石膏でもいいことにしよう。でも、最上部の階段は琥珀（こはく）とパンテーラのはず」

「パンテーラって、イエスの父親のことかい？」とバウドリーノが尋ねた。

「ばかを言うな。プリニウスによれば、それは極彩色の石のことだ。しかしじつは、鏡は一本の支柱のうえに載っているのだ。いやちがう、この支柱は、二本の支柱が立つ土台を支えており、その二本の支柱が、四本の支柱が立つ土台を支える、というふうに柱の数は増えてゆき、中間の土台のうえでは六十四本が並ぶことになる。この六十四本の支柱は、三十二本の支柱が立つ土台を、この三十二本が、十六本の支柱が立つ土台を支える、というふうに柱の数は減り、最後は一本になる。この一本が、鏡を載せる支柱なのだ」

「よろしいかな」とラビのソロモンが言った。「こんな柱ばかりでは、誰かが土台によりかかっただけで、すぐに鏡は倒れてしまう」

「あんたは黙っていろ、ユダの魂同様に偽者のくせに。あんたたちのエゼキエルがどんな神殿を見ようと、それがどんなものであろうと、あんたはかまわないのだろう？　キリスト教徒の石工が来てあんたに、こんな神殿では崩れてしまうと言えば、エゼキエルは声を聞いたのであって、形には無頓着だったとあんたは答えるだろう。それなのに、おれには、しっかりと鏡を立てろと？　では鏡の警護に一万二千の兵士を、全員土台の柱のまわりに配備することにしよう。鏡がまっすぐ立つように気を配るのは、彼らの役目。これでいいか？」

「了解、了解、鏡はきみにまかせる」とラビのソロモンが、なだめるように言った。

アブドゥルは、ほほえみながら会話を聞いていたが、その目は虚空をさまよっていた。バウドリーノは、アブドゥルなら、遠く離れた王女のせめて影だけでも、その鏡のなかに探し求めたいところだろうと思った。

「それから数日間で、私たちは急いでことを決めねばなりませんでした。〈詩人〉の出発が迫り、話の決着を見届けてからの出発を彼が望んだからでした」とバウドリーノはニケタスに言った。「しかしすでに、私たちは順調に滑り出していたのです」

「順調な滑り出しですかな？　そもそも、その司祭、私の見解では、枢機卿の格好をさせられた三賢王よりも、天使の隊列に囲まれたシャルルマーニュよりも、信憑性がないのだが……」

「もし司祭本人が、フリードリヒに手紙を送ってくれれば、信じてもらえることでしょう」

12　バウドリーノは司祭ヨハネの手紙を書く

司祭ヨハネの手紙を書くという決断は、ラビのソロモンがスペインのアラブ人たちから聞いた話に誘発されてのことだった。ハールーン・アッラシードがカリフの時代に生きた船乗り、シンドバッドは、ある日難破して、昼夜平分線上に位置するために昼と夜が正確に十二時間ずつ続く島に漂着した。シンドバッドはその島で多くのインド人を見たと言っているので、そこはインドに近かったことになる。インド人たちは、彼をサランディブ〔セイロン島〕の王子のもとに連れていった。この王子は、体高八腕尺(キュービット)の一頭の象に載せられた玉座のうえだけを動き、その両脇で、二列になって、彼の家来と大臣たちが行進していた。彼の前を行くのは、黄金の槍をもった伝令であり、彼のうしろには、先端にエメラルドのついた黄金の棍棒をもつ第二の伝令がいた。馬に乗って行進するために王子が玉座から降りると、絹や錦の服を着た千人の騎士がそのあとに従い、さらに別の伝令が先回りして、ソロモン王よりもみごとな王冠をもつ王が到着する、と大声でふれまわった。王子はシンドバッドに接見し、彼が旅立った王国について多くのことを聞いた。最後に王子は、子羊皮の羊皮紙に群青色のインクで書かれた書状を、ハールーン・アッラシードに届けるように頼んだ。書状にはこうあった。「私、サランディブの王子は、貴殿に平和の挨拶をおくります。私の前には千頭の象が控え、宮殿の胸壁は宝石でできております。私たちは貴殿を兄弟同然と考えますゆえ、返信をお送りくださるようにお願いいたします。また、このささやかな贈り物をどうかお受け取りくださいますように」ささやかな贈り物とは、くぼみが真珠で飾られたルビーの杯だった。この贈り物と書状は、サラセン世界において、偉大なハールーン・アッラシードの名をさらに高めた。

「その船乗りが行ったのは、司祭ヨハネの王国だったにちがいない」とバウドリーノが言った。「ただし、司祭の名はアラビア語の別名だったはず。しかし、司祭がカリフに手紙と贈り物を届けたという点は、船乗りの嘘だ。ヨハネはネストリウス派とはいえ、キリスト教徒だから、手紙を送るとすれば、皇帝フリードリヒに送るだろう」

「それならば、その手紙を書こうじゃないか」と〈詩人〉が言った。

われらが仲間たちは、司祭の王国をつくりあげるのに役立ちそうな、ありとあらゆる情報を探す過程で、シャンパーニュ地方生まれの若者、キヨットに出会った。彼はブルターニュ旅行から帰ったばかりで、その地の住人が火を囲んで夜通し語る、遍歴の騎士、魔術師、妖精、妖術の物語にすっかり心を奪われていた。バウドリーノが司祭ヨハネの宮殿の驚異について語ると、彼は叫び声を上げた。「ぼくは、ブルターニュで、まさにその城、もしくは、ほぼそれと同じ城の話を聞いた！ グラダーレが護持されているところだ！」

「グラダーレについてきみは何を知っているのだ？」そう尋ねたボロンは、急に疑うようなまなざしをキョットに向けた。まるで、自分の持ち物にキョットが手を伸ばしたかのように。

「そちらこそ何を知っている？」同じくボロンを疑うようにキョットが尋ねかえした。

「要するにだ」とバウドリーノは言った。「このグラダーレとやらに、ふたりともご執心のようだが、それは何なのかな？ 当方の知るかぎり、グラダーレとは、お椀か何かのはずだが」

「いやはや、お椀とはな」ボロンは寛大な笑みを浮かべた。「むしろ、杯と言ったほうがよい」それから、まるで秘密を打ち明ける覚悟を決めたかのように語りだした。「きみたちが耳にしたことがないとは驚きだな。それは、キリスト教史上、最も貴重な聖遺物だよ。キリストが最後の晩餐のときにぶどう酒を聖別した杯であり、この杯でアリマタヤのヨセフは、十字架に架けられたキリストの肋骨から滴る血を受けたのだから。その杯の名前が聖グラールだと言う者もいれば、王の血、すなわち、サングレアルだと言う者もいる。なぜなら、それを所持する者は、選ばれた騎士の血統、ダヴィデとわれらが主イエスの家系に連なることになるから」

「グラダーレ、それともグラール?」と〈詩人〉が聞いたのは、何がしかの権威を付与する気配をすぐに嗅ぎ取ったからだった。

「はっきりとはわかっていない」とキョットは言った。「グラサルだと言う者もいれば、グラールズだと言う者もいる。しかも、それが杯であるとはかぎらない。それを見た者は形を覚えておらず、驚くべき力のそなわった物だということしか知らない」

「誰がそれを見たのだ?」と〈詩人〉は尋ねた。

「ブロセリアンドの森でそれを守っていた騎士たちはまちがいなく見たはず。しかし、彼らの手がかりもまったくつかめないので、ぼくが知り合ったのは、その話をする人々だけだ」

「この件にかんしては噂話をするよりも、もっと情報を集める努力をすべきだろうね」とボロンが言った。「この若者はブルターニュに行って、その噂を聞いてきたばかりだそうだが、もう小生を泥棒のような目で見ている。しかもそれが自分のものでもないのに。誰もがみなそうなのだ。グラダーレの話を聞くと、自分が唯一のその発見者となるにちがいないと思いこんでしまう。だが小生は、ブルターニュと、海の向こうの島々で、五年をついやした、いっさいむだ話はせず、発見のためだけに……」

「で、あなたは発見したのですか?」とキョットは尋ねた。

「問題は、グラダーレではなく、そのありかを知る騎士たちのほうなのだ。小生は放浪しながら、彼らのことを尋ねたが、ひとりも出会えなかった。おそらく小生は選ばれし者ではなかったのだろう。それでここに来て、写本をかきまわしているわけだ。あの森をさまよいながらこの手からこぼれ落ちた手がかりが、見つかるのではないかと期待して……」

「われわれがグラダーレの話なんかして何になる」とバウドリーノが言った。「もしそれが、ブルターニュや、そんな島々にあるのなら、われわれには関係ないではないか、司祭ヨハネとは何のかかわりもないのだから」いやそれはちがう、とキョットが言った。城の場所も、城が護持する物のありかもいまだに不明だが、彼が聞いた多くの噂話のなかには、次のようなものがあったからである。それによると、騎士のひとり、フェイレフィズが、杯を探しあてて自分の息子に譲渡した。その息子は司祭で、やがてインドの王になった、というのだ。

「そんなばかな」とボロンは言った。「小生が長年にわたってまちがった場所を探していたというのか？　誰がきみにフェイレフィズのことを話したのだ？」

「どんな話でもいいのさ」と〈詩人〉が言った。「あんたがキョットの話を信じれば、あんたのグラダーレが見つかるかもしれない。しかし、さしあたり、われわれには重要ではないのだ、それを発見することも、それを司祭ヨハネと結びつけるべきかどうかも。ボロンさん、いいかい、われわれはある物を探しているのではなく、その話をしてくれる人を探しているんだよ」それからバウドリーノのほうを向いて言った。「考えてみろ。司祭ヨハネがグラダーレを所持し、そこに彼の最高の権威が由来するとしよう。彼がそれをフリードリヒに贈れば、この権威を譲渡できるではないか！」

「それが、サランディブの王子がハールーン・アッラシードに送ったルビーの杯だった可能性もあります」とソロモンが言った。彼は興奮して、歯のないほうから空気を漏らしていた。「サラセン人はイエスを偉大な預言者として崇めていますから、彼らが杯を発見し、のちにハールーンが、今度はそれを司祭に贈ったのかもしれません……」

「すばらしい」と〈詩人〉は言った。「杯は、ムーア人が不正にも獲得したものを奪還する前兆となるわけだ。エルサレムどころじゃないぞ！」

彼らは試してみることにした。アブドゥルは深夜、サン・ヴィクトール修道院の写字室から、まっさらの大変高価な羊皮紙を一枚もちだした。王の書簡のように見せかけるために足りないのは、印璽（いんじ）だけだった。二人用の部屋に六人が集まり、みなが不安定な机を囲んでいた。バウドリーノが、霊感を受けたかのように目を閉じて口述し、それをアブドゥルが書き取った。海のかなたのキリスト教国で学んだ彼の筆跡は、東洋人が書くラテン文字の書き方に似ていたからだった。彼は書きはじめる前に、適度に空想を膨らませ、機転が利くように、壺に残った最後の緑の蜜を飲み尽くそうと提案したが、バウドリーノは、今夜は頭をはっきりさせておくべきだ、と答えた。

彼らは、司祭がアダムの言語か、せめてギリシア語で書くのではないかと話し合ったが、きっと王であるヨハネには各言語に通じる側近たちが仕え、フリードリヒへの敬意からラテン語で書くはずだという結論に達した。さらに、手紙は教皇やほかのキリスト教国の君主を驚かし、納得させなければならないのだから、まず第一に彼らが理解することを主眼に置くはずだと、バウドリーノが指摘した。こうして口述筆記が始まった。

司祭ヨハネ（プレスビュテル・ヨハネス）は、神と、支配者たちの支配者、われらが主イエス・キリストの徳と力によって、神聖ローマ皇帝フリードリヒ陛下が、神の祝福と健康を永遠に享受されるようご祈念申し上げる……

余が知らされたところでは、貴殿が余に多大なる敬意を表明し、わが偉大さを伝え聞いておられるとのこと。さらに使節から聞かされましたのは、貴殿が寛大なる余にふさわしい愉快で面白き品を送られる御所存とか。余は喜んで贈り物をいただき、わが使節を通じて返礼いたしましょう。貴殿が余と同じく正しき信仰を守り、われらが主イエス・キリストを全面的に信じているかどうかぜひ知りたいものです。余の気前のよさを示したいので、何か必要なもの、貴殿のお好きな品があれば、お知らせくださいい。わが使者に指示されてもよし、貴殿のご希望を書簡にしてもよし。かわりにお収めいただきたいのは……

「ちょっと待った」とアブドゥルが言った。「ここは、司祭がフリードリヒにグラダーレを送るくだりだろ？」

「そうさ」とバウドリーノは言った。「だけど、ボロンとキョットのふたりが愚図で、それがどんなものかをまだ明言できずにいる！」

「多くの話を聞き、多くの物を見てきたから、全部は覚えていないのだろう。だからこそ、蜜の力を借りようと提案したのに。彼らの発想を引き出すために」

アブドゥルの言うことはおそらく正しかった。口述するバウドリーノとそれを書き写すアブドゥルは、せいぜい、ぶどう酒に頼ることしかできなかったが、証言者たち、すなわち秘密の情報源は、緑の蜜で脳を刺激してやる必要があったのだ。効果はたちどころに現れ、ボロンと、〈初めて味わう真新しい感覚に驚く〉キョット、それに、すっかり蜜のとりこになった〈詩人〉は、顔にだらしない笑みを浮かべながら床に坐り、アロアディンの大勢の捕虜のようにうわごとを言いはじめた。

「さあ見えるぞ」とキョットは口走った。「大広間があり、松明が広間を照らしている。想像を絶するほどの明るさだ。ひとりの小姓が現れ、暖炉の火を反射する純白の槍をつかむ。槍の穂先から一滴の血が小姓の手に滴り落ちる……。さらに、黒金の燭台をもったふたりの小姓がやってくる。どの燭台にも、少なくとも十本のろうそくが燃えている。小姓たちはこのうえなく美しい……。さあそこへ、グラダーレをもった侍女が入ってくると、広間に、大きな光が広がる……。ろうそくの光は、太陽が昇ったときの月と星のように青ざめる。グラダーレは純度のきわめて高い金で作られ、世にも珍しい宝石が象嵌されている。それらは、すこぶる貴重な山海の珠玉ばかり……。そこへ今度は、銀の皿をもった別の少女が入ってくる……」

「それで、このいまいましいグラダーレはどんな形なのだ?」と〈詩人〉が叫んだ。

「わからない、ぼくには光しか見えない……」

「きみは光しか見えないのか」とそのときボロンが言った。「小生にはもっとほかのものも見える。広間を照らす松明がある、それはそうだが、雷鳴が聞こえるぞ。宮殿が崩れ落ちるようなすさまじい振動だ。深い闇につつまれた……。いや、今度は、一条の日射しが、さっきより七倍も明るく宮殿を照らし出している。おお、白いビロードの織物にくるまれた聖なるグラダーレが入ってくる。その入場によって、宮殿が世界じゅうの香辛料の香りで浸される。グラダーレが食卓のまわりを進んでゆくにつれて、騎士たちは、自分たちが望みうるありとあらゆる食べ物が皿を満たしてゆくのを見る……」

「その呪われたグラダーレとは、いったいどんな形なのだ?」

「神を冒瀆するな!　それは杯だ」

「ビロードの織物がかかっているのに、なぜわかる?」

「わかるからわかるのだ」とボロンは言い張った。「小生は、そうだと言われた」

「あんたなんか地獄に落ちて、千の悪魔に永遠に責めさいなまれるがいい!　幻視を得ておきながら、自分の見たものじゃなく、人の話を語るとはな!　あんたは、自分が何を見たかわからずじまいのエゼキエルの阿呆よりも性質(たち)が悪い!　細密画を見ずに、声しか聞かないユダヤ人よりもな!」

「お願いだ、神を罵るのはやめてくれ」とソロモンが言葉をはさんだ。「私は自分のために言うのではない。聖書は、あなたがた、いまわしいキリスト教徒にとっても神聖なる書物ではないか！」

「みんな落ち着いてくれ」とバウドリーノは言った。「いいかい、ボロン君、グラダーレが、われらが主キリストがぶどう酒を聖別した杯であるとしよう。アリマタヤのヨセフはどのようにして、十字架に架けられたイエスの血を集めることができたのかな？ 彼が十字架からイエスを降ろしたときには、もうわれらが救い主は死んでいたはずだ。死者からは血が滴らないことをきみも知っているでしょう？」

「たとえ死んでいても、イエスなら奇蹟を行えたはず」

「それは杯ではなかった」とキョットが言った。「なぜなら、ぼくにフェイレフィズの話をした者は、それが天から落ちた石（ラピス・エクス・コエリス）だったと明言したのだから。もしそれが杯ならば、それはこの天の石をくりぬいたからでしょう」

「どういうことだ、槍の穂先が聖なる肋骨を刺したのではなかったのか？」と〈詩人〉が尋ねた。「あんたはさっき、血染めの槍をもった小姓が広間に入るのが見えたと言わなかったか？ さてそれならばだ、おれには、血が幾筋も垂れる一本の槍をもった小姓がひとりではなく、三人も見える……。それから、十字架を手にもつ司教の格好をした男がひとり、四人の天使の運ぶ椅子に載せられている。天使は彼を、槍の置かれた銀の食卓の前で降ろす……。すると、ふたりの少女が、盆を運んでくる。そのうえには、血の海に浸った切断された男の首が載っている。司祭が槍のうえでミサを行い、聖体(ホスティア)を掲げると、聖体のなかに子供の顔が現れる！　槍は奇蹟をもたらす物なのだ！　また、それは力の象徴だから、権力の象徴でもある！」

「いやちがう、槍は血を滴らせるが、その滴は杯のなかに落ちて、小生がさきほどから言っている奇蹟を証明しているのだ」とボロンが言った。「こんなに簡単なことなのに……」その口元からは笑いがこぼれだしていた。

「このへんでやめておこう」とバウドリーノはうんざりしたように言った。「グラダーレのことはひとまず置いて、先に進もう」

「わが友人たちよ」とそのときラビのソロモンが言葉をはさんだ。ユダヤ人である彼は、その聖遺物にさほど心奪われたようすもなく、冷静な口ぶりだった。「そのような物を司祭からすぐに贈らせるのは、私はやりすぎだと思います。それに、手紙を読んだ者が、フリードリヒに驚異の贈り物を見せるように要求しかねません。しかしながら、キョットとボロンの聞いた話が広い地域ですでに流通している可能性は高いので、ほのめかすだけで充分でしょう。わかる者はわかります。グラダーレとか杯とか書かずに、より曖昧(あいまい)な語を使いなさい。トーラーは、最も崇高なことを語るとき、字義どおりにではなく、敬虔な読者が徐々に解明すべき秘密の意味をとおして語ります。つねにたたえられる聖なるもの、至高の神は、時間の終わりにそれが解明されることを望んでいます」

バウドリーノはこう提案した。「それならば、宝石箱か長持ち、あるいは櫃(ひつ)を送ると書こう。この本物の宝石箱を受け取られたい(アッキペ・イスタム・ウェラム・アルカム)……」

「なかなかよいですね」とラビのソロモンは言った。「意味をぼかすと同時に明確にすることです。そして、解釈の渦へと導くのです」

こうして口述筆記が再開された。

もし貴殿がわが領土に来られるおつもりならば、わが富を享受できるよう、わが宮廷のなかで貴殿にふさわしい最高の地位が与えられましょう。貴殿が自らの帝国への帰国を望まれるおりは、このあふれんばかりの富で満たしましょう。貴殿が、死、審判、天国、地獄の四終を忘れなければ、罪を犯すことはありますまい。

この信仰心の篤い忠告のあと、手紙は、司祭の権力にかんする記述へと移行した。

「謙虚さがみじんもあってはならない」とアブドゥルは進言した。「司祭の地位はこのうえなく高く、いかなる傲慢な態度も許容されるのだから」

ごもっとも。バウドリーノはためらわずにこう書きとらせた。支配者のなかの支配者（ドミヌス・ドミナンティウム）である司祭は、地上のあらゆる王を権力において凌駕し、その富は無尽蔵で、七十二の属州を従えている。たとえ、そのすべてがキリスト教国ではないにしても――王国のなかにイスラエルの離散した支族も入れてもらい、ラビのソロモンは満足だった。司祭の統治は、三つのインドにまたがり、その領土は最果ての砂漠に達し、バベルの塔まで続いている。毎月、司祭の食堂では、七人の王、六十二人の公、三百六十五人の伯が食事を供され、毎日、その食堂に、十二人の大司教、十人の司教、聖トマス教会の総主教、サマルカンドの首都大司教、スーサの首席司祭が坐る。

「多すぎませんか？」とソロモンは尋ねた。

「いや多くはない」と〈詩人〉が言った。「教皇とビザンツ皇帝の怒りを爆発させる必要があるのだ。だからこう付け加えるがいい、司祭が、キリストの敵を打破するために大軍を連れて聖墳墓を訪問する誓いを立てたと。これは、オットーの発言に確証を与えるため、そして、教皇の口を封じるためなのだ。司祭はかつてガンジス川の横断に失敗していると、教皇が反論した場合にそなえてな。ヨハネに再び横断を試みさせるのだ。だからこそ、彼を探しだし、彼と同盟を結ぶだけの価値があるわけだ」

「さて、王国の住人をどうするか、みんな考えてくれないか」とバウドリーノが言った。「そこに住んでいるはずの生き物とは、象、一瘤(ひとこぶ)ラクダ、二瘤ラクダ、河馬(かば)、豹、オナガー、紅白の獅子、鳴かない蟬、グリフォン、虎、ラミア、ハイエナ、こちらでは絶対にお目にかかれないありとあらゆる動物たち。その亡骸(なきがら)は、あえてかの地まで狩りに行こうという者にとっては、どれも貴重。それから、見たこともないような人間がいるのだが、これについては、事物と宇宙の本性にかんする書物に書かれている……」

「ケンタウロス、有角人、ファウヌス、サテュロス、ピグミー、犬頭人、身長四十腕尺(キュービット)の巨人、一つ目族」とキョットが思いつくままに言った。

「いいぞ、その調子だ、書いてくれ、アブドゥル、書いてくれ」とバウドリーノは言った。

そのほかのことは、これまでに考えられたり言われたりしたことに、いくらか尾ひれをつけて書けばよかった。司祭の土地は、蜜が滴り、乳があふれだすところで――その記述にラビのソロモンは、『出エジプト記』、『レビ記』、『申命記』の影響を認めて大喜びだった――、蛇もサソリも生息しておらず、地上楽園から直接湧き出るインダス川が流れ、その流れは……石と砂でできている、とキョットが口をはさむと、ラビのソロモンは、いやそれは、サンバティオン川のことだと答える。ところで、サンバティオン川を記述に入れるべきでは？　たしかにそうだが、それはあとまわしだ。地上楽園から流れるインダス川に含まれるのは、したがって……エメラルド、トパーズ、カーバンクル、サファイア、クリソタイル、オニキス、緑柱石、アメジスト、とキョットが補足する。だが新顔の彼には、なぜ友だちがみなげんなりした顔をするのかわからない（あと一個でもおれにトパーズをくれてみろ、そいつを飲みこんで、ケツから窓の外に噴射してやる、そうバウドリーノは叫んだ）。幸運の島や楽園をさんざん調べる過程で必ず出くわした宝石類には、みんなもううんざりだったのだ。

そこでアブドゥルは、王国が東にあることから、珍しい香辛料の名を挙げてはどうかと提案し、胡椒が採用された。ボロンはそれについてこう述べた。胡椒は、蛇の群がる木々に成り、熟せば木に火が放たれる。蛇が逃げ出し、巣にもぐりこむ。それから、木に近づき、幹を揺すれば、枝から胡椒が落ちてくる。地元の人々は、それを独特の方法で調理する。

「そろそろサンバティオン川を加えませんか？」とソロモンが尋ねた。「そうしよう」と〈詩人〉が同意した。「離散した十支族が川の向こう側にいることが、これで明白になるから。そればかりか、ひとつひとつ部族の名前を列挙しよう。フリードリヒが彼らを発見できれば、またひとつ栄誉の勲章が増える」アブドゥルは、サンバティオン川が必要なのは、それが乗り越えがたい障害であり、意志を砕くとともに、欲望すなわち嫉妬を刺激するからだと指摘した。宝石がそこらじゅうにころがる地下の小川のことも記述してはどうかと提案する者がいたが、バウドリーノは、アブドゥルがそれを書くのはかまわないが、自分は、トパーズの名を二度と聞きたくないから関知したくないと答えた。一方、プリニウスとイシドルスの証言にしたがって、火のなかでしか生きられない四本足の蛇、サラマンダーは、その地に住まわせることに決めた。

「真実であるかぎりは、それを採用しよう」とバウドリーノは言った。「重要なことは、おとぎ話にしないことだ」

手紙はさらに、その地を支配する美徳について数行を割き、巡礼者は誰もがあたたかく迎えられ、貧者は存在せず、泥棒、山賊、守銭奴、ごますりのたぐいも皆無であることが強調された。そのすぐあとで、これほど豊かで、多くの臣下のいる君主は世界にはほかに存在しないと司祭に主張させた。そして、シンドバッドがサランディブで見たような豊かさを証明するために、司祭の勇壮な出陣のようすが叙述された。司祭を先導するのは、宝石のちりばめられた十三の十字架であり、それぞれが一台の戦車に掲げられ、各戦車は、一万の騎士と十万の歩兵を従えている。一方、司祭が平時に馬に乗るさいに彼を先導するのは、キリストの受難を象徴する一本の木製の十字架と、「何人たりとも塵なれば塵にかえるべきこと」を深く自覚するための、土のつまった金の壺であった。しかし、行進するのが王の中の王であることを誰も忘れることのないように、金のつまった黄金の壺もあった。「またトパーズを入れたら、この酒盃でおまえの頭をかち割ってやる」とバウドリーノが警告したため、アブドゥルも、そのときばかりは遠慮した。

「だが、これは書いておけ、そこには不貞をはたらく者がおらず、誰も嘘をついてはならない、嘘をつく者はただちに死ぬことになる、というより、追放されて誰からも顧みられなくなるので死んだも同然なのだ、と」

「だけど、さっきもう書いたよ、そこに悪徳はなく、泥棒がいないって……」

「かまうものか、強調するんだ、司祭ヨハネの王国が、キリスト教徒が神の戒律を守ることのできる場所であるのにたいし、教皇は、自らの子供たちにたいしてすら約束を守れない、それどころか、彼自身がほかの誰よりも嘘つきだ、と。王国では誰も嘘をつかないという事実を強調すれば、ヨハネの言うことがすべて真実だとはっきりする」

ヨハネの記述はさらに続き、毎年、大軍を連れて、バビロンの荒地にある預言者ダニエルの墓に参ること、血液が紫染料の素になる魚が彼の国では獲れること、彼の統治がアマゾネスとバラモンに及ぶことが書き加えられた。バラモンへの言及をボロンが有用だと判断したのは、アレクサンドロス大王が、考えうるかぎり最も遠い地、極東に行ったときに彼らに会っているからだった。つまり、彼らの存在は、司祭の王国がアレクサンドロスの帝国までをも吸収したことの証明なのである。

この時点で残された記述は、彼の宮殿と魔法の鏡のことだけだったが、これにかんしては〈詩人〉がすでに幾晩か前にもれなく述べたとおりだった。ただし、〈詩人〉は、バウドリーノがトパーズや緑柱石の名を再度聞かなくてすむように、アブドゥルの耳にささやくように口述した。当然ながら、今度はそれを省くわけにはいかないからだった。

「私が思うに、それを読む者は」とラビのソロモンが言った。「これほど強大な力をもつ王が、たんに司祭と呼ばれるのはなぜか、疑問に思うでしょう」

「もっともだ、それを説明するため、そろそろ結論に移ろう」とバウドリーノは言った。「書いてくれ、アブドゥル……」


愛すべきフリードリヒ殿、知恵深き貴殿ならばむろん、なにゆえ、やんごとなき余に、司祭よりもふさわしい称号が与えられないのかふしぎに思われるでしょう。当然ながら、わが宮廷では、より高い役職と称号の付与された廷臣がおります、とりわけ聖職者の序列にかんしては……。わが主膳は首座大司教にして王であり、酌係は大司教にして王、式部官は司教にして王、執事は王にして僧院長、料理長は王にして大修道院長なのです。したがって、余としては、これらと同じ称号や、また、わが宮廷にあふれる同じ位階に甘んじることはできず、謙遜から、より価値のない称号と、より低い階級で呼ばれることを決意したしだいであります。さしあたりご承知いただきたいのは、わが領土が徒歩で四ヶ月かかる広がりをもつ一方で、果てはどこなのかを誰も知らないこと。天の星と海の砂を数えることができれば、貴殿はわが所有地と権力を測ることもできるでしょうが。

われらが仲間たちが手紙を書き終えたときは、夜明け間近だった。蜜を飲んだ者はまだ陽気な麻痺状態にあり、ぶどう酒しか飲まなかった者はほろ酔い気分だった。またも両方を飲んだ〈詩人〉は、立っているのがやっとだった。彼らは、裏通りや広場を歌いながら練り歩いた。手にした羊皮紙が、司祭ヨハネの王国から着いたばかりの手紙であると信じて、さも大切そうに扱いながら。

「あなたは手紙をすぐにライナルトに送ったのですか?」ニケタスは尋ねた。

「いいえ。〈詩人〉が出発してから、何ヶ月にもわたって私たちはそれを読み直し、推敲を重ね、何度も羊皮紙を削って書き直しました。ときおり、誰かしら、小さな追加を提案するのです」

「しかし、私が思うに、ライナルトは手紙を待っていたのでは……」

「その間にフリードリヒが、ライナルトを帝国書記官長の座から降ろし、クリスティアン・フォン・ブッフにその座を与えたのです。もちろん、ライナルトはケルン大司教であり、したがってイタリア大書記官長を称し、きわめて強大な権力を保持していました。だからこそ、シャルルマーニュ列聖の段取りをつけたのも彼だったわけですが、書記官長の交代は、少なくとも私の目には、フリードリヒがライナルトの干渉をうるさく感じはじめていたことの証左だと映りました。であるならば、つまるところライナルトが望んだ手紙を、皇帝に渡せるはずがありません。言い忘れましたが、シャルルマーニュ列聖と同じ年にベアトリスはふたり目の息子を産んでいたので、皇帝はそれどころではなかったはずです。それに、最初の子はつねに病気がちだという噂が私の耳に届いていましたし。こうして、あれやこれやのうちに、一年以上がたちました」

「ライナルトは、手紙を強く求めませんでしたか？」

「当初は、ほかのことで頭がいっぱいだったようですが、まもなく死去しました。フリードリヒが、アレクサンデル三世を追放して、自分の思いどおりになる対立教皇を指名するため、ローマにいたときのことです。ペストが発生し、富める者も、貧しい者も命が奪われたのです。ライナルトも死にました。たとえ彼を心から愛したことはなかったとはいえ、私は衝撃を受けました。傲慢で執念深いが、大胆不敵な男で、最後まで自らの主君のために闘いました。彼の霊よ安らかに眠れ。しかし、彼亡きあと、その手紙にはもはや意味がなかったのです。全キリスト教界の書記局にそれを流通させて、そこから何かの利点を引き出せるほどの狡猾さは、彼以外に誰ももちあわせていませんでした」

バウドリーノはひと呼吸置いた。「それに、私の町の事情もありましてね」

「いったいどの町のことですか、あなたは沼地で生まれたんでしょう?」

「おっしゃるとおり。私は先を急ぎすぎるようだ。まずは、町をつくる話をせねば」

「ようやく、破壊されない町の話になった」

「たしかに」とバウドリーノは言った。「私の人生で、町が死ぬのではなく、生まれるのを見たのは、それが最初で最後でした」

13　バウドリーノは新しい町の誕生を目のあたりにする

　バウドリーノがパリに来てすでに十年の歳月が過ぎていた。この間に、読める本はすべて読み、ビザンツ出身の娼婦からギリシア語を学び、他人の作と認定されるであろう詩と恋文を書いた。要するに彼は、一国を築いたも同然だったのであり、彼とその友人たち以上にその王国をよく知る者はもはやいなかったのだが、依然として学業は終わってはいなかった。牝牛に囲まれて生まれた者にとっては、パリで学問ができるだけでも大変な出世だと考えて自らをなぐさめたが、領主の子息は読み書きよりも戦闘のしかたを学ばねばならず、彼のような貧乏人のほうが学問のため身軽に国を離れられるのだという事情に思いあたった……。つまり彼は、何もかも満足しているわけではなかった。

　そんなある日、バウドリーノは、およそ一ヶ月後に、二十六歳になることに気づいた。十三歳で生家を出たので、ちょうど十三年間、帰郷していないことになる。彼がそのときにいだいた感情を、私たちなら郷愁と呼ぶであろう。だが、彼自身はそれまで郷愁など感じたことがなく、それがいかなるものかも知らなかった。そのため、自分は養父に会いたくなったのだと考えるにいたり、バーゼルまでフリードリヒを訪ねていくことにした。フリードリヒは、このときもイタリアからの帰路にあり、バーゼルにその途中で立ち寄っていたのだった。

フリードリヒに会うのは、長男の誕生以来だった。バウドリーノが、司祭の手紙を何度も書き直しているあいだに、皇帝は、ありとあらゆることを行っていた。うなぎのように北から南へと移動し、先祖の蛮族さながらに馬にまたがったまま寝食した。そのときどきにいる場所が、彼の王宮だった。数年のうちに、皇帝はさらに二度イタリアに戻った。二度目は、帰る途中にスーザで攻撃を受けた。スーザ市民の反乱によって、彼はひそかに変装して逃げ出すはめになり、ベアトリスを人質にとられた。その後、スーザ市民は彼女にいっさい危害を加えることなく解放したが、面目まるつぶれの彼はスーザへの復讐を誓った。アルプスを越えて帰国したのちも休息する暇はなかった。ドイツ諸侯の態度を軟化させねばならなかったのだ。

バウドリーノが久しぶりに会うと、皇帝がひどく暗い顔をしているのに気づいた。それは皇帝が、長男——彼の名もフリードリヒだった——の健康への心配をつのらせる一方で、ロンバルディア情勢にたいする不安も増大していたからだとわかった。

「よしわかった」と皇帝は同意した。「おまえだけに話そう。余の司法長官(ポデスタ)や特使、収税吏や代官たちが、余に帰属する税を七倍も多く取り立てていたのだ。やつらは、毎年、各家庭へのかまど税として古いソリドゥス金貨三枚、航行可能な水路で稼働する各水車にたいしデナリウス銀貨二十四枚、漁師にたいしては漁獲量の三分の一を徴収し、子供のいない者が死ねばその相続財産を没収していた。余のもとに届く不平不満の声に耳を貸すべきだった、それはわかっている、だが余にはほかに考えるべきことがあった……。それでだ、ロンバルディア諸都市は、ここ数ヶ月のうちに同盟を結成したらしい、反帝国の同盟だ、わかるか？　最初にやつらが決議したことは何だと思う？　ミラノに城壁を築くとさ！」

イタリア諸都市が反抗的で不実であるだけなら、まだがまんもできるが、同盟となると、別の国家（レス・プブリカ）の形成を意味する。もちろん、イタリアでは都市が互いに憎みあっているから、その同盟が長続きするとは考えにくいが、それが帝国の名誉にたいする毀損（ウルスス）にあたることに変わりはない。

では、誰が同盟に加わるつもりなのか？　ミラノにほど近いある修道院に、クレモーナ、マントヴァ、ベルガモ、それに、ピアチェンツァとパルマの代表が集まったという噂が流れたが、定かではなかった。しかし噂はそれにとどまらず、ヴェネツィア、ヴェローナ、パドヴァ、ヴィチェンツァ、トレヴィーゾ、フェッラーラ、それにボローニャの名までが挙がっていた。「ボローニャだぞ、信じられるか⁉」とフリードリヒはどなりながら、バウドリーノの前を行ったり来たりした。「おぼえているか？　余のおかげで、あのいまいましいボローニャの学者どもは、もっといまいましい学生どもから、好きなだけ金をとれるというのにだ、余にも教皇にも無断で、今度はこの同盟と手を組むのか？　こんな恥知らずがほかにいるか？　パヴィーアくらいだ！」

「または、ローディか」と話を膨らませるためにバウドリーノは言った。「ローディ⁉ローディだと⁉」バルバロッサは顔まで赤くしてわめきちらした。発作が起きてもふしぎではないほどの興奮だった。「しかし、ぞくぞくと届く情報を信じれば、ローディはすでに、やつらの会合に参加したらしい！　あの腰抜けどもを守ってやるために、余は自分の血を流したのだぞ！　余がいなければ、やつらは季節が変わるごとに、ミラノにずたずたにされるくせに、今度は当の迫害者と徒党を組んで、恩人に背くとはな！」

「ですが父上」とバウドリーノは尋ねた。「「らしい」とか「ようだ」とはどういうことですか？　確実な情報は届いていないのですか？」

「パリで学問をするおまえたちは現実感を失い、世の常を忘れたのか？　同盟があれば、陰謀があり、陰謀があれば、それは、かつておまえの側にいた連中がおまえを裏切ったということだ。そして、あっちでやっていることとは逆のことをおまえに語り、かくして、連中の行いを最後に知るのが、ほかでもない皇帝だ。女房の浮気は町じゅうに筒抜けなのに、知らぬは亭主ばかりなり、というわけだ！」

それを口にしたタイミングは最悪だった。まさにその瞬間、懐かしいバウドリーノの到着を知らされたベアトリスが入ってきたからだった。バウドリーノはひざまずき、彼女の顔を見ずにその手に接吻した。ベアトリスは一瞬ためらった。親しみと信頼の情を表さないのは、かえって当惑をうかがわせることになると考えたにちがいない。彼女は、母親のようにやさしくもう一方の手を彼の頭のうえにのせて、彼の髪を少し乱した。彼女は忘れていたのだった。三十歳を過ぎた女はもはや、ほんの少し年下の一人前の男とそのように接してはならないことを。しかし、フリードリヒにとってそのようなしぐさは、彼が父で、彼女が母である以上、自然なことだった。たとえどちらも養父母であるにしても。場違いなところにいると感じていたのはバウドリーノのほうだった。そのような二重の接触と、彼女の接近によって、衣服の香りをまるで体から発する芳香のようにかぎ、声の響きを聞くことができたので――その位置から目を直視できないことが幸いした、さもなければ、すぐさま顔から血の気が失せ、床に転倒して気絶していただろう――、目もくらむような快感で全身が満たされたが、そのように単純な臣下の礼によってまたも自分の父を裏切っているという思いにさいなまれた。

どのようにいとまごいをすればよいか、バウドリーノは思案にくれたが、幸い、皇帝が頼みごとをしてきた。それは、命令も同然だった。皇帝は、イタリア情勢をしっかり見極めるため、公式の使者でも伝令の騎士でもない、信頼できる少人数を派遣することに決めたが、この者たちは、状況をかぎわけて、背信によって歪められていない証言を集められるように、イタリアをよく知り、しかも、皇帝の部下であることを見抜かれてはならなかった。

バウドリーノは、宮廷で感じていた居心地の悪さから解放されると思うとほっとしたが、即座に別の感情も芽生えた。故郷に帰ること、このことに深い感動をおぼえたのだった。彼は自分が旅に出たのはこのためだったのだと、ようやく思い至った。

さまざまな都市をめぐってから、バウドリーノは、馬ならぬラバでぽくぽくと進んだ。というのは、村から村へと平穏に旅する商人を装っていたからだった。そしてある日、丘陵地帯にたどり着いた。その丘を越えて、しばらく平野を進めば、ターナロ川に出る。石だらけの土地と沼地に囲まれた生まれ故郷のフラスケータに行くには、この川を渡らねばならなかった。

当時は、ひとたび故郷を離れる者はみな、もう二度と戻ることはないと心に決めて旅立ったものだが、その瞬間、バウドリーノは体がむずむずした。それは、老いた両親がまだそこにいるかどうか急に知りたくてたまらなくなったからだった。

それだけではなかった。この界隈の少年たちの顔が突然、脳裏によみがえったのだ。いっしょに野ウサギの罠を仕掛けたパニッツァ家のマスル、顔を見るや石の投げ合いになった「ギーノ」ことポルチェッリ（あるいは豚さん（ポルチェッロ）ことギーニだったか？）、いっしょにボルミダ川で釣りをした、とんま（チューラ）ことアレラーモ・スカッカバロッツィと、クアルニエントのクッティカ。「主よ」とバウドリーノはつぶやいた。「まさか私は今ここで死ぬんじゃないでしょうね？　少年時代のことがこんなにはっきり思い出されるのは、いまわのきわだけだというではないですか……」

その日は降誕祭前日だったが、バウドリーノは旅のあいだ日にちを数えていなかったので、それを知らなかった。寒さで体が震え、彼をのせていたラバも同じく凍えていたが、空は夕日に照らされてきれいに澄みわたっていた。これは、雪の到来が近いときの空模様だった。彼は、前日に通ったばかりのように、その場所のことをおぼえていた。三頭のラバを引き渡すために父親とその丘に登ったことを思い出した。ただでさえ少年の両脚をへし折るほど険しい坂道を、いやがるラバを押して登ったのだから、苦労のほどがしのばれる。反対に、帰りは楽しかった。高いところから平野を見下ろし、下り坂を自由に気の向くまま降りればよかったのだから。バウドリーノは、川の流れからさほど離れていないところで、平野がいったん隆起していることを思い出した。あのときは、その丘の頂上から、乳白色の霧のなかに、ベルゴリオ川に沿って、いくつかの村の鐘楼が浮かび上がるのを見たのだった。ロボレート、やや離れてガモンディオ、マレンゴ、さらに、沼と砂利と灌木に覆われた湿地帯、パレーアが広がっていた。そしてその端に、良きガリアウドのあばら屋がまだ立っているはずだった。

だが、その丘に登ってみると、まったく別の景色が見えた。まわりの丘陵や渓谷はどこも空気が澄みきっているのに、目の前の平野だけが、霧状の水蒸気でくもっているように見えたのだ。その灰色がかったかたまりは、ときおり路上の歩行者めがけて襲来し、まわりが何も見えなくなるほどすっぽりと包んでから、追い越してゆき、やって来たとき同様に消えてしまうのであるが——そのため、バウドリーノは言ったものだ。「見てみろ、まわりはたしかに八月かもしれないが、フラスケータには永遠に霧がかかっている。まるで、ピレネー・アルプス〔オットーの表現。七二頁参照〕山頂の根雪みたいに」——、霧のなかで生まれた者にとっては、つねにわが家にいるような気がするので、それはけっして不快ではなかった。しかし、川のほうに降りるにつれて、その蒸気が霧ではなく、煙の雲であることに気づいた。煙のなかから、それを出している炎がかいま見えたからだ。煙と炎に包まれたバウドリーノはようやく理解した。川向こうの平地、かつてロボレートだった場所の周辺では、集落が田園へとあふれでて、いたるところ、新しい家がキノコのように出現していた。石造りの家も、木造の家もあり、多くがまだ建設途中だったが、西のほうには、かつては何もなかったところに、城壁の土台までが見えた。火にかけられた大鍋で湯が沸騰していたのは、すぐに凍らないように水を温めるためであろうが、そのもっと向こう側では、石灰やモルタルの詰まった穴に湯が流しこまれていた。パリで、セーヌ川の中州の島に新しい大聖堂が建てられるのを見ていたバウドリーノは、石工の親方が使う機械や足場を知っていた。彼のこれまでの経験から判断して、それはまさに、無からひとつの都市が生み出される瞬間だったのだ。そしてそれは、一生に一度──運がよければ──見られるかどうかの光景であった。

「あきれたもんだ」と彼はつぶやいた。「まったく油断も隙もありゃしない」そして、できるだけ早く三角州に到着するために、ラバに拍車をかけた。あらゆる種類と大きさの石を運搬する大いかだに乗って川を渡ると、ちょうど職人たちが危なっかしい足場にのって壁を築いている場所で足を止めた。地上では別の職人たちが、巻き上げ機で、砂利の入ったかごを足場にのぼった職人のところまで引き上げていた。といっても巻き上げ機とは名ばかりの代物で、これ以上に原始的な機具は考えられなかった。頑丈な支柱のかわりに細長い棒が使われていたので、終始ぐらつき、したがって、その機具をあやつる地上のふたりの職人は、綱を引くこと以上に、その棒の危険な振動を抑えることに懸命なように見えた。バウドリーノはすぐにこう考えた。「ほら見ろ、この界隈の連中が何かことを始めて、まともにやったためしがない。こんな仕事のしかたでいいはずないじゃないか、おれが雇い主だったら、股引(ももひき)の裾をつかんでみんなターナロ川に投げこんでやるのに」

さらにそこから少し奥に、どうやら、開廊を建てているつもりらしい別の一群がいた。石の切り方も、梁の仕上げも雑で、柱頭などは、人ならぬ獣の手になるもののように見えた。建築資材を引き上げるために、彼らもまた滑車のようなものを組み立てていたが、この連中に比べれば、さきほどの壁職人は、コモの名匠と言ってもよかった。さらに歩を進め、まるで子供が泥遊びをするかのごとくに家を建てている者たちに出会ったとき、バウドリーノは作業の比較をやめた。彼らは足で蹴って、建築物と言えないこともない代物に、最後の仕上げをしていた。そのわきには、同じような家がさらに三軒並んでいたが、どれも、泥と、形のふぞろいな石でつくられ、圧縮の不十分なわらの屋根がのっかっていた。こうして、ひどく不恰好なあばら家の並ぶ路地が誕生しつつあった。人夫たちは、まるで、早く仕事を終えて休暇に行くのを競っているかのようであり、職業上の手順はいっさい守っていなかった。

しかし、このようにいいかげんな仕事の結果できた未完成の迷路のなかで、ときおり、きちんと角がそろった壁や、石材がしっかりと網目状に積まれたファサード、未完ながら、どっしりと安定感のある稜堡(りょうほう)などが散見された。このことから、出身地も能力もことなる雑多な人々が、同じひとつの町の建設に集まったことが見てとれた。つまり、まちがいなく大半を占めていたのは、建設の素人(しろうと)であり、これまでに家畜小屋しかつくったことがないような農民だったにせよ、なかには技能の高い職人もいたことになる。

さまざまな技術の検証に努めながら、バウドリーノは、さまざまな方言がそこで使われていることを発見した。方言によって、あばら家は全部ソレーロの農民が手がけ、ゆがんだ塔はモンフェッラート人の仕事であることがわかった。鼻につくモルタルをひっくり返しているのがパヴィーア人、板をのこぎりで切っていたのは、これまでパレーアで木々を切り倒してきた人々だった。しかし、指示を出したり、しかるべき作業をするように一団を率いていた者は、ジェノヴァ方言を話していた。

「自分は今、まさにバベルの塔建設のまっただなかにいるらしい」とバウドリーノは思った。「あるいは、アブドゥルの故郷ヒベルニアと言うべきか。例の七十二人の賢者が、水と粘土、松脂(まつやに)と瀝青(れきせい)をこねあわせるように、ありとあらゆる言語を合成してアダムの言語を再現した場所だ。しかしここでは、アダムの言語はまだ話されていない。みんながそれぞれことなる七十二の言語を同時に話している。それでも、ふだんは互いに投石をしていがみ合う多種多様な人々が、今、愛と調和を奏でているとは！」

木造の骨組みに、まるで修道院付属教会であるかのように巧みに外装をほどこしつつあった一団に、バウドリーノは近づいた。その作業に彼らは巨大な巻き上げ機を使っていたが、腕力では微動だにしないので、それを一頭の馬に引かせていた。馬は、地方によってはまだ使用されていた首当てによる喉の圧迫で苦しむことなく、快適な肩当てのおかげで、勢いよくそれを引っ張っていた。人夫たちの話し方には、明らかにジェノヴァなまりがあったので、バウドリーノはさっそく彼らの言葉で話しかけた。もっとも、ジェノヴァ出身ではないことを気取られないほど完璧とはいかなかったが。

「いったい何をしているんだい？」話の糸口をつかむためにそう尋ねた。すると彼らのうちのひとりが、うさんくさげにバウドリーノを見ながら、てめえのチンポ(ジェノヴァで言うところのベリーノ)をしごくための機械をつくっているところだと答えた。ほかの全員が笑い出し、その笑いの対象が自分であることは明白だったので、バウドリーノ(ラバに乗った丸腰の商人を演じることがまんの限界に達しつつあったが、荷物のなかには、宮廷人が授かる剣を一枚の布で幾重にもくるんで入れていた)は、久しぶりに自然に口から滑り出たフラスケータの方言ではっきりと言ってやった。まともな人間はふつう、チンポ(ベリーノ)じゃなくて、ナニって言うもんだ。もっとも、それをしごくのは、おまえらの売女の母ちゃんの役目だから、そんな機械はおれには必要ないがな。ジェノヴァ人たちはその言葉の意味は理解できなかったが、意図するところは察した。彼らは作業を中断して、めいめいが石や鶴嘴を手に取り、ラバを半円形に囲んだ。そのとき幸いにも、何人か近づいてくる者がいた。そのなかに、騎士らしき男がひとりいて、ラテン語やプロヴァンス語に何やらほかの言語の混じるフランス語で、ジェノヴァ人たちにこう言った。この旅のお方は、地元の言葉を話すのだから、通行を妨げる筋合いはない。ジェノヴァ人たちが、まるで間諜のようなことを尋ねてきた彼のせいだと釈明すると、騎士は答えた。皇帝が放った間諜ならもっけの幸い、ここに町が建ったのはまさに皇帝への腹いせからだったと知らせてくれるだろうから。それからバウドリーノに向かって言った。「貴殿に会ったことはないが、見たところ、里帰りのようだ。われらに合流するために来られたのか?」

「騎士殿」とバウドリーノは洗練された言葉づかいで答えた。「私はフラスケータの生まれですが、何年も前に家を出ましたので、ここでこんなことが起きているとは夢にも思いませんでした。私の名はバウドリーノ、ガリアウド・アウラーリの息子……」

彼が話し終わらないうちに、新たに来た一行のなかの、髪も髭も白いひとりの老人が杖を振り上げ、どなりちらした。「この心ない恥知らずの嘘つきめ、脳天を矢で射抜かれるがよい、よくも、哀れなわが息子バウドリーノの名を利用できたものじゃ。わしこそ彼の父、当のガリアウド・アウラーリにほかならん。息子は何年も前にドイツ人の貴族に連れられて家を出ておる。その貴族、風貌は女王ペドカのようだったが、じつは、猿を踊らせるような輩だったのかもしれん。なにせ、哀れなわが息子の消息はそれっきりとだえてしまったのだから。もうとっくに死んでいるにちがいない。わしも聖女のようなわが妻も、この三十年、塗炭の苦しみをなめてきた。これぞ生涯最大の痛恨事、そうでなくてもわれらの人生はすでに充分に悲惨だったというのに。息子を亡くした苦しみは、体験した者でなければわかるまい！」

この老人にバウドリーノは叫んだ。「父上、本当に父上なのか！」声が震え、涙がこみ上げたが、その涙は大きな喜びの表現だった。彼はさらに言葉を接いだ。「それに、私が家を出たのは十三年前だから、三十年の苦しみとはおおげさです。喜んでください、私はこの歳月をけっしてむだに過ごしたのではなく、今やひとかどの人物となりました」すると老人はラバの足下まで来て、バウドリーノの顔をじっと見上げて言った。「おまえも、ちっとも変わってないな！　三十年もたったのに、痴れ者に特有のこの目つきは昔のままだ。ならば言ってやろう。おまえはひとかどの人物とやらになったかもしれん。だが、わしが三十年と言ったのをわしのせいにしてはならん、この年月は、わしにとって、三十年に思われたのだ、この三十年のあいだ、おまえはいっさい便りをよこさなかった。おまえはわが家の災いの元だ。そして、どこかで盗んだにちがいないそんなラバに乗ってのこのこ帰ってきやがった。この杖で脳天を叩き割ってやる！」そう言い終わらぬうちに、バウドリーノの靴をつかんでラバから引きずり降ろそうとしたが、隊長らしき人物があいだに割って入った。「さあさあ、ガリアウド、息子に三十年ぶりに再会したのだ……」

「十三年だ」とバウドリーノは訂正した。

「おまえは黙っておれ、話はあとまわしにしよう。三十年ぶりに父に再会したのだから、こういう場合は抱き合って、神に感謝するものだぞ、そら！」すでにラバから降りていたバウドリーノが、涙にくれるガリアウドの腕に飛びこもうとしたそのとき、隊長らしき人物が再びあいだに入り、バウドリーノの襟首（えりくび）をつかんだ。「その前に、おまえに落とし前をつけてもらいたい者がここにはいる。それはこのおれだ」

「いったい誰なんだ？」とバウドリーノが尋ねた。「われこそはオベルト・デル・フォーロ、だが、おまえはそれを知るよしもないし、何もおぼえていまい。おれが十歳の頃、おれの父親は子牛を買うために、わざわざおまえの親父のところに見にいった。おれは騎士の子息らしき格好をしていたので、父は服をよごすのを心配し、牛小屋には入らせなかった。家のまわりをぶらぶらしていると、ちょうどおまえが背後にいやがった。肥溜めから這い出てきたようなうすぎたないなりでな。おまえはおれの前にまわりこみ、こっちをじっと見ながら、勝負しないかと言った。愚かにも同意すると、おまえはこのおれを、豚の飼い葉桶に突き落としやがった。そのざまを見た父は、新しい服をよごしたといって、おれをひっぱたいたのだ」

「そんなことがあったかも」とバウドリーノは言った。「でも、三十年も昔の話だ……」

「十三年だろうが。あれからおれはいっときも忘れたことがない、わが生涯で、あれほどの屈辱を受けたことはいまだかつてないから。いつの日かガリアウドの息子に会ったら殺してやると心に誓っておれは成長したのだ」

「今でもおれを殺したいか?」

「今はそうは思わない、というより、もはやむりだ。われらはみな、力を合わせて町を建て、皇帝がこのあたりに再び来たときのために戦う準備をしているところだからな。おまえなんかを殺して時間をむだにできるわけがない。この三十年間……」

「十三年だ」

「この十三年間、おれはずっと怒りを心に秘めてきたが、いざこのときを迎えてみれば、どうしたことか、もう怒りは感じない」

「よく言うではないか、ときには……」

「今度こそ、ずるはなしだぞ。さあ、おまえの親父を抱きしめろ！　それから、あの日のことをおれに謝れ。このそばに、新しい建物の完成を祝っている場所があるから、そちらに行こう。そしてせっかくだから、極上のぶどう酒樽を開けよう。昔の人はこんなとき必ず言ったものだ、さあ、飲めや歌えや、どんちゃん騒ぎだ」

バウドリーノは巨大な酒蔵に入った。町がまだ完成する前に、もう最初の居酒屋が建っていたのだ。庭にはみごとな日陰棚があったが、季節がら、室内のほうが快適だった。穴蔵は樽で埋まり、木製の長い食卓にところせましと並んでいたのは、立派な酒盃とロバの肉のサラミだったが（ぞっとした表情のニケタスにバウドリーノは説明した）、このサラミは、最初は膨らんだ革袋のような形だが、ナイフで切り分けて、油とニンニクで炒めると、このうえなく美味だった。だからこそ、会食者全員が満ち足りた顔で、吐く息が臭く、ほろ酔いだったのだ。オベルト・デル・フォーロが、ガリアウド・アウラーリの息子の帰還を告げると、すぐに数人がバウドリーノのもとに走り寄り、その肩をこぶしで叩いた。最初は驚いて目を丸くしたバウドリーノだったが、やがて、相手の素性が割れると、同じく手荒い挨拶を返し返されるという儀式がしばらく続いた。「たまげたな、おまえがスカッカバロッツィで、おまえがクアルニエントのクッティカかよ。じゃあ、おまえは誰だい、いや待て、おれが当ててやる、わかったぞ、おまえはスクアルチャフィーキだ！　それでおまえが、ギーニだっけ、ポルチェッリだっけ？」

「いや、ポルチェッリはあいつだ、おまえが石の投げ合いをしていた相手だよ！　おれは、ギーノ・ギーニだった、じつを言うと、今もそうだが。おれたちふたりは、冬になると、氷のうえを滑りにいったじゃないか」

「こいつは驚いた、まったくだ、おまえはギーニだ。おまえにはなんでも売る才能があっただろう？　おまえんちのヤギの糞まで、聖バウドリーノの遺灰と偽って旅人に売ったことがあったろ？」

「そのとおり、実際、おれは商人になった。そうなる運命だったのさ。じゃあ、あいつは誰か当ててみな」

「おいメルロじゃないか！　メルロ、おれはおまえにいつもなんて言ってたっけ？」

「こう言ってたよ、おまえはバカだから、何ごとも根にもつということがなくていいな、って……。ところが、見てみろ、根にもつもなにも、もう手がなくて何ももてないのさ」そう言うと、手首から先がない右腕を見せた。「ミラノ包囲戦のときだ、今から十年前の」

「まさに、聞きたかったのはそのことだ、おれの知るかぎり、ガモンディオ、ベルゴリオ、マレンゴの人間はいつも皇帝の側についていた。それなのになぜ、かつては皇帝についたおまえたちが、皇帝に対抗する町を建てているんだ？」

するとと全員が説明を試みたが、バウドリーノが唯一理解できたのは、ロボレートの古城と聖マリア教会周辺に、近隣の村人たちによって新しい町が建設されたことだけだった。その近隣の村こそ、ガモンディオ、ベルゴリオ、マレンゴにほかならないが、リヴァルタ・ボルミダ、バッシニャーナ、ピオヴェーラなどあたり一帯から、住む家を建てるために一族郎党を引き連れて移住してきた人々もいた。五月中から、彼らのうちの三人、ロドルフォ・ネビア、マレンゴのアレラーモ、オベルト・デル・フォーロが、ローディと諸都市の連合にたいして、この新都市も加わることを伝えてはいたが、町はその時点ではまだ、ターナロ川流域に実在したというよりも、構想として存在しているにすぎなかった。しかし、彼らは一丸となって、夏、秋をつうじて日々馬車馬のように働いたので、町はほぼ完成し、皇帝がいつもの悪い癖を出してイタリアに再び南下して来る日に、その進路を阻むそなえができていた。

何を阻むというのか、やや懐疑的になったバウドリーノは尋ねた。迂回されればそれまでじゃないか……。おまえは皇帝を知らないから(これには笑える)そんなことが言えるんだ、と言い返された。彼の同意なく建つ町は、血で洗い流すべき恥辱であり、包囲される運命にある(この点にかんして彼らの言い分はもっともであり、フリードリヒの性格をよく知っていたことになる)。だからこそ、堅固な城壁と、まさに戦争を想定してつくられた市街が必要であり、それゆえ、船乗りは船乗りでも、遠い国々に行って多くの新しい町の建設を手がけるその道の専門家、ジェノヴァ人の助けが必要だったのだ。だがジェノヴァ人は、ただで何かをしてくれる人たちではない、とバウドリーノが言った。誰が報酬を払ったのか? 答えは、ジェノヴァ人自身だった。彼らはジェノヴァの金貨千枚を貸してくれたうえに、来年さらに千枚の貸与を約束してくれたのだった。では、まさに戦争を想定してつくられた市街とはどういう意味なのか? 「それは、発案者のエンマヌエーレ・トロッティに説明させよう。トロッティ、ポリオルセテス〔都市を包囲する者〕のきみが話せ!」

「なんだいポリオルなんとかって?」

「ボイディ、おとなしくしていろ、トロッティにしゃべらせるんだ」

指名されたトロッティ(オベルトと同じく、彼もまたミレス、すなわち騎士らしく、かなりの地位にある陪臣のようだった)は語りだした。「都市が敵の攻撃に耐えるにはまず、城壁をよじのぼらせないようにすべきだが、たとえ不幸にもよじのぼられたとしても、抵抗を放棄せず、反撃せねばならない。敵がいったん城内に侵入してすぐに路地の迷路にもぐりこめば、あちこちに散り散りになって、もはやつかまえられず、防衛側は、罠にかかったネズミのように身動きできずに死を待つばかり。ところが、敵が城壁を降りたときに、広場があれば、しばらくのあいだ敵は四隅や正面の窓から矢や石の攻撃にさらされることになり、広場を横断する前に兵力は半減しているはず」

(「なるほど」と悲しげな口ぶりでニケタスが口をはさんだ。「この話を聞いてつくづく思うのは、コンスタンティノープルも同じことをすべきだったのに、城壁の真下から広がってゆく路地の迷路をそのまま放置してしまったこと……」バウドリーノは、たしかにそうだが、それには、意気地のないビザンツ帝国警備隊のごとき腰抜けどもではなく、わが村人のように肝の据わった男たちが必要なのだと言い返したいところだった――が結局、話し相手を傷つけたくなくて、こう言うにとどめた。「お静かに、トロッティの話の続きをさせてください」)

トロッティは続けた。「その後、敵が広場を渡りきって市街に入ったとしよう。街路は、直線であってはならず、それぞれが垂直に交わってもいけない、たとえきみが、焼き網のように町を設計した古代ローマ人の信奉者であっても。なぜなら、まっすぐの道では、前方で待ち受けるものを敵がつねに察知できるから。したがって道には、曲がり角や、曲線が多くなければならない。守備兵が、隅に隠れて、地面や屋上で待ち伏せすれば、敵の行動を逐一把握できる。なぜなら、隣の屋根——同じ角を構成する屋根——から、別の守備兵が敵を見張り、まだ敵が見えていない味方に合図で教えられるから。一方、敵側は、何にでくわすかまったくわからないため、前進を遅らせる結果となる。したがって、よい町の家並みは、老婆の歯のように不ぞろいでなくてはならない。見た目は悪くても、それが強みになるわけだ。そして仕上げは、偽の地下通路だ！」

「その話はまだおれたちにもしてないぞ」とさきほどのボイディが口をはさんだ。

「あたりまえさ、あるジェノヴァ人から聞かされたばかりなのだからな。彼にその話を語ったギリシア人によれば、皇帝ユスティニアヌスに仕えた将軍ベリサリウスの発案によるものらしい。包囲軍の定石は？　町の中心部に達する地下通路を掘ること。では包囲軍の夢は？　籠城軍の知らない、すでにできあがっている地下通路を見つけること。それならさっそくわれわれが、外部から城壁内に通じる通路を掘ってやろう、外側の入り口が、岩と灌木のあいだに隠れるように。だが、隠れると言っても、いつかは敵が見つけるように、完全に覆い隠してはならない。地下通路の反対側、つまり町なかへと導く出口は、せいぜいひとりかふたりしか通れない隘路にあって、鉄柵で閉ざす必要がある。敵が出口にたどり着き、最初の発見者に、格子から広場が見えると言わせるように。あるいは、礼拝堂の一角とか、抜け道が町なかに出た証拠が見えればよい。一方、鉄柵には、つねに見張りをつかせておく。さあ到着した敵は、ひとりずつ出てこざるをえないから、あとは、出てくるところをひとりずつ叩きつぶせばよい……」

「前でバタバタと味方がやられているのも気づかずノコノコ出ていくほど、敵もまぬけじゃないだろう」とボイディがあざ笑った。

「敵がまぬけじゃないと、誰が言った？　あわてるな。たぶんもっと研究の余地がありそうだが、捨てるには惜しい案だ」

バウドリーノはギーニに個別に事情を聞くことにした。商人となったギーニなら、良識もあり、地に足が着かない騎士とはちがい、しっかりとした判断を下すはずだった。一方の騎士は、封臣のまた封臣であり、武勲を得るためなら、負け戦（いくさ）にも猛進する輩だった。「ちょっと話を聞いてくれないか、ギネン〔ギーニの愛称〕、そのぶどう酒をこっちにまわしてから、この質問に答えてくれ。ここに町を建てれば、バルバロッサが面目を保つため、この町を包囲せざるをえなくなるというのはわかる。そうすれば、包囲戦に消耗した彼を背後から襲う時間が、同盟した者たちに与えられることになる。しかし、この企てで損をするのは、この町の住民だ。おれたちの同胞が、程度の差はあれなんとか暮していた場所を捨て、ここまでやって来て、パヴィーア人を喜ばせるために命を投げ出す、そんな話を信じろっていうのか？　サラセン人の海賊に誘拐されたてめえの母親のためですら身代金をびた一文払おうとしないジェノヴァ人が、たかだかミラノを利するにすぎない新都市建設のために金と労力を提供する、そんな話を信じろというのか？」——

「バウドリーノよ」とギーニは言った。「話はもっとずっとややこしいんだよ。この町の地理的な位置をよく考えてみろ」そして、指をぶどう酒に浸して、机に印をつけはじめた。「ここがジェノヴァ、いいか？　そして、ここにテルドーナ、さらに、パヴィーアとミラノがある。これらはみな豊かな都市であり、ジェノヴァは港町だ。だからジェノヴァは、ロンバルディア諸都市との交易路を確保する必要がある、そうだろ？　通路は、レンメ渓谷、オルバ渓谷、ボルミダ渓谷、スクリーヴィア渓谷を走っている。いま四本の川の名を挙げたが——ちがうかな？——、どの川も、こちらのターナロ川とどこかでつながっている。もし、ターナロ川に一本の橋をかければ、モンフェッラート侯の領地やさらに遠くを結ぶ交易路が開かれることになる。わかるかな？　さて、ジェノヴァとパヴィーアが互いにうまくやっているうちは、これらの渓谷に領主がいないほうが都合がよかったし、状況に応じてそのつど、たとえばガーヴィやマレンゴと同盟を結べば、ことはうまく運んでいた……。しかし、この皇帝の到来によって、パヴィーアとモンフェッラートがそれぞれ帝国と手を結ぶとなると、ジェノヴァは右も左も行く手を阻まれてしまう。もしジェノヴァがフリードリヒの側につけば、ミラノとの交易はもはやそれまで。そこで、テルドーナとノーヴィと仲良くして、スクリーヴィア渓谷とボルミダ渓谷を、それぞれに監視してもらいたいところだ。だがここでいったい何が起きたかわかるか？　皇帝がテルドーナを破壊し、パヴィーアがテルドーナ一帯からアペニン山脈までを支配下に置いたのだ。わが同胞の村々が帝国側についたのも当然、吹けば飛ぶようなおれたちが、あんた、逆らえるはずないじゃないか。では、おれたちが組む相手を変える代償に、ジェノヴァ人は何をくれたのか？　もてるなんて夢にも思わなかったもの、そう、町だよ。執政官（コンソレ）、兵士、司教がいて、城壁があり、人と物品の通行税をとる町だ。わかるだろう、バウドリーノ、ターナロ川の橋を監視するだけで、金がわんさか懐に入る、坐ったまま、ある者には貨幣を一枚、ほかの者には鶏二羽、さらに別の者に牛まるまる一頭を要求できる。要求されたほうは、文句も言わず金を置いていく。町こそ桃源郷、テルドーナの住民がおれたちパレーアの住民に比べてどれだけ裕福だったかを考えてみろ。この町はおれたちに都合がよかったし、都市同盟にも都合がよかった、そして、ジェノヴァにも。それはさっき言ったように、この町がいくら弱小とはいえ、まさにそこに建っているという理由によって、ほかのあらゆる勢力の計画を頓挫させ、その地域でわがもの顔でふるまうことを誰にも許さないからなのだ、パヴィーアにも皇帝にもモンフェッラート侯にも……」

「たしかに。だが、いざバルバロッサが来たら、あんたたちはガマみたくグシャッと、つまり、ヒキガエルのように踏みつぶされるぞ」

「ちょっと待てよ。そんなこと誰が言った？　要は、彼が来るとき、町がもうそこに建っていること。あとの成り行きは察しがつくだろう？　包囲には時間と金が必要だ。おれたちは恭順の姿勢を示そう、そうすれば彼は満足して（何よりも、面子を重んじる人たちだから）どこかに行ってしまうにきまってるさ」

「しかし、町の建設にすでに大金を投じている同盟諸都市とジェノヴァを、まんまとだまそうという魂胆か？」

「それはバルバロッサがいつ来るかによる。いいかい、それらの都市は、たった三ヶ月で、まるで何ごともなかったかのように同盟の相手を変えてしまう。当方はじっくりと事態を見守ろう。ひょっとしたら、そのとき、同盟都市は皇帝と手を結んでいるかもしれない」（「ニケタス殿」とバウドリーノは言った。「目玉が飛び出しそうになりましたよ、その六年後に町が包囲されたとき、フリードリヒの側にジェノヴァ人投石兵を見たときには。よりによって新都市建設に尽力したジェノヴァが！」）

「そうでなければ」とギーニは言った。「包囲に耐えるしかない、それができなきゃ、すべてご破算でございい。世の中、ただでもらえるものなんて何もない。だが、説明するより見るほうが早い、来てくれ……」

彼はバウドリーノの手をとって居酒屋の外に連れ出した。すでに夜の帳（とばり）が下り、寒さがよけいに身にしみた。ふたりは小さな広場に出た。そこから少なくとも三本の道が分かれていることが見てとれたが、すでに建設されているのは、四隅のうち、ふたつの角だけだった。そこには、わら屋根で一階建ての低い家々が並んでいた。広場は、周囲の窓から漏れる光と、最後の物売りが火鉢に熾（おこ）した炭火によって照らされていた。物売りたちは、奥さんがた、さあ聖夜が始まるよ、食卓にご馳走がないと旦那がかわいそうだよ、と叫んでいた。三番目の角となるはずの場所には、研ぎ師がいて、研石に手で水をかけながら、キーキーとナイフを研いでいた。その向こうでは、ひとりの女が、屋台で、ヒヨコマメの薄生地パン（ファリナータ）、干しイチジク、イナゴマメを売っていた。羊の革を着た羊飼いは、かごをもち、奥さんがた、おいしいマスカルポーネ・チーズがあるよ、と叫んでいた。二軒の家にはさまれた空き地では、ふたりの男が一頭の豚の取引をしていた。奥では、ふたりの若い女が物憂げに扉に寄りかかり、歯をガチガチいわせながら、ショールの下から豊かな胸の谷間をのぞかせていた。ひとりがバウドリーノに言った。「かわいい坊や、クリスマスをあたしといっしょに過ごさないこと？　どうすれば八本脚の獣になれるか教えてあげるわよ」

角を曲がると、毛梳き工が喉を枯らして叫ぶ番だった。これが、わら布団を買える最後の機会だよ、幼子イエスみたいに凍えずぬくぬくと眠れるよ。そしてその脇では、水売りが声を張り上げていた。まだはっきりと区画されていない道路を進むと、すでに建物の玄関が見えたが、まだそこでは建具師がかんなをかけたり、鍛冶屋が鉄床（かなとこ）を叩いたりしていた。さらにその向こうでは、地獄の入り口のように明滅している釜からパンを取り出す者がいた。それから、新しい開拓地で商売をするために遠くからやって来た商人や、ふだんは森で暮らしている人々、つまり、炭焼き、蜂蜜取り、灰石鹸の作り手、縄を撚ったり、皮をなめしたりするために樹皮を集める人、ウサギ革の売人などがいた。それに、何がしかの利点を期待して新しい居住地に流れこんだ凶悪な面々や、腕のない人、盲人、足の不自由な人、瘰癧（るいれき）患者もいた。この神聖な祝日に物乞いするうえでは、田舎の人気のない通りよりも、町角のほうが、多くの実入りが期待できたからだった。

雪片がはらはらと舞い降りてきた。やがて強く降りはじめた雪は、できたての屋根に白く積もったが、初めてのその重みに屋根が耐えられるかどうか、誰にも判断できなかった。しばらくしてバウドリーノは、征服されたミラノで自らが案じた一計を思い出して、幻を見た。三匹のロバに乗って拱門（アーチ）をくぐろうとしていた三人の商人が、壺や高価な織物を運ぶ召使を従えた三賢王に見えたのだ。そしてそのうしろ、ターナロ川の向こう側には、すでに銀世界となった丘の斜面を、羊の群れと、風笛（バグパイプ）や袋笛（ザンポーニャ）を吹き鳴らす牧童が降りてくるのが見えるような気がした。さらには、多色縞の大きなターバンを頭に巻いたムーア人と、東方のラクダの隊商までも。丘のうえでは、雪がいっそう激しく舞い散るなか、まばらな火が消えようとしていたが、このうちのひとつが、バウドリーノには、産声を上げる都市に向かって天を移動するほうき星のように見えた。

「町のなんたるかがわかるかい？」とギーニは彼に言った。「まだ建設中なのにこれだから、いざ完成すればどんな立派になることか。別世界が待っている。毎日のように新しい人々を目にすることだろう。商人にとっては、考えただけでわくわくする、天上のエルサレムをもつようなものだぞ。騎士にたいして皇帝は、土地を売って封土を分割することを禁じていたので、田舎で騎士は死ぬほど退屈していた。だが今や、弓兵の部隊を統率し、馬に乗って行進しては、あちこちで命令を下している。とはいえ、貴族や商人にとってのみ都合がいいのではない。おまえの親父さんのように、土地はたいしてもっていないが家畜を多少飼っている人にとっても、天の恵みとなる。町には彼を必要とする人たちが来て、貨幣で支払う。硬貨での売買が始まり、ほかの商品との交換は行われなくなる。言っている意味がわかるか？　三羽のウサギと二羽の鶏を交換するとしよう。鶏は、食べなければ老いるだけだが、二枚の硬貨は寝床の下に隠しておけば、十年後も有効で、ひょっとすれば、敵が家に侵入してきても、まだそこにあるかもしれない。それに、ローディやパヴィーアで起きたことが、ミラノでも起きたように、ここでも同じことが起きるだろう。なにもギーニ家やアウラーリ家が黙り、命令するのはグアスコ家かトロッティ家だけ、という法はないのだ。おれたちは全員が決定を下す側にいるし、貴族でなくとも重責を担える。これが町のいいところだ、とりわけ貴族でない者にとっては。そして必要とあらば（そうならないほうがよいが）殺される覚悟のある者にとって。なぜならその息子たちが、おれの名はギーニで、おまえの名がトロッティだとしても、おまえのばかさかげんはかわらない、と堂々と言えるからだ」

　当然ながら、ニケタスはそのとき、神に祝福されたその町の名をバウドリーノに尋ねた。ところが（語り手としてたぐいまれな才能に恵まれたバウドリーノは、そのときまで、名前を伏せていた）、町にはまだ名前がなかった。ただたんに、新都市（キウィタス・ノワ）とひとくくりに呼ばれてはいたが、それは属名であって、個別の名ではなかった。名前の選択は、もうひとつの軽視できない問題、つまり合法性の問題とかかわってくるだろう。歴史も格式もない新しい町はいかにして生存権を獲得できるのか？　願わくは皇帝が叙任権を行使して、聖職者と同じように騎士や封侯を任命してくれればよい。ところが問題は、これが、皇帝の意に反して生まれつつある町だという点であった。ではどうなるのか？

バウドリーノとギーニが居酒屋に戻ったとき、まさにそのことが全員で議論されていた。

「もしこの町の誕生が帝国の法律に違反するなら、別のもっと古い法律によって、それに合法性を与えるしかない」

「そんなものどこにある？」

「コンスティトゥトゥム・コンスタンティニ、つまり皇帝コンスタンティヌスが領地を治める権利を教会に譲渡した寄進状のなかにある。われわれは教皇に町を献上しようではないか。現在、教皇はふたりいるから、都市同盟の側についているほう、つまりアレクサンデル三世に献上しよう。すでにローディで数ヶ月前にわれわれが話したように、町の名はアレッサンドリア、教皇領となるだろう」

「いずれにせよ、おまえは、ローディでは黙っているべきだった。おれたちはまだ何も決めていなかったのだから」とボイディが言った。「だがそれは肝心なことではない。

名前そのものは、いい名前だ。少なくとも、ほかの多くの都市ほどひどい名前ではない。しかしだ、おれがまんできんのは、町をつくるのにさんざん苦労したあげく、それをむざむざくれてしまうことなのだ、それも、町などもうたくさんもっている教皇に。あげくのはてに、教皇に税を払わねばならなくなり、どっちにころぼうが、金が家にたまることなどありえない、それなら皇帝に払うほうがまだましだ」

「ボイディ、おまえはあいかわらずおかしなことを言う」とクッティカが言った。「そもそも皇帝は、こっちが贈ろうにも、町などほしがっていない。むこうに受け取るつもりがあれば、こっちも最初から町などつくったりしない。第二に、ミラノのときのように、いきなりやって来て町をぶっつぶす皇帝に税を払わないことと、教皇に税を払わないことは別だ。千哩離れたところから、しこたま金をもってる教皇が、はした金を取り立てに、わざわざここまで派兵してくると思うか？」

「三番目に」そこでバウドリーノが発言した。「口をはさんで申しわけないが、パリで学んだ身ゆえ、書簡と公文書をどう書くか、いくらか経験を積んだつもりなので言わせてほしい。贈与にはいくたの方法がある。たとえば、アレッサンドリアが、教皇アレクサンデルの栄光を称えて築かれ、聖ペテロに献じられることを明記した文書を作る、とか。それを証明するために、封建的義務から自由な完全私有地に、聖ペテロの大聖堂を建てるのだ。その費用には、町の全住民からの寄付金をあてればよい。そのあとで、それを教皇に献上する、公証人が最も適切で仰々しいとみなす書式を全部使って。すべてを、恭順の姿勢、親近感といったものでくるみ、教皇に羊皮紙の文書を送れば、彼からあらゆる祝福を引き出せるだろう。その文書を仔細に検討したければするがよい、結局のところ教皇に献上されるのは大聖堂だけで、町の残りの部分ではないことがわかるだろう。見てみたいものだ、ここまでやって来た教皇が、彼の大聖堂をローマにおもちかえりできるかどうか」

「すばらしい」とオベルトが言い、みなが同意した。「われらはバウドリーノの言うとおりにしよう。彼はきわめて狡知に長けているようだから、ぜひここに残ってほかにも有益な助言をもらいたいものだ。それにパリの大学者でもあるらしいし」

ここでバウドリーノは、そのすばらしい一日をだいなしにしかねない、やっかいない問題を解決せねばならなくなった。つまり、自分がフリードリヒの臣下であり、親子の絆によっても結ばれていると打ち明けることである。もっとも、彼らとて少し前までは皇帝の側にいたのだから、誰からも説教される筋合いはなかったが。こうして、十三年間の驚くべき物語をすべて語ると、最後にガリアウドがこうつぶやいた。「昔ならそんな話をされても、わしは信じなかったじゃろうね。昔は、ほかのどいつよりもバカ面に見えたのに、今やいっぱしの人間になったとは驚きだ！」

「災い転じて福となる」とそのときボイディが言った。「アレッサンドリアはまだ完成していないうちから、皇帝の廷臣が味方についたわけだ。バウドリーノよ、おまえは皇帝を裏切るな、おまえは深く皇帝を愛し、また愛されてもいるようだから。だが、皇帝のそばにいても、必要とあればいつでもおれたちの味方をしてほしい。おまえが生まれた土地を守ろうとしても、誰もおまえを責めはしまい。むろん守るといっても、皇帝への忠誠を裏切らないかぎりでだがな」

「しかし今夜は、聖女のようなお母上に会って、フラスケータで眠るとよい」とオベルトが気を利かせて言った。「おまえは明日もう出発してしまうから、道路がどこを走るか、壁の固さはどうか、見てゆくひまもない。みんな信じているぞ、おまえがいだく実の父親への愛情から、いつの日か、われらに危険が迫るときがきたら、警告してくれる、と。しかし、おまえにそのような意向があれば、同じ理由から、おまえの養父に、彼にとって大きな痛手となるようなこちらの企みを、警告する日が来るかもしれない。だから、おまえは知らないにこしたことはない」

「そうだぞ、息子よ」とそこでガリアウドが言った。「せめて、それくらいは孝行をしろ、わしにさんざん迷惑をかけてきたんじゃから。わしはここに残らねばならん。見てのとおり、大切な話し合いがあるのでな。だが、とくに今夜は母さんをひとりにするな。おまえを見たら、大喜びして何がなんだかわからず、わしがいなくてもへっちゃらだろう。行け、待てまだ言うことがある、わしの祝福を授けよう、今度またいつ会えるかわからんから」

「了解しました」とバウドリーノは言った。「たった一日のうちに、おれは町を見つけ、それを奪われたのだ。ちくしょうめ、ずいぶんひどい話じゃないか、今度父上に会いたいと思えば、町を包囲せねばならないなんて」

それは、バウドリーノがニケタスに説明したとおり、彼の身にほぼ実際に起きたことだったが、そのような事態を避けるすべはなかったのであり、そのこと自体、当時がまさに困難な時代だったことの証しだった。

「それから?」とニケタスは尋ねた。

「わが家をさがしました。積雪はすでに膝まで達し、空から降る雪は、目がまわり顔が痛いくらいに吹雪きはじめたのです。新都市の火は消え、上も下も雪しか見えず、私はどちらに進めばよいかわからなくなりました。昔の小道をおぼえていると思っていたのに、そのときはもう道なんてなくなり、どこが陸で、どこが沼地だかもさっぱり見当がつきません。家を建てるために林をまるごと切り倒してしまったらしく、かつては見なくても目に浮かんだ木々の輪郭すらその面影がないのです。とうとう道に迷いました。フリードリヒが私と出会ったあの夜と同じように。ただし、あのときは雪ではなく霧が出ていました。霧ならばまだなんとか切り抜けられたのですが。なんてこった、バウドリーノ、故郷で迷子になるとはな、と私はつぶやきました。母さんのいうとおりだ、読み書きできる連中のほうがよっぽど頭が悪い、さあおれはどうするか、ここにとどまってラバでも食うか、さもなければ、明日の朝、雪を掘り返して発見されるのがおちだ、真冬に一晩外に放置されたウサギの皮みたいになったところを」

バウドリーノがこうして語っていられるのは、その危機を乗り切ったからだが、それはほとんど奇蹟的なできごとのおかげだった。というのは、あてどなくさまよっていると、またしても空にひとつの星をみつけたからで、その光はか細くはかなげではあったが、はっきりと見え、あとをたどると、いつのまにか小さな谷に入りこみ、低いところから光を見上げるかっこうになった。しかし斜面を登りきると、光は彼の前方でますます大きくなり、それが、差し掛け小屋から来るものであることがわかった。それは、母屋に充分な広さがないときに家畜を飼うために使われる小屋だった。屋根の下には、一頭の牝牛と、ひどくおびえて鳴くロバ、それに、羊のまたぐらに両手を差し入れている女がいた。羊は、子供を産み落とそうとして、しきりにメーメー鳴いていた。

そこで彼は、戸口に立って子羊が完全に外に出てくるのを待ち、ロバを蹴飛ばして追いやってから、女の胸に頭から飛びこんで、「母さん」と叫んだ。そう呼ばれたほうは、最初はわけがわからず、彼の顔を起こして火のほうに向けた。やがて泣きはじめた母は、息子の髪をなでながら、涙声でつぶやいた。「おお主よ、たったひと晩に獣を二匹お授けになるとは、生まれた獣と、悪魔の館から戻った獣、まるで降誕祭と復活祭が一度に来たようですが、あわれな私の心には喜びが大きすぎます。気を失いそうですから、体を支えてください。さあバウドリーノ、もう気がすんだでしょう。この子を洗うために大鍋にお湯を沸かしたところよ、あんたも血で汚れてしまうじゃないの。おや、こんな立派な服、どこで手に入れたんだい？　まさか盗んだんじゃないだろうね、あんたって子はいけない子だね」

バウドリーノにはそれが天使の歌声のように聞こえた。

14　バウドリーノは父親の牝牛でアレッサンドリアを救う

「かくして、あなたは、自分の父親に再会するため、その町を包囲するはめになった」夕方になってからニケタスがそう言った。客人に、草花などをかたどった酵母入り小麦粉の菓子をふるまいながら。

「その言い方は正確ではありません。包囲はそれから六年後のことですから。町の誕生に立ち会ってから、私はフリードリヒのもとに戻り、見たままを彼に話しました。私がしゃべり終わらないうちに、彼はもう立腹して唸りだし、こうわめきちらしました。皇帝の認可があって初めて町は誕生するのであり、この認可なしに誕生する町は、建て終わる前に破壊されねばならない、さもなくば、帝国の意思にかかわりなく誰でも好き勝手ができることになり、帝国の名（ノメン・インペリイ）に傷がつきかねない、と。しばらくして怒りは静まりましたが、私は彼の性格をよく知っています、許すはずがありません。幸い、およそ六年のあいだ、彼はほかの仕事に追われていました。私はさまざまな任務を任されましたが、そのなかに、アレッサンドリア市民の動向を分析するというのがありました。そこで私は、アレッサンドリアに二度おもむき、わが同胞たちに何か譲歩する意思がないかどうかさぐりました。実際、彼らは非常に多くの譲歩をする用意があったのですが、フリードリヒが望むのはただひとつ、町が消えてなくなることだけ、というのが本当のところでした。アレッサンドリア市民の気持ちを思えば、彼らから皇帝に伝えるように言われたことを、あなたに繰り返す気にはとてもなれません……。私は気づいていました、その旅が、宮廷にいる時間をできるだけ減らすための口実にすぎないことに。皇妃に会い、自分のたてた誓いを守ることが、依然として苦悩の源泉だったからです……」

「その誓いをあなたは守った」とニケタスはほとんど断定的な口調で言った。

「私は守りました、永久に。ニケタス殿、私は羊皮紙写本の偽造犯かもしれないが、名誉のなんたるかを知っています。彼女は私を助けてくれました。母親になって彼女は変わりました。あるいは少なくとも、そのように見受けられました。私をどう思っているかはとうとうわからずじまいでしたが、品位をもってふるまうように私をやさしく導いてくれたことに恩を感じていました」

バウドリーノは三十歳に手の届く年齢になって、司祭ヨハネの手紙が、青春時代の気まぐれの産物にすぎず、手紙文における修辞学の格好の練習であり、戯れ（イオクス）やいたずら（ルディブリウム）のたぐいだったと思うようになった。そんなとき、ライナルトの死後、後ろ盾を失った

〈詩人〉に再会した。こういう場合、宮廷ではどういう事態になるかは目に見えていた。誰からも相手にされなくなり、しまいには、おまえの詩などたいしたことはなかったと言われはじめるのだ。〈詩人〉は屈辱と怨恨にさいなまれ、パヴィーアで幾年かのすさんだ年月を過ごしていたが、そこで、彼にできる唯一のこと、すなわち、酒を飲むことと、バウドリーノの詩を朗読することを再開したのだった（とくに好んだのは、予言的な一節、「誰がパヴィーアに住んで貞節を保てようか?（クイス・パビエ・デモランス・カストゥス・ハベアトゥル）」だった）。バウドリーノは彼を宮廷に連れ戻した。バウドリーノといっしょにいれば、〈詩人〉はフリードリヒの臣下のように見えた。それからしばらくして、〈詩人〉の父親が死に、遺産を相続すると、故ライナルトの敵までがもはや彼を居候とはみなさず、多くの騎士（ミレス）のひとりとして扱った。つまり、ただの大酒のみではなくなったのだ。

ふたりはともに、手紙を書いた時代を思い起こして、あらためてその偉業をたたえあった。戯れを戯れとみなすことは、それと戯れることの放棄を意味しなかった。バウドリーノの心には、いまだ見たことのない王国への郷愁が残っていたので、ときおりひとりで、声を出して手紙を読み、文体の彫琢を続行した。

「自分が手紙を忘れられないでいることがわかって初めて私は、フリードリヒを説得し、パリの友人をみんな呼び寄せられたのです。皇帝の書記局には、他の国々のこと、その言葉と風習をよく知る者が必要だと進言したのが功を奏しました。じつは、さまざまな用件でフリードリヒが私を密使として使う機会が増えたので、小さな私個人の宮廷を築きたかったのです。〈詩人〉、アブドゥル、ボロン、キョット、それにラビのソロモンで」

「まさか皇帝が、ユダヤ人を宮廷に任用した、というのではないでしょうな？」

「そのどこがいけないのでしょう？　ソロモンが重要な式典に列席したり、皇帝や大司教たちとミサに行く必要まではないのですから。ヨーロッパじゅうの君主、それに教皇さえもがユダヤ人の医者を抱えているとしたら、スペインのムーア人の生活や、東洋諸国のさまざまな事情に通じたユダヤ人をひとりくらい身近に置いてもいいではないですか。それにもともとドイツの君主たちは、ほかのどのキリスト教国の王よりも、ユダヤ人にたいしてはるかに同情的でした。オットーが語ったように、エデッサが異教徒に奪回され、多くのキリスト教徒の君主がクレルヴォーのベルナルドゥスの説教に従って再び聖戦〔第二回十字軍のこと〕に加わったとき（そのとき、フリードリヒ自身も参加したのですが）、ラドルフォという名の修道士が、巡礼者たちに、町を通過するごとにユダヤ人をことごとく虐殺するように駆り立てました。そしてまさに虐殺が起きたのです。しかしそのとき、多くのユダヤ人が皇帝に保護を求めたため、皇帝は彼らを避難させ、ニュルンベルクで暮らすことを許可したのでした」

つまりこうして、バウドリーノは仲間たち全員との再会をはたしたのだった。宮廷内で、彼らのすべきことが多々あったわけではない。ソロモンは、フリードリヒの通る町ごとで、同じ信仰をもつ者たちと接触したが、彼らはどこにでもいた（「たちの悪い雑草みたいだぜ」と〈詩人〉がからかった）。アブドゥルは、自分の歌詞のプロヴァンス語がパリ以上にイタリアで理解されることを発見した。ボロンとキョットは、弁論を戦わせることに全精力を傾けていた。ボロンは、真空の存在しないことがグラダーレの唯一性を確定するためにきわめて重要であることをキョットに納得させようとしたが、キョットは、グラダーレが天から落ちてきた石（ラピス・エクス・コエリス）であるという固定観念をいだいていた。彼の考えでは、グラダーレが究極の真空状態にある空間を通って、ほかの宇宙から来た可能性もあるのだった。

それぞれにこのようなこだわりがあったとはいえ、みんないっしょに司祭の手紙について議論を重ねることも多かった。仲間たちはしばしば、自分たちが周到に準備した旅の実現に向けてなぜフリードリヒに働きかけないのかとバウドリーノに尋ねた。あるときバウドリーノが、フリードリヒにはロンバルディアとドイツで解決すべき問題がありすぎて今はその時期ではないと説明してみたところ、〈詩人〉は、皇帝の援助を待つことなく、自分たちの力だけで、王国の探索に出かけるだけの価値があるのではないかと言った。「皇帝がこの計画から利益を得られるかどうか疑わしい。皇帝がヨハネの領地に着き、王である彼と意見が対立するとしよう。そうなれば皇帝は敗者として帰還するも同然であり、われわれが皇帝の面子をつぶしたことになってしまう。反対に、われわれが独自に出かければ、事態がどうころぶにせよ、これほど豊かな驚異の王国だから、きっとすばらしい成果をもって帰還することになるだろう」

「そのとおりだ」とアブドゥルが言った。「ぐずぐずせずに、出発しよう、はるか遠くまで……」

「ニケタス殿、〈詩人〉の提案にみんなすっかり夢中なのを見て、私は大きな失望を味わいました。彼らが夢中になる理由はわかっていました。ボロンもキョットも、グラダーレをわがものにしたいからこそ司祭の王国の発見を望んでいたのです。ありとあらゆる人々によるグラダーレさがしが今も続く北の国々で、途方もない栄光と権力を彼らに授けることになるかもしれないからです。ラビのソロモンは、離散した十支族を見つければ、スペインのラビだけではなく、イスラエルのすべての子らのなかで、最も偉大な最高の尊者となれるでしょう。アブドゥルにかんしては、言わずと知れています。もはや彼にとって、ヨハネの王国は彼の王女の住む王国と同じでした。ただし、年齢を重ね、知恵がつくにしたがって、しだいに遠さに魅了されなくなり、〈恋人たちの神〉の許しを得られれば、自らの手で王女に触りたいと思うようになっていたのですが。〈詩人〉にかんしては、パヴィーアで彼の心にどんな企みが宿ったのかわかりません。少々の資産を得てからというもの、どうやら、ヨハネの王国を、皇帝のためではなく、自分のためにほしがっているように見えました。これでおわかりいただけると思います、私が落胆して、数年のあいだ、司祭の王国の話をフリードリヒにはしなかったわけを。もしこれが戯れならば、その偉大な神秘性を理解できない輩の欲望の対象とならないよう、王国からは手を引くほうがよいからです。こうして手紙は、私の個人的な夢となり、もはや誰もそれにかかわってほしくないと思うようになったのです。私は自分の悲しい恋の悩みを克服するのにそれを使いました。いずれこんなことはきれいさっぱり忘れる日が来るだろう、司祭ヨハネの王国を目指すことになるのだから、と自分に言い聞かせて……。ここでいったん、ロンバルディアの情勢に話を戻しましょう」

アレッサンドリアが誕生したさいに、フリードリヒは、これでパヴィーアが彼の敵にまわれば致命的だと言った。そしてその二年後、やはりパヴィーアも、反皇帝同盟に加わったのである。これは皇帝にとって、手痛い一撃となった。すぐに対抗措置がとれず、それから数年のうちにイタリア情勢はきわめて不透明になり、フリードリヒはイタリアに戻ることを決めたのだが、彼が、ほかでもない、アレッサンドリアを狙っていることは誰の目にも明らかだった。

「話の腰を折ってすまないが」とニケタスは尋ねた。「彼のイタリア遠征はこれが三回目でしたか?」

「いや、四回目です。いやちがう、ちょっと考えさせてください……。これで五回目のはず。ときには四年間も滞在することがありました、クレーマのときや、ミラノを破壊したときのように。それとも、その間に、帰国しただろうか? 本国にいるよりもイタリアにいるほうが長かったかもしれないぞ、だが、そもそも彼の本国とはどこだったんだろう? 私が気づいたのは、旅慣れた彼が本当にくつろぐのは川岸だけだったということです。彼は泳ぎがうまく、寒さも深さも水車もこわがらず、水に飛びこみ、泳ぐ姿は、まるで水を得た魚そのもの。ともかく、それは、ひどく腹を立て、きびしい戦いにそなえて、再南下してきたときのことでした。彼の側にいたのは、モンフェッラート侯国、アルバ、アックイ、パヴィーア、それにコモ……」

「ちょっと待った、今、パヴィーアは反皇帝同盟に移ったと言ったばかりではないか……」

「そうでしたっけ？　ああそうだ、最初はそうでしたが、そのうちにまた皇帝の側についたのです」

「やれやれ、わが皇帝たちは互いの目をくりぬきはするが、少なくとも、目が見えるうちは、味方が誰か、われわれにはわかるのに……」

「あなたがたに欠けているのは想像力です。ともかく、その年の九月、フリードリヒは、モンチェニーシオ峠を越えてスーザに降り立ちました。七年前に受けた侮辱をよくおぼえており、スーザを蹂躙したのでした。アスティがすぐに降伏して道を開けたため、彼はボルミダ川のほとり、フラスケータに野営しましたが、それとは別に、ターナロ川対岸をも含むあたり一帯に部下を配置したのです。いよいよアレッサンドリアと決着をつけるときです。遠征に随行していた〈詩人〉から私が受け取った手紙によれば、フリードリヒは、自らが神の正義の体現者だと思いこみ、町を火の海にするつもりだったようです」

「なぜあなたは彼に同行しなかったのですか?」

「彼がじつにやさしい男だったからです。私の同郷人に科そうとしていた厳しい罰に立ち会えば、どんなに私が苦しむかわかっていたのです。そこで、ロボレートが灰燼に帰すまで遠く離れているように、何かとかこつけて私をうながしたのです。お気づきでしょうか、彼は新都市(キウィタス・ノワ)ともアレッサンドリアとも呼ぼうとしないのですよ。彼の許可がなければ、新しい町は存在しえないからです。まるで旧ロボレート村が、ちょっと広がったにすぎないような口ぶりでした」

十一月初めのことだった。その年の十一月、平野は水浸しだった。雨が降りつづき、種をまかれた畑も沼地と化した。「土でできた城壁は脆弱で、そのうしろに控える守備兵は、皇帝の名を聞いただけでチビるような落伍兵ばかりです」とモンフェッラート侯はフリードリヒを安心させていたが、いざふたを開ければ、その落伍兵が優秀な守備兵であり、城壁は堅固であることが判明し、皇帝軍の(猫とも牡羊とも呼ばれる)破城槌(はじょうつい)は角(つの)がへし折られた。馬も兵隊も泥沼に足を滑らせ、籠城軍がある地点でボルミダ川の流れを変えたため、ドイツ騎兵隊の精鋭は首まで泥につかるはめになった。

最後にアレッサンドリア側は、クレーマですでに使われたのと同じ兵器を一台、繰り出した。それは、斜堤とうまくかみ合わせた木組みの足場であり、そこから一本の非常に長い梯子、というよりも、かすかに勾配をつけられた橋が、城壁の外側にいる敵の頭上まで伸びていた。その梯子の上を、枯れ木の詰まった樽がころがっていった。油、ラード、豚の脂身、液状の松脂の浸みこんだその樽には火が放たれていたのだ。樽は猛烈な速度でころがり、皇帝軍の兵器のうえに落下した。または、いったん地面に落ちてから再び火の玉のようにころがって、別の兵器を直撃して炎上させた。

その時点で、火を消すために水の入った樽を運ぶことが包囲軍の最大の仕事となった。水が不足していたわけではなかった。川の水、沼の水、空から降る雨水もあった。しかし歩兵がみんな水運びをすれば、いったい誰が敵を殺すのか？

皇帝はひと冬かけて自軍の再編制にあたることに決めた。氷のうえで滑り、雪のなかにはまりながら城壁に攻撃をしかけるのは困難だったからでもある。あいにく、その年の二月も寒さがきわめて厳しく、軍隊は士気をそがれ、それ以上に皇帝が落胆した。テルドーナ、クレーマ、さらにミラノといった百戦錬磨の古都を支配下に置いたあのフリードリヒが、奇蹟的にかろうじて都市となったようなあばら家の寄せ集めに手を焼いていた。しかもその住民が、どこからやって来て、またなぜ、その稜堡——ここに来るまでは自分たちのものでさえなかった——にそこまでの愛着を示すのか、知るよしもなかった。

同胞が皆殺しにされるのを見なくてすむように遠く離れていたバウドリーノは、同胞が皇帝に危害を加えないか心配になって、当地に赴くことに決めた。

こうして彼は戻ってきた。その誕生に自らが立ち会った都市の建つ平原に。白地に大きな赤の十字架をあしらった軍旗がところせましと立っている。まるで、生まれたばかりの市民たちが、古い貴族の組み合わせ紋を誇示することによって、勇気を奮い起こしているかのようだった。城壁の前には、破城槌、大弓、石弓がひしめきあっていた。そのなかを、三台の櫓（やぐら）が、前を馬に引かれ、うしろを人に押されて前進していた。櫓には、がやがやと人が群がり、城壁に向かって武器を振り回しながら、こう叫んでいるようだった。「われらいざ行かん！」

バウドリーノは、櫓に随行する者のなかに、〈詩人〉を発見した。彼は、万事順調かどうかを監督するかのように、馬を左右に半回転させていた。「櫓のうえのあの狂人どもは誰なんだ？」とバウドリーノは尋ねた。「ジェノヴァの石弓兵だ」と〈詩人〉が答えた。「一部のすきもない包囲網を敷くときに、最も恐れられる攻撃部隊が彼らだ」

「ジェノヴァ人だって？」バウドリーノは驚いて聞き返した。「都市の建設に貢献した彼らがか？」〈詩人〉は笑いながら、こちらに来てまだ四、五ヶ月しかたたないが、組む相手を変えた都市を見たのはこれが初めてではないと言った。テルドーナは十月には自治都市の側についていたが、皇帝軍にたいするアレッサンドリアの抵抗があまりに粘り強いのを見て、この新興都市が強大になりすぎることを恐れ、今ではテルドーナ市民の大半が、フリードリヒに寝返ろうと主張していた。ミラノが降伏したとき皇帝の側にいたクレモーナは、ここ数年で、都市同盟側に寝返ったにもかかわらず、またもや謎めいた彼らなりの理屈によって皇帝軍と交渉しているのだった。

「それでこの包囲戦の戦況は？」

「はかばかしくない。というより、城壁のなかのやつらがしっかり守っているか、わが軍が攻撃のしかたを知らないかのどちらかだ。今回フリードリヒが連れてきた傭兵は疲れているようだ。困難にぶつかるとすぐに退散する、あてにならない連中だ。この冬、多くの兵が逃げ出した、ただ寒かったという理由だけで。やつらはフランドル人であって、獅子の住まう未開地（ヒック・スント・レオネス）から来たわけでもないのに。それに、野営地ではいくたの病気で蠅のようにバタバタと人が死んでいる。だが、城壁のなかも、兵糧が尽きたはずだから、苦しいことにかわらないだろう」

ついにバウドリーノは皇帝のもとに行った。「父上、私が馳せ参じましたのは」とバウドリーノは言った。「このあたりの土地に詳しいので、お役に立てるかと思ってのことです」

「そうだな」とバルバロッサは答えた。「だがおまえは、地元民も知っているから、彼らに危害を加えることを望むまい」

「父上は私のことをよく知っているはずです。あなたが私の心を信用せずとも、私の言葉なら信用できるとご存じだ。私は同胞を傷つけることも、父上に嘘をつくこともいたしません」

「それは反対だ、おまえは余に嘘をつくだろうが、余に危害は加えまい。おまえは嘘をつくだろうが、余はおまえを信じるふりをしよう。なぜなら、おまえはいつも、よいと思って嘘をつくからだ」

「無骨ながら、非常に頭の切れる男でした」とバウドリーノはニケタスに言った。「あのときの私の気持ちが理解できますか？　その町を破壊してほしくないと願いながらも、私は彼を愛し、彼の栄光を望んでいたのです」

「あなたは信念をもてばよかったのだ」とニケタスが言った。「その町を許せば、彼の栄光はさらに輝かしいものとなるだろうと」

「神があなたを祝福されますように、ニケタス殿。まるで当時の私の心が手にとるようにわかるらしい。まさにそのような考えを抱きながら、私は野営地と城壁のあいだを往復していたのです。当然ながら、私がいわば大使のように地元の人間たちと何らかの接触を図れるように、フリードリヒの了解をとりつけてはいましたが、もちろん、疑われることなく私が動けることを誰もが理解していたわけではありません。宮廷では、皇帝と私が親しいことをうらやむ人たちがいました。たとえば、シュパイアーの司教とディトポルトとかいう伯がそうです。この男、おそらく、金髪で少女のように顔がばら色だという理由だけで、女司教とみんなに呼ばれていましたが、司教に身を任せるようなまねはしていなかったようです。それどころか、北の国に残してきたテクラなる女の話ばかりしていました。実際はどうだか……。たしかに美男でしたが、幸い、愚か者でもありました。ほかならぬこの二人が、戦場でも、間諜に私を尾行させ、皇帝に告げ口をしていたのです。前日の夜中に私が城壁のほうに馬で向かい、城内の者と話すのを見た、と。幸い、皇帝は彼らを相手にはしませんでした。城壁に私が向かったのは夜ではなく昼であると、知っていたからです」

たしかに、バウドリーノは城壁に向かい、城内にも入っていた。初回は容易ではなかった。馬を走らせて城門に向かうと、石が放たれる音が聞こえてきたからだった。それは、城内で矢を節約するために、投石器が使われはじめたしるしだった。投石器はダヴィデの時代から、有効で経済的な武器であることが証明されていた。バウドリーノは、素手を振り回して武器をもたないことを示しながら、完璧なフラスケータ方言で叫んだが、運よく、トロッティが彼に気づいた。

「なんだバウドリーノか」とトロッティが高いところから叫んだ。「おれたちに合流しにきたのか?」

「ふざけるな、トロッティ、おまえはもう、おれが敵方であることを知っている。むろん、悪だくみのために来たのではない。中に入れてくれないか、父に一目会いたいのだ。聖母にかけて誓おう、ここで見たことは一言も話さないと」

「信用しよう。門を開けてやれ、おいおまえら、わからんのか? それとも、もうもうろくしたか? こいつは友だちなんだ。あるいは友だち同然だ。向こう側のひとりだが、おれたちの仲間でもある、つまり、おれたちの仲間で、向こう側についたやつなんだ、とにかくこの門を開けろ、さもないと、おまえらの顔を蹴って歯をへし折るぞ」

「わかった、わかった」とその兵士たちは目を白黒させながら答えた。「誰がこちら側で誰が向こう側か、さっぱりわからなくなった、昨日は、パヴィーア人のような格好をしたのが出ていったぞ」

「黙らんか、おまえ、ばかだな」とトロッティがどなった。門をくぐりながら、バウドリーノはくすくすと笑い出した。「さては、われわれの陣営に間諜を送りこんだな……。だが安心しろ。ここでは見ざる聞かざると言ったはずだ」

こうしてバウドリーノは城内に入り、小さな広場の井戸の前でガリアウド――あいかわらず元気だったがやせており、まるで断食をして体力が回復したかのようだった――を再び抱擁した。さらにバウドリーノは、教会の前でギーニとスカッカバロッツィに再会した。さらにバウドリーノが、居酒屋でスクアルチャフィーキの居場所を尋ねたところ、ついせんだってのの攻撃でジェノヴァ人の太い矢に喉を射抜かれたと泣きながら告げられ、彼も泣いた。もともと戦争が嫌いではあったが、このときほどそれを憎んだことはなく、老父の身が案ぜられた。さらにバウドリーノは、三月の日射しを受けて輝く広くて立派な中央広場で、子供たちまでが防備を固めるために石の入った大かごを運び、番兵に水がめをもっていくのを見た。彼は、全市民の胸に宿る不屈の精神を誇りに思った。バウドリーノは、まるで結婚式に来るようにアレッサンドリアに押し寄せたこれらの人々が誰なのかふしぎだったが、友人たちが言うには、彼らは皇帝軍を恐れてあたり一帯の村から逃げてきた者たちであり、これで町の人手はたしかに増えたが、食い扶持も増えるので、やっかいな問題だということだった。さらにバウドリーノは、大きくはないかもしれないが、巧みに造られた大聖堂を称賛して言った。こいつはすごい、玉座に小人が坐った三角破風(ティンパヌム)まであるじゃないか。するとまわりの者が言った。どんなもんだい、おれたちも捨てたもんじゃないだろ、だがめったなことを言うな、あれは小人じゃなくて、われらが主であるぞ、できはよくないがな、しかしフリードリヒがひと月後に来ていたら、黙示録の長老つきで最後の審判すべてが見られたのに。そこでバウドリーノが、おいしいぶどう酒をせめて一杯もらえないかと頼むと、皇帝軍の回し者を見るような目で周囲から見られた。というのは、ぶどう酒は、品質の良い悪いにかかわらず、もはや一滴もなかったから。まず最初に、けが人を元気づけるために、次に、死者の親類の気をわずかでもまぎらわすために使われたからだった。さらにバウドリーノは、まわりにいる憔悴した顔の男たちを見て、どのくらいもちこたえそうか尋ねた。すると、彼らは天を見上げながら、それは主の思し召ししだいだと言うように手振りで答えた。そして最後にバウドリーノは、新都市(キウィタス・ノワ)の加勢に駆けつけたピアチェンツァの歩兵百五十名を率いるアンセルモ・メディコに会った。バウドリーノはこのすばらしい連帯の証しを喜んだ。彼の友人である、グアスコ、トロッティ、ボイディの各一族と、オベルト・デル・フォーロが言うには、アンセルモは戦争のしかたに精通しているが、援軍はピアチェンツァだけであり、都市同盟は、われわれに町を建てるようそそのかしておきながら、今はまったく無関心、だからイタリアの自治都市はあてにならんのだ、この包囲網から無事抜け出せたら、われわれはもう誰にも借りはない、あとは彼らが自分で皇帝と話をつける番だ、アーメン。

「しかしなぜ、金まで出して町の建設を援助したジェノヴァ人が、おまえたちと敵対するようになったのだろう?」

「ジェノヴァ人は商売上手だから、ほっとけ。今彼らが皇帝側についたのは、そのほうが都合がよいからだ。どうせ、町がいったん建ってしまったら、全部こわされたとしても二度と消滅することはない、と彼らも承知のうえだ。ローディやミラノを見てみろ。彼らは、その後に期待しているのだ。町の残骸であれ、通商路を確保するのに役立つし、もしかすると、破壊を手助けしておきながら、今度はその復興に資金を投じるつもりかもしれない。ともかく、金が動くところに、いつも彼らの影がある」

「バウドリーノ」とギーニが彼に言った。「おまえはここに来たばかりだから、十月の攻撃も、ここ数週間の攻撃も見ていない。やつらの攻撃は執拗だぞ、ジェノヴァの石弓兵だけではなく、口髭に白い毛が混じっているボヘミア兵もそうだ。梯子をかけにくるやつらを蹴落とすのは至難のわざ……。だがおれの計算では、きっと、こっちよりもむこうに死者が多いはず。やつらが掩蓋(えんがい)や破城槌(はじょうつい)をもっているにしても、土砂の巨大なかたまりをさんざん頭に浴びたはずだから。だが、いずれにせよ、戦いは厳しいので、手綱を締めねばならない」

「伝言が届いた」とトロッティが言った。「都市同盟軍が動いたそうだ。皇帝を背後から襲うつもりらしい。何も聞いてないか？」

「その情報はわれわれも聞いている。だからこそ、フリードリヒは、この町を最初に落とそうとしているのだ。おまえたち……」むだとは知りつつ、もう一度確認してみることにした。「おまえたち、戦うのをやめようとは、まったく思わないよな？」

「まさか。おれたちはナニも固いが頭の固さはそれ以上」

こうして数週間の滞在中、さまざまな小競り合いを経て、バウドリーノは自陣に戻った。それは何よりも、死者（パニッツァもだって？　パニッツァも死んだのか、すばらしい若者だったのに）を数えるため、そして、彼らに降伏する意思がまったくないことをフリードリヒに報告するためだった。フリードリヒはもはや悪態すらつかず、「で、余はどうすればよいのだ？」とだけ言った。やっかいごとに首をつっこんで後悔しはじめていることは明らかだった。自軍は分解し、農民は小麦と家畜を茂みのなかや、ひどいときは沼のなかに隠し、北に進もうが東に進もうが、都市同盟軍の前衛と鉢合わせするのがおちだった——、いずれにせよ、あの田舎者たちのほうがクレーマ市民よりも優秀だったわけではなく、運が悪いときはいかんともしがたく、しかしだからといって、撤退すれば永久に面目まるつぶれなので、それはできない相談だったのだ。

面子を救う方法が、バウドリーノにはわかっていた。子供の頃の彼の予言をよりどころにして、テルドーナ人に降伏を決意させたと皇帝はいつか言っていたので、撤退は神の思し召しだと全世界(ウルビ・エト・オルビ)に公言できるような天からの徴候が、どんな些細なことでも見つけられれば、その機会をとらえて放さないにちがいない……。


ある日、バウドリーノが籠城軍と話しているときに、ガリアウドが彼に言った。「おまえは頭がよいし、すべてが書かれたもろもろの書物を学んだのだから、やつらがみなここからいなくなるような名案は思い浮かばんのか？　わしらは家の牝牛を一頭だけ残してあとは殺さざるをえなかったし、おまえの母さんだってこのまま町なかに閉じこもっていたら、息が詰まるだろうからな」

さあするとどうだろう、バウドリーノに名案が浮かび、すぐにトロッティに尋ねた。彼が数年前に話していた例の偽の地下通路、つまり、市内にまっすぐ通じていると敵に思いこませ、じつは侵略者を罠にはめるあの通路が実際につくられたかどうかを。「もちろんさ」とトロッティが言った。「見にこいよ。見ろ、地下通路の入り口は、城壁から二百歩ほど離れたむこうのあの茂みのなかにある、ほら、石碑みたいなものの真下だ。

あの石碑、千年前からあそこにあるように見えてじつは、われわれがヴィッラ・デル・フォーロから運びこんだもの。通路に入った者は、あの格子の奥に出るが、そこからはこの居酒屋以外に何も見えない」

「ひとりずつ出てきたところを、ひとりずつ始末するわけだな？」

「通常、包囲軍は、ここまで狭い通路に全員をくぐらせようとしたら一日ではすまないから、一分隊だけを送りこんで、城門を開けにゆかせるものだ。今となって考えてみると、敵に地下通路の存在をどうやって知らせればよいかという問題は別にしても、せいぜい二十か三十の哀れな兵しか殺せないとしたら、それだけの苦労に何の意味があるのだろうか？　ただの悪ふざけにすぎない」

「敵の先陣に一撃を加えるためさ。だが、聞いてくれ、おれにいい考えがある、まるで今それが目に見えるようだ。敵が入城するやいなや、喇叭（らっぱ）の響きが聞こえる。すると、十本の松明（たいまつ）の光に包まれて、そこの角から、白馬にまたがり、白い髭をたくわえた男が大きな十字架を握って現れ、叫ぶ。市民たちよ、市民たちよ、目を覚ませ、敵が来たぞ。そのとき、侵略者が前進をためらうあいだに、わが方が、おまえの言うように、窓や屋根から飛び降りる。敵をつかまえてから、わが方全員がひざまずいて、あのお方はこの町を守る聖ペテロだと叫ぶ。そして皇帝軍を地下通路にまた押しこみながらこう言う。

神に感謝しろ、命は助けてやるから、おまえらのバルバロッサの陣営に戻ってこう言え、教皇アレクサンデルの新都市は聖ペテロ本人によって守られている、と……」

「バルバロッサがそんな作り話を信じると?」

「いや、ばかではないから信じない。だが、ばかではないからこそ、信じるふりをするだろう。彼はおまえたち以上に戦を終わらせたがっているから」

「かりにそのとおりだとしよう。で、誰が地下通路のありかを知らせる?」

「おれだ」

「そんな罠にひっかかる間抜けがどこにいる?」

「もう見つけてあるさ。ばかだからすぐにひっかかり、そういう目にあって当然のうすぎたないやつを。だからなおのこと、おまえたち、くれぐれも誰も殺さぬよう頼む」

バウドリーノの念頭にあったのは、うぬぼれやのディトポルト伯だった。ディトポルトに何かことを起こさせるには、それがバウドリーノの害になると思わせるだけでよかった。あとは、地下通路が存在し、バウドリーノがそれを秘密にしたがっているとディトポルトに教えてやればよかった。どうやって? しごく簡単。ディトポルトが間諜を放ち、バウドリーノをつけさせていたのだから。

夜が更けてから、陣営に戻る途中、バウドリーノは、まず狭い草地を抜け、それから林のなかに入ったが、木々に囲まれるやいなや立ち止まって後ろを振り返った。すると、月明かりに照らされ、はいつくばって滑るように平地を進むすばやい影がかすかに目に入った。それが、彼を追跡するようにディトポルトが放った男だった。彼は木々のあいだで、間諜がころがりこんでくるのを待ち、その胸元に剣をつきつけた。そして、驚いて口ごもる間諜に、フラマン語で言った。「おまえの顔は知っている。ブラバント地方の者だな。陣営の外で何をしていた？　白状しろ、おれは皇帝の臣下だ！」

その男は、女がらみの話であるかのように、もっともらしく言いわけした。「いいだろう」とバウドリーノは答えた。「いずれにせよ、おまえがここにいてよかった。おれのあとについてこい。おれがあることをするあいだ、見張りをする者が必要なのだ」

その男にすれば、その申し出はまさに天恵だった。正体がばれなかったうえに、探りを入れるべき相手と腕を組んで諜報活動を継続できたからだ。バウドリーノは、トロッティに教えられた茂みのところまで来た。わざわざ探すふりをする必要はなかった。石碑が見つかるまで、実際にくまなく探さねばならなかったのだ。その間、あたかも通報者のひとりから情報を得たばかりであるかのように、しきりにぶつぶつとつぶやいた。ついに、灌木とともに伸びてきたかのように立つ石碑を見つけた。地面から落ち葉を取り除いて、まわりをいくらかきれいにすると、格子枠があらわになった。それをもちあげる手助けをブラバントの男に頼んだ。階段が三段下に延びていた。「いいか聞いてくれ」とバウドリーノは男に言った。「ここには地下通路があるはずだから、おまえが降りて、行き着くところまで進んでくれ。通路の終点に着けば、おそらく町の灯りが見えるだろう。そこから見えるものを忘れずにおぼえておけ。戻ってから、おれに報告するんだ。おれはここで見張っている」

最初は見張りをするように頼んでおきながら、あとから見張りは自分がするとこの貴族は言う、だがそれもしかたないと男は思った。危険な目に遭わされるのは、いやだったが。バウドリーノが剣を振り回していたのは、きっと後方で援護してくれるからだろうが、貴族というのはあてにならないからな。間諜は、十字を切って出発した。およそ二十分後に戻った男は、バウドリーノがすでに知っていることを息を切らして語った。通路の終点には、比較的容易にはずせそうな鉄柵があり、その向こうには、人気のない小さな広場が見えた、地下通路はまさしく町の中心まで通じている、と。

バウドリーノは尋ねた。「おまえは何度か角を曲がらねばならなかったのか、それともずっとまっすぐ進んだのか?」「まっすぐです」と男は答えた。バウドリーノはひとり言のようにつぶやいた。「ということは、出口は城門から数十メートルしか離れていないことになる。あの密告者の言うことは正しいわけだ……」それからブラバントの男に言った。「おれたちが何を発見したかおまえわかるな。初めて城壁を襲撃するさいに、勇敢な兵士の一隊を城内に入らせ、城門まで行かせてそれを開けさせることが可能になる。外には、いつでも突入できるよう別の一隊を待機させておけばよい。運が向いてきたぞ。だがおまえは、今夜見たことを誰にも言ってはならぬ。おれの発見を別の誰かに利用されたくないのでな」それから、さも気前よさそうに硬貨を一枚手渡した。沈黙の代金としてはかなり小額だったので、間諜は、腹いせに、たとえディトポルトへの忠誠心がなくても、彼のもとにすぐにかけつけて、すべてを話すであろう。

起こるべき事態は難なく想像できた。ディトポルトは、バウドリーノが籠城軍の友人たちの害とならないようにその情報を隠すつもりだろうと考え、皇帝のもとにかけつけ、お気に入りの養子は城内への入り口を発見したにもかかわらず、それを言わずに隠しているといると言った。皇帝は、こいつもうるさい野郎だなと言わんばかりに天を仰いでから、ディトポルトに言った。「了解した。おまえに栄誉を授けよう。日暮れどきに、城門の正面に、優秀な襲撃部隊を編制してやろう。茂みのそばには投石器と掩蓋もいくつか用意しよう。人目につかぬように暗くなってから、おまえは部下ともども地下通路をくぐって城内に入り、門を内側から開けよ。一夜にしておまえは英雄だ」

シュパイアー司教が、すぐに城門前の軍勢の指揮権を要求してきた。しかも、ディトポルトは自分の息子同然だからという、聞いてあきれるような理由によって。

こうして、聖金曜日の午後、トロッティは、城門の前に皇帝軍が整列するのを見た。暗くなってから、それが籠城軍の気をそらすための閲兵式であり、背後にバウドリーノの企みがあることを察した。そこで、グアスコ、ボイディ、オベルト・デル・フォーロにだけ相談して、信憑性の高い聖ペテロを急いで用意することにした。その役をかってでたのは、まさにうってつけの体つきをしていた初代の執政官(コンソレ)のひとり、ロドルフォ・ネビアだった。三十分ほどかけて議論したのはただ、ペテロが出現するさいに、手に十字架をもたせるか、それとも、例の有名な鍵にするかという点だったが、たそがれどきでもはっきりと見える十字架がよいだろうということになった。

城門にほど近い場所にいたバウドリーノは、戦闘は起きるはずがないと思っていた。その前に、誰かが地下通路から逃げ出して、天の助けがあったと知らせにくるはずだから。事実、パーテル、アヴェ、グローリアを三度唱え終わると、城壁の内部から、大きなどよめきが起き、「武器をとれ、武器をとれ、アレッサンドリアのわが信者たちよ」という、天から届いたとしか考えられないような大声がした。そして、地上にはざわめきが広がった。「聖ペテロだ、奇蹟だ、奇蹟だ！」

ところが、ちょうどそこで、計算が狂った。あとからバウドリーノが受けた説明によれば、ディトポルトとその部下たちはたちどころに捕えられ、聖ペテロが現れたとよってたかって信じこませられようとした。おそらく全員がそう信じてもおかしくなかったが、ディトポルトはちがった。彼は、地下通路の秘密が誰からもたらされたか充分承知しており——愚かとはいえ、それがわからないほどではなかった——、バウドリーノにたぶらかされたという思いが芽生えたのだった。そこで彼は、捕縛をふりほどいて路地にもぐりこみ、大声でわめきたてたのだが、何語で話しているか誰も見当がつかず、夕方であたりが薄暗かったこともあり、みなてっきり同胞のひとりだと思った。しかしその男が城壁のうえに立ったとき、包囲軍に話しかけていることが明らかになった。罠に落ちないように味方に警告しているらしかったが、何から身を守れと言っているのか定かではなかった。包囲軍は、城門が開かないかぎり、城内に突入することはなく、したがって危険は大きくはなかったのだから。しかしそんなことはおかまいなしに、ディトポルトは、まさにその愚かさゆえに勇気があったので、城壁の頂上で剣を振り回し、アレッサンドリア全市民に立ち向かおうとしていたのである。アレッサンドリア側は、包囲戦の掟にしたがって、たとえ内部を通ってにしろ、ひとりの敵が城壁まで達したことを看過できなかった。それに何よりも、罠について知らされていたのはほんのわずかであり、多くの者は、いきなりひとりのドイツ人が難なく侵入していたのを目のあたりにしたのだった。こうして、何者かがすかさずディトポルトの背中に槍を突き刺すと、彼は稜堡の外にころがり落ちた。

息絶えて要塞のふもとに転落してきた最愛の友を見て、シュパイアー司教はわれを失い、攻撃命令を出した。ふつうの状況であれば、アレッサンドリア軍は定石どおり要塞の高所から襲撃部隊を狙うところだが、敵が城門に殺到しようかというときに、聖ペテロが町を危機から救うために現れ、勝利に導くであろうという噂が広まった。そのため、トロッティは、そのような誤解を利用しようと考え、彼の偽聖ペテロを最初に城外へと送り出し、そのうしろに全軍を従わせた。

結局、包囲軍の頭を麻痺させるはずのバウドリーノの策略は、籠城軍の頭を麻痺させたのだった。アレッサンドリア軍は、宗教的な情熱と恐ろしく好戦的な熱狂にかられて、皇帝軍に野獣のように突進していった。戦術上の規則をことごとく無視したその無軌道ぶりに、シュパイアー司教とその騎士たちは、動転して退却した。また、ジェノヴァ人石弓兵の櫓を押していた兵士たちも退却し、まさに運命の茂みの淵に櫓を放置していった。アレッサンドリア市民にとって、それが絶好の攻撃目標となった。即座に、アンセルモ・メディコの率いるピアチェンツァ兵が、城内から今になってようやく役立つことになった地下通路に入った。ちょうどジェノヴァ兵の背後で地表に出たメディコに従っていたのは、燃える松脂の玉を突き刺した槍を掲げる勇者の一群だった。かくして、ジェノヴァ人の櫓は、まるで薪のように燃えはじめた。石弓兵たちは、なるべく低い所から飛び降りようとしたが、地面に降りたてば、そこにはアレッサンドリア軍が待ちうけ、棍棒で頭を打ちのめされた。櫓はまず傾き、それからひっくり返ったが、そのさい司教の騎兵隊に炎を撒き散らした。馬は荒れ狂い、皇帝軍の隊列をいっそう掻き乱した。馬に乗っていない兵士たちもその混乱に拍車をかけていた。なぜなら彼らは、騎士の隊列をくぐり抜けながら、聖ペテロ本人が来る、さらには聖パウロもやって来るだろうと叫んでいたからだった。聖セバスティアヌスや聖タルキシウスを見たという者もいた――要するに、キリスト教の並みいる聖人すべてが、その憎むべき都市の側についたというのである。

深夜、悲嘆にくれる皇帝の陣営に、誰かがシュパイアー司教の遺体を運んできた。逃げる途中に、うしろから狙われたのだった。フリードリヒはバウドリーノを呼び出して、この一件とどうかかわり、何を知っているかを問いただした。バウドリーノはできることなら、地下に沈んで姿を消してしまいたかった。その夜、ピアチェンツァのアンセルモ・メディコをはじめとする多くの優秀な騎士たちが命を落とした。勇敢な従卒も哀れな歩兵も、みな彼のみごとな――誰にも指一本触れずにすべてを解決するはずだった

──計画の犠牲となったのだった。彼はフリードリヒの足元にひれ伏して真実を語った。包囲を解くためのもっともらしい口実を皇帝に提供するつもりでよかれと思ってやったことが、このような事態を招いてしまった、と。

「私は卑劣な男です、父上」とバウドリーノは言った。「私は血が嫌いですから、自分の手をよごさず、しかも、ほかの多くの人が死なずにすむようにしたかったのですが、ごらんのとおり、私がこの殺戮を招いたのです。このすべての死者に責任を感じます！」

「いまいましいやつだ、おまえも、そして、おまえの計画をだいなしにした男も」怒りよりも苦悩をにじませたフリードリヒが答えた。「というのは──いいか、誰にも言うなよ──そのような口実は、余にとって好都合となるはずだったのだからな。入手した最新の情報によれば、都市同盟軍がすでに動いておる。明日にもわが軍は、ふたつの戦線で戦うことになろう。おまえの聖ペテロを兵士たちは信じたかもしれんが、あまりにも多くの死者が出たいま、余の重臣たちが復讐を求めるだろう。彼らは、新都市をこらしめる絶好の機会だと吹聴している。外に出てきた敵を見れば一目瞭然、最後の力をふりしぼったせいでわが方よりもやせているから、叩くなら今だというのだ」

すでに聖土曜日になっていた。風は暖かく、戦場は花が咲きほこり、木々は楽しげにざわめいていた。だが両陣営では誰もが、葬式のように悲しい顔をしていた。皇帝軍のほうは、今こそ攻撃のときだとおのおのが言ってはいたが、誰にもその気がなかったからである。アレッサンドリア軍は、とりわけ最後の反撃のあと、高揚感に浸りながらも、腹がすいて動けなかったからである。そこでバウドリーノの才知が再び動き出した。

再び馬にまたがり城壁に向かった。トロッティとグアスコ、それにほかの首領たちに会うと、その表情はかなり暗かった。彼らも都市同盟軍の到来を知ってはいたが、とるべき行動について各都市の意見が大きく分かれ、フリードリヒを本当に襲撃すべきかどうか、どの都市もたいへん迷っていると、確かな筋から知らされていたからだった。

「ニケタス殿、注意していただきたいのですが、ここがじつに微妙な点でして、おそらくこれを理解できるほどビザンツ人は繊細ではないかもしれないが、よろしいですか、皇帝に包囲されたときに身を守ることと、自ら率先して皇帝に戦いを挑むことは、別のことがらなのです。つまり、あなたのお父上があなたをベルトで叩いたら、あなたにはそれをお父上の手からとりあげる権利がありますが――それは自己防衛です――、もしあなたが先にお父上に手を上げたら、それは父親殺しになります。神聖ローマ皇帝にたいして決定的に礼を失することになれば、イタリア諸都市を結びつけるすべがなくなるのです。おわかりですか、ニケタス殿、フリードリヒの軍を粉砕したばかりの彼らですが、依然として皇帝を唯一の君主として認めていたのです。別の言い方をすれば、皇帝を身近に置いておきたくはないが、かといって、彼がいなければ困るわけです。皇帝がいなければ、都市どうしが殺し合うことになり、しかもそれが正しいのか悪いのか、もはや判断がつかなくなるでしょう。なぜなら、善悪の基準とは、つまるところ、皇帝だからです」

「したがって」とグアスコが言った。「いちばんよいのは、フリードリヒがすぐにアレッサンドリアの包囲を解くことだ。そうすれば、断言しよう、都市同盟は皇帝に道を開け、パヴィーアまで行かせるだろう」では、彼の面子を救うにはどうすればよいだろう？　すでに、天啓による救済が試みられ、アレッサンドリア側は充分な満足が得られたが、また振り出しに戻ってしまった。そこでバウドリーノは、次のような意見を述べた。おそらく、聖ペテロという発想が大胆すぎたのではないか。幻視と呼ぼうが霊の出現と呼ぼうが、それは本当にあったかどうかあてにならないものであり、翌日になってから容易に否定することもできる。そもそも、わざわざ聖人に頼る必要はなかったのではないか。あの傭兵どもは、神をも信じぬ輩であって、唯一彼らが信じているのは、腹いっぱい喰うこと、それにナニを固くすることだけなのだから……。

「考えてもみよ」とそのときガリアウドが発言し、誰も知っているように、神が民衆にのみ授ける知恵を発揮した。「いいか、もし皇帝軍がわが方の牝牛を一頭つかまえて、その腹が破裂しそうなくらいに麦でふくらんでいたらどうなるか。バルバロッサとその一味は、わが方にはまだたくさんの食料があり、いつの世までも永遠に、抵抗できると考えるにちがいない。その結果、貴族も兵隊もこぞって、さあ家に帰ろう、さもないと来年の復活祭もまだここにいることになりかねんぞ、と言うはずじゃ……」

「そんなばかな考えは聞いたこともない」とグアスコが言った。トロッティはそれに同調し、この老人は少々頭がいかれてきたらしいと言わんばかりに、指で額に触れた。「まだ生きた牝牛がいるのなら、生のままでも食べてしまいたいよ」とボイディが付け加えた。

「自分の父親が言ったからではなくて、これは捨てがたい考えのような気がする」とバウドリーノは言った。「たぶんみんな忘れてしまったのだろうが、まだ牝牛はいるぞ。ガリアウドの牝牛、ロジーナがそうだ。問題は、市内のすみずみまで草をむしりとったとしても、牛が満腹になるほどの餌になるかどうかだ」

「問題はだな、わしがおまえのような畜生に牛をくれてやるかどうかだ」とガリアウドがとびあがって言った。「牛が小麦をたらふく食べたかどうか見極めるには、牛を見つけるだけじゃなく、その腹を割かねばならん。わしがロジーナをこれまでずっと殺さなかったのは、わしとおまえの母さんにとっては、神がお授けにならなかった娘も同じだからじゃ。だから、誰にも触らせんぞ。むしろおまえが身代わりになれ。三十年も家を空けたおまえとちがって、あの子はおかしなことも考えず、ずっとここにおったのだからな」

グアスコたちは、一分前までは狂気の沙汰と思えたそのような発想を、ガリアウドが反発するやいなや、すぐに最善の策だと思い直し、四人がかりで、町の将来のためなら市民たるもの自分の牝牛を犠牲にするのもやむをえないと老人を説得した。バウドリーノを犠牲にするほうがいいと言ってもそれはむりというもの、バウドリーノの腹を割いても誰も納得しないが、牝牛の腹を割けば、バルバロッサは尻尾を丸めて退散するだろうから。小麦にかんしては、ありあまっているとはいえないが、あちこちでむしった草を集めれば、ロジーナを太らせるくらいはなんとかなるだろう。細かいことにこだわるべきではない。いったん胃袋におさまれば、小麦もフスマも見分けるのはむずかしいだろうから。アブラムシやゴキブリのたぐいをわざわざ取り除く必要もない。戦時中は、パンもこうして作られるものだから。

「やれやれ、バウドリーノ」とニケタスは言った。「まさか、そんなでたらめを、みんなが真に受けたと言うんじゃないでしょうな」

「私たちだけが真に受けたのではなく、この続きを聞けばわかりますが、皇帝もまた真に受けたのです」


そして実際に、そのとおりになったのだった。聖土曜日の三時課頃、アレッサンドリアの執政官全員と、幹部たちが、ある柱廊の下に集まった。そこには、想像を絶するほどにやせた瀕死の牝牛がいた。毛は抜け落ち、脚は棒のように細く、乳房は耳のように垂れ、耳は乳首のように縮み、目は恐怖で見開かれ、角(つの)までが弱っていた。残りの部分は、胴体というよりも、骸骨に等しかった。牛というより、牛の幽霊であり、死の舞踏(トーテンタンツ)に描かれる牝牛のようだった。いたわるように付き添うバウドリーノの母は、その頭をなでながら、「これでよかったんだ、これ以上苦しまなくてすむから。最後におなかいっぱい食べられて。おまえの飼い主よりもましだよ」とささやいた。

その傍らには、手あたりしだいに刈り取られた小麦や種の袋が続々と届けられ、それを次々とバウドリーノが、哀れな牝牛に食べさせようと、鼻先に置いていた。しかし、もはや牝牛は、呻きながらうつろな目で周囲を眺め、反芻のしかたさえ忘れているようだった。こうして、結局、そこに居合わせた数人が別々に脚と頭を抑え、さらにほかの者たちがむりやり口を開かせると、牛は弱々しく鳴いて拒絶したが、ガチョウと同じように、喉に小麦を押しこまれた。やがて、おそらくは生存本能から、あるいは、最良の時代の思い出に衝き動かされて、神の恵みを舌でかきまわしはじめた。そしてそれを、自らの意思によって、また、まわりの者にも助けられながら、飲みこみはじめた。

それは楽しげな食事ではなかった。ロジーナが、まるで出産のときのように、呻きながら食べていたので、おのれの動物の魂を神に返そうとしているのかと、居合わせた者全員が一度ならず思った。だがやがて、生命力がよみがえり、四つ足で立ち上がると、真下に置かれた餌の袋に鼻先を突っこんで、ひとりで食べつづけた。要するに、そこにいた全員が見ていたのは、やせ細り、寂しげな、一頭の珍妙な牝牛だった。背骨がくっきりと浮き上がり、それを包む皮から飛び出そうだったのにたいし、水がたまった腹部は膨れて丸くなり、十頭の子牛を胎内に宿しているかのように張っていた。

「むりだ、うまく行くはずがない」ボイディは、その見るからに痛々しい異様な姿に首を振った。「どんなまぬけでも、この牛が太っておらず、腹に餌を詰めこんだ牛の皮にすぎないことに気づくだろう……」

「太った牛だと信じたとしてもだ」とグアスコが言った。「飼い主が命と財産を失う危険をおかしてまで、のこのこと牛を牧草地に連れ出すなどと、誰が思う？」

「友人たちよ」とバウドリーノが言った。「忘れないでほしい、牛を見つけるのが誰であろうと、どこが太っていてどこがやせているか、気にしているひまもないほど、包囲軍が飢えていることを」

バウドリーノの言うことは正しかった。九時課の頃、ガリアウドが城門を出て、城壁から半哩ほど離れた草地に向かうやいなや、林から、ボヘミア人部隊が出てきた。あたりに生きた鳥がまだいれば、それを捕まえるつもりだったにちがいない。しかし彼らがそこで見たのは牝牛だった。飢えた自分たちの目が信じられなかったものの、ガリアウドのほうに突進し、すぐに両手を上げて降参した彼を、牛といっしょに陣営まで連行した。たちまち、そのまわりに、頰がこけ、目が顔から飛び出そうな兵士たちが群がった。哀れなロジーナは、すぐに喉を掻き切られた。手馴れた手つきのコモの男が、たった一撃で、アーメンを言う間もなく、一瞬前まで生きていたロジーナを屠ったのだ。ガリアウドが本当に泣いていたので、どうやらこれは現実らしいとみな納得したのである。

牝牛の腹が割かれると、期待されたとおりのことが起こった。餌が急激に胃に送られたため、ほぼ原形をとどめたまま地面いっぱいに広がり、それが小麦であることは誰の目にも明らかだった。驚きは飢えをうわまわった。いずれにせよ、空腹は、兵士たちの初歩的な推論の能力まで奪ってはいなかった。包囲された町で、牛たちまでこれほどの贅沢ができるというのは、人智を超え、神の摂理にも反することだった。飢えた兵士がひしめくなか、ひとりの従卒が、自らの本能を抑えて、上官たちにその驚くべき事実を報告すべきだと決断した。その知らせはたちまち、皇帝の耳に入った。そのそばではバウドリーノが、平静をよそおいながら、内心は緊張し、一報が届くのを今か今かと待っていたのだった。

一枚の布にくるまれたロジーナの亡骸(なきがら)と、あふれ出た小麦とともに、足かせをはめられたガリアウドがフリードリヒの面前に連れられてきた。息絶えてまっぷたつにされた牝牛は、太っているようにもやせているようにも見えなかった。唯一はっきりとわかったことは、その腹の内側と外側にあるものだった。フリードリヒはそれを無視できない徴候とみなし、すぐに農民を問いただした。「おまえは誰だ？　どこから来たのか？その牝牛は誰のものか？」ガリアウドは、ひとことも理解できなかったとはいえ、きついパレーア方言で答えた。知らない、おれはそこにいなかった、おれは関係ない、たまたまそこを通りがかっただけだ、その牝牛を見るのは初めてで、そう言われなければ、それが牝牛だということもわからなかった。当然フリードリヒにわかるはずもなく、バウドリーノに向かって言った。「おまえは、獣のしゃべるようなこの言葉がわかるはず。なんと言っているか教えろ」

バウドリーノはガリアウドとのやりとりを訳した。「牝牛については何も知らず、町の裕福な農民から、牧草地に連れてゆくように頼まれた、と申しております」

「それはもうよい、牝牛が小麦をたらふく食べていた理由を尋ねよ」

「どの牝牛も餌を食べてから消化するまでは、腹がふくれるものだと申しております」

「ばかをぬかすなと言え。さもなくば、あの木に首を吊るすぞ！　あの町で、あの山賊が住む町で、牝牛にいつも小麦を食わしているだと？」

「干し草とわらが足りねぇから、わしたちゃ、牛には小麦を食わす……それに、アルビオニも」とガリアウド。

「そうではないと申しております。包囲戦で干し草が不足している今だけだそうです。それに、餌がすべて小麦というわけではなく、干したアルビオニもあると」とバウドリーノ。

「アルビオニだと？」

「ピセッリ、つまりドイツ語でエルプセ〔エンドウ豆〕です」

「なんだと、余はそれを、鷹についばませ、犬に嚙ませておる。小麦やエンドウ豆ではなく、干し草が足りないとはどういうことだ?」

「城内では、周辺部の牝牛をすべてかきあつめたために、世界の終末まで焼いて食べるだけの肉が今やあるとはいえ、牝牛が干し草をすべて食べてしまったせいで、人々は肉を食べられてもパンが食べられず、干したエンドウ豆などもってのほか。というのは、貯蔵してあった小麦の一部を牝牛に与えたからです。何でもそろっているわが方とはちがい、彼ら哀れな籠城軍は、あるもので間に合わせなくてはならず、だからこそ、牝牛に少し草を食べさせようと外に連れ出したそうです。これらの餌だけでは健康を害し、回虫がわいてくるので」

「バウドリーノ、おまえはこの痴れ者の言うことを信じるのか?」

「私はただ彼の言うことを訳しているだけです。少年時代の記憶では、牝牛が小麦を好んで食べたかどうかたしかではありませんが、この牝牛の腹がそれでいっぱいなのはたしかですから、目撃証拠は否定できません」

フリードリヒは髭をととのえ、目を細めてガリアウドを見つめた。「バウドリーノ」と彼は言った。「この男とすでに会ったことがあるような気がする、ただし、だいぶ昔のことではあるが。おまえは彼を知らないのか?」

「父上、私はこのあたりの人間ならみんな多少は知っています。ですが、さしあたっての問題は、この男が誰かを問うことではなく、本当に城内には、まだ多くの牝牛がいて、みんなこんなに多くの小麦を食べているかどうかです。というのは、率直な意見を言わせていただければ、父上をだまそうとして、最後の牝牛に最後の小麦を詰めこんだのかもしれませんよ」

「それはもっともだ、バウドリーノ。そんなことは考えてもみなかった」

「陛下」とモンフェッラート侯が口をはさんだ。「あの田舎者どもに、われわれ以上の知性があるとは思えません。これは、私たちの想像する以上に食料が豊富にあることの明白な証拠にちがいありません」

「そうだ、そうだ」とほかの貴族全員がいっせいに声をあげたので、バウドリーノは考えた。これだけ多くの者たちがこぞって嘘をつき、しかもおのおのが他人の嘘を重々承知という事態は見たためしがない、この包囲戦にみんながうんざりしている証拠だろう。

「まさしく余の見解どおりだ」とフリードリヒは抜け目なく言った。「敵軍がうしろに迫っている。ここロボレートを征服したところで、別の軍との対決を回避することはできまい。町を陥落させて、城内に侵入しようと考えてはならない。このように粗悪な造りの城壁は、わが方の品格にふさわしいものではあるまい。よって、みなの者、余は次のような決断を下した。哀れむべきこの町を、哀れな牛飼いどもにくれてやろう、そしてわが方は、もっと別の戦いにそなえよう。下された命令が適切であることを願う」それから皇帝の天幕を出るときにバウドリーノに言った。「あの老人を家に帰してやれ。嘘をついているのはまちがいないが、嘘つきをみんな縛り首にせねばならぬとしたら、おまえはもうとっくにこの世にいまい」

「帰っていいよ、父さん、うまくいったよ」とバウドリーノは、ガリアウドの足かせをはずしながら、声を殺してささやいた。「トロッティに伝えてくれ、例の場所で今夜待っていると」

フリードリヒは性急にことを運んだ。包囲軍の野営地はすでにガラクタの山と化していたので、いっさい天幕を撤去する必要はなかった。兵を整列させ、すべてを燃やすように命じた。深夜、軍の前衛はすでに、マレンゴの戦場へと行進していた。遠景をなすテルドーナの丘陵地帯のふもとでは、炎が明滅していた。そこには、都市同盟軍が待機していた。

皇帝の許可を得たバウドリーノは、サーレの方角に馬を走らせた。四辻で彼を待っていたのは、トロッティと、クレモーナのふたりの執政官だった。彼らはともに、都市同盟軍の前哨基地までさらに一哩ほど進んだ。そこでトロッティは、バウドリーノを都市同盟軍のふたりの指揮官、エッツェリーノ・ダ・ロマーノとアンセルモ・ダ・ドヴァーラに紹介した。そのまま会談が行われ、握手でそれを終えた。トロッティを抱きしめてから(「すばらしい結果となった、ありがとう」、「いや感謝するのはこちらのほうだ」)、バウドリーノはフリードリヒのもとへ一目散に戻った。皇帝は草地の端で彼を待っていた。「交渉成立です、父上。彼らが攻撃してくることはありません。彼らにその意欲も大胆さもありません。わが軍が通るとき、彼らは父上を君主として歓迎するでしょう」「次の戦いまではな」とフリードリヒはつぶやいた。「だがわが軍は疲弊している。まずは、パヴィーアで宿営しよう。そのほうがよかろう。さあ行くぞ」

復活祭の祝いが始まってまだ数時間しかたっていなかった。フリードリヒが振りむいていたら、はるか遠くに、アレッサンドリアの城壁が上空を染める炎に照らし出されるのを見たことだろう。バウドリーノは振り返ってその火を見た。炎の多くが、兵器と皇帝軍の野営の炎であることはわかっていたが、思い浮かべていたのは、勝利と平和を祝って踊り歌うアレッサンドリア市民の姿だった。

さらに一哩進むと、都市同盟軍の前衛に出会った。騎兵隊が、ふたつの翼を形成するかのように二列に分かれ、その中央を皇帝軍が通った。歓迎の意を表すためなのか、行軍をよけるためなのか判然としなかった。都市同盟軍のなかに武器を掲げた者がいたが、それを表敬の身振りとみなすこともできた。あるいは、無力感、あるいは、脅迫の身振りかもしれなかった。皇帝は不機嫌な顔でそれを見ないふりをした。

「どうも解せない」と皇帝は言った。「余が逃走しているような気がしてきたぞ。彼らは敗軍の将をたたえているのだ。バウドリーノ、余の行動はまちがっていないか?」

「まちがっていませんよ、父上。あなた以上に、彼らのほうが譲歩しています。父上への敬意から、見通しのよい戦場での攻撃を控えているのです。このような敬意をあなたは感謝すべきです」

「払われてしかるべき敬意だ」とバルバロッサはかたくなに言った。

「もし払われて当然の敬意とお考えなら、彼らが父上に敬意を払っていることを喜ぶべきでしょう。何が不満なのですか?」

「不満など何もない、いつもながら、おまえの言うことはもっともだな」

明け方、彼らは、はるかかなたの平原とそれに連なる丘陵のうえに、敵軍の本隊をかいま見た。薄いもやに包まれた敵軍が皇帝軍から遠ざかったのは、用心のためなのか、それとも、敬意の念を示すためか、あるいは、近くから、威嚇するように包囲するためなのか、またもや判然としなかった。各自治都市の部隊は、小集団をつくって動いており、皇帝軍の行進にしばらく付き添ったり、丘のうえで待ち伏せて行進を監視したりしていたが、皇帝軍を回避するような動きもときとして見られた。深い静寂を、馬のひづめと兵士の足音だけが破った。緑の木々に隠れた櫓のてっぺんから、ある部隊が別の部隊に合図を送っているのか、丘の頂から頂へ、薄暗い朝の光のなか、ときおり、かすかな筋状の煙が上がるのが見えた。

今度は、その危険な移動をフリードリヒは自分の都合のいいように解釈し、軍旗とのぼりを掲げて行進した。まるで、蛮族を平定した皇帝アウグストゥスのように。さもなければ、平気で父の寝首をかくほど反抗的な、これらすべての都市の父親のように。

パヴィーアへと向かう道に出てから、バウドリーノを呼び寄せた。「おまえはあいかわらずのペテン師だな」と彼に言った。「だが結局、あの泥沼から抜け出す口実が必要だったのは事実だ。おまえを許してやろう」

「何のことですか、父上?」

「余が知らないとでも思っているのか。だが、あの名もなき町まで余が許したとは思うなよ」

「名前ならあります」

「いやない、なぜなら、余が名づけたのではないから。遅かれ早かれ、あの町を破壊せねばならんだろう」

「今すぐにではなくて」

「そうだ、今すぐにではない。おまえはきっと、そのときが来る前に、別の策略を考え出しているのだろうな。いたずら小僧を連れて帰ったあの夜に余は覚悟すべきであった。ところで、あの牝牛の男と以前どこで会ったか思い出したぞ！」

しかしバウドリーノの馬が暴れ、手綱を引いたので、ふたりの距離があいた。したがって、フリードリヒは、思い出したことを彼に伝えられなかった。

15　バウドリーノはレニャーノの戦いへ

包囲戦が終わり、フリードリヒは、最初こそ重荷がとれて心も軽くパヴィーアに撤退したが、満足はしていなかった。悪い年がさらに続いた。ドイツでは、いとこのハインリヒ獅子公に苦しめられ、イタリア諸都市はあいかわらず反抗的で、皇帝がアレッサンドリアの壊滅をいくら主張しても、耳を貸そうともしなかった。皇帝の兵力は今やわずかで、援軍はいっこうに到着せず、到着してみれば、その数は不十分だった。

バウドリーノは牝牛の策略にかんして多少責任を感じていた。もちろん、皇帝をだましたわけではなく、皇帝はその策略に一枚かむことになっただけなのだが、今になってふたりはともに、恥ずべきいたずらをいっしょに仕掛けた子供のように、顔を合わせると気まずさを感じた。白髪が混じり、獅子のたてがみのような輝きがまずその赤銅色の髭から失われはじめたフリードリヒの、少年のような当惑ぶりに、バウドリーノは心を動かされた。

バウドリーノは、自らの帝国の夢を追いかけつづける養父にますます愛情を感じていた。しかしフリードリヒが、どこからともなくするりと逃げてゆくイタリアを支配下に置こうとすればするほど、アルプスの向こう側の領土を失う危険はますます高まるのだった。そんなある日、バウドリーノは、フリードリヒの置かれた状況から判断して、司祭ヨハネの手紙が、表向きは皇帝が何も手放すことなく、このロンバルディアの泥沼から彼を救い出すことになるのではないかと考えた。要するに、司祭の手紙はガリアウドの牝牛のようなものではないかと。そこで、その話をしてみたところ、皇帝は機嫌が悪く、今は亡き叔父、オットーの老年の妄想よりも、取り組むべきまじめな問題があると言われた。さらに、フリードリヒは、彼にほかの任務を与え、ほぼ十二ヶ月にわたって、アルプスをはさんで南北を行き来させた。

紀元一一七六年の五月の末、バウドリーノはフリードリヒがコモに逗留し、そこへ彼も合流することを望んでいると知らされた。しかしその道中に、皇帝軍がすでにパヴィーアに移動しつつあると伝えられたため、南に進路を変えて、途中で落ち合うことを目指した。

レニャーノの岩山から遠くないオローナ川沿いで皇帝軍に出会った。そのわずか数時間前に皇帝軍と都市同盟軍が鉢合わせし、双方とも戦意はなかったにもかかわらず、ただ面子を保つためだけに一戦まみえたのだった。

戦場の端までたどり着くやいなや、バウドリーノは、長い槍をもった歩兵が彼に向かって突進してくるのを見た。相手が驚いて転倒することを期待して、馬に拍車をかけた。案の定、敵は驚いてひっくり返り、槍を手放した。バウドリーノが馬から降りて槍をつかむと、相手は「殺してやる」と叫んで立ち上がり、革帯から短剣を抜いた。ただし相手が叫んでいたのは、ローディの方言だった。バウドリーノは、ローディが皇帝側だという考えに慣れていたため、槍を伸ばして相手と距離を置きながら、のぼせてわれを忘れているらしき相手に、「何をするんだ、たわけが、おれも皇帝側だぞ！」とどなった。すると相手は、「そうとも、だからおまえを殺すんだ！」と叫んだ。そのときになってバウドリーノは、ローディがすでに都市同盟軍の側であったことを思い出し、自問した。「どうしよう、槍は相手の短剣よりも長いし、こいつを殺してしまおうか？　だがこのおれは、ひとりも人を殺したことがないのだぞ！」

　そこで、相手の股を槍ですくって、地面に大の字にさせてから、槍を喉元に突きつけた。「どうか殺さないでくださいまし、ご主人様（ドミヌス）、私めには七人の子供がおりまして、私めが死ねば、みんな明日にも飢え死にしてしまいます」とローディの男は絶叫した。「見逃してくだされ、どうせあなたの味方にとって私めが大した脅威となるはずでもなし、見てのとおりの体たらく、ただのでくの坊です」

「おまえがでくの坊だということは、徒歩で一日かかるような遠くからでもわかる。だが、武器を手にしてうろつけば、おまえとて人を傷つけられる。股引を脱げ！」

「モモヒキ？」

「そのとおり。命は助けてやるが、キンタマをぶらぶらさせてゆけ。どの面さげて戦に戻るか見てみたい。それとも、飢え死にしそうな子供のもとにすぐに駆けつけるか！」

敵は下着を脱ぐや、垣根を飛び越えながら畑を駆け抜けていった。走ったのは、恥ずかしさのためというよりも、敵方の騎士に後ろ姿を見られたときに、尻を見せて愚弄していると思われるのを恐れたためだった。そうなれば、相手はトルコ人がよくやるように彼を串刺しにするだろうから。

バウドリーノは人を殺さずにすんで満足だったが、そこへ、彼のほうへ馬を走らせてくる者がいた。近くに来ると、フランス風のいでたちだったので、ロンバルディア人ではないことがわかった。必死で戦おうと心に決めて剣を抜いた。馬に乗った男は、脇を通り過ぎるときに、「何をする、気はたしかか、おまえたち皇帝軍は今日、わが方に打ちのめされたのだ、家に帰るほうが身のためだぞ！」と大声で言い残すと、もめごとを避けて立ち去った。

バウドリーノは再び馬に乗り、どこに行くべきか思案した。そのときまで、誰が味方で誰が敵か一目瞭然の包囲戦しか見たことがなかったため、このような戦闘が、不可解千万だったのである。

木立のまわりを一周すると、平野のまんなかにかつて見たことのないものが見えた。それは、紅白に塗られた天蓋のない大きな戦車で、中央に満艦飾の長い旗竿が立てられ、祭壇が設けられていた。そのまわりを、天使が吹くような長い喇叭(らっぱ)をもった兵士が囲んでいたが、おそらくそれは、味方を戦闘へと駆り立てるために使われるものであろう。バウドリーノは思わず、郷里の言葉で、驚きの声をあげた。「よくもまあ!(オー・バスタ・ラ)」一瞬彼は、司祭ヨハネのもとにやってきたような、というより、象に牽引された戦車に乗って兵士が出陣するサランディヴにいるような思いにとらわれた。だが、目の前の戦車を引いているのは、たとえ立派に着飾ってはいても、牛であった。この戦車のまわりで戦っている兵士はひとりもいなかった。ときおり喇叭が吹き鳴らされたが、喇叭手は次にとるべき行動がわからず立ち往生していた。彼らのなかに、川岸の人ごみを指さす者がいた。そこでは、死者も目覚めるような大声とともに、いまだに取っ組み合いが続いていた。牛を動かそうとする者もいたが、牛たちは常日頃から前に進むのを嫌がる生き物なのに、よりによって、そのような混乱に身を投じようとするわけがなかった。

「どうしたものか」とバウドリーノは自問した。「あの興奮した連中のなかに飛びこむべきか？　彼らが口を開かないかぎり、どっちが敵だかわかったもんじゃない。だが、彼らが口を開くのを待っていたら、こっちが殺されかねないぞ」

とるべき行動を思案していると、ちょうどそこへ、別の騎士がやってきた。それは、彼もよく知る廷臣だった。むこうも彼の姿を認めると叫んだ。「バウドリーノ、われわれは皇帝を見失ったぞ！」

「どういうことだ、皇帝を見失ったとは！　後生だから教えてくれ」

「敵の歩兵部隊のまんなかで獅子のように戦う皇帝の姿を見た者がいる。歩兵部隊は皇帝の馬を向こうの奥の林へと押しやり、みんなが木々のなかに消えてしまった。われわれもそちらに行ってみたが、もはや誰もいなかった。皇帝はどちらかの方角に逃走を図ったにちがいないが、わが方の騎兵本隊にまだ戻っていないことはたしかだ……」

「わが方の騎兵本隊はどこだ？」

「それが問題だ。皇帝が騎兵本隊に合流していないこともそうだが、騎兵本隊そのものがもうないのだ。わが方は壊滅させられた。まさに呪われた一日だった。最初フリードリヒは、配下の騎士たちとともに敵に向かっていった。敵はいずれも歩兵のように見え、あの彼らの棺台のまわりに集まっていた。だが歩兵たちが頑固に抵抗するうちに、突然、ロンバルディアの騎兵部隊が現れ、わが軍は挟み撃ちにされたのだ」

「要するにだ、おまえたちは神聖ローマ皇帝を見失った！　そんなことがよくも言えるな、臆面もなく！」

「おまえは今着いたばかりで涼しい顔をしているが、われわれがどんな目にあったかわかっているのか！　皇帝が倒されるのを見たという者さえいる。あぶみに片足がからまったまま、馬から引きずり下ろされたというのだ！」

「で、今、わが軍は何をしている？」

「逃げているところさ。あそこを見ろ、林のなかでばらばらになり、みんな川に飛びこんでいる。いまや皇帝が死んだという噂まで流れ、誰もが、なんとかパヴィーアまでたどり着こうとしている」

「なんたる卑怯者！　誰もわれらが主君をさがそうとしないのか？」

「いま夜の帳(とばり)が下りようとしている。まだ戦っている者たちも、戦闘をやめつつある。こんなところに残る者がいるはずがないだろう。もしいたら教えてくれ！」

「なんたる卑怯者」と、武人ではなくても勇気はあるバウドリーノが繰り返した。馬に拍車をかけ、剣を抜いて、地面が死体で埋まった場所に突進し、最愛の養父の名を大声で呼んだ。生きていたら返事をしてくれと叫びながら。その広い平地で、これだけ多くの死者のなかからひとりをさがし出すのは、絶望的な試みだった。そのため、ロンバルディア側の最後に残った部隊は、彼と出くわすと、助太刀に来た天国の聖人だと思いこみ、満面の笑みをたたえて彼を通してやった。

戦闘が最も激しかった地点でバウドリーノは、うつぶせに横たわっていた死体をひっくり返しはじめた。たそがれどきのほのかな光に、なじみのある主君の顔が浮かび上がることを期待し、また同時に恐れもいだきながら。泣きながら、やみくもに進むうちに、いつのまにか林から出ていた。すると、ゆっくりと戦場を後にしつつあったあの巨大な戦車に出くわした。分別も自制心も失い、涙ながらに、「おまえたち、皇帝を見かけなかったか?」と尋ねた。彼らは笑いながら言った。「見たとも、向こうの茂みでおまえの姉さんとヤッてたぜ!」そしてひとりが、わざと音をはずして喇叭を吹き、卑猥な響きをたてた。

彼らはたまたまそう言ったにすぎなかったのだが、バウドリーノはそちらの茂みも見にいった。そこには折り重なった死体の山があり、一体の仰向けの死体に、うつぶせの死体が三体のっていた。背中を向けていた三体をどかすと、その下に、血に染まった赤い髭が見えた。フリードリヒだった。まだ生きているとすぐにわかった。半開きの唇から、かすかなあえぎ声が漏れていたからだ。上唇に傷があり、そこからまだ出血していた。額には、左目に覆いかぶさるような大きなあざがあった。短剣を握った左右の手を、突き出したまま倒れていたが、その姿からは、意識を失いかけていたにもかかわらず、とどめを刺そうと飛びかかってきた三人の哀れな敵を刺したときの情景が浮かび上がった。

バウドリーノはその頭を抱きかかえ、顔をきれいにぬぐってから呼びかけた。フリードリヒは目を開け、ここはどこかと聞いた。バウドリーノは、ほかにどこか負傷していないか確かめようと体をさすった。片方の足に触れたとき、フリードリヒは大声を上げた。おそらく、しばらくのあいだ馬に引きずられたというのは本当で、そのときに足首を捻挫したのだろう。言葉をかけつづけ、今いる場所をまた聞かれると、立ち上がらせた。フリードリヒは、それがバウドリーノだとわかると、抱きしめた。

「わが主君にして父よ」とバウドリーノは言った。「さあ、私の馬に乗ってください。むりをしてはいけません。だが用心して進まねばなりません。たとえ夜が更けたとはいえ、このまわりには都市同盟軍がいます。せめて、どこかの集落で、みんなそろってお祭り騒ぎでもしていればよいのですが。あいにくですが、わが方は敗北したもようです。しかし、このあたりまで、仲間の亡骸をさがしにくる敵がいるかもしれません。ですから、森と峡谷をくぐり抜け、道を通らずにパヴィーアまで行かねばなりません。あなたの兵士たちは、すでにそこまで撤退しているはず。馬上で寝てもよいですよ、父上が落ちないように私が見張っていますから」

「誰が、おまえが眠らぬように見張るのだ?」とフリードリヒは引きつった笑顔を見せながら尋ねた。そしてこう付け加えた。「笑うと痛い」

「どうやら元気になられたようだ」とバウドリーノは言った。

ふたりは一晩じゅう、闇に足をとられながら進んだ。馬もまた、木の根や灌木につまずいていた。遠くから、火が見えたときだけは、それを避けるために大きく迂回した。前進しながら、眠気を払うためにバウドリーノが話しかけ、フリードリヒは、息子が眠らないように目を開けていた。

「もう終わりだ」とフリードリヒが言った。「この敗戦の恥辱には耐えられない」

「ただの小競り合いですよ、父上。それにみんな、父上が死んだと思いこんでいますから、あなたは蘇ったラザロのように姿を現わすのです。負け戦(いくさ)と思いきや、神よ御身を讃えん(テ・デウム)を歌うべき奇蹟が起こったと、誰もが信じることでしょう」

じつをいうと、バウドリーノは、負傷したうえに侮辱された老人を慰めようとしていただけだった。その日、王にして祭司という地位どころか、帝国の威信がそこなわれたのだった。フリードリヒが新たな栄光を身にまとって登場しないかぎりは、それは回復しないのだ。そのとき、バウドリーノは、オットーの予言と司祭ヨハネの手紙のことをあらためて考えないわけにはいかなかった。

「要は、父上」と言った。「起きてしまったことから、ひとつ教訓を得ることです」

「賢者殿、おまえは何を余に教えるというのだ？」

「学ぶのは私からではありません、めっそうもない、天からです。オットー司教の言っていたことを父上は実行すべきです。ここイタリアでは、前進すればするほど、あなたはつまずいてばかり。教皇がいるところ、皇帝が入りこむ余地はないのです。これらの都市にあなたは負けつづけるでしょう。父上は、人為的に彼らを統制下に置こうとしていますが、彼らは反対に、彼らの天性に合った――パリの哲学者たちなら、質料（ヒュレー）の状態、すなわち、始原のカオスの状態と呼ぶところの――無秩序のなかで生きることを望んでいるからです。あなたはビザンツよりもさらに東を目指すべきです。異教徒の王国のさらに向こう側に広がるキリスト教国にあなたの帝国の旗印を掲げ、三賢王の時代からそちらを統治する唯一かつ真の王にして祭司（レクス・エト・サケルドス）と団結すべきです。彼と同盟を結ぶときにのみ、彼は父上に服従を誓うでしょう。そしてローマに帰還したあかつきには、教皇を皿洗いのように、フランスとイングランドの王を馬丁のように扱えるのです。そしてそのとき初めて、今日の勝者たちは父上に恐れをいだくでしょう」

フリードリヒはもうオットーの予言をほとんど覚えていなかったので、バウドリーノの口からそれを伝えた。「またあの司祭か?」と皇帝は言った。「実在するのか? それでどこにいるのだ? 彼をさがしにいくために軍を動かすことなどできると思うか? そんなことをすれば余は狂気王フリードリヒだ。きっと後世にそう呼ばれるにちがいない」

「いえちがいます。ビザンツを含むすべてのキリスト教国の書記局に、この司祭ヨハネが書いた父上宛の、父上だけに書いた一通の手紙が回覧されれば、話は別です。父上のみを対等と認め、あなたがたふたりの王国を統合するように促す手紙がです」

バウドリーノは司祭ヨハネの手紙を暗記していたので、暗闇のなかでそれを諳んじた。さらに、司祭が宝石箱に入れて彼に送ろうとしている世界一貴重な聖遺物が何かを説明した。

「その手紙はどこにある? 写しはもっているのか? まさかおまえが書いたのではないな?」

「私は正しいラテン語に書き直しただけです。内容は、賢人たちがすでに知っていたこと、彼らが述べていたことですが、誰も耳を傾けず、分散していたその断片を私がつなぎ合わせたのです。ですが、その手紙で言われていることはすべて福音書のように真実です。正直に申せば、私の手になるものは、宛先だけです。手紙が父上に書かれたようにしてあります」

「その司祭は、われらが主の血を受けたという、おまえが言うところのそのグラダーレを余にくれるのか？　それがあれば、究極の完璧な塗油になるのだろうが……」とフリードリヒはつぶやいた。

こうしてその夜、バウドリーノの運命とともに皇帝の運命も定まったのだった。ふたりのうちどちらも、自分たちを待ち受けるものが何かを知らなかったのではあるが。

ふたりがともに、明け方になってなおも遠い王国について空想をめぐらせていたとき、用水路のそばで、戦闘から逃れて迷子になった一頭の馬を見つけた。馬が二頭になって、通るのは無数の抜け道とはいえ、パヴィーアまでの旅程に要する時間は短くなった。道中、退却する皇帝軍の部隊に遭遇すると、彼らは自分たちの主君を認めて、歓喜の叫びをあげた。通過した村々で略奪を重ねた彼らは、ふたりに食料を与えてから、前方の味方にその知らせを伝えに走った。二日後にフリードリヒがパヴィーアの城門に着くと、吉報は一足先に届いていたため、町の要人とその盟友たちが盛装して、まだ信じられないというような顔で彼を待っていた。

ベアトリスも来ていたが、夫がすでに死亡したと告げられていたので、喪服を着ていた。彼女はふたりの子供の手を引いていた。フリードリヒはもう十二歳だったが、生まれつき病弱だったので六歳にしか見えなかった。一方のハインリヒは、父親の活力をすべて受けついでいたが、その日は困惑したように泣きながら、たえず「どうしたの？」と聞いていた。ベアトリスは遠くからフリードリヒの姿を認めると、泣きじゃくりながら駆け寄り、力いっぱい抱きしめた。生きているのはバウドリーノのおかげだとフリードリヒが言ったとき初めて、彼もいることに気づき、頰を赤く染めたが、やがて顔色は真っ青になった。ひとしきり泣いてから、彼の胸に触れるまで手を伸ばしただけで、それ以上近づかず、その手柄にふさわしい天の報いがあることを祈りながら、彼のことを、息子、友、兄弟とさまざまに呼んだ。

「まさにその瞬間です、ニケタス殿」とバウドリーノは言った。「主君の命を救うことによって、私が借りを返したことに気づいたのは。しかしまさにそれゆえに、私にはもはやベアトリスを愛する自由はありませんでした。こうして、彼女をもう愛していないことに気づいたのです。それは、すでに癒えた傷跡のようなものでした。再会して心によみがえったのは、美しい思い出であって、心の震えではありません。これで、そばにいても思い悩むことなく、彼女から離れるときも苦しまずにすむだろうと思いました。きっと私がようやく大人になって、青春の渇望がおさまった、ということなのでしょう。感じたのは無念さではなく、いくばくかの寂しさだけです。自分が、慎みなく愛をささやいてきた鳩のように思われましたが、もう恋の季節は終わり、旅立つときが来たのです。海を越えて行かねばならなかったのです」

「あなたは鳩ではなく、ツバメになったのですね」

「あるいは、鶴というべきでしょうか」

16　バウドリーノはゾシモスにだまされる

土曜日の朝、ペーヴェレとグリッロが、コンスタンティノープルの秩序がどうにか回復しつつあると知らせにきた。それは、あの巡礼者たちの略奪への欲求がしずまったというよりもむしろ、彼らが多くの貴重な聖遺物をも奪ったことにその首領たちが気づいたからだった。ミサ用の聖杯やダマスク織りの祭服ならまだしも、聖遺物の散逸を見過ごすことはできなかった。そこで、ヴェネツィア統領(ドージェ)ダンドロは、公平に分配するため、そのときまでに略奪したすべての貴重品を聖ソフィア大聖堂に集めるように命令を出した。公平な分配とは、何よりもまず、巡礼者とヴェネツィア人とのあいだの分配を意味したが、自分たちの船で巡礼者を輸送したヴェネツィアは、その費用の未払い金をまだ待っているところだった。集められたすべての物品は、銀マルクに換算し、騎士、騎馬従卒、歩兵従卒の取り分を、それぞれ四対二対一にすることになった。何ももらえないその他大勢の雑兵の反応は容易に想像できた。

ダンドロの部下たちがすでに、競馬場(ヒポドロム)にあった金色に輝く四頭の馬のブロンズ像をもちさってヴェネツィアに送ろうとしているのと噂されていたので、誰もが苦々しく思っていた。問答無用とばかりに、ダンドロは、全階級の兵士の所持品を検査し、ペーラの彼らの居住地も捜索するように命令したのだった。サン・ポル伯のひとりの騎士は、ガラスの小瓶を所持しているのを見つかった。彼によればそれは、「水薬が乾燥したもの」であったが、その小瓶を振ると、手のひらで温められて、内部で赤い液体が流れ出した。それがキリストの肋骨からあふれ出た血であることは明白だった。騎士は、略奪の前に修道士から公正に買った聖遺物だとわめきたてたが、見せしめのため、その場で縛り首にされ、盾と紋章が首から吊るされた。

「あわれなもんさ、まるで鱈みたいだった」とグリッロが言った。

ニケタスは悲しげな顔でその知らせを聞いていたが、バウドリーノは、それが自分のせいであるかのように狼狽してすぐに話題を変え、コンスタンティノープルを今去るべきかどうか尋ねた。

「まだひどい混乱状態にあります」とペーヴェレが言った。「用心しなくてはなりません。ニケタス殿、あなたはどこに行くおつもりですか?」

「セリンブリアまで。私たちの信頼できる友人がいて、泊めてもらえるのです」

「セリンブリアまで行くのは簡単ではありません」とペーヴェレが言った。「そこは西の方角、長城のすぐそばなので、ラバを使うにしても、到着まで三日、妊婦が同行するのであれば、あるいはそれ以上かかります。しかも、ラバの隊列を組んで、いかにも金持ち然としたあなたが町を横断すれば、巡礼者どもが蠅のように襲いかかってくることまちがいなしです」したがって、ラバは市外に用意し、市内は徒歩で横断せねばならなかった。コンスタンティヌスの城壁をくぐり、より人目につく海岸沿いを避けるため、聖モキウス教会から迂回して、ペジェ門をくぐってテオドシウスの城壁を出るのである。

「誰にもつかまることなく、無事たどり着くのは至難のわざです」とペーヴェレは言った。

「まったくだ」とグリッロが付け加えた。「わけなく引っかかっちゃいますぜ。こんなにたくさん女を見たら巡礼者は口からヨダレをたらすに決まってる」

若い女たちの旅支度に、さらにまる一日かかった。もう一度、レプラ病者のなりをさせることはできなかった。レプラ病者が市内を歩き回るはずがないことを巡礼者もすでに知っていたからである。彼らが欲望をいだかぬよう、疥癬(かいせん)にかかっているように見せかけるため、顔に染みやかさぶたをつける必要があった。また、空腹では動けないので、この一行の三日間分の食料を用意せねばならなかった。ジェノヴァ人は、フライパンまるごと一杯分のスクリピリータをパンかごに入れてもたせた。スクリピリータとは、ヒヨコマメの粉を薄くカリカリに焼きあげたジェノヴァ風フォカッチャで、小さく切り分けてから、それぞれ大きな葉っぱに包み、胡椒を少々ふりかけて食べれば絶品だった。しかも、血のしたたる厚切り肉以上に栄養があり、ライオンの餌としても通用するほどだった。さらに、油とサルヴィアとチーズで味付けしたフォカッチャをざっくりと切り分け、玉ねぎをそえてもたせた。

そのように野蛮な食べ物が苦手だったニケタスは、出発まであと一日待たねばならないなら、最後のごちそうをテオフィロスに作らせて味わいながら、バウドリーノの最後の話を聞いて一日を費やそうと決めた。まさに物語が佳境に入ったところで、その結末を聞くことなく出発したくはなかったからである。

「私の物語はまだだいぶ長いですよ」とバウドリーノは言った。「ともかく私はあなたがたと同行します。ここコンスタンティノープルですべきことはもう何ひとつないし、いたるところで嫌な思い出がよみがえるので。ニケタス殿、あなたは、私の羊皮紙になったのです。そのうえに私は多くのことを書きますが、すっかり忘れていたことも、手がひとりでに動いて文字になります。思うに、物語る者はつねに、それを聞いてくれる誰かを必要とします。その誰かがいて初めて、自分自身にも物語ることができるのです。私が皇妃に読まれることのない手紙を書いていた時期のことをおぼえていますか？　友だちにそれを読ませるというばかなまねをしたのは、そうしなければ私の手紙が無意味になるからです。ところがのちに、皇妃との接吻の瞬間が訪れると、その接吻を誰にも話せなくなってしまった。何年も何年もその思い出を胸にしまい、あなたの蜂蜜入りのぶどう酒のように、ときおりそれを味わっていましたが、口に毒の味が広がることもありました。あなたに話すことができて初めて私は解放されたのです」

「なぜ私には話せたのですか?」

「なぜなら、こうしてあなたに話している今、私の物語にかかわった人はもう誰ひとりいないからです。私ひとりが残りました。いまやあなたは、胸に吸いこむ空気のように、私には必要なのです。私はあなたとセリンブリアに行きます」

レニャーノで負った傷が癒えるやいなや、フリードリヒは、帝国書記官長のクリスティアン・フォン・ブッフとともにバウドリーノを呼び出した。司祭ヨハネの手紙を真剣に検討する必要があるのなら、すぐにとりかかるほうがよかったからだ。クリスティアンは、バウドリーノが見せた羊皮紙を読み、賢明な書記官長らしく、いくつか反対意見を述べた。まずはじめに、手紙の書き方が、公文書としてふさわしくないと彼には思われた。その手紙が、教皇庁、および、フランスとイングランドの宮廷をめぐり、ビザンツ皇帝のもとへ届けられるのであれば、全キリスト教世界において重要な文書に使用される書式にしたがって書かれねばならない。また彼によれば、いかにも印章らしく見える印章を用意するには時間がかかるとのことだった。真剣な仕事を望むのであれば、じっくり取り組まねばねらなかったのだ。

どのようにして、他国の書記局にその手紙のことを知らせればよいだろう？　もし帝国書記局がそれを送れば、信用されないだろう。司祭ヨハネが誰かひとりに個人的に手紙をよこし、誰も知らない土地まで彼に会いに来ることを許可したのに、手紙の受取人がそのことを万人に知らしめ、誰か別の人にそこへ先に行かせるようにする、そんなことがありうるだろうか？　手紙にかんする噂を広める必要はあったが、それは、将来的な派遣を正当化するためだけではなく、何よりもまず、全キリスト教世界を驚かすためでなければならなかった。そして、これらすべてのことを、極秘中の極秘を漏洩するかのように、少しずつ行う必要があった。

バウドリーノは、自らの友人たちを使うように提案した。彼らは誰からも怪しまれない情報員となるはずであった。パリの学問を身につけ、しかもフリードリヒの家来でもなかった。その手紙をアブドゥルなら聖地のキリスト教国、ボロンならイングランド、キヨットならフランスにひそかにもちこめるはずだし、ラビのソロモンは、ビザンツ帝国に暮らすユダヤ人のもとにそれを届けられるだろう。

こうして、この後の数ヶ月が、これらさまざまな仕事のために使われ、バウドリーノは、旧友たち全員が作業する写字室（スクリプトリウム）を指揮することになった。ときおりフリードリヒが進捗状況を聞いてきた。彼は、グラダーレが譲渡される点をもう少し明確に述べるように提案した。バウドリーノは、曖昧な表現にしておくほうが都合がいい理由を説明しながら、王と祭司の権力の象徴であるグラダーレがいかに皇帝を魅了しているかにあらためて気づかされた。

このような議論を重ねているうちに、フリードリヒに新たな懸案がもちあがった。教皇アレクサンデル三世との妥協点をさぐらざるをえなくなっていたのだ。皇帝に擁立された対立教皇の存在を真に受ける者は世界のどこにもいなかったので、皇帝がアレクサンデルに敬意を表し、唯一にして真のローマ教皇として認めることに同意する一方で——これは皇帝にとって大きな譲歩ではあったが——、教皇にはそのかわりに、ロンバルディア諸都市への支援をいっさい取りやめさせようというのである。皇帝にとってその利点はきわめて大きかった。そのとき、フリードリヒもクリスティアンも、細心の注意を払って策略をめぐらしながら、教権（サケルドティウム）と帝権（インペリウム）の統合をあらためて訴えて教皇を挑発することが有益かどうか思案した。バウドリーノは自らの計画が遅れることにいらだちをおぼえたものの、反論はできなかった。

それどころか、皇帝は彼をその計画からはずし、一一七七年四月、ヴェネツィアに派遣して、きわめてやっかいな任務につかせたのである。七月に予定されている教皇と皇帝の会見を細部にわたって慎重に準備する、というのがそれである。和解の儀式は、不測の事態が起きてそれを妨げることのないように、詳細に検討されねばならなかった。

「とりわけ、クリスティアンが心配していました。あなたがたの皇帝（バシレウス）が、この会見を失敗させるために、ひと騒動起こそうという魂胆なのではないかと。ご存じのとおり、以前からマヌエル・コムネノスは教皇と仲が悪く、アレクサンデルとフリードリヒが協定を結べば、彼の計画が危険にさらされるのは明らかでした」

「その計画が実現することはついぞありませんでした。十年来マヌエルは、ふたつの教会の統合を教皇にもちかけていました。彼が教皇の宗教的優位を認め、教皇はビザンツ皇帝を、東西を問わず、唯一にして真のローマ皇帝と認めるように。しかし、このような合意がなされると、アレクサンデルはコンスタンティノープルで大きな権力を獲得できないばかりか、フリードリヒをイタリアの王位から引きずりおろすこともできず、おそらく、ほかのヨーロッパの君主を警戒させることになります。したがって教皇は、彼にとってもっと有利な同盟を選ぼうとしていたのでしょう」

「しかし、あなたの皇帝(バシレウス)はヴェネツィアに密偵を送りこみました。修道士であるかのように見せかけて……」

「たぶん、彼らは本当の修道士だったのでは？　わが帝国では、教会の人間は自分たちの皇帝のために働くのであって、皇帝にそむくためではない。だが私の理解が正しければ――当時私がまだ宮廷にいなかったことに留意していただきたい――、騒動を起こそうとして彼らが派遣されたのではないはず。マヌエルは避けられない事態を甘んじて受け入れていた。おそらく彼は、何が起きようとしていたか知りたかっただけなのです」

「ニケタス殿、きっとあなたならよくご存じのはず、あなたが無数の国家機密を握る書記官長(ロゴテテス)だったのであれば。敵対するふたつの党派の間諜が同じ陰謀の舞台で顔を合わせれば、心底からの友情関係を維持し、双方が互いにおのれの秘密を打ち明けるのはしごく当然です。そうすれば、互いの秘密を盗み合うという危険を避けられるばかりか、間諜を派遣した君主の目に彼らはきわめて有能に映ります。同じことが私たちとこれらの修道士たちのあいだに起きました。私たちはすぐに、そこにいる理由を互いに打ち明けました。私たちは彼らを、彼らは私たちをさぐるためだと。そしてそれからというもの、すばらしく平穏な日々をいっしょに過ごしたのです」

「それは有能な統治者であれば、想定しています。それに、ほかにどうしろというのです？　外国の間諜を尋問したところで、それが個人的に知らない間諜であればなおさら、何も言うはずがありません。だからこそ、手みやげにとるにたらない秘密をもたせて、自分の間諜を放つのです。かくして、君主は知るべきことを知るわけです。とはいえ、たいていそれは、彼以外の全員がすでに知っていることばかり」とニケタスが言った。

「こうした修道士のなかに、カルケドンのゾシモスなる男がいました。そのやせこけた顔が強く印象に残っています。ルビーのような目玉が休みなく回転し、黒く濃い髭と、異様に長い髪が光っていました。話すときはまるで、顔から二掌尺にわたって血を流す磔刑像と会話をしているようでした」

「その手の男なら知っています。ビザンツの修道院はそんな男ばかり。若くして、消耗して死んでしまうのだ……」

「彼はちがいました。あんな大食い、これまで一度も見たことがありません。ある夜、彼をヴェネツィアのふたりの娼婦の家に連れていったときのこと。ご存じと思いますが、ヴェネツィアの娼婦は、この世界で最も古い職業の手練（てだれ）としてその名が聞こえています。

深夜三時、私は酔っ払って引き上げましたが、彼は残りました。それからしばらくたって、私はふたりの女のうちのひとりにこう言われたのです。こっちが音を上げるほどのあんな絶倫男の相手をしたのは初めて、と」
「その手の男なら知っています。ビザンツの修道院はそんな男ばかり。若くして、消耗して死んでしまうのだ……」

バウドリーノとゾシモスは、友人とは言えないまでも、飲み仲間となっていた。彼らの習慣は、最初にふたりで大いに飲み食いしたあとで、ゾシモスの口から恐るべき瀆神の言葉が発せられたときから始まった。「今宵、操(みさお)の固くない乙女に、嬰児虐殺の犠牲者全員を捧げよう」と彼は言ったのだった。それはビザンツの修道院でおぼえた表現なのかという問いに、ゾシモスは次のように答えた。「聖バシレイオスの教えによれば、理性をくもらせる悪魔は、姦淫の悪魔と瀆神の悪魔のふたり。後者は短時間しか影響を及ぼさず、前者は、思考を熱情で掻き乱すことがなければ、神の観想を妨げない」そこでふたりは、その教えに従い、熱情をいだかずに、姦淫の悪魔のもとに直行した。バウドリーノは、ゾシモスが生活のいかなる局面においても、神学者や隠者の格言をもちだして、自分の気持ちを落ち着かせることに気づいた。

別の機会にふたりが飲んでいるときのこと、ゾシモスはコンスタンティノープルの驚異を称賛しはじめた。バウドリーノは恥ずかしくなった。彼に語ることのできたのは、窓から人々が投げ捨てる排泄物でいっぱいのパリの路地、あるいは、プロポンティスの黄金の水とは比べようもないターナロ川のよどんだ流れくらいだったからだ。「ミラノの驚異」についても、フリードリヒがそれをすべて破壊してしまったせいで話せなかった。どうすればゾシモスを黙らせ、あっと言わせられるかわからず、司祭ヨハネの手紙を見せた。どこかに立派な帝国があって、それと比べればビザンツ帝国など荒れ地にすぎない、といわんばかりに。

　ゾシモスは最初の一行を読むやいなやすぐに、不信感をあらわに尋ねた。

「司祭ヨハネ（プレスビュテル・ヨハネス）？　誰かな？」

「知らないのか？」

「幸いなるかな、それ以上知ってはならないことを知らぬ者は」

「ぜひそれ以上知ってほしい。先を読んでくれ」

　読むにつれ、その目はらんらんと輝いたが、羊皮紙を置くと、冷ややかに言った。

「ああ、司祭ヨハネね。知ってるとも、わが修道院で、その王国を訪れた者の多くの報告を読んだことがある」

「でも、手紙を読むまで、それが誰かも知らなかったじゃないか」

「鶴は、読み書きを知らずとも、群れをなして飛ぶときに文字を形成するもの。この手紙は司祭ヨハネなる者について語っているが、嘘をついている。本当は、私が報告書で読んだ真の王国、つまりインドの君主の王国について語っているのだ」

バウドリーノは、その油断のならない男があてずっぽうで答えているのではないかという気がしていたが、ゾシモスは彼にそれ以上考える余裕を与えなかった。

「主は洗礼を受けた者に三つのことを求める。魂には正しい信仰、言葉には誠実さ、身体には節制。きみのこの手紙には、あまりに多くの誤りがあるので、インドの君主が書いたものではありえない。たとえば、かの地の多くの異様な生き物のことを記してはいるが、言及していないものがある……ちょっと考えさせてくれ……そうだ、たとえば、メタガリナリウス、ティンシレータ、カメテテルヌスには触れていない」

「いったいそれは何だ?」

「それは何だ、だって? 司祭ヨハネの国に着いた者が最初に遭遇するのがティンシレータで、対応のしかたを知らないと大変だ……ガブッ……そいつにひと口で呑みこまれてしまう。エルサレムに行くみたいに、気軽に出かけられる場所ではないのだ。エルサレムにいるのは、せいぜいラクダ数頭、ワニ一匹、象二頭といったところ。さらに、ふしぎなのは、手紙がわれらの皇帝(バシレウス)ではなく、きみの皇帝宛になっている点だ。このヨハネの王国は、ラテン人の帝国よりもビザンツ帝国に近いというのに」

「それがどこだか知っているような口ぶりだな」

「正確にどこかは知らなくても、行き方ならわかっているつもりだ。目的地を知る者は、そこに至る道も知っているから」

「それならばなぜ、きみたちビザンツ人でそこに行った者が誰もいないのだ?」

「そこに行こうとした者が誰もいないと言ったか? 皇帝マヌエルがイコニウムのスルタンの領土まで踏みこんだのは、それはインドの君主の王国への道を切り開くためにほかならないと言えよう」

「はっきりと言ってくれてもいいのに、きみは言わない」

「なぜなら、われらが栄光の軍隊は二年前、まさにそのトルコ領内のミュリオケファロンで敗北したからだ。したがって、われらの皇帝が新たな派遣を決意するまで時間がかかるだろう。しかしもし私が、大金と、充分に武装し、いくたの困難に立ち向かう能力をそなえた兵団を自由に使え、進むべき方角もはっきりしていたら、出発せざるをえないだろう。あとは、道を進みながら、尋ねたり、地元住民の指示に従えば……。きっと道しるべにはこと欠かないだろう、つまりそれが正しい道ならば、やがて、かの地でしか育たない木々を見つけたり、そこにしか生息しない動物と出会ったりするはずだ、まさにメタガリナリウスのような」

「メタガリナリウス万歳！」とバウドリーノは言って、酒杯をもちあげた。ゾシモスは司祭ヨハネの王国でともに祝杯をあげようではないかと言った。さらに、マヌエルの健康を祝して乾杯するよう強く促すので、バウドリーノは、フリードリヒの健康を祝して乾杯するのならそうしようと答えた。それからふたりは、教皇とヴェネツィアと、幾晩か前に知り合ったふたりの娼婦に乾杯した。ついにバウドリーノは酔いつぶれ、卓につっぷして先に眠ってしまったが、かろうじてゾシモスがぼそぼそとつぶやくのが聞こえた。「修道士の座右の銘。好奇心にかられて行動すべからず、やましい心を抱いて歩くべからず、両手を奪うために使うべからず……」

翌朝、ねばねばした口のまま、バウドリーノは言った。「ゾシモス、きみはペテン師だ。きみのインドの君主がどこにいるか、ほんとはまったく知らないくせに。勘に頼って出発するつもりか。あっちでメタガリナリウスを見たと誰かに言われるや、それを真に受けてすぐに出発し、すべて宝石でできた宮殿の前にまたたく間に到着。そこできみは、ひとりの人物に会い、こんにちは司祭ヨハネ、と挨拶を交わす。この手の話はきみの皇帝にしろ、私にではなく」

「でも私には、よい地図があるのだが」とようやく目を開きはじめたゾシモスが言った。

バウドリーノは、たとえよい地図があるにしても、すべてはまだ曖昧模糊としており、場所の特定は困難であると反論した。もともと地図というものは不正確であるが、そのような場所の地図はなおさらである、なぜならそこは、百歩譲ってアレクサンドロス大王が行ったにしても、そのあと誰も行っていないような場所なのだから、と。そこで彼は、アブドゥルが作成した地図のあらましを描いてみせた。

ゾシモスは笑い出した。大地が球体であるというきわめて異端的で邪悪な考えをバウドリーノが支持しているのであれば、当然ながら、彼は旅を始めることすらできないはずだからである。

「きみは聖書を信じるか、それとも、異教徒のように、アレクサンドロス以前に考えられていたように考えるかのどちらかだ。もっとも、彼はいかなる地図も後世に残せなかったのではあるが。聖書は、大地だけではなく、宇宙全体が幕屋の形をしていると言っている。より正確には、大地から空までの宇宙の忠実な写しとして、モーセが自らの臨在の幕屋を建てた、と」

「だけど、古代の哲学者たちは……」

「神の言葉の啓示をまだ受けていなかった古代の哲学者たちは、対蹠地というものを考え出した。一方、『使徒言行録』には、大地の全表面に人が住むように、神がひとりの男から全人類を生み出したと書かれている。表面というのは、存在もしない裏側のことではないのだ。『ルカによる福音書』は、主が使徒に、蛇とサソリの上を歩く力を授けたと言っている。歩くとは、何かの上を歩くことを意味するのであって、下ではない。それに、大地が球体で、虚空に宙吊りにされているとすれば、上下の別がなくなるので、歩くという行為の意味もなくなり、いかなる意味においても歩くという行為が成立しないだろう。誰が天が球体だと考えたのだろうか？　バベルの塔の頂上に登ったカルデアの罪人たちだ。彼らは、天に押しつぶされるという誤った恐怖感をいだき、あのような塔まで建ててしまったのだ！　ピタゴラスにしろ、アリストテレスにしろ、死者の復活を告知できたというのか？　そのような愚か者に大地の形が理解できたはずがない。大地が球体であるからといって、それで、日の出と日没、あるいは復活祭の日を予告するのに役立つというのか？　哲学も天文学も学んでいない下賤の民が、季節に応じて日没と日の出の時間を熟知し、またさまざまな国で、復活祭の日を同じ方法でまちがえることなく計算しているというのに。よい大工が知っている幾何学と別の幾何学を知る必要があるだろうか？　種まきと収穫のときに、農民が知っている天文学と別の天文学を知る必要があるだろうか？　だいたい、古代の哲学者とは誰のことだ？　きみたちラテン人は、コロフォンのクセノパネスを知っているか？　彼は大地が無限だと主張しながらも、それが球体であることは否定している。愚か者は言うかもしれない、宇宙を幕屋形だとみなせば、日食と月食、春分と秋分を説明できなくなると。いいだろう。われわれローマ人の帝国には、何世紀も前に、コスマス・インディコプレウステスすなわち、インド航海者コスマスと呼ばれた偉大な賢者がいた。世界の最果てまで旅をした彼は、その著作『キリスト教地誌』において、大地がまさに幕屋の形であることを、非の打ちどころのない方法で証明したのであり、そのような方法によってのみ、摩訶不思議な現象がまさしく説明可能になるのだ。王のなかで最もキリスト教の信仰に篤い司祭ヨハネが、地誌のなかでも最もキリスト教に忠実な著作の記述を無視している、ときみは言うのか？　それは、コスマスだけではなく、聖書の教えにも背くことだぞ」

「私に言えるのは、私の司祭ヨハネが、きみのコスマスの地誌学については何も知らないということ」

「司祭がネストリウス派だと言ったのはきみではないか。さてこのネストリウス派だが、別の異端者、キリスト単性論者とのあいだに劇的な論争を展開した。キリスト単性論者は大地が球体だと主張し、ネストリウス派は幕屋のような形だとした。コスマスもまたネストリウス派であったことが知られているが、少なくとも、ネストリウス派の師、モプスエスティアのテオドロスの弟子だったことはたしかで、アレクサンドリアのヨアネス・フィロポヌスが唱えたキリスト単性論の異端と、生涯にわたって闘った。フィロポヌスは、アリストテレスのごとき異教の哲学者を信奉していた。コスマスがネストリウス派、司祭ヨハネもネストリウス派であれば、ふたりはともに、大地が幕屋の形をしていたと断固として信じていたにちがいない」

「ちょっと待ってくれ。コスマスも、私の司祭ヨハネも、ネストリウス派であることは疑問の余地がない。だが、ネストリウス派は私の知るかぎり、イエスとその母にかんして間違いをおかしているので、宇宙の形についても間違いをおかしかねないのではないかな?」

「そこが非常に微妙な問題なのだ! もしきみが司祭ヨハネを見つけたければ、いずれにせよ、異教の地理学者ではなく、コスマスの説に従うほうがよいことをきみに証明しよう。いまかりに、コスマスが偽りを書いたとしよう。たとえ偽りだとしても、それは、コスマスが訪れた東方のあらゆる民族が考え、信じていたことなのだ、さもなければ彼はそれを知りえたはずがないから。司祭ヨハネの王国へとつながる土地では、そしてその王国の住民はもちろん、大地が幕屋の形だと考え、幕屋の驚くべき図面にしたがって、計測しているのだ。距離、国境、川の流れ、海の広さ、海岸と湾、もちろん山々も」

「またもや、論点がそれているように思われるが」とバウドリーノは言った。「幕屋のなかに生きていると彼らが信じているからといって、実際に彼らがそのなかに生きていることにはならないはずだ」

「私の論証を最後まで聞いてくれ。かりに今問われているのが私の生まれたカルケドンへの行き方であるならば、私はきみになんなく説明できるだろう。旅の日程の数え方が、私ときみではことなるかもしれない。あるいは、きみが左と呼ぶ方を私は右と呼んでいるかもしれない。ちなみに、サラセン人は、南を上に、北を下にして地図を描くと言われたことがある。つまり、太陽が、描かれた大地の左側から上ることになる。それでもきみが、太陽の運行と大地の形にかんする私の描き方を受け入れ、私の指示にしたがえば、きみは私が送り届けたい場所に確実に着くだろう。しかし、きみが自分の地図に頼れば、私の指示が理解できないだろう」したがって」と勝ち誇ったようにゾシモスが言った。「司祭ヨハネの土地にたどり着きたければ、きみの地図ではなく、司祭ヨハネが使ったであろう地図を用いねばならない。いいかね、たとえきみの地図が彼のものより正確であるとしてもだ」

バウドリーノはその論証の鋭さに魅了されて、コスマスが、したがって、司祭ヨハネが、宇宙をどのように見ていたかを説明してくれないかとゾシモスに尋ねた。「それはだめだ」とゾシモスは言った。「地図がどこにあるかはよく知っているが、なぜきみときみの皇帝にそれを渡さねばならんのだ？」

「ただし彼がきみに大金を渡し、きみが充分に武装した兵団を連れて出発できれば話は別」

「そのとおり」

そのときからゾシモスは、コスマスの地図について一言も触れなくなった。酔いがまわれば、それをほのめかすことはあったが、謎めいた曲線を指で宙に漠然と描くだけで、まるでしゃべりすぎたと言わんばかりにそれも途中でやめてしまった。バウドリーノは彼にさらにぶどう酒を注ぎ、奇抜にも見える質問をした。「インドに近づく頃には、われわれの馬も疲れきっているだろうから、われわれは象に乗ることになるのか？」

「たぶん」とゾシモスは答えた。「なぜなら、インドには、馬を除いてきみの手紙に名前が列挙された動物すべてと、ほかの動物も、生息しているから。だが馬も、ツィニスタ〔中国のこと〕から連れてくるので、いることにかわりない」

「それはどんな国？」

「旅人たちが絹の毛虫をさがしにいく国さ」

「絹の毛虫？　というと？」

「ツィニスタには、女たちの懐に抱かせる小さな卵があり、体温で孵化すると、小さな毛虫が生まれてくる。これらの毛虫を、その餌となる桑の葉のうえに置く。成長すると、体内から絹糸をつむぎ、それを体に巻きつけて、墓に入るように中に閉じこもる。その後、多色多彩な蝶へと変身し、繭に穴をあける。飛び立つ前に、オスがメスのなかに背後から入りこみ、そのつがいは死ぬまで交尾の熱によって餌もなく生きつづけ、メスは卵を抱きながら死ぬのだ」

「絹が毛虫から作られる、なんてことを信じこませようとする男など、まったく信用が置けません」とバウドリーノはニケタスに言った。「ビザンツ皇帝の密偵ではありましたが、インドの君主をさがし出すためなら、フリードリヒの金でも出発したことでしょう。そしていったんそこにたどり着けば、さっさと姿をくらましてしまうことでしょう。それでも、コスマスの地図のことをほのめかされて、私は興奮をおぼえました。その地図は、目指す方角が反対でも、私には、ベツレヘムの星のように思われたのです。三賢王の歩みを後戻りする道が示されているのではないかと。こうして私は、抜け目のなさにおいては自分のほうが彼よりも一枚上だと思い、酩酊するまで酒を飲むよう仕向けました。意識を朦朧（もうろう）とさせて、もっとしゃべらせるように」

「ところが実際は？」

「彼のほうが一枚上だったのです。翌日、その姿が見えません。仲間の修道士から、彼がコンスタンティノープルに帰ったと知らされました。こんな別れの挨拶状を私に残して。「水の乾いたところにとどまる魚が死ぬように、独居房の外にいつまでもいる修道士は、神との結びつく力が弱まるもの。ここ数日の私は、罪をおかして生活のうるおいを失くしていた。泉の凄烈さを私に取り戻させたまえ」

「おそらくそれは真実でしょう」

「とんでもない。彼の皇帝（バシレウス）から金をしぼり出す方法を見つけただけのことです。私にさんざん金を使わせたあげくに」

17　バウドリーノは司祭ヨハネが手紙を書いた相手が多すぎることを発見する

フリードリヒは翌七月、ラヴェンナからキオッジャまでの海路を統領(ドージェ)の息子に伴われて、ヴェネツィアに到着した。その後、リド島のサン・ニコロ教会に足を運んでから、二十四日の日曜日、サン・マルコ広場でアレクサンデルの足元にひれ伏した。教皇が彼を立ち上がらせて、いかにも親しげに抱擁すると、まわりの者はみな「テ・デウム」を歌った。それはまさに華々しい勝利の式典ではあったが、ふたりのうちのどちらの勝利かは、はっきりしなかった。いずれにせよ、十八年間続いた戦争が終わったのであり、時を同じくして、皇帝は、ロンバルディア同盟の諸都市と六年間の休戦に調印したのだった。フリードリヒはこれに満足して、さらにひと月間のヴェネツィア滞在を決めた。

八月のある朝のことだった。クリスティアン・フォン・ブッフがバウドリーノと仲間たちを招集し、皇帝のもとに連れていった。フリードリヒの前まで来ると、クリスティアンは芝居がかったしぐさで、幾重にも封印された羊皮紙を差し出し、「これは司祭ヨハネの手紙です」と言った。「ビザンツの宮廷から内密に私のもとに届けられたものです」

「手紙だと?」とフリードリヒは驚きの声をあげた。「まだこちらから送ってもいないのにか?」

「仰せのとおりこれは私たちの書いた手紙ではありません。陛下ではなく、ビザンツ皇帝マヌエル宛になっています。その点以外は、私たちの手紙と同じですが」

「つまり、この司祭ヨハネとやらは、最初に私に同盟をもちかけておきながら、東ローマ人にくらがえしたということか?」とフリードリヒは怒りをあらわにした。

バウドリーノは仰天した。なぜなら、司祭の手紙は、彼自身がいちばんよく知っているように、たった一通しかなく、しかもそれは彼が書いたものだったから。もし司祭が実在すれば、別の手紙を書いた可能性はあるにしても、それであるはずがなかった。そこで、その手紙を見せてほしいと申し出た。急いで目を通してから、言った。「すべてが同じではなく、小さな異同があります。父上、お許しいただければ、もっとよく検証したいのですが」

バウドリーノと仲間たちはその場を去り、いっしょに何度も何度も読み返した。第一の疑問は、その手紙がラテン語で書かれている点であった。それが不可解なのは、ラビのソロモンが指摘したように、手紙が司祭からギリシアの皇帝に送られているからである。

　司祭ヨハネ（プレスビュテル・ヨハネス）は、神と、支配者たちの支配者、われらが主イエス・キリストの徳と力によって、東ローマ人たちの君主マヌエルが、神の祝福と健康を永遠に享受されるようご祈念申し上げる。

「第二に、奇妙なのは」とバウドリーノが言った。「マヌエルを、皇帝（バシレウス）ではなく、東ローマ人（ロメーイ）の君主と呼んでいること。ということは、帝国内部のギリシア人によって書かれたものではなく、マヌエルの権利を認めない何者かが書いたことになる」
「したがって」と〈詩人〉が言った。「自らを、支配者のなかの支配者（ドミヌス・ドミナンティウム）とみなす本物の司祭ヨハネによって書かれたのだ」
「先に進もう」とバウドリーノは言った。「われわれの手紙にはなかった文言をきみたちに示そう」

　余が知らされたところでは、貴殿が余に多大なる敬意を表明し、わが偉大さを伝え聞いておられるとのこと。さらにわが**特使**(アポクリサリウム)から聞かされましたのは、貴殿が寛大なる余にふさわしい愉快で面白き品を送られる御所存とか。**人として、**余は喜んで贈り物をいただき、わが特使を通じて返礼いたしましょう。ぜひとも知りたいのは、貴殿が余と正しき信仰を同じくし、われらが主イエス・キリストを全面的に信じているかどうか。**余は自らが神と信じられていますが、貴殿は配下のギリシア人どもから人間であることを百も承知しておりますが、貴殿は死すべき運命にあって、人体の腐敗から逃れられないことを余はよく知っていますが。**わが気前のよさを示したいので、何か必要なもの、貴殿のお好きな品があれば、お知らせください。わが**特使**に指示されてもよし、貴殿のご希望を書簡にされてもよし。

「ここにいたって、矛盾ばかりが目につく」とラビのソロモンが言った。「一方で、皇帝(バシレウス)とそのギリシア人たちを、侮辱ともとれるような、ばかにした尊大な態度で扱い、他方で、ギリシア語とおぼしきアポクリサリウムといった語を使っている」

「意味するところは、まさに特使だ」とバウドリーノは言った。「それに、みんな聞いてくれ、司祭ヨハネの席に坐るのが、サマルカンドの首都大司教とスーサの首席司祭だとわれわれが書いたところは、プロトパパテン・サルマガンティヌム、それにアルキプロトパパテン・デ・スシスと書かれている。さらに、王国の驚異のひとつに、悪霊を追い払うアッシディオスなる薬草の名が挙がっている。つまり、また三つのギリシア語が使われているわけだ」

「要するに」と〈詩人〉が言った。「手紙はギリシア人によって書かれている。それなのに、ギリシア人のことをぞんざいに扱っている。そこが理解できない」

羊皮紙を手にとったアブドゥルが言った。「ほかにもまだあるぞ。われわれが胡椒の収穫について述べたところでは、ほかの細部が付け加えられている。この手紙には、ヨハネの王国にはわずかの馬しかいないと書き加えられている。それだけではない、われわれがサラマンダーの名前を挙げただけだったのにたいし、それらは蛆虫（うじむし）の一種で、絹をつむぐ蛆虫のように、皮膜のようなもので体を覆う、とある。皮膜は宮廷の女たちによって洗われ、その皮膜で王家の衣類が織られ、洗濯には強い炎だけが用いられる」

「な、なんだって？」とバウドリーノは驚いて聞き返した。

「最後に」とアブドゥルは続けた。「王国に住む生き物が列挙されているところで、有角人、ファウヌス、サテュロス、ピグミー、犬頭人のほかにも、メタガリナリウス、カメテテルヌス、ティンシレータといった、われわれが引用していない生き物の名が挙がっている」

「なんてこったい、べらぼうめ！」とバウドリーノは叫んだ。「蛆虫の話はゾシモスがしていた！　コスマス・インディコプレウステスによればインドには馬がいない、とおれに言ったのは、ゾシモスだった！　それに、メタガリナリウスやほかの獣の名を出したのも！　売女の息子、糞ったれ、嘘つき、泥棒、偽善者、詐欺師のいかさま野郎、裏切り者、間男、大食い、卑怯者、色魔、癇癪もち、異端者、淫乱、人殺し、略奪者、瀆神者、男色者、高利貸し、聖職売買者、死霊魔術師、不和の元凶、収賄者！」

「いったい何をされたんだ？」

「まだわからんのか？　おれが手紙を見せた夜、やつはおれを酔わせて、手紙を写したんだ！　それから、やつの呪われた皇帝のところに行き、フリードリヒが司祭ヨハネの友人にして後継者と目されつつあると知らせたうえで、やつらはマヌエル宛に、もう一通の手紙を書き、われわれの手紙よりも先にまんまと流布させたのだ！　どうりで、ビザンツ皇帝にたいして、これほどまでに横柄なわけだ！　おのれの書記局による産物だと気取られないために！　どうりで、多くのギリシア語の言葉を含んでいるわけだ！

ヨハネによってギリシア語で書かれた原文のラテン語訳と見せかけるために！　ラテン語で書かれているのは、マヌエルではなく、ラテン人の王たちの書記局と教皇を納得させねばならないからだ！」

「見過ごしていた細部がもうひとつある」とキョットが言った。「司祭が皇帝に贈ることになっていたグラダーレの話をみんなおぼえているか？　われわれはわざと記述をぼかし、本物の宝石箱（ウェラム・アルカム）という言い方にとどめた……。きみはゾシモスにこのことをそれとなく言ったのか？」

「いや」とバウドリーノは否定した。「このことは黙っていた」

「なるほどそれで、きみのゾシモスはイェラカムと書いているのか。司祭は皇帝（バシレウス）にイェラカムなるものを送ると」

「それはいったいなんだ？」と〈詩人〉が尋ねた。

「それはゾシモスにもわからないのさ」とバウドリーノは答えた。「われわれの原文を見てくれ。この箇所のアブドゥルの筆記ははっきり読み取れない。ゾシモスはそれが何かわからずに、われわれだけが知っている珍しくて神秘的な贈り物と思いこんだ。それで、この言葉の説明がつく。ああ情けない！　すべて、やつを信じたおれのせいだ！　なんたる恥さらし、皇帝にどう言えばよいか？」

　彼らが嘘をつくのはこれが初めてではなかった。まさにフリードリヒへの手紙の流通をはばむために、マヌエルの書記局の何者かがこの手紙を書いたのは明らかである、と彼らはクリスティアンとフリードリヒに説明したが、そのさい彼らの手紙の写しをコンスタンティノープルにもっていった裏切り者が、神聖ローマ帝国の書記局にいる、と付け加えたのだった。フリードリヒは、「もしそいつを見つけたら、体の外に出た部位をすべて削ぎ落としてやる」と誓った。

さらにフリードリヒは、マヌエルがなんらかの行動を起こす懸念はないかと尋ねた。もし、インド遠征を正当化するために手紙が書かれたとしたら？　そのときクリスティアンが賢明にも指摘したのは、ちょうど二年前にマヌエルが、フリギア地方イコニウムのセルジューク朝スルタンを攻めようとして、ミュリオケファロンで劇的な敗北を喫したことだった。それが彼の深い痛手となって、再びインドに近づこうという気など起こさないにちがいなかった。むしろ、よく考えれば、その手紙はまさに、大きく失墜した彼の威信を少しでも取り戻すための、かなり稚拙なやり方でもあったのだ。

しかしながら、ことがここにいたった時点で、フリードリヒ宛の手紙を出回らせることに意味があるだろうか？　マヌエル宛の手紙から写されたものだと誰にも思わせないためには、おそらくそれに修正を加える必要があるのではないだろうか？

「あなたはこの件を知っていましたか、ニケタス殿」とバウドリーノは尋ねた。

ニケタスはほほえんだ。「あの当時、私はまだ三十歳にもなっておらず、パフラゴニアで税の徴収をしていました。もし私が皇帝の顧問であったなら、このように稚拙な策略に訴えないようにきっと助言したはず。しかしマヌエルが耳を傾けていた宮廷人は多数にのぼります。側近、後宮に仕える宦官のみならず、下僕の言うことにも。それに、神秘主義者の修道士数人の影響もしばしば受けていました」

「あの蛆虫野郎のことを考えると、悔やんでも悔やみきれません。しかし、教皇アレクサンデルもまた、ゾシモスやサラマンダーより醜悪な蛆虫であることが九月になって判明しました。ほかのキリスト教徒の王たちやビザンツ皇帝にも発送済みとおぼしき一通の文書が、帝国書記局に届いたのです。なんとそれは、アレクサンデル三世が司祭ヨハネに宛てて書いた一通の手紙の写しだったのです！」

アレクサンデルは、マヌエル宛の手紙の写しを受け取っていたにちがいなかった。また彼はおそらく、一昔前に来訪した使者、ガバラ司教のフーゴーのことを知っており、フリードリヒが、王にして祭司であるヨハネの存在を知って何らかの利点を引き出すことを恐れたのだろう。そこで、呼びかけに応えるのではなく、自分のほうから先に直接呼びかけようとしたのである。だからこそ彼の手紙は、司祭との交渉のために使者を即座に派遣したと言っているのだ。

手紙はこのように始まる。

神の僕(しもべ)のなかの僕、司教アレクサンデルは、キリストにおける子、偉大にして令名高きインドの王、親愛なるヨハネの健康を祈り、教皇として祝福申し上げる。

このあとで教皇は、全信者の長にして師(カプット・エト・マギストラ)であるという委託をペテロから受けたのは、唯一、教皇庁(すなわちローマ)だけだと指摘したうえで、ヨハネの信仰心がいかに深いかは、教皇の侍医、フィリッポ師から聞いて知っていたと書いていた。賢明で思慮深いこの人物は、ヨハネがついに、真のローマ・カトリックの信仰に改宗する所存であると、敬虔な人々から聞いたというのだ。また教皇は、未知なる粗野な言語(リングアス・バルバラス・エト・イグノタス)に通じていないせいもあって、残念ながら当面は、高い位を彼に授けられないものの、真の信仰に彼を導くように、控え目でこのうえなく慎重なフィリッポを彼のもとに派遣すると書いていた。フィリッポの到着後ただちにヨハネは、基本合意書を教皇に送らねばならない。さらには、自らの権勢と富をことさらひけらかすことなく、聖なるローマ教会の慎ましい息子として認められるほうが、彼のためになるとも忠告していた。

バウドリーノは、この世にそこまでひどいペテン師がいると考えただけで、はらわたが煮えくりかえった。フリードリヒは、激昂してわめきちらした。「悪魔の子め！　誰からも手紙などもらってないのに、悪辣にも、あいつのほうから先に返事を書くとは！しかも、ヨハネをプレスビュテル(司祭)と呼ばず、司祭としての権限をいっさい認めないつもりだ……」

「教皇はヨハネがネストリウス派だと知っています」とバウドリーノが付け加えた。「それで、異端を捨てて、自分に服従するように、ヨハネに公然と提案しているのです……」

「このうえなく傲慢な手紙であることはまちがいない」と書記官長のクリスティアンが指摘した。「彼を息子と呼びながら、司教のひとりも派遣せず、自分の侍医しか差し向けていないのだから。まるで規則を守らせるべき子供のように扱っている」

「このフィリッポとやらをとりおさえるのだ」とそのときフリードリヒが言った。「クリスティアン、伝令でも、刺客でも、おまえに任せるから、派遣しろ！　こやつを旅の途中でつかまえて絞め殺し、舌を引っこ抜いて、急流の底に沈めてこい！　かの地に行かせてはならん！　司祭ヨハネはおれのものだ！」

「心配されるな、父上」とバウドリーノは言った。「私が思うに、このフィリッポとやら、出発などしていませんし、本当にいるかどうかも疑わしい。第一に、私が思うに、マヌエル宛の手紙が偽物だということをアレクサンデルは百も承知。第二に、ヨハネがどこにいるかは彼にもまるでわかっていない。第三に、彼が手紙を書いたのはまさに、父上より先に、ヨハネが自分のものだと言うためであり、王にして祭司である彼の一件を忘れるように、父上とマヌエルに促すためです。第四に、もしフィリッポが実在し、司祭のもとへ向かったとしましょう、そして本当に、そこにたどり着いたとしましょう。考えてもみてください、司祭ヨハネが改宗にまったく応じず、何の成果もなくとぼとぼ帰ってきたら、どういう事態にあいなるか？　アレクサンデルは、面目まるつぶれ。彼がそんな危険を冒すはずはありません」

いずれにせよ、フリードリヒ宛の手紙を公表するにはもはや遅すぎたので、バウドリーノは身ぐるみはがれたようにさえ感じた。オットーが死んでから、彼は司祭の王国をずっと追い求めてきた。あのときからすでに二十年近くが経過していた……。二十年かけて、得たものが何もないとは……。

それから、気をとりなおし、自らにこう言い聞かせた。いやそれはちがう、司祭の手紙がむだになった、というより、ほかの手紙の山のなかに紛れこんだ今こそ、望みさえすれば誰もが司祭との親密な手紙のやりとりを創作できるのだ。この世は札つきの嘘つきだらけだが、だからといって彼の王国の探索を断念する必要はない。それに、コスマスの地図はまだ存在するのだから、あとはゾシモスを見つけて、地図を奪い取り、未知なる国へ旅立てばいいのだ。

それにしてもゾシモスはどこに姿をくらましたのだろう？　たとえ皇帝(バシレウス)の宮殿にいて、のうのうと禄を食(は)んでいることがわかっても、どうすれば、ビザンツ全軍に囲まれた彼を引っ張りだせるだろう？　バウドリーノは、この不良修道士の消息を得るために、旅行者、伝令、商人をとわず、尋問を始めていた。それと同時に、フリードリヒに計画の実行を迫ることも忘れていなかった。「いいですか父上」とバウドリーノは言った。「以前よりも今のほうが意味があるのです。以前は、王国が私の空想の産物にすぎないのではないかと心配されたこともあったでしょうが、今やビザンツ皇帝もローマ教皇もそれを信じていることが明らかになりました。パリで私が言われたのは、私たちの精神に、それ以上大きいものはないというくらいに大きなものを想定する能力があれば、まちがいなくそれは存在する、ということ。進むべき道について情報を提供できそうな者の手がかりを私は得ています。どうか、そのための費用を認めてください」こうして彼は、ヴェネツィアを通るギリシア人どもを丸ごと買収できるほどの金を首尾よく調達し、コンスタンティノープルの信頼の置ける人物たちと連絡をとりながら、知らせを待った。知らせを受け取ればあとは、フリードリヒに決断を迫るだけだった。

「またもや、何年も待たされることになったのです、ニケタス殿、そしてしばらくして、ビザンツ皇帝マヌエルが死去しました。私は当時まだあなたがたの国を訪れたことはありませんでしたが、皇帝が変われば、その支持者たちがみな一掃されるだろうと察しがつく程度には、お国のことを知っていました。聖母マリアとすべての聖人たちに、ゾシモスが殺されていないことを祈りましたが、目をくりぬかれていたとしてもかまわなかったのです、地図を渡してくれればそれでよかったのですから。あとは私が解読するだけ。その時期、月日が、まるで血のように失われてゆくような感じがしたものです」

ニケタスは、かつての失望に今さら気落ちしてもしかたがないと、バウドリーノを諭した。そこで、彼の料理人兼召使に、最高の料理を用意するように頼み、コンスタンティノープルの空の下でとる最後の食事は、この土地の海と陸の恵みを実感させるものであってほしいと要望した。こうして食卓に上らせたのは、イセエビとヤドカリ、茹でたエビ、カニのから揚げ、ヒラ豆と牡蠣(かき)とアサリの和え物、ソラマメの裏ごしスープと蜂蜜味の米が添えられ、魚卵で囲まれたイシマテガイだった。飲み物にはクレタ産のぶどう酒が選ばれた。これがすべて一皿目でしかなかったのだ。続いて、香ばしい匂いを発する煮込み料理が供された。深鍋で湯気を立てていたのは、雪のように白くて固いみごとな四つのキャベツの芯、一匹の鯉、小ぶりの鯖(さば)二十尾、塩漬けにされた魚の切り身、卵十四個、ワラキア産の羊のチーズ少々で、皿全体に油がたっぷりと注がれ、そのうえに胡椒がまぶされ、ニンニク十二かけらで味付けされていた。この二皿目の料理に、ニケタスはガノス産ぶどう酒を頼んだ。

18　バウドリーノとコランドリーナ

ジェノヴァ人のいる中庭からニケタスの娘たちの悲鳴が上がった。頬紅の朱色に慣れた彼女たちが、顔をよごされるのを嫌がったからだ。「おとなしくしてくれよ」とグリッロが言った。「きれいだけがオンナの取柄じゃねーから」顔につけられたほんのちょっとのタムシや天然痘の痕だけで、発情した巡礼者が気味悪がってくれるかどうか、自信がもてないからだと彼はその理由を説明した。巡礼者とは、女であれば、年寄りでも娘っこでも、健康でも病気でもよく、こと女に関しては宗教も問わなかったので、ギリシア女でもサラセン女でもユダヤ女でも、手あたりしだいにおのれの欲望のはけ口にするような輩(やから)だったからである。彼らを気味悪がらせるには、おろしがねのように顔をぶつぶつにせねばならないと、彼は付け加えた。ニケタスの妻は、愛情をこめて、娘たちの顔を醜くする作業を手伝い、額に切り傷をつけたり、病に蝕まれているように見せかけるために、鼻のうえに鶏の皮をのせたりした。

バウドリーノは、このうるわしい家族を悲しげな面持ちでしばらく眺めていたが、こう切り出した。「それで、急場をしのぎながらも、すべきことがわからず、私は妻をめとったのです」

そして、自らの結婚の話を、つらい思い出であるかのように、暗い表情で語りはじめた。

「当時、私は宮廷とアレッサンドリアのあいだを行き来していました。フリードリヒにとって、いまだにその町は、喉に刺さったとげのような存在であり、私が、同郷人と皇帝の関係の修復にあたっていたのです。状況は以前よりは好転していました。アレクサンデル三世が死去し、アレッサンドリアはその庇護者を失っていました。皇帝は、イタリア諸都市との和解にますます傾き、アレッサンドリアは都市同盟の砦としての存在理由を失いつつありました。ジェノヴァがすでに皇帝側についていたため、アレッサンドリアがジェノヴァ側につけば利するところ大でしたが、アレッサンドリアだけ孤立してフリードリヒに憎まれる唯一の町となっても何の得もありません。誰もが名誉をそこなわない解決をさぐる必要がありました。こうして、同郷人と話し合っては宮廷に戻り、皇帝の機嫌をうかがう日々を過ごすうちに、私はコランドリーナの存在に気づいたのです。彼女はグアスコの娘であり、私の目の前で少しずつ成長していったのですが、一人前の女になっていたことに私は気づいていませんでした。とても優しい性格で、立ち居ふるまいは、優雅であると同時にややぎこちなくもありました。包囲戦の顚末のあと、父と私は町の救世主とみなされ、彼女は、聖ゲオルギオスを見るような目で私を見るのです。私がグアスコと話をしていると、彼女は目を潤ませ、私の言葉をひとことも聞き逃すまいと、そばから離れません。彼女が十五、私が三十八歳でしたから、親子ほどの年の差です。彼女に恋していたかどうか定かではありませんが、そばにいるのは嫌ではありませんでした。だからこそ私は、ほかの人であれば信じてもらえないような冒険を、彼女に聞いてもらおうと語りはじめたわけです。グアスコもそれに気づいていました。たしかに彼は騎士(ミレス)であり、したがって、私のような廷臣(それに農民の子)よりは多少身分が上でしたが、さきほど申したように、私は町の寵児であり、腰には剣を差し、宮廷で暮らしていたので……。つまり縁組としては悪くなかったはずで、グアスコのほうからこう申し入れてきたのです。「コランドリーナと結婚してはどうか。娘はぼうっとして、皿は床に落とすし、きみがいないと、窓際できみが来ないか眺めて過ごしてばかりだ」盛大な婚礼が、サン・ピエトロ教会で執り行われました。故人となった前教皇に私たちが贈ったこの大聖堂を、新しい教皇はその存在すら知りませんでした。奇妙な結婚生活でした。私は初夜の翌日にはもう出発してフリードリヒのもとに行かねばならず、まる一年のあいだ、こんなふうで、めったなことがないかぎり妻に会う機会がなく、帰るたびに喜ぶ妻の顔に胸が詰まりました」

「彼女を愛していたのですか？」

「そうだと思いますが、結婚するのはそれが最初でして、どうふるまえばよいか、よくわかっていなかったのです、夜の夫のつとめをのぞいて。でも昼間にどうすべきかがわからないのです、少女のように頭をなでるべきか、貴婦人のように扱うべきなのかが。彼女は父親のような存在を必要としていたので、不調法があれば叱りつけるべきか、それとも、長い目で見れば彼女のためにならなくても、すべてを許すべきなのか。しかしそれも、結婚一年目の終わりに、妊娠したと告げられるまでのことでした。そのときから私は、妻を聖母マリアのように扱いはじめたのです。家を不在にすれば許しを請い、日曜はミサに連れていって、バウドリーノの良妻が彼の子を身ごもったことをみんなに見せびらかしました。ともに過ごした夜はわずかでしたが、そんなとき私たちは、お腹のなかのバウドリーノとコランドリーナの赤ちゃんの将来について語り合ったものでした。妻は、フリードリヒがわが子に公の称号を授けてくれるのではないかと考えるにいたり、私までそれを信じこみそうになりました。司祭ヨハネの王国のことを話すと、そこにはどんなに美しい貴婦人がいるやもしれず、世界じゅうの黄金が手に入っても私をひとりで行かせないと言います。とはいえ、アレッサンドリアとソレーロをあわせた以上に大きくて美しい場所があるなら、自分も見てみたい、とも。さらに、グラダーレの話をすると、目を見開き、こう言います。ねえバウドリーノ、あなたがあちらに行って、主イエスの飲んだ杯をもって帰れば、キリスト教徒のなかで最も有名な騎士になれる。モンテカステッロに聖堂を建て、そこにグラダーレとやらを収めれば、クアルニェントからでもきっと人が見にくるわよ……。私たちは子供のように空想を膨らませました。私は心でつぶやいたものです。かわいそうなアブドゥル、きみは愛というものが遠い王女のことだと信じているが、私の愛はこんな身近にいて、耳の裏をなでることさえできる、彼女は笑い声をたて、くすぐったいと言う……。でもそれも長くは続きませんでした」

「それはなぜ？」

「それは、ちょうど妻の妊娠中に、アレッサンドリア市民がジェノヴァと手を結んでシルヴァーノ・ドルバ村の連中と敵対したからです。彼らは少人数ではありましたが、町の周辺を徘徊して農民たちから略奪していました。その日コランドリーナは、私の到着が近いことを知り、花を摘みに城壁の外に出ていたのです。羊の群れの前で立ち止まり、父親の部下でもあった牧童と冗談を交わしているときでした、家畜を奪おうと悪党どもが襲いかかったのは。おそらくやつらは、妻に危害を加えるつもりはなかったのでしょうが、妻は地面に引きずり倒され、逃げ出した羊に体を踏まれて……。牧童はすでに一目散に逃げており、高熱の妻を家族が見つけたのは、夜遅くなっても戻らない彼女に気づいてから。グアスコは私を呼びにやり、私は息せき切って駆けつけたものの、すでに二日がたっていました。床に伏す瀕死の妻に面会したとき、彼女は私の顔を見るや、早まってお腹から出てきた子供は、もう死んでいた、と言って謝ろうとします。私に子を産んでやることもできなかったと言って自分を責めます。まるで蠟でできた聖母像のようでした。言葉を聞き取るには口に耳を寄せねばなりません。バウドリーノ、私を見ないで、泣きすぎて顔がくしゃくしゃだから、悪い母親で、そのうえ醜い妻だと思われたくない……。私に許しを請いながら妻は死にました。危険が迫ったときにそばにいてやれなかったことを私が詫びているときに。しばらくして、わが子の遺体を見たいと私が言っても、なかなか見せてもらえませんでした。その子は、その子は……」

バウドリーノはそこで言葉に詰まった。ニケタスに目の奥を見られたくなかったのか、顔を天に向けたままじっとしていた。「小さな怪物でした」とやや間を置いて続けた。「司祭ヨハネの王国にいる想像上の怪物のような。顔には、斜めにひびが入ったように小さな目があり、やせこけた胸から、タコの足のようにも見える腕が突き出ていました。そして、腹から足にかけて、羊のような白い毛で覆われていました。正視できず、私は埋葬するよう命じましたが、司祭を呼んでいいものかどうかわかりません。城外に出て、夜中じゅうフラスケータをさまよいながら、つくづく思いました。そのときまで私は、ほかの世界の生き物を想像することに自分の人生を費やしてきた。それらの生き物は、おのれの想像力のなかでは驚くべき奇蹟であって、その異形こそ神の無限の力を証明するものだと思われた。ところがいざ神が、男なら誰でもやっていることを私に求めるや、私は奇蹟どころか、おぞましいものを生み出してしまった。私の息子は、自然の吐き出した嘘だったのです。オットーの言ったことはもっともでした、ただし彼の考えた以上に。私は嘘つきであり、嘘つきとして生きてきたがために、おのれの種が嘘を生み出したのでした。死んだ嘘を。そのとき私は理解しました……」

「つまり」ニケタスはためらいがちに続けた。「あなたは人生を変える決断をした……」

「いいえ、ニケタス殿。それが私の運命なら、他人のようになろうとしてもむだだと心に決めたのです。私の人生はもはや嘘に捧げられているのだから。そのとき頭に浮かんだことを説明するのはむずかしいが、自らにこう言い聞かせたのです、おまえはこれまでさんざん嘘八百を並べてきたが、それらがいずれも真実となった。おまえは聖バウドリーノを出現させ、サン・ヴィクトール修道院付属図書館の蔵書を捏造した、三賢王に世界を巡らせ、やせた牝牛を太らせて町を救った、ボローニャに学者がいるのなら、それはおまえのおかげでもある、ローマ人が夢にも思わないような驚異をおまえはローマに出現させた、ガバラ司教のフーゴーの与太話から世にも美しい王国を創造した、しまいには亡霊を愛し、彼女が書いたこともない手紙を書かせ、読む者をみんなうっとりとさせた、実際にはそれを書いていない本人まで、つまり皇妃までも。ところがだ、それ以上望めないくらいにまじめな女にたいして、たった一度だけおまえが真実を行おうとしたとき、おまえは失敗し、誰もが目を疑い、誰も望まぬ代物を生み出した。したがって、おまえは、おまえの奇蹟の世界に引きこもるほうがよい、少なくともその世界のなかでなら、どんなに奇蹟的なことであろうとも、おまえ自身が決定できるのだから」

19 バウドリーノは自分の町の名前を変える

「かわいそうなバウドリーノ」出発の準備を続けながらニケタスが言った。「人生の盛りに妻と子を失うとは。私とて同じ、これら野蛮人の誰かの手にかかって、このわが身も、いとしい妻も、明日にも失うことになるかもしれない。おおコンスタンティノープルよ、都市の女王、至高の神の幕屋よ、あなたの臣下にとっては称賛と栄光、異邦人にとっては愉悦、帝国の諸都市の皇妃、雅歌すなわち歌のなかの歌、輝きのなかの輝き、見るも珍しい稀有の光景、コンスタンティノープルよ、あなたのもとを、母の胎内から出たとき同様まる裸で去らんとする私たちは、いったいどうなってしまうのか？　いつの日か再会するときもなお、あなたは軍靴に踏まれて涙の谷となった今のままなのだろうか？」

「もうおやめなさい、ニケタス殿」とバウドリーノが言った。「忘れるなかれ、アピキウスばりのこのごちそうを味わえるのはおそらくこれが最後です。この肉団子は何でしょうか？　この町の香辛料市場の匂いがする」

「ケフテデスですよ、香りはシナモンと少量のミントでつけています」と早くも気を取り直したニケタスが答えた。「この最後の日に、アニス酒を少々分けてもらったので、水に溶かして雲のように白濁したら飲んでください」

「これはうまい、頭がくらくらすることなく、夢心地になれる」とバウドリーノは言った。「コランドリーナの死後にこれが飲めたら、たぶん忘れられたかもしれません。あなたが早くもこの町の災難を忘れ、明日は何が起きるだろうと気をもむことがなくなったように。ところが当時、故郷のぶどう酒のせいで私の頭はいつも重く、飲めばすぐに眠くなるのはいいが、目が覚めたら気分は最悪、さらに落ちこんでしまっていたのです」

バウドリーノが、気も狂わんばかりの悲しみから抜け出すまでには一年を要したが、その一年間でおぼえていたのは、馬に乗って森や平原をかけめぐり、どこかに泊まっては飲みつぶれ、長く不安な夜を過ごしたことだけだった。夢に見たのは、ついにゾシモスのもとにたどり着き、王国行きの地図を(彼の髭ごと)奪い取るところだったが、その王国の新生児はみなティンシレータかメタガリナリウスなのだった。父と母、あるいは、グアスコとその家族が、コランドリーナと、生まれてこなかった息子のことを話題にするのがこわかったので、アレッサンドリアに帰ることはなかった。しばしばフリードリヒのもとで休養したのは、フリードリヒが父親らしい気配りと包容力をもって、バウドリーノの気を紛らすために、帝国のために遂行可能な壮大な計画の話をしてくれたからだった。そんなある日、フリードリヒは、アレッサンドリアとの問題を解決する決意をしたと語った。怒りはすでに冷めており、バウドリーノを喜ばせるためにも、むりやり町を破壊することなく、傷(ウルヌス)を癒すつもりだ、と。

この任務は、バウドリーノに新しい生きがいを与えた。フリードリヒはすでに、ロンバルディア諸都市と最終的な和平に調印する準備を整えており、バウドリーノは、あとは名誉の問題だけだろうと思っていた。フリードリヒにとってがまんならなかったのは、自らの許可なく建てられた町が存在すること、加えて、その町に自分の仇敵の名前がつけられたことだった。したがって、フリードリヒがこの町を建て直すことができればよかったのである。同じ場所でもよいから、別の名前で、あるいは、ローディを再建したときのように、同じ名前ではあるが、別の場所に。そうなれば、それなりの成果は達成されたことになる。一方のアレッサンドリア市民は、何を望んでいただろうか？　ひとつの町をもち、そこで自分たちの商いを営むことである。たまたまその町はアレクサンデル三世の名が冠せられることになったが、その教皇が死んだ今、もはや別の名で呼ばれても憤慨する理由にはならないはずだ。そこで名案が浮かんだ。ある朝に、フリードリヒと配下の騎士がアレッサンドリアの城壁前に整列し、全市民が出迎える。司教の一団が入城し、町の神聖性を解除する。それが聖別されていたと言えるならばの話だが。より正確には、改名させて、新たに、皇帝の町（チェーザレ）、チェザレーアと命名する。アレッサンドリア市民は皇帝の前に進み出て臣下の礼をとる。そして、生まれた変わった町の所有者として再び町に入る、それが皇帝によって建てられた別の町であるかのように。彼らはそこで、幸せで満ち足りた生活を送ることになる。

かくして、バウドリーノは、またもや豊かな想像力をみごと発揮して、絶望から立ち直りつつあったのだ。

フリードリヒはその案が気に入ったが、当時はドイツの封臣たちと重要な案件を解決中であり、イタリアに戻るのが困難な状況にあった。そこでバウドリーノが交渉にあたることになった。町に入るのがためらわれたが、城門で両親が出迎えると、三人はともに、安堵感から涙を流しあった。旧友たちは、バウドリーノの結婚の話はおくびにも出さず、彼がずっと独身だったかのようにふるまった。そして、外交上の話し合いに入る前に、昔の居酒屋に連れていき、おおいに酒を酌み交わした。しかし、バウドリーノが飲んだのは、酸味が強くて軽いガーヴィの白ぶどう酒で、しかも酔いつぶれるまでは飲まず、才知に拍車がかかる程度にしておいて、自分の考えを述べはじめた。

最初に反応したのはガリアウドだった。「こいつといっしょにいると、しまいにはこいつと同じ阿呆になる。いいかよく考えろ、こんな茶番があるか、いったん出たかと思えば、すぐまた入る、ホイサ、コラサ、あんたが出て、わしが入る？　いえけっこうどうぞあんたが先に、ってなぐあいじゃ。あとは誰かが笛を吹くだけ、さあみんなで踊ろう、聖バウドリーノのお祭りだよってか……」

「そんなことはないさ、なかなかの妙案だ」とボイディが言った。「だが、アレッサンドリア人じゃなく、チェザレーア人と呼ばれることになるのなら、おれは恥ずかしくて、そんな名前、とてもアスティの連中の前では言えたもんじゃない」

「ふざけるのはやめにしよう、お里が知れるというものだ」とオベルト・デル・フォーロがたしなめた。「町の名を変えてやってもいいが、彼の前に進み出て臣下の礼をとるのは、おれはいやだ。そもそも、譲歩してやるのはこっちであって、あっちではないのだから、あまりに横柄なふるまいをさせてはならない」

　クアルニェントのクッティカは、町の改名などどうでもいいことで、チェザレッタだろうがチェザローナだろうが重要ではないと主張した。彼にしてみれば、チェジーラ、オリーヴィア、ソフローニア、エウトロピーアなど、なんでもよく、フリードリヒが自分の司法長官（ポデスタ）を派遣したがるか、それとも、市民自らが選ぶ執政官（コンソレ）を任命することで満足するかが重要なのであった。

「どうしたいか、戻って聞いてきてくれ」とグアスコがバウドリーノに言った。それにたいして彼は答えた。「なるほど、両者が合意するまで、私がピレネー・アルプスを何度でも往復する、というわけだ。それはむりというもの。この町の誰か二名に全権を与え、おれといっしょに皇帝のところまで来させてくれ。双方が納得できる解決をさぐろう。フリードリヒは、アレッサンドリア人をあらたにふたり見るだけで、体がむずむずしてくるはずだから、厄介払いしたくて、きっと合意案を受け入れるだろう」

こうしてバウドリーノとともに、二名の町の使者、アンセルモ・コンツァーニと、グアスコ家のテオバルドが出発した。彼らはニュルンベルクで皇帝と会見し、合意に達した。執政官の件も即座に解決した。問題は形式を重んじることだけだったので、たとえアレッサンドリア市民が執政官を選んでも、任命するのが皇帝であればよかったのである。臣下の礼にかんしては、バウドリーノがフリードリヒの脇に寄ってこうささやいた。

「父上、あなたは来られませんから、使者を派遣せねばなりません。私を派遣してください。いやしくも私は廷臣であり、廷臣として、あなたは寛大にも騎士の帯を授けられ、私は、ここドイツでいうリッターになっています」

「それはたしかだが、おまえは、依然として官職貴族にすぎない。封土をもつことはできるが、それを授けることもできなければ、封臣ももてない、それに……」

「そんなこと、わが同胞にすればどうでもいいことです、馬に乗って、命令を下す者さえ来れば。彼らは、父上の代表者に、したがって父上に臣下の礼をとることになりますが、あなたの代表は私であって、私は彼らの同胞ですから、あなたに臣下の礼をとっているような印象はもちますまい。お望みなら、誓約やその他もろもろはすべて、帝国国庫官を私に随行させて彼にそれを行わせるのです。彼らは私たちふたりのうちどっちが偉いかなんて気づきません。彼らのお里は知れていますから。この件を永久にこのように処理してしまえば、双方に利があるのでは？」

かくして、一一八三年三月の半ば、式典が執り行われた。バウドリーノは正装し、モンフェッラート侯よりも立派に見えた。両親が食い入るように見つめるなか、息子は剣の柄を握り締め、いっときもじっとしていない白馬にまたがっていた。「君主の犬みたいに着飾っているわ」と母親がまぶしいものを見るように言った。実際は、彼の脇に、皇帝の紋章を掲げるふたりの旗手、帝国国庫官ロドルフォ、その他大勢の帝国の貴族、数えきれないほどの司教がいたが、そのとき、それを気にとめる者は誰もいなかった。だが、ロンバルディアのほかの都市の代表、たとえば、コモのランフランコ、パヴィーアのシーロ・サリンベーネ、カサーレのフィリッポ、ノヴァーラのジェラルド、オッソーナのパッティネーリオ、ブレシャのマラヴィスカ、といった面々もいたのだった。

　バウドリーノが城門の正面まで来ると、全アレッサンドリア市民が出てきて整列した。小さい子供は抱きあげられ、老人は腕をかかえられ、病人は台車に乗っていた。知的障害者も、足の不自由な人もいた。片足や片腕を失った包囲戦の英雄たち、なかには、車輪つきの板に裸の尻を載せて、手でこいで前進する者もいた。どのくらい外にいることになるかわからなかったので、多くの者が食べ物を用意していた。ある者はパンとサラミ、ある者は焼いた鶏肉、ある者は果物かごをもって、それは、どこか行楽に出かけるような風情だった。

　じつは、まだ寒い時期で、野は霜に覆われ、坐るのがつらかったのだった。町を取り上げられたばかりのこれら市民たちは、まっすぐに立って、足踏みをしたり、手に息を吹きかけたりしていた。誰かが言った。「さて、そろそろ、こんな見世物はおしまいにしようじゃないか、鍋を火にかけたままにしてきたことだし」

　皇帝の臣下たちは市内に入っていったが、そこで彼らが何をしたか見た者は誰もいなかった。城外で待機して、帰りの行進にそなえていたバウドリーノも見ていなかった。しばらくすると、ひとりの司教が前に出てきて、神聖ローマ皇帝の力添えにより、町はチェザレーアとなったと告げた。バウドリーノの背後にいた皇帝の部下たちは、フリードリヒの名をたたえながら、武器と軍旗を高く掲げた。バウドリーノは馬を速歩にして、外に追い出された市民たちの最前列に近づき、まさに皇帝の使者として、次のように告げた。フリードリヒは今まさに、ガモンディオ、マレンゴ、ベルゴリオ、ロボレート、ソレーロ、フォーロ、オヴィリオの七つの地域からなる高貴な都市を建設し、それにチェザレーアの名を与え、そこに集まった上述の村の住民に譲渡した。したがって、これらの村民は、この塔のある町を贈り物として受け取るように、と。

帝国国庫官は合意の条項をいくつか列挙したが、全員が寒さで震えていたので、王権（レガリア）、取引税、通行税をはじめとして、協定を有効にするほかのすべての細部を、急いで読みとばした。「さっさと終わろう、ロドルフォ」とバウドリーノが帝国国庫官に言った。「どうせこれは茶番なのだから、早く終わるにこしたことはない」

町を追われた者たちは帰路についた。そこには、オベルト・デル・フォーロをのぞく全員がいた。フリードリヒを敗北に追いやった彼は、臣下の礼という恥辱が受け入れがたく、自分のかわりに、アンセルモ・コンツァーニとテオバルド・グアスコを町の使節（ヌンキイ・キウィタティス）として派遣したのだった。

新都市チェザレーアのふたりの使節たちは、バウドリーノの前を通るときに、形式的な誓約を行ったが、そのラテン語があまりにもひどく、おまえたちは正反対のことを誓ったのだとあとから言われても、否定できないほどだった。ほかの者たちが、しぶしぶと挨拶しながら、そのあとに続いた。こんなことを言いながら。「やあバウドリーノ、元気かいバウドリーノ、ようバウドリーノ、命永らえば巡り合う、また会ったね」ガリアウドは、「こんなのまじめにやってられっかよ」とぶつくさ言いながら通り過ぎていったが、帽子をとるという気づかいを見せた。ろくでなしの倅の前で帽子をとるということは、フリードリヒの足をなめるよりも臣下の礼としては効果があった。

儀式が終わると、ロンバルディア人もドイツ人も、まるで恥ずかしいことをしたように足早に立ち去った。一方バウドリーノは、城壁のなかまで同胞についてゆき、こんな声を聞いた。

「おい見ろよ、立派な町だね！」

「でも、なんていったっけ、最初にあった、あの町とそっくりじゃないか？」

「いったいどんな技を使ったのかねドイツ人は、たちまちにして、こんなすばらしい町を建てるとは！」

「おいあの奥を見ろよ、どうもおれのウチみたいだけど、まったく前と同じに建ててあるぞ！」

「おいみんな」とバウドリーノが叫んだ。「感謝しろよ、びた一文払わず、おまえたちは窮地を脱したんだ！」

「おまえこそ、あんまりいばるな、くれぐれも、これがまことの話だと思いこまないようにな」

すばらしい一日だった。バウドリーノは自らの権力のしるしをすべて脱ぎ捨て、祭に加わった。大聖堂の広場では娘たちが輪になって踊っていた。ボイディはバウドリーノを居酒屋に連れていった。ニンニクの匂いの立ちこめる広間ではもう、みんなこぞって、樽から直接ぶどう酒をついでいた。その日は主従の別などなかったからでもあるが、なによりも、居酒屋の女中がいないせいだった。誰かがとっくに二階に連れこんでいたのだ。男は狩人とはよく言ったものだ。

「イエス・キリストの血じゃ」と言いながら、ガリアウドはぶどう酒を数滴袖に垂らし、滴が布地に吸収されず、原形を保ちながらルビー色に輝くのを確かめた。それは、よいぶどう酒のしるしだった。「今のところあと数年は、このまま町をおれたちはチェザレーアと呼ぶことになろう、少なくとも、印章つきの羊皮紙のうえでは」とボイディがバウドリーノに耳打ちした。「だがいずれ、元の名前で呼びはじめるだろう。そのとき誰が気づくか見てみたい」

「そうとも」とバウドリーノが言った。「いずれは以前の呼び名になる、天使のようなコランドリーナもそう呼んでいたからね。でも彼女が天国にいる今、祝福をわれわれに授けるときに場所をまちがえなければいいが」

「ニケタス殿、私はおのれの災難の埋め合わせをしたような気がしていました。とうとうもてなかった子供と、ほんのわずかしかいっしょにいられなかった妻に、誰にもしいたげられない町を、ともかくも与えられたからです。おそらく」とアニス酒を飲んで気が大きくなったバウドリーノは付け加えた。「いつかアレッサンドリアは、新しいコンスタンティノープル、第三のローマに、塔と大聖堂のそびえる宇宙の驚異になるかもしれませんよ」

「神がそうお望みになるように」杯を上げながらニケタスが祈った。

20 バウドリーノはゾシモスに再会する

四月に、コンスタンツで、皇帝とロンバルディア都市同盟は、最終的な協定に調印した。六月、ビザンツ帝国から、混乱した情報が届いた。

マヌエルが死んで三年が経過していたが、その後を継いだのは、年端もいかない息子のアレクシオスであった。ニケタスの説明では、アレクシオスは、礼儀知らずの子供で、喜びも苦しみも知らないうちから、狩と乗馬に夢中になったり、仲間の少年たちと遊んだりして、ただ漫然と無為の日々を過ごしていた。一方、宮廷では、彼の母親である女帝を籠絡しようとして、さまざまな求婚者が、愚かにも香水をふりかけ、女のように首飾りを身につけていた。また、国庫を浪費することにうつつを抜かす者たちもいたが、誰もが自らの欲望を追い求め、互いにいがみ合っていた——そのさまは、まるで大黒柱が抜けて、家が傾くようだったという。

「マヌエルの死後にふしぎなできごとがありました」とニケタスは言った。「ある女が、手足の曲がった、頭の異様に大きな男児を産んだのです。それは、無政府主義の母である、多頭政治の前兆でした」

「当方の密偵からすぐに入った情報によれば、いとこのアンドロニコスが影で暗躍していたとか」

「アンドロニコスは、マヌエルの父親の兄弟の息子で、少年のアレクシオスにとっては叔父のようなものでした。マヌエルは彼を不実の裏切り者とみなしていたので、そのときまで、亡命生活をおくっていたのですが、ちょうど好機到来とばかりに、若いアレクシオスに抜け目なく近づき、過去の過ちを悔いるような顔で後見を約束し、しだいに実権を握っていったのです。陰謀あり毒殺ありで、帝国の権力の座をのぼりつめたときにはすでに高齢で、嫉妬と憎悪に責めさいなまれたあげくに、コンスタンティノープル市民を暴動に駆り立てて、自らを皇帝(バシレウス)に指名させました。祝福の聖体を受けるとき、まだ若い甥を守るために権力を握るのだと誓いましたが、舌の根も乾かぬうちに、彼の悪の分身である、ステファノス・ハギオクリストフォリテスが、少年のアレクシオスを弓の弦で絞め殺したのです。哀れな少年の遺体が運ばれてくると、アンドロニコスは、まず首を切ってから、遺体を海底に投げ捨て、首のほうは、カタバテスと呼ばれる場所に隠すように命じました。そこは、すでに廃墟と化した古い修道院でしたが、なぜわざわざ、コンスタンティヌスの城壁の外に運び出したかが解せません」

「その理由は私が知っています。密偵たちからの報告によれば、ハギオクリストフォリテスとともに、マヌエルの死後、アンドロニコスが降霊術師としてそばに置いていた悪魔の親玉のような修道士がいたそうです。そいつの名前が、驚くなかれ、ゾシモスです。やつは、その修道院の廃墟におのれの地下王国を築き、死者の霊を呼び出すことで有名でした……。こうして私は、ゾシモスを見つけたのです、少なくとも、その居場所をつかんだことになります。それは、ブルゴーニュのベアトリスが急死した、一一八四年十一月のことでした」

再び沈黙が訪れた。バウドリーノはひたすら杯を重ねた。

「私はその死を、罰だと受けとめました。私の二番目の女に続き、最初の女にも死なれたのは当然の報いだと。私は四十歳を少し越えていました。私が聞いた話では、テルドーナには、そこで洗礼を受ければ四十歳まで生きられるという教会があるとか、あるいは、かつてあったとか。奇蹟にあずかった者に許された寿命を、私はもう越えていたわけで、もういつ死んでもよかったのです。フリードリヒに会うのは耐えがたいことでした。ベアトリスに死なれて見るからに憔悴した彼は、二十歳をすぎてますます虚弱な長男にかかりきりでしたが、しだいに、次男のハインリヒに後を継がせる準備を始め、彼をイタリア王に就かせたのです。かわいそうに、父上は老年を迎えて、すっかり、白髭(バルバビアンカ)となってしまった……。それから何度かアレッサンドリアに帰ったときに、実の両親のほうがもっと老いていることに気づきました。白髪で、やせ細り、気難しいところは、まるで、春に野原を転がるあの白い玉そっくり。風の強い日の灌木のように腰が曲がり、火にあたりながら夫婦げんかをして日々を過ごしています。やれ、皿の置き場所がちがう、やれ、どちらかが卵を落とした、などと。帰るたびに、めったに会いにこないと言って私を責めます。そこで私は一か八か、ビザンツ帝国までゾシモスをさがしに行くことに決めたのです、たとえ最後は、盲目になって、土牢で余生を過ごすことになろうとも」

コンスタンティノープルに行くことは危険を伴った。なぜなら、ほかでもないアンドロニコスが、その数年前、権力を掌握する前に町の住民をそそのかし、在留ラテン人に対する暴動を起こさせていたからだった。暴徒は少なからぬ人を殺して、家を一軒残らず荒らし、大量の人々が皇子諸島〔コンスタンティノープルの沖にある九つの島。現アダラル諸島〕に避難せざるをえなくなった。今また、ヴェネツィア人、ジェノヴァ人、ピサ人を問わず、市内を出歩けるようになったのは、彼らが帝国の繁栄にとって不可欠な存在だったからである。しかし、シチリア王グリエルモ二世がビザンツ帝国と敵対しており、ギリシア人にとって、プロヴァンス人も、ドイツ人も、シチリア人も、ローマ人も、ラテン人にかわりなく、大差がなかったので、バウドリーノたちは、ヴェネツィアから出港して、海路で、タプロバネ〔セイロン島〕の発案だった)。タプロバネがどこかを知る者はほんのわずか、あるいは皆無であり、ビザンツ帝国においても、そこで何語が話されているかさえまったく知られていなかった。から来た隊商であるかのように、当地に向かうことに決めた(これはアブドゥル

　こうして、バウドリーノはペルシャの高官のような格好をし、ラビのソロモンは、エルサレムでも目立つほどユダヤ的な顔つきはいかんともしがたく、随行の医師であるかのように、黄道十二宮を全身にちりばめた優雅な黒衣をまとった。〈詩人〉は、水色のカフタンを着てトルコ人商人を装い、キョットは、みなりにかまわないが懐は金貨で温かいレバノン人、といったところ。赤毛を見せないように頭を剃ったアブドゥルは、位の高い宦官といった風体にあいなり、ボロンはその召使で通すことにした。

　言葉にかんしては、全員がパリで習得して完璧に話せるようになった泥棒の隠語を仲間うちでは使うことに決めた――このことからも、あの幸せな日々に彼らがいかに勉学にいそしんだかわかろうというもの。その言語は、パリ市民にさえ理解不能であり、ビザンツ人にとっては、充分にタプロバネの言語で通用した。

夏の初め、ヴェネツィアを出発した彼らは、八月になって、ある寄港地で、シチリア人がテッサロニキを征服し、おそらくはもう、プロポンティス海の北側の海岸に沿って航行中であろうと警告された。したがって、深夜へレスポントス海峡に入ると、船長は、対岸のほうへ大きく迂回し、カルケドン〔コンスタンティノープルの対岸、アジア側にある都市〕から来たかのようにしてコンスタンティノープルを目指す航路を選んだ。船長は、この遠まわりによって彼らを落胆させないために、上陸のさいの荘厳な眺めを約束した。船長が言うには、コンスタンティノープルを発見するには、曙光を仰ぎ見ながら到着せねばならないのだった。

バウドリーノと仲間たちが、明け方、甲板に上ると、海岸は濃い霧で覆われており、失望感が広がったが、船長は彼らを安心させた。霧が出たときは、ゆっくり町に近づかねばならない、いずれ夜明けの光を含んだ朝靄（あさもや）はしだいに晴れるだろうから、と。

さらに一時間の航海ののち、船長は白い点を指さした。丸屋根の先端部分が、靄をうがつように顔を覗かせていたのだった……。それからすぐに、その白い点から、立ち並ぶ宮殿の柱が海岸沿いに浮かび上がり、だんだんと、家々の輪郭と色、ばら色に染まった鐘楼、その下の城壁と塔が見えてきた。そして唐突に、丘の頂きから立ちのぼって空中を漂う蒸気にいまだ包まれた大きな影が現れ、初々しい暁光に照らされた堂々たる聖ソフィア大聖堂の丸屋根が、まるで奇蹟によって無から生じたかのように、浮かび上がった。

それから先は発見の連続であった。少しずつ晴れてゆく空に、さまざまな塔と丸屋根が現れ、生い茂る緑を背景に、黄金の列柱、白い中庭、ばら色の大理石、栄華を誇るブコレオン宮殿と、空中庭園の色鮮やかな迷路に立つ糸杉が見えた。金角湾の入り口にさしかかると、船の侵入をはばむ巨大な鎖、右側にはガラタの白い塔が目に入った。

バウドリーノが感激した面持ちで語るのを聞き、ニケタスは、本来のコンスタンティノープルがいかに美しいかを悲しげに繰り返した。

「なんと、興奮に満ちた都市であったことか」とバウドリーノが言った。「私たちは、到着するやいなや、この町ではどんなことが今起こっているか、だいたい察しがつきました。競馬場(ヒポドロム)で、皇帝(バシレウス)の敵対者を処刑する準備が行われているところへ、出くわしたのですから……」

「アンドロニコスは狂ったとしか思えませんでした。シチリアから来たラテン人たちがテッサロニキを蹂躙すると、いくつか要塞は築かせたものの、やがて、危険などどこ吹く風。敵など恐れるに足らずと言って、自堕落な生活を始め、彼の助けとなったであろう人々を処刑台に送り、妾や娼婦を引き連れて町から遠ざかり、獣のように、渓谷や森のなかに入りこんだのです。愛人を従えるさまは、雌鶏を従える雄鶏、あるいは、巫女(みこ)を従えるディオニュソスのようでした。足りないのは、子鹿の毛皮と、サフラン色の服くらい。彼のもとを訪れるのは、笛吹きと遊女(ヘタイライ)だけ。サルダナパロス〔放蕩三昧の末に民衆に焼き殺されたと伝えられる古代アッシリアの王〕のように放埒で、イソギンチャクのように淫らなのに、おのれの放埒さの重みには耐えられず、射精に有効だというので、ワニに似たナイル川の不浄の動物を食べていた……。だが、彼を暴君のように思ってほしくないのは、よいこともたくさん行ったからです。税金を緩和したり、港内で故障した船をただちに沈めて略奪することを禁じる布告を出したり、古い地下水道を復旧したり、四十聖人殉教教会を修復させたり……」

「要するに、よい人物だったと……」

「私が言っていないことを言わせないでほしい。善をなすために皇帝(バシレウス)は権力を行使できるが、権力を保つには悪をなさねばならないのです。あなたも、権力者のそばで生きてこられたのだから、権力者というものが気高くも激情的で、冷酷ながらも共通善に気配りができることを知っているはず。罪を犯さない唯一の方法は、かつて聖師父たちがしていたように、柱頭に隠遁することだが、そのような柱はすでに倒壊しています」

「この帝国をいかに統治すべきかについてここで議論するつもりはありません。あなたがたの帝国なのですからね、少なくともかつては。私の物語を続けます。私たちが、ここジェノヴァ人のところに来て泊めてもらったのは、あなたもすでにお気づきのように、彼らこそ、私が全幅の信頼を置く密偵だからです。ある日のこと、期待どおりボイアモンドがある情報をつかんできました。その日の夜に、占いと魔術の儀式を行うため、カタバテスの古い地下聖堂を皇帝が訪れるというのです。ゾシモスを見つけ出す、絶好の機会でした」

夜の帳(とばり)が下りると、彼らはコンスタンティヌスの城壁のほうへと向かった。聖使徒教会から遠くないところに、小さなあずま屋のようなものがあった。ボイアモンドが言うには、そこから直接、修道院の教会を通らずに、地下聖堂に入ることができた。彼は扉を開け、滑りやすい階段を何段か降りさせた。すると、かびくさい臭いのたちこめる廊下に出た。

「さあ」とボイアモンドが言った。「この先をしばらく行けば、地下聖堂に出る」

「きみは来ないのか?」

「遠慮しておく。死者とはかかわりたくないのでね。どうせかかわるなら、生きている人間とがいい、女であればなおけっこう」

そこで、バウドリーノたちだけで前進することになった。天井の低い広間を通ると、横臥食卓、乱れた寝台、床のうえでさかさまになった杯、乱痴気騒ぎの食べ残しの入った汚れた皿が目に入った。食いしん坊のゾシモスが、死者との儀式だけではなく、ボイアモンドがきっと気に入ることもそこで行っていたのは明らかだった。それらの宴の用具がどれも、暗い片隅にぞんざいに積みあげられていたのは、その夜ゾシモスが、皇帝と会って、娼婦とではなく、死者と話をさせる約束をしていたからだった。バウドリーノによれば、死者の話をすれば人はすべてを信じるものだからである。

その部屋の奥に、灯りが見えた。こうして彼らは、円形の地下聖堂に入った。内部は、すでに点火されたふたつの三脚台が照らしていた。地下聖堂は柱廊に囲まれ、柱の奥に、どこに通じているのか定かでない地下通路や廊下の入り口が見えた。

地下聖堂の中央には、水を湛えた盥(たらい)があったが、水面を丸く囲む溝状の縁には、油性の物質が入れられていた。盥の横の、小さな円柱のうえには、赤い布で覆われた何だかよくわからないものがあった。バウドリーノが聞いたさまざまな噂を総合すれば、アンドロニコスは、腹話術師や占星術師に頼ったあと、古代ギリシア人のように、鳥の飛行から未来を予知できる者をビザンツ帝国でさがそうとしたが徒労に終わり、夢判じができると自慢する恥知らずはもはや信用せず、水占い師、すなわち、ゾシモスのように、故人の所有物を水に沈めて予兆を引き出せる者たちを信頼していた、ということだった。祭壇の裏側を通ってやって来た彼らが振り返ると、聖像壁(イコノスタシス)が見えた。聖像壁の最上位を占める全能者ハリストス〔キリスト〕が、かっと見開いた厳しい目で彼らを見つめていた。

バウドリーノは、もしボイアモンドの情報が正しければ、いずれ誰かが来るはずだから隠れねばならないと注意を促した。三脚台の光が届かない柱廊の一角を選んで一行がちょうど一列に並んだとき、近づいてくる足音が聞こえた。

聖像壁の左脇から、ラビのソロモンのように長い黒衣をまとったゾシモスが入ってくるのが見えた。バウドリーノは怒りの衝動にかられ、飛び出していって、この裏切り者になぐりかからんばかりだった。ゾシモスは、ほかの二名の人物を従えた、豪奢な服の男を先導してうやうやしく歩いていた。このふたりの表す敬意から、その前の男が、皇帝アンドロニコスだとわかった。

皇帝は、その場の光景に驚いて、急に立ち止まった。聖像壁の前でうやうやしく十字を切ると、ゾシモスに尋ねた。「なぜここに余を連れて来たのだ?」

「わが君よ」とゾシモスは答えた。「ここにおいでいただいたのは、神聖な場所においてのみ、死者の王国と正しい接触を図ることによって、本当の水占いの儀が行えるからです」

「私は臆病者ではない」と皇帝が言った。「だが、死者を呼び出すのがおまえはこわくないのか？」

ゾシモスは不敵に笑った。「陛下、私がこの手を挙げれば、コンスタンティノープルの一万の墓で眠る死者たちが、私の足元におとなしく身を投げ出すことでしょう。しかし彼らの肉体まで呼び出す必要はありません。私は、驚異の力を秘めたある物をもっており、世界とのより迅速な接触を図るために、これを使うつもりです」

三脚台の火を使って松明に点火し、盥の縁に彫られた溝に火を近づけた。油が燃えはじめ、環状の炎が水面を囲むと、水面はさまざまな色の光を反射して輝いた。

「まだ何も見えない」皇帝が盥をのぞきながら言った。「この水に尋ねよ、誰が余の地位を奪おうとたくらんでいるか。余は、市内の不穏な動きを察知しているが、不安を一掃するには誰を殺さねばならんのか知りたい」

ゾシモスは、小さな円柱のうえの、赤い布で覆われた物に近づき、芝居がかったしぐさで覆いをとると、丸い物体を両手で皇帝に差し出した。われらが仲間たちは、それが何であるかはわからなかったが、皇帝が、まるで耐えがたい光景から遠ざかろうとするかのように、身震いしながら後ずさりするのが見えた。「いかん、いかん」と言った。「やめてくれ！　おまえは儀式のために余にそれを求めた、だが、またも眼前に突きつけるとは思いもしなかった！」

ゾシモスは、その彼の戦利品を掲げ、地下室の全方向から見えるように、その場でぐるりとまわした。まるで聖体顕示台を想像上の参列者たちに提示するかのように。それは、胴体から切り離されたばかりのような、まだ輪郭の崩れていない、少年の遺体の頭部だった。閉じられた目、細くて小さな鼻と拡張した鼻孔、かすかに開いた唇からは、きれいにそろった小さな歯列が見えた。その顔の不動性、引き裂かれた生命の幻想は、顔色が一様に金色に見えるという事実によって、荘厳さを増していた。ゾシモスがそれを炎に近づけると、その光によって一段ときらめいた。

「あなたの甥アレクシオスの首を使わねばなりませんでした」とゾシモスは皇帝に言った。「儀式が遂行されるためには。アレクシオスは、あなたと血のつながりがありますから、彼の仲介によって初めて、あなたは、この世を去った者たちの王国と交わることができるのです」そう言うと、ゆっくりと、そのおぞましい小さな物を液体に浸し、盥の底まで沈めた。アンドロニコスはそのうえに、環状の炎に顔が触れんばかりにかがみこんだ。「水が濁ってきている」と一息に言った。「水は、自らが待っていた地中の成分を、アレクシオスのなかに見つけ、尋問しています」とゾシモスがささやいた。「この濁りが消えるまで待ちましょう」

われらが仲間たちには、水のなかで起きていることが見えなかったが、水がしばらくすると透明になり、底に沈んだ少年皇帝の顔が見えるようになったことがわかった。「地獄の力によって、昔の色つやを取り戻している」とアンドロニコスがつぶやいていた。「ひたいに現れた文字が読み取れるぞ……おお奇蹟だ……イオタ、シグマ……」

何が起きたか理解するには、水占い師である必要はなかった。ゾシモスは、少年皇帝の首をもってきて、あらかじめ額にふたつの文字を刻み、水に溶ける金色の物質でそれを覆っていたのだ。今その人工塗料が溶けて、悲運の犠牲者は、彼を殺した首謀者のもとに、伝言を届けていたのだ。それは、明らかに、ゾシモス、もしくは、彼をそそのかした者が、皇帝のもとに届けようと望んだ伝言であった。

実際に、アンドロニコスはなおも、一文字ずつ発音していた。「イオタ、シグマ、IS……IS……」彼は立ち上がると、何度となく髭を指に巻きつけた。その目の奥には怒りの炎がめらめらと燃えているようだった。首をかしげて考えをめぐらしていたが、やがて、抑えのきかない荒馬のように頭を起こし、「イサキオスだ！」と叫んだ。「敵は、イサキオス・コムネノスだ！　キプロスなんかで何をたくらんでやがるんだ？　艦隊を送って、やつが動く前に、抹殺してやる、恥知らずめ！」

随行のふたりのうちひとりが暗がりから姿を現わすと、バウドリーノは、その顔の持ち主が、食卓に肉がなければ自分の母親をも串焼きにしかねないような男であることに気づいた。「陛下」とこの男が言った。「キプロスは遠すぎます。陛下の戦艦は、まずプロポンティス海を出て、すでにシチリア王の軍が制圧している一帯を通らねばなりません。しかし、陛下がイサキオスのもとに行けないように、むこうもこちらには来られない。私が心配なのは、イサキオス・コムネノスではなく、この町にいるイサキオス・アンゲロスです。やつがどれだけ陛下を嫌っているかご存じのはず」

「ステファノス」アンドロニコスはあざ笑った。「おまえは、イサキオス・アンゲロスごときを余が恐れるとでも思うのか？ あんなへなちょこの、無力無能の役たたずが余の脅威となるなどと、よくも考えついたものだ！ おいゾシモス」皇帝は逆上して降霊術師にどなった。「この水とこの首が余に告げるのは、あまりにも遠くの男か、あまりにも愚かな男のどちらかではないか！ この小便つぼを読み解けないとは、おまえの目は節穴か？」ゾシモスは、目をつぶされることを覚悟したが、運よく、先に話をしていたステファノスがそこで口を挟んだ。見るからに嬉しそうに、新たな悪事を働きかけるその姿から、バウドリーノは、それが、アンドロニコスの悪の分身、ステファノス・ハギオクリストフォリテスだと気づいた。少年のアレクシオスを絞め殺して、首を切った男である。

「陛下、奇蹟を軽んじてはなりません。少年の顔に、まちがいなく生前は見られなかったしるしが現れたのをごらんになったはず。イサキオス・アンゲロスは、臆病な小物ではありましょうが、あなたを憎んでいます。やつよりもさらに臆病な小物が、陛下のように勇敢な大物の命を狙ったことも、あるにはありましたが……。陛下の許可をください。そうすれば私が今夜にでもアンゲロスをひっとらえ、この手で両目をくりぬいてから、やつの館の柱に吊るしてきます。民衆には、陛下が天からの伝言を受け取ったとでも言っておけばいい。あなたの脅威となりかねない誰かを、そうなる前に排除しておくほうがよい、いつの日かあなたを脅かすかもしれない者を生かしておくよりは。こっちから先に攻撃するのです」

「おまえは、自分の恨みをはらすために余を利用するつもりだな」と皇帝が言った。「だが、おまえが悪をなさんとして善をなすこともありうる。イサキオスを消せ。残念なのはただ……」そこでゾシモスをにらみ、心胆を寒からしめた。「イサキオスが死ねば、本当に余に危害を加えるつもりだったのかどうか知るすべがなくなる、したがって、この修道士が余に真実を言ったかどうかも。だが、つまるところ、信憑性のある疑惑を示唆してくれたのだろう。悪いほうに考えれば、まちがうことはけっしてないからな。ステファノス、われらは彼に謝意を表さねばならん。おまえが、彼の望むものを与えるよう、とりはからえ」皇帝がふたりの随行に合図をしてその場を去っても、残されたゾシモスの心中では、盥の横で彼を硬直させた恐怖がなかなか消え去らなかった。

「ハギオクリストフォリテスはたしかに、イサキオス・アンゲロスを嫌っており、ゾシモスと共謀して、彼を破滅させようとしたのは明らかです」とニケタスは言った。「しかし、彼の怨恨は君主のためにはならなかった、すでにご存じのように、その没落を早めただけだったのですから」

「知っています」とバウドリーノが答えた。「しかし結局のところ、その夜、何が起きていたかなど私にすればどうでもよくて、ゾシモスがすでにわが手中に落ちたとわかればそれで充分でした」

皇帝一行の足音が聞こえなくなるやいなや、ゾシモスは大きなため息をついた。終わってみれば、実験は成功だった。彼は、満足げに笑みを浮かべながら、両手をこすり合わせ、水中から少年の首をすくい上げると、もとあった場所にそれを戻した。そして、振り向いて、再び地下聖堂全体を見回してから、狂ったように笑い出し、両腕を上げて、叫んだ。「皇帝の命運はこの手が握っているのだ！　もはや、恐れるものは何もない、死者でさえもな！」

そう言い終わらぬうちに、われらが仲間たちは、おもむろに姿を現わした。魔法をあやつる者の常ながら、最後の最後で思い知らされることになったのは、自分では悪魔を信じていなくても、悪魔は見逃してくれない、ということだった。ゾシモスは、まるで最後の審判の日に起き上がったかのような亡霊の一群を見た瞬間、悪党にしては、みごとなまでに自然な反応を示した。自らの感情を隠そうともせず、感覚を失い、気絶したのだった。

〈詩人〉が、占いの水を彼にふりかけると、意識が戻った。目を開けると、あの世からの生還者もかくやと思わせる、見るも恐ろしい形相のバウドリーノが目と鼻の先にいた。そのとき、ゾシモスは、まちがいなく自分を待ち受けているのが、あるかどうかもわからない地獄の業火ではなく、かつて彼の犠牲となった者の確実な復讐であることを理解した。

「わが君主のためにしたことだ」と急いで言った。「それに、おまえのためにもなった。おまえの手紙を流通させてやったではないか、おまえがやるよりもうまくな……」バウドリーノは言った。「ゾシモス、恨みからではなく、神の呼びかけに従ってのことだが、おまえのケツをボコボコにしてやりたいところだ。だが、それも骨が折れるから、こうしてがまんしている」そして、彼の首が二回転するほどのビンタを手の甲で見舞った。

「私は皇帝の臣下だぞ、私の髭に指一本でも触れてみろ……」〈詩人〉は彼の髪の毛をつかみ、盥のまわりでまだ燃えていた炎に顔を近づけた。すると、ゾシモスの髭からは、煙が上がりはじめた。

「おまえたち気がふれたか」ゾシモスは、その腕を背中にねじりあげていたアブドゥルとキョットから逃れようとして言った。バウドリーノはゾシモスの首筋を平手で押して、盥に頭ごと入れて髭の火を消そうとした。ゾシモスはみじめにも、火が完全に消えるまで頭を抑えつけられていたので、今度は息をしようともがきはじめ、もがけばもがくほど、水をがぶ飲みするはめになった。

「おまえが立てた泡から判断して」バウドリーノは、ゾシモスの髪をつかんで水から引き上げながら、穏やかに言った。「今夜おまえが、髭ではなく、足の裏を焼かれて死ぬという予感がする」

「バウドリーノ」ゾシモスは水を吐き出しながら、泣きじゃくった。「バウドリーノ、話し合おうじゃないか……。頼むから、咳をさせてくれ、私は逃げはしない、おまえたち何をするつもりなのだ、こっちはひとりなのに、よってたかって、哀れみというものがないのか？　聞いてくれ、バウドリーノ、察するに、おまえの望みは、あのときの私の心の弱さにたいする復讐ではなく、司祭ヨハネの土地にたどりつくことだろう？　そこにたどり着くための正しい地図は、私がもっているはずだ。暖炉の火に塵をかければ、火は消えてしまう」

「それはどういう意味だ、この悪党が？　ごたくを並べるのはやめろ！」

「もし私を殺せば、地図は永久に見られない、ということ。しばしば魚は、水中で戯れながら、水上に飛び上がって、本来の棲みかの敷居を越えることがあるもの。私ならおまえを遠くまで行かせることができる。お互いを信頼して、取り決めを結ぼう。おまえが私を逃がすかわりに、私は、コスマス・インディコプレウステスの地図のある場所に案内しよう。司祭ヨハネの地図と引き換えに、私の命を助けてくれ。いい取引だと思わないか？」

「おまえを殺したいところだが」とバウドリーノは言った。「生かしてやるから、地図を手に入れてこい」

「そのあとはどうなる？」

「おまえをきつく縛ってから、絨毯でぐるぐる巻きにしておく。われわれをここから遠くまで運んでくれる安全な船が見つかったら、絨毯を伸ばしてやる。今すぐにおまえを放免すれば、町じゅうの刺客を放ってわれわれを追跡させるだろうからな」

「海のなかで絨毯を伸ばすのか……」

「いいかげんにしないか、われわれは殺人鬼ではないぞ。もしおまえをあとで殺すつもりなら、今おまえに平手打ちなどしない。いいか見ておけよ、こうするのは、まさに願望を満たすため、それ以上のことをするつもりはない」そう言うと、表情ひとつ変えずにビンタを一発かました。さらに、別の手で、もう一発。ゾシモスの頭は、最初は左に、次の一撃で右に回転した。手のひら全体で二度、指を広げて二度、手の甲で二度、手刀で二度、拳で二度、ついにゾシモスの顔は紫色になり、バウドリーノの手首は関節がはずれそうになった。そこでようやく、「手が痛くなったから、ここらへんでやめておこう。さあ地図を見にいこう」と言った。

キヨットとアブドゥルは、ゾシモスがもはやひとりでは立っていられなかったので、脇の下をつかんで引きずっていった。震える指で、道順を示すことだけはかろうじてできたゾシモスが、引きずられながらこうつぶやいた。「侮蔑され、それに耐える修道士は、毎日、水をかけられる植物のようなもの」

バウドリーノは〈詩人〉に言った。「ゾシモスにかつて教えられたことがある。怒りはほかのいかなる情念よりも、魂を混乱させ惑溺させはするが、魂を助けることもある、と。たしかに、無信心者や罪人にたいして、彼らを救ったり迷わせたりするために、われわれが冷静にそれを使いさえすれば、魂には甘美さが宿るものだ。それはわれわれが正義を目指してまっすぐに進んでいるからにちがいない」ラビのソロモンが付け加えた。「タルムードが言うように、ひとりの人間の悪業をすべて清める罰というものがあるのです」

21 バウドリーノとビザンツの魅惑

カタバテスの修道院は廃墟と化していたので、そこに住む人がいようとは誰も思っていなかったが、地上部分にはまだ独居房がいくつかと、書物こそなかったものの、古い図書館が残っており、そこが食堂のような場所になっていた。ここでゾシモスは、二、三人の侍者と生活し、神のみぞ知る彼らの修行を行っていたのだった。バウドリーノと仲間たちが、捕虜となったゾシモスを連れて再び地上に出たとき、侍者は眠っていた。もっとも、翌朝わかったことだが、鯨飲馬食のせいでふぬけ同然だったので、恐れるに足りなかったのだが。一行は、図書館のなかで眠るのがよいと判断した。ゾシモスは、彼の守護天使となったキョットとアブドゥルにはさまれて地面に横たわったので、夜中じゅううなされていた。

翌朝、全員が机を囲み、ゾシモスに要点を話すように迫った。

「要するに」とゾシモスが口を開いた。「コスマスの地図はブコレオン宮殿のなかの、私しか近づけない、ある場所にある。今夜遅くに行ってみよう」

「ゾシモス」とバウドリーノが言った。「もったいぶるな。先に、その地図に書いてあることを教えるんだ」

「そんなことなら朝飯前」とゾシモスは言って、一枚の羊皮紙と鉄筆を手にとった。「これは以前言ったことだが、真の信仰に従うキリスト教徒なら誰であれ、全世界が、聖書に書かれているとおり、臨在の幕屋のように作られているという事実を認めねばならない。そのうえで今から言うことを聞いてくれ。幕屋の下部には食卓があり、一年の各月に応じて、十二のパンと十二の果実が置かれている。食卓は、海洋を表す台座によって囲まれ、台座は、幅が一掌尺の枠に囲まれている。この枠が、あの世の土地を表し、その東には地上楽園がある。天は、大地の両端によって全体が支えられている穹窿が表し、穹窿と土台のあいだには、蒼穹のヴェールが広がっている。その向こう側にある天上世界は、いずれ訪れる審判の日にならなければ、人がじかに目にすることはない。まさに、イザヤが言ったように、神とは、地上のはるか上に座す者であり、地に住む者はイナゴにすぎない。神とは、薄いヴェールのように天を広げ、天幕のようにそれを張った者。詩篇作者は天を大天幕のように広げた者を讃美している。さらにモーセは、ヴェールの下、南の方角に、地全体を照らす燭台を置き、その燭台の下に、一週間の七つの曜日と天のすべての星々を意味する七つの灯りを置いたのだ」

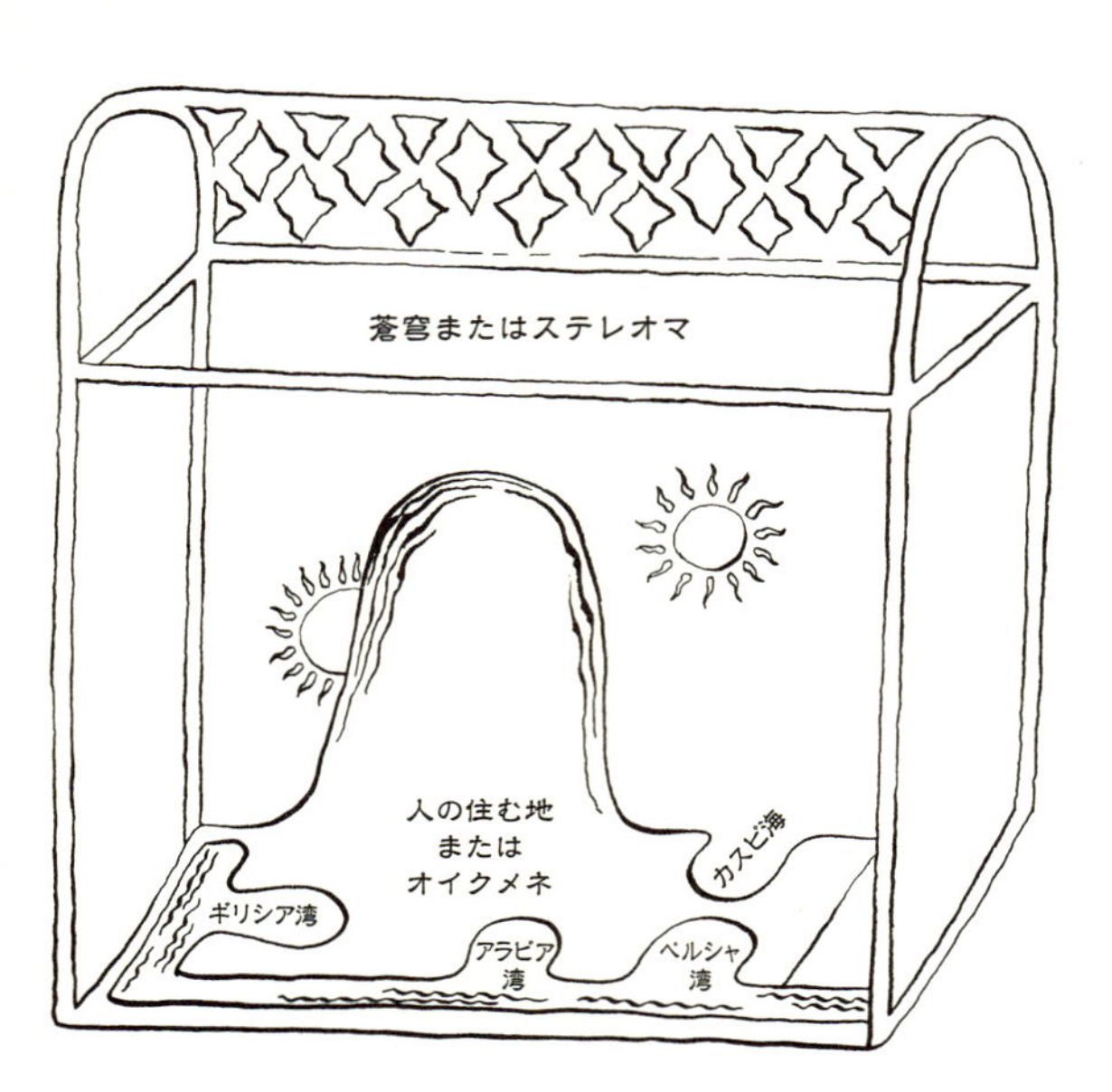
蒼穹またはステレオマ
人の住む地
または
オイクメネ
カスピ海
ギリシア湾
アラビア
湾
ペルシャ
湾

「おまえが説明しているのは、幕屋がどのように作られているかであって」とバウドリーノが言った。「宇宙がどのように作られているかではない」

「だが宇宙とは幕屋のように作られているのであり、したがって、幕屋がどのようなものだったかを説明すれば、宇宙がどのようなものかを説明したことになる。こんな簡単なことがわからないのか？　いいか見てみろ……」そこで、ゾシモスは図を描いた。

それは、宇宙の形を、まさしく神殿のように表していた。曲面の穹窿をもち、その上部は、蒼穹のヴェールに隠されてわれわれには見えない。下には、オイクメネ、すなわち、人の住む地が広がっているが、それは平地ではなく、それを囲む海洋上に位置して、極北と西の方角へ隆起しており、ごく緩くなだらかな勾配がつけられている。西に立つ山は、きわめて高いので全貌はわれわれの眼ではとらえられず、山頂は雲と溶け合っている。天使によって動かされる太陽と月は――雨や地震だけでなく、その他の大気現象すべてが天使のなせるわざである――、朝、東から南へ移動し、その山の前で世界を照らし、夜は、再び西に上って、山の背後に姿を消し、日が暮れたように見える。こうして、こちら側が夜になれば、山の向こう側は昼になるが、山の反対側は砂漠であり、誰もそこに行ったことがないので、そちらの昼間は誰にも見えない。

「この地図があれば、司祭ヨハネの土地は見つかるはずだというのか？」とバウドリーノは尋ねた。「ゾシモス、いいか、おまえの命は、有益な地図と引き換えだ、地図が役に立たなければ、取り引きは成立しないぞ」

「そんなにカリカリしなさんな。ありのままの幕屋を描こうとすれば、われわれの技術では、岩壁と山に隠されたところをすべて見せられない。そこでコスマスは、別の地図を描いたのだが、それは、われわれが空まで飛んでいって、上から地上を見下ろしたときのように、あるいは、天使が見ているように描かれている。ブコレオン宮殿に保管されているその地図が表しているのは、海洋の枠のなかに包まれた、われわれの知っている陸地の位置、そして、海洋の向こう側にあって、洪水前に人が住んではいたものの、ノアのあとには誰も行ったことのない陸地なのだ」

「またしてもか、ゾシモス」バウドリーノは厳しい顔で言った。「もしおまえが、われわれに見せようとしないものを話しながら、何かをたくらんでいるなら……」

「私にはこうしたことが目に見えるのだ、まるで眼下にあることのように。おまえたちもじきに目にすることだろう」

哀れをもよおすほどの青あざや紫斑によって、やせこけた顔はいっそう痛々しく、しかも、彼にしか見えないものが映るというその目だけが輝いていたので、たとえゾシモス本人は信用できなくても、彼の言葉には説得力があった。それが彼の力なのです、とバウドリーノはニケタスに言った。このとき、以前だまされたときと同じ手口で、またもや彼にだまされようとしていたのですが、さらにそれから数年間にわたって、性懲りもなくだまされつづけることになるのです、と。コスマスの幕屋を使えば、日食と月食をも説明できるという彼の言葉には説得力があったが、バウドリーノはそれには関心がなかった。彼を納得させたのは、おそらく本物の地図があれば、司祭ヨハネをさがしに出発できるからだった。「いいだろう」と彼は言った。「夜になるのを待とう」

ゾシモスは、侍者のひとりに野菜と果物を用意させ、ほかに何もないのかと問う〈詩人〉にこう答えた。「質素で、規則正しい食事は、早急に、修道士を難攻不落の港へと導くであろう」〈詩人〉はゾシモスを呪ったものの、彼がうまそうに食べているので、野菜の下を見てみたところ、侍者が、彼のためだけに隠しておいた、太った子羊のぶ厚い肉塊を発見した。〈詩人〉はひとことも言わずに皿を交換した。

こうして彼らが一日を過ごしながら待機しているとき、侍者のひとりが動揺した顔で入ってきて、事件の経過を報告した。深夜、儀式の直後に、ステファノス・ハギオクリストフォリテスが兵士の一団を連れて、祝福された聖母に捧げられたペリブレプトス修道院に近い、イサキオス・アンゲロスの家に行ったのだった。仇敵の名を大声で呼んで、出てこいと叫んでから、すぐさま今度は部下にどなりちらした。扉を打ち破って、イサキオスの髭をつかみ、頭を押さえつけて連れてこい、と。そのとき、優柔不断でこわがりだといわれていたイサキオスが、一か八かの賭けに打って出た。その姿は裸同然で、腰までしかない二色のマントをはおっただけだったので、どこか滑稽ではあったが、中庭で馬にまたがり、剣を抜くと、いきなり外に飛び出して敵を急襲した。ハギオクリストフォリテスは剣を抜く間もなかった。イサキオスは自らの剣の一撃でその頭をまっぷたつにした。敵の頭がふたつに割れてしまうと、今度は、この双頭の敵が連れてきた刺客たちのほうを向き、そのうちのひとりの耳を削ぎ落とした。しかし、恐怖に震えるほかの者たちは、逃がしてやった。

皇帝の腹心を殺すことは、究極の罪であり、多大の償いが必要とされた。イサキオスは、どうすれば人心をつかめるかを鋭く直観し、聖ソフィア大聖堂にかけつけると、慣例的に殺人者に与えられてきた保護を求め、大声で自らの重罪の許しを請うた。そして身に着けていたわずかばかりの服と、自分の髭をひきちぎり、まだ血のついている剣を見せた。哀れみを請いながらも、それがおのれの命を守るための行動であったことを明言し、死者の悪行の数々をみなに思い起こさせた。

「嫌な事件が起きたものだ」ゾシモスは、極悪非道な保護者の最期に動揺しながら言った。それから次々に届けられた報告は、もっと彼を嫌な気分にさせることになる。聖ソフィア大聖堂に、ヨハネス・ドゥカスのような権威ある者たちが来たとき、イサキオスは、刻一刻と増える群集を前に演説を続けていた。夕方、大勢の市民がイサキオスとともに大聖堂のなかに閉じこもり彼を保護した。なかには、暴君と決別するときが来たとささやく者さえいた。

ゾシモスの降霊術が予言したように、イサキオスがかねてより権力奪取を狙っていたにせよ、あるいは、彼が政敵の失態を巧みに利用したにせよ、アンドロニコスの帝位がすでに揺らいでいたのは明らかであった。そしてまた、そのような状況下で、今にも崩壊しそうな皇宮に入ろうとすることが狂気の沙汰であることも明らかだった。カタバテスで事態を見守るべきだという点で全員の意見は一致した。

翌朝、全市民のおよそ半分が街頭にあふれ出て、アンドロニコスを投獄してイサキオスを皇帝に選ぶように大声で要求した。民衆が監獄を襲撃して、暴君と王家の犠牲となった多数の無実の者たちを解放すると、彼らはすぐに暴動に合流した。しかしすでに、それは暴動というよりも、反乱、革命、権力の奪取へと発展していた。市民はそれぞれ剣や甲冑、棍棒や杖で武装して町なかを練り歩いていた。帝国の高官多数を含む、このうちの一部が、別の君主を選ぶときが来たと判断して、大聖堂の中央祭壇上にかけられたコンスタンティヌス大帝の帝冠をおろし、それをイサキオスにかぶせた。

大群集は武装したまま大聖堂から移動して、王宮を包囲した。アンドロニコスは、ケンテナリオンと呼ばれる最も高い塔から矢を放って絶望的な抵抗を試みたが、荒れ狂う臣民の激情に屈するほかなかった。彼は首から磔刑像をひきちぎると、紫の靴を脱ぎ捨て、蛮族のようにてっぺんのとがった帽子をかぶり、ブコレオン宮殿の迷路を抜けて、妻のほかに、彼の寵愛を一身に受ける娼婦のマラプティカを同伴し、自分の船に乗ったと伝えられている。イサキオスは皇宮に勝者として堂々と入城し、群集は町を侵略した。彼らは「金の盥（たらい）」とも呼ばれる造幣所を襲撃し、兵器庫に侵入した。さらに、宮殿の教会を略奪して、神聖な図像の描かれた装飾をもぎとった。

　ゾシモスの震えは、知らせが入るたびに大きくなった。アンドロニコスの共謀者と特定された彼が、即刻処刑されるという噂だった。一方のバウドリーノと仲間たちも、よりによって今、ブコレオン宮殿内に入るという危険をおかす必要はないと考えていた。こうして、われらが仲間たちは、飲み食いのほか何もできぬまま、カタバテスでさらに数日を過ごした。

　そしてついに、イサキオスがブコレオン宮殿から、町の最北端に位置するブラケルナエ宮殿に移ったという知らせが届いた。これによっておそらく、ブコレオン宮殿の警備がうすくなり、（略奪するものがなくなったので）人もまばらになったはずだった。アンドロニコスは、その日のうちに、ポントス・エウクセイノス〔黒海のこと〕沿岸で捕えられ、イサキオスの前に連れてこられた。廷臣たちは、彼に平手打ちと蹴りを見舞い、髭と歯を引き抜き、頭を剃ってから、右手首を切り落として牢屋に投げ入れた。

町のいたるところで歓喜の踊りとお祭り騒ぎが始まったという報告を受けると、バウドリーノは、この混乱に乗じて、思い切ってブコレオン宮殿に行く決断をした。ゾシモスは、自分の正体を誰かに見破られるかもしれないと言ったが、われらが仲間たちは、心配するなと答えた。彼らは、武器として使える道具すべてを身につけてから、ゾシモスの頭髪と髭を剃った。彼は、修道院における地位の象徴を失って名誉を傷つけられた、と言って泣いた。まさに、卵のように頭がつるつるになったゾシモスは、まったく顎がないように見え、上唇が極端に突き出て、とがった耳は犬の耳さながらだった。バウドリーノは、それまでは呪われた苦行者といった風貌だったゾシモスが、若い女に卑猥な言葉をわめきながらアレッサンドリアの町なかを徘徊する痴れ者、チキニーシオにそっくりになったと言った。そこで、その嘆かわしい印象を正すべく、頬紅をつけたところ、まるで女装者のようになった。これがロンバルディアなら、少年たちが、大声でひやかしながら腐った果物を投げつけるところであるが、ここコンスタンティノープルでは、日常的な情景にすぎなかった。シラッソともリコッタとも呼ばれるチーズの売り手のようないでたちでアレッサンドリアを歩いても誰も気にとめないのと同じことだ、とバウドリーノは言った。

彼らは市内を横断する途中、かさぶただらけのラクダに乗せられて鎖につながれたアンドロニコスが通るのを見た。ラクダ以上に毛が抜け落ち、裸同然で、右手が切断された手首には、血だらけになった不潔なぼろぎれが巻きつき、片目がくりぬかれたばかりだったので、やせた頬には凝固した血がついていた。彼のまわりには、彼が長年にわたり君主として君臨した町の住民のなかでも最下層の貧民たち、腸詰め職人、皮なめし職人、その他大勢のやじうまが、馬糞にむらがる春の蠅のように集まり、彼の頭を棍棒で叩いたり、鼻の穴に牛の排泄物を詰めこんだり、牛の小便をしみこませた海綿で鼻をこすったり、股間を串刺しにしたりしていた。もっと節度ある輩は、狂犬とか、さかりのついたメス犬の息子だとか呼びながら、石を投げつけていた。売春宿の窓からひとりの娼婦が、沸騰する湯の入った深鍋をひっくり返した。群衆の興奮はいっそう激しさを増し、アンドロニコスをラクダから引きずりおろして、ロムロスとレムスに乳を与える牝狼の像のそばの二本の柱に、逆さ吊りにした。

アンドロニコスは、死刑執行人たちとはちがって毅然とふるまい、泣き言ひとつ漏らさなかった。つぶやいたのはただ、「主よ、憐れみたまえ（キリエ・エレイソン）、主よ、憐れみたまえ（キリエ・エレイソン）」という祈りだけだった。そして、すでに粉砕されている鎖を、なぜひきちぎろうとするのかと尋ねた。吊るされたまま、まだ身につけていたほんのわずかのものを剝ぎ取られると、ある者が、剣でその生殖器をすっぱりと切り落とした。別の者は、口から内臓まで槍を突き刺し、さらに別の者が、肛門から体内に槍を突き刺した。そこには、新月刀をもって、まるで踊るようにその周囲を動くラテン人たちもいた。彼らは、刀を振り下ろすと、肉をすべて削ぎ落とした。アンドロニコスが数年前に彼らの同胞を同じ目にあわせていたので、おそらく彼らだけには復讐の権利があったのかもしれないが。最後に、哀れな男は力をふりしぼって、手首から先のない右腕を口にあてた。まるで自分の血を少しでも飲んで、大量の失血の埋め合わせをするかのように。そして死んだ。

われらが仲間たちは、惨劇の場から遠ざかって、ブコレオン宮殿に行こうと試みたが、近くまで来たとき、それ以上接近するのが不可能であることがわかった。略奪の多さに辟易（へきえき）したイサキオスが、宮殿に衛兵を配備したからである。警備を突破しようとする者は、その場で処刑された。

「おまえなら入れる、ゾシモス」とバウドリーノは言った。「簡単だ、中に入って、地図をもってくるだけのこと」

「もし私が喉を斬られたら？」

「おまえが行かないなら、われわれが斬ってやる」

「私の犠牲は、宮殿に地図があれば意味をもつ。だが本当を言えば、あそこに地図はないのだ」

バウドリーノは、そのようなふてぶてしさがとても理解できない、というように彼を見つめた。「なるほど」バウドリーノは声をしぼりだすように言った。「ようやく今になって、真実を言うつもりか？　なぜ今の今まで嘘をつきとおした？」

「時間をかせぐつもりだったのだ。時間かせぎは罪にはならない。完璧な修道士にとって、罪とは時間を浪費すること」

「すぐにこの場でこいつを殺そう」とそのとき〈詩人〉が言った。「今が絶好の機会だ。まわりは死体ばかり、誰も気にもとめまい。誰が絞め殺すかを決めよう、さあ」

「ちょっと待て」とゾシモスが言った。「主は、われわれにふさわしくない行いをいかに避けるべきか教えている。私は嘘をついた、それはたしかだ。だがそれは、よかれと思ってのこと」

「誰のためを思ってだ？」バウドリーノは憤慨して叫んだ。

「私のため」とゾシモスは答えた。「自分の命を守る権利くらい私にもあるさ、今おまえたちがそれを奪うつもりならば。修道士たるもの、智天使や熾天使のように、全身を目にせねばならない、すなわち(ここで私は砂漠の聖師父たちの言葉を意図しているのだが)、敵にたいして機敏さと狡猾さを行使すべきなのだ」

「しかし、おまえのいう師父たちの敵とは、悪魔であって、われわれではない！」とバウドリーノが再びどなった。

「悪魔たちの戦略はさまざま。夢のなかに現れて、幻覚を生み出し、われわれをなんとか欺こうとして、光の天使に変身する。われわれを生かしておくのは、偽りの安らぎをいだかせるため。おまえたちが私の立場ならどうする？」

「胸くそ悪いギリシア野郎め、おのれの命を守るために今度は何をするつもりだ？」

「おまえたちに真実を言おう。それが私の習慣だから。コスマスの地図はまちがいなく存在する。この目でたしかに見た。今どこにあるかはわからないが、頭のなかに刷りこんである、ここだ、嘘じゃない……」そう言うとゾシモスは、髪の毛がなくなった額を叩いた。「私は日ごと、司祭ヨハネの王国までの距離を言ってもよいぞ。さて、当然ながら、私がこの町にとどまることはできないし、おまえたちだって、ここにいる必要はないはずだ。私をつかまえるためにやって来たおまえたちに、このとおり、私は捕えられたが、地図を見つけるという目的のほうは、けっして達成できまい。私を殺せば、おまえたちには何も残らない。もし私を連れてゆけば、おまえたちの奴隷になって、司祭の王国までまっすぐに導く行程を書くことに日々を費やすと、神聖な使徒たちに誓って約束しよう。私の命を助けたところで、おまえたちが失うものは何もないはず、食い扶持がひとり分増えることを除けば。私を殺せば、すべてを失う。さあ、連れてゆくのか、いかないのか、どっちだ？」

「こんなずうずうしいやつと会ったのは生まれて初めてだ」とボロンが言うと、一同が同意した。ゾシモスは黙って、殊勝な顔で待っていた。ラビのソロモンがあえて口を開き、「つねにたたえられる聖なるものは……」と言ったところで、バウドリーノがさえぎった。「諺はもう聞き飽きた、このいかさま師からさんざん聞かされたんでな。いかさま師ではあるが、こいつの言うことはもっともだ。いっしょに連れていかざるをえまい。さもなければ、フリードリヒは、手ぶらで帰ったわれわれを見て、東方の魅惑を満喫するために、彼の金を使ったと思うことだろう。捕虜をひとり連れて帰ろう。だがゾシモス、おまえは約束しろ、われわれを二度とひっかけるようなことはしないと誓え……」

「神聖な使徒十二人全員にかけて誓おう」とゾシモスは言った。

「十一人だ、この罰あたりめ」バウドリーノは彼の服をつかんでどなった。「十二人と言うのは、ユダも含めてのことだな！」

「わかったよ、十一人だ」

「なるほど」とニケタスは言った。「これがあなたの最初のビザンツ旅行だったのですね。それならば驚くにあたらない、それを見てしまったのなら、いま起きていることをあなたが清めの儀式とみなすにしても」

「よろしいですか、ニケタス殿」とバウドリーノは言った。「あなたの言うところの清めの儀式を、私は嫌悪しています。アレッサンドリアはまだ、みすぼらしい村にすぎないかもしれないが、わたしたちは、上に立つ者が気に入らなければ、さよならを告げて、別の執政官を選びます。あの短気なフリードリヒでさえ、自分のいとこたちに手を焼けば、去勢したりはせずに、公国領をひとつよけいにくれてやるのです。ともあれ、これが私の話したかったことではありません。言いたかったのは、私がすでにキリスト教世界の最果てにいて、東か南に進路をとれば、きっとインドにたどり着いただろう、ということ。しかしながら、資金がすでに底をついていたので、東に行くには、西にいったん戻らねばなりませんでした。私はもう四十三歳でした。十六かそこらのときから、司祭ヨハネを追いかけています。そしてまたもや、遠征を延期せざるをえなくなったのですよ」

〔編集付記〕

本書は、ウンベルト・エーコ『バウドリーノ』(全二冊、堤康徳訳、岩波書店、二〇一〇年一一月刊)を文庫化したものである。

(岩波文庫編集部)

バウドリーノ（上）〔全2冊〕　ウンベルト・エーコ作

2017年4月14日　第1刷発行

訳　者　堤　康徳（つつみ やすのり）

発行者　岡本　厚

発行所　株式会社　岩波書店
〒101-8002 東京都千代田区一ツ橋 2-5-5

案内 03-5210-4000　営業部 03-5210-4111
文庫編集部 03-5210-4051
http://www.iwanami.co.jp/

印刷 製本・法令印刷　カバー・精興社

ISBN 978-4-00-327182-7　Printed in Japan

読書子に寄す

――岩波文庫発刊に際して――

岩波茂雄

真理は万人によって求められることを自ら欲し、芸術は万人によって愛されることを自ら望む。かつては民を愚昧ならしめるために学芸が最も狭き堂宇に閉鎖されたことがあった。今や知識と美とを特権階級の独占より奪い返すことはつねに進取的なる民衆の切実なる要求である。岩波文庫はこの要求に応じそれに励まされて生まれた。それは生命ある不朽の書を少数者の書斎と研究室とより解放して街頭にくまなく立たしめ民衆に伍せしめるであろう。近時大量生産予約出版の流行を見る。その広告宣伝の狂態はしばらくおくも、後代にのこすと誇称する全集がその編集に万全の用意をなしたるか。千古の典籍の翻訳企図に敬虔の態度を欠かざりしか。さらに分売を許さず読者を繋縛して数十冊を強うるがごとき、はたしてその揚言する学芸解放のゆえんなりや。吾人は天下の名士の声に和してこれを推挙するに躊躇するものである。このときにあたって、岩波書店は自己の責務のいよいよ重大なるを思い、従来の方針の徹底を期するため、すでに十数年以前より志して来た計画を慎重審議この際断然実行することにした。吾人は範をかのレクラム文庫にとり、古今東西にわたって文芸・哲学・社会科学・自然科学等種類のいかんを問わず、いやしくも万人の必読すべき真に古典的価値ある書をきわめて簡易なる形式において逐次刊行し、あらゆる人間に須要なる生活向上の資料、生活批判の原理を提供せんと欲する。この文庫は予約出版の方法を排したるがゆえに、読者は自己の欲する時に自己の欲する書物を各個に自由に選択することができる。携帯に便にして価格の低きを最主とするがゆえに、外観を顧みざるも内容に至っては厳選最も力を尽くし、従来の岩波出版物の特色をますます発揮せしめようとする。この計画たるや世間の一時の投機的なるものと異なり、永遠の事業として吾人は微力を傾倒し、あらゆる犠牲を忍んで今後永久に継続発展せしめ、もって文庫の使命を遺憾なく果たさしめることを期する。芸術を愛し知識を求むる士の自ら進んでこの挙に参加し、希望と忠言とを寄せられることは吾人の熱望するところである。その性質上経済的には最も困難多きこの事業にあえて当たらんとする吾人の志を諒として、その達成のため世の読書子とのうるわしき共同を期待する。

昭和二年七月

《イギリス文学》〔赤〕

ユートピア	トマス・モア 平井正穂訳
完訳 カンタベリー物語 全三冊	チョーサー 桝井迪夫訳
ヴェニスの商人	シェイクスピア 中野好夫訳
ジュリアス・シーザー	シェイクスピア 中野好夫訳
十二夜	シェイクスピア 小津次郎訳
ハムレット	シェイクスピア 野島秀勝訳
オセロウ	シェイクスピア 菅泰男訳
リア王	シェイクスピア 野島秀勝訳
マクベス	シェイクスピア 木下順二訳
ソネット集	シェイクスピア 高松雄一訳
ロミオとジューリエット	シェイクスピア 平井正穂訳
リチャード三世	シェイクスピア 木下順二訳
対訳 シェイクスピア詩集 —イギリス詩人選(1)	柴田稔彦編
失楽園 全二冊	ミルトン 平井正穂訳
ロビンソン・クルーソー 全二冊	デフォー 平井正穂訳
ガリヴァー旅行記	スウィフト 平井正穂訳
ジョウゼフ・アンドルーズ 全二冊	フィールディング 朱牟田夏雄訳
ウェイクフィールドの牧師 —むだばなし	ゴールドスミス 小野寺健訳
幸福の探求 —アビシニアの王子ラセラスの物語	サミュエル・ジョンソン 朱牟田夏雄訳
対訳 バイロン詩集 —イギリス詩人選(8)	笠原順路編
対訳 ブレイク詩集 —イギリス詩人選(4)	松島正一編
ブレイク詩集	寿岳文章訳
ワーズワース詩集	田部重治選訳
対訳 ワーズワス詩集 —イギリス詩人選(3)	山内久明編
アイヴァンホー 全二冊	スコット 菊池武一訳
高慢と偏見 全二冊	ジェーン・オースティン 富田彬訳
説きふせられて	ジェーン・オースティン 富田彬訳
エマ 全二冊	ジェーン・オースティン 工藤政司訳
シェイクスピア物語 全二冊	チャールズ・ラム メアリー・ラム 安藤貞雄訳
対訳 テニスン詩集 —イギリス詩人選(5)	西前美巳編
デイヴィッド・コパフィールド 全五冊	ディケンズ 石塚裕子訳
ディケンズ短篇集	小池滋 石塚裕子訳
オリヴァ・ツウィスト 全二冊	ディケンズ 本多季子訳
大いなる遺産 全二冊	ディケンズ 石塚裕子訳
鎖を解かれたプロメテウス	シェリー 石川重俊訳
対訳 シェリー詩集 —イギリス詩人選(9)	アルヴィ宮本なほ子編
ジェイン・エア 全二冊	シャーロット・ブロンテ 河島弘美訳
嵐が丘 全二冊	エミリー・ブロンテ 河島弘美訳
クリスチナ・ロセッティ詩抄	入江直祐訳
教養と無秩序	マシュー・アーノルド 多田英次訳
ハーディ テス 全二冊	井上宗次 石田英二訳
ハーディ短篇集	井出弘之編訳
緑の館 —熱帯林のロマンス	ハドソン 柏倉俊三訳
宝島	スティーヴンスン 阿部知二訳
ジーキル博士とハイド氏	スティーヴンスン 海保眞夫訳
プリンス・オットー	スティーヴンスン 小川和夫訳
新アラビヤ夜話	スティーヴンスン 佐藤緑葉訳
若い人々のために 他十一篇	スティーヴンスン 岩田良吉訳
バラントレーの若殿	スティーヴンスン 海保眞夫訳
マーカイム・壜の小鬼 他五篇	スティーヴンスン 高松雄一 高松禎子訳

怪談 —不思議なことの物語と研究　ラフカディオ・ハーン　平井呈一訳
心 —日本の内面生活の暗示と影響　ラフカディオ・ハーン　平井呈一訳
サロメ　ワイルド　福田恆存訳
人と超人　バーナド・ショー　市川又彦訳
ヘンリ・ライクロフトの私記　ギッシング　平井正穂訳
闇の奥　コンラッド　中野好夫訳
コンラッド短篇集　中島賢二編訳
対訳 イエイツ詩集　高松雄一編
月と六ペンス　モーム　行方昭夫訳
読書案内 —世界文学　W・S・モーム　西川正身訳
世界の十大小説 全二冊　W・S・モーム　西川正身訳
人間の絆 全三冊　モーム　行方昭夫訳
夫が多すぎて　モーム　海保眞夫訳
サミング・アップ　モーム　行方昭夫訳
モーム短篇選 全二冊　行方昭夫編訳
お菓子とビール　モーム　行方昭夫訳
ダブリンの市民　ジョイス　結城英雄訳

ロレンス短篇集　河野一郎編訳
荒地　T・S・エリオット　岩崎宗治訳
悪口学校　シェリダン　菅泰男訳
パリ・ロンドン放浪記　ジョージ・オーウェル　小野寺健訳
動物農場 —おとぎばなし　ジョージ・オーウェル　川端康雄訳
対訳 キーツ詩集 —イギリス詩人選(10)　宮崎雄行編
深き淵よりの嘆息 —『阿片常用者の告白』続篇　ド・クインシー　野島秀勝訳
20世紀イギリス短篇選 全二冊　小野寺健編訳
イギリス名詩選　平井正穂編
中世イギリス英雄叙事詩 ベーオウルフ　忍足欣四郎訳
タイム・マシン 他九篇　H・G・ウエルズ　橋本槇矩訳
モロー博士の島 他九篇　H・G・ウエルズ　橋本槇矩・鈴木万里訳
トーノ・バンゲイ 全二冊　ウェルズ　中西信太郎訳
回想のブライズヘッド 全二冊　イーヴリン・ウォー　小野寺健訳
愛されたもの　イーヴリン・ウォー　中村健二・出淵博訳
白衣の女 全三冊　ウィルキー・コリンズ　中島賢二訳
夢の女・恐怖のベッド 他六篇　ウィルキー・コリンズ　中島賢二訳

対訳 英米童謡集　河野一郎編訳
完訳 ナンセンスの絵本　エドワード・リア　柳瀬尚紀訳
灯台へ　ヴァージニア・ウルフ　御輿哲也訳
夜の来訪者　プリーストリー　安藤貞雄訳
イングランド紀行 全二冊　プリーストリー　橋本槇矩訳
アーネスト・ダウスン作品集　南條竹則編訳
スコットランド紀行　エドウィン・ミュア　橋本槇矩訳
狐になった奥様　ガーネット　安藤貞雄訳
ヘリック詩鈔　森亮訳
たいした問題じゃないが —イギリス・コラム傑作選　行方昭夫編訳
英国ルネサンス恋愛ソネット集　岩崎宗治編訳
文学とは何か —現代批評理論への招待 全二冊　テリー・イーグルトン　大橋洋一訳

《アメリカ文学》〔赤〕

ギリシア・ローマ神話 付インド・北欧神話　ブルフィンチ　野上弥生子訳
中世騎士物語　ブルフィンチ　野上弥生子訳
フランクリン自伝　松本慎一・西川正身訳
スケッチ・ブック 全二冊　アーヴィング　齊藤昇訳

アルハンブラ物語 全二冊　アーヴィング　平沼孝之訳
ウォルター・スコット邸訪問記　アーヴィング　齊藤昇訳
ブレイスブリッジ邸　アーヴィング　齊藤昇訳
完訳 緋文字　ホーソーン　八木敏雄訳
ホーソーン短篇小説集　坂下昇編訳
哀詩 エヴァンジェリン　ロングフェロー　斎藤悦子訳
黒猫・モルグ街の殺人事件 他五篇　ポオ　中野好夫訳
対訳 ポー詩集 —アメリカ詩人選(1)　加島祥造編
黄金虫・アッシャー家の崩壊 他九篇　ポオ　八木敏雄訳
ポオ評論集　八木敏雄編訳
森の生活（ウォールデン） 全二冊　ソロー　飯田実訳
市民の反抗 他五篇　H・D・ソロー　飯田実訳
白鯨 全三冊　メルヴィル　八木敏雄訳
幽霊船 他一篇　ハーマン・メルヴィル　坂下昇訳
草の葉 全三冊　ホイットマン　酒本雅之訳
対訳 ホイットマン詩集 —アメリカ詩人選(2)　木島始編
対訳 ディキンソン詩集 —アメリカ詩人選(3)　亀井俊介編

不思議な少年　マーク・トウェイン　中野好夫訳
王子と乞食　マーク・トウェーン　村岡花子訳
人間とは何か　マーク・トウェイン　中野好夫訳
ハックルベリー・フィンの冒険 全二冊　マーク・トウェイン　西田実訳
新編 悪魔の辞典　ビアス　西川正身編訳
ヘンリー・ジェイムズ短篇集　大津栄一郎編訳
大使たち 全二冊　ヘンリー・ジェイムズ　青木次生訳
ワシントン・スクエア　ヘンリー・ジェイムズ　河島弘美訳
荒野の呼び声　ジャック・ロンドン　海保眞夫訳
シカゴ詩集　サンドバーグ　安藤一郎訳
大地 全四冊　パール・バック　小野寺健訳
シスター・キャリー 全二冊　ドライサー　村山淳彦訳
響きと怒り 全二冊　フォークナー　平石貴樹・新納卓也訳
アブサロム、アブサロム！ 全二冊　フォークナー　藤平育子訳
楡の木陰の欲望　オニール　井上宗次訳
日はまた昇る　ヘミングウェイ　谷口陸男訳
ヘミングウェイ短篇集 全二冊　谷口陸男編訳

怒りのぶどう 全三冊　スタインベック　大橋健三郎訳
ブラック・ボーイ —ある幼少期の記録 全二冊　リチャード・ライト　野崎孝訳
オー・ヘンリー傑作選　大津栄一郎訳
アメリカ名詩選　亀井俊介・川本皓嗣編
20世紀アメリカ短篇選 全二冊　大津栄一郎編訳
孤独な娘　ナサニエル・ウエスト　丸谷才一訳
魔法の樽 他十二篇　マラマッド　阿部公彦訳
青白い炎　ナボコフ　富士川義之訳
風と共に去りぬ 全六冊　マーガレット・ミッチェル　荒このみ訳

《ドイツ文学》〔赤〕

ニーベルンゲンの歌 全二冊 相良守峯訳
ラオコオン —絵画と文学との限界について レッシング 斎藤栄治訳
若きウェルテルの悩み ゲーテ 竹山道雄訳
ヴィルヘルム・マイスターの修業時代 全三冊 ゲーテ 山崎章甫訳
イタリア紀行 全三冊 ゲーテ 相良守峯訳
ファウスト 全二冊 ゲーテ 相良守峯訳
ゲーテとの対話 全三冊 エッカーマン 山下肇訳
群盗 シラー 久保栄訳
三十年戦史 全二冊 シルレル 渡辺格司訳
ヘルダーリン詩集 川村二郎訳
青い花 ノヴァーリス 青山隆夫訳
夜の讃歌・サイスの弟子たち 他一篇 ノヴァーリス 今泉文子訳
完訳 グリム童話集 全五冊 金田鬼一訳
水妖記 (ウンディーネ) フーケー 柴田治三郎訳
O侯爵夫人 他六篇 クライスト 相良守峯訳
影をなくした男 シャミッソー 池内紀訳

ハイネ 歌の本 全二冊 井上正蔵訳
流刑の神々・精霊物語 ハイネ 小沢俊夫訳
冬物語 —ドイツ ハイネ 井汲越次訳
ユーディット 他一篇 ヘッベル 吹田順助訳
芸術と革命 他四篇 ワーグナア 北村義男訳
水晶 他三篇 —石さまざま シュティフター 手塚富雄・藤村宏訳
ブリギッタ・森の泉 他一篇 シュティフター 宇多五郎・高安国世訳
みずうみ 他四篇 シュトルム 関泰祐訳
美しき誘い 他一篇 シュトルム 国松孝二訳
聖ユルゲンにて・後見人カルステン 他一篇 シュトルム 国松孝二訳
村のロメオとユリア ケラー 草間平作訳
夢小説・闇への逃走 他一篇 シュニッツラー 池内紀・武村知子訳
花・死人に口なし 他七篇 シュニッツラー 番匠谷英一・山本有三訳
リルケ詩集 高安国世訳
ドゥイノの悲歌 リルケ 手塚富雄訳
ブッデンブローク家の人びと 全三冊 トーマス・マン 望月市恵訳
トオマス・マン短篇集 実吉捷郎訳

魔の山 全二冊 トーマス・マン 関泰祐・望月市恵訳
トニオ・クレエゲル トオマス・マン 実吉捷郎訳
ヴェニスに死す トオマス・マン 実吉捷郎訳
講演集 ドイツとドイツ人 他五篇 トーマス・マン 青木順三訳
車輪の下 ヘルマン・ヘッセ 実吉捷郎訳
デミアン ヘルマン・ヘッセ 実吉捷郎訳
シッダルタ ヘッセ 手塚富雄訳
美しき惑いの年 カロッサ 手塚富雄訳
若き日の変転 カロッサ 斎藤栄治訳
幼年時代 カロッサ 斎藤栄治訳
指導と信従 カロッサ 国松孝二訳
マリー・アントワネット 全二冊 シュテファン・ツワイク 高橋禎二・秋山英夫訳
ジョゼフ・フーシェ —ある政治的人間の肖像 シュテファン・ツワイク 高橋禎二・秋山英夫訳
変身・断食芸人 カフカ 山下肇・山下萬里訳
審判 カフカ 辻瑆訳
カフカ短篇集 池内紀編訳
カフカ寓話集 池内紀編訳

肝っ玉おっ母とその子どもたち　ブレヒト　岩淵達治訳
天と地との間　オットー・ルートヴィヒ　黒川武敏訳
ほらふき男爵の冒険　ビュルガー編　新井皓士訳
憂愁夫人　ズーデルマン　相良守峯訳
短篇集 死神とのインタヴュー　ノサック　神品芳夫訳
悪童物語　ルウドヰヒ・トオマ　実吉捷郎訳
芸術を愛する一修道僧の真情の披瀝　ヴァッケンローダー　江川英一訳
ウィーン世紀末文学選　池内紀編訳
大理石像・デュランデ城悲歌　アイヒェンドルフ　関泰祐訳
改訳 愉しき放浪児　アイヒェンドルフ　関泰祐訳
ホフマンスタール詩集　川村二郎訳
陽気なヴッツ先生 他一篇　ジャン・パウル　岩田行一訳
蜜蜂マアヤ　ボンゼルス　実吉捷郎訳
インド紀行 全二冊　ボンゼルス　実吉捷郎訳
ドイツ名詩選　生野幸吉　檜山哲彦編
蝶の生活　シュナック　岡田朝雄訳
聖なる酔っぱらいの伝説 他四篇　ヨーゼフ・ロート　池内紀訳

ラデツキー行進曲 全二冊　ヨーゼフ・ロート　平田達治訳
暴力批判論 他十篇 —ベンヤミンの仕事1　ヴァルター・ベンヤミン　野村修編訳
ボードレール 他五篇 —ベンヤミンの仕事2　ヴァルター・ベンヤミン　野村修編訳
人生処方詩集　エーリヒ・ケストナー　小松太郎訳
三十歳　インゲボルク・バッハマン　松永美穂訳

《フランス文学》〔赤〕

ラブレー第一之書 ガルガンチュワ物語　渡辺一夫訳
ラブレー第二之書 パンタグリュエル物語　渡辺一夫訳
ラブレー第三之書 パンタグリュエル物語　渡辺一夫訳
ラブレー第四之書 パンタグリュエル物語　渡辺一夫訳
ラブレー第五之書 パンタグリュエル物語　渡辺一夫訳
トリスタン・イズー物語　ベディエ編　佐藤輝夫訳
日月両世界旅行記　シラノ・ド・ベルジュラック　赤木昭三訳
ロンサール詩集　ロンサール　井上究一郎訳
エセー 全六冊　モンテーニュ　原二郎訳
ラ・ロシュフコー箴言集　二宮フサ訳
タルチュフ　モリエール　鈴木力衛訳

完訳 ペロー童話集　新倉朗子訳
クレーヴの奥方 他二篇　ラファイエット夫人　生島遼一訳
カラクテール —当世風俗誌 全三冊　ラ・ブリュイエール　関根秀雄訳
偽りの告白　マリヴォー　鈴木力衛訳
贋の侍女・愛の勝利　マリヴォー　佐藤実枝　井村順一訳
カンディード 他五篇　ヴォルテール　植田祐次訳
孤独な散歩者の夢想　ルソー　今野一雄訳
危険な関係 全二冊　ラクロ　伊吹武彦訳
美味礼讃 全二冊　ブリア-サヴァラン　関根秀雄　戸部松実訳
恋愛論 全二冊　スタンダール　杉本圭子訳
赤と黒 全二冊　スタンダール　桑原武夫　生島遼一訳
パルムの僧院 全二冊　スタンダール　生島遼一訳
ヴァニナ・ヴァニニ 他四篇　スタンダール　生島遼一訳
知られざる傑作 他五篇　バルザック　水野亮訳
谷間のゆり　バルザック　宮崎嶺雄訳
「絶対」の探求　バルザック　水野亮訳
サラジーヌ 他三篇　バルザック　芳川泰久訳

艶笑滑稽譚 全三冊　バルザック　石井晴一訳
レ・ミゼラブル 全四冊　ユーゴー　豊島与志雄訳
死刑囚最後の日　ユーゴー　豊島与志雄訳
エルナニ　ユーゴー　稲垣直樹訳
モンテ・クリスト伯 全七冊　アレクサンドル・デュマ　山内義雄訳
三銃士 全二冊　デュマ　生島遼一訳
カルメン　メリメ　杉捷夫訳
メリメ怪奇小説選　杉捷夫編訳
愛の妖精（プチット・ファデット）　ジョルジュ・サンド　宮崎嶺雄訳
ボオドレール 悪の華　鈴木信太郎訳
ボヴァリー夫人 全二冊　フローベール　伊吹武彦訳
感情教育 全二冊　フローベール　生島遼一訳
聖アントワヌの誘惑　フローベール　渡辺一夫訳
紋切型辞典　フローベール　小倉孝誠訳
椿姫　デュマ・フィス　吉村正一郎訳
サフォ パリ風俗　ドーデ　朝倉季雄訳
プチ・ショーズ ―ある少年の物語　ドーデ　原千代海訳

シルヴェストル・ボナールの罪　アナトール・フランス　伊吹武彦訳
ジェルミナール 全三冊　エミール・ゾラ　安士正夫訳
水車小屋攻撃 他七篇　エミール・ゾラ　朝比奈弘治訳
氷島の漁夫　ピエール・ロチ　吉氷清訳
マラルメ詩集　渡辺守章訳
脂肪のかたまり　モーパッサン　高山鉄男訳
ベラミ 全二冊　モーパッサン　杉捷夫訳
モーパッサン短篇選　高山鉄男編訳
地獄の季節　ランボオ　小林秀雄訳
にんじん　ルナアル　岸田国士訳
ぶどう畑のぶどう作り　ルナアル　岸田国士訳
博物誌　ルナール　辻昶訳
ジャン・クリストフ 全四冊　ロマン・ローラン　豊島与志雄訳
ベートーヴェンの生涯　ロマン・ロラン　片山敏彦訳
フランシス・ジャム詩集　手塚伸一訳
三人の乙女たち　フランシス・ジャム　手塚伸一訳
贋金つくり 全二冊　アンドレ・ジイド　川口篤訳

続コンゴ紀行 ―チャド湖より還る　アンドレ・ジイド　杉捷夫訳
ムッシュー・テスト　ポール・ヴァレリー　清水徹訳
若き日の手紙　フィリップ　外山楢夫訳
精神の危機 他十五篇　ポール・ヴァレリー　恒川邦夫訳
朝のコント　フィリップ　淀野隆三訳
シラノ・ド・ベルジュラック　ロスタン　辰野隆　鈴木信太郎訳
海の沈黙・星への歩み　ヴェルコール　河野與一　加藤周一訳
恐るべき子供たち　コクトー　鈴木力衛訳
地底旅行　ジュール・ヴェルヌ　朝比奈弘治訳
八十日間世界一周　ジュール・ヴェルヌ　鈴木啓二訳
海底二万里 全二冊　ジュール・ヴェルヌ　朝比奈美知子訳
結婚十五の歓び　新倉俊一訳
モーパン嬢 全二冊　テオフィル・ゴーチエ　井村実名子訳
シェリ　コレット　工藤庸子訳
生きている過去　レニエ　窪田般彌訳
フランス短篇傑作選　山田稔編訳
シュルレアリスム宣言・溶ける魚　アンドレ・ブルトン　巖谷國士訳

ナジャ　アンドレ・ブルトン　巖谷國士訳
不遇なる一天才の手記　ヴォーヴナルグ　関根秀雄訳
ジェルミニィ・ラセルトゥウ　ゴンクウル兄弟　大西克和訳
ゴンクールの日記 全二冊　斎藤一郎編訳
D・G・ロセッティ作品集　南條竹則　松村伸一編訳
フランス名詩選　安藤元雄　入沢康夫　渋沢孝輔編
グラン・モーヌ　アラン＝フルニエ　天沢退二郎訳
狐物語　鈴木覺　福本直之　原野昇訳
繻子の靴 全二冊　ポール・クローデル　渡辺守章訳
A・O・バルナブース全集 全二冊　ヴァレリー・ラルボー　岩崎力訳
心変わり　ミシェル・ビュトール　清水徹訳
自由への道 全六冊　サルトル　海老坂武　澤田直訳
物質的恍惚　ル・クレジオ　豊崎光一訳
悪魔祓い　ル・クレジオ　高山鉄男訳
女中たち バルコン　ジャン・ジュネ　渡辺守章訳
楽しみと日々　プルースト　岩崎力訳
失われた時を求めて 全十四冊(既刊九冊)　プルースト　吉川一義訳

丘　ジャン・ジオノ　山本省訳
子ども 全二冊　ジュール・ヴァレス　朝比奈弘治訳
アルゴールの城にて　ジュリアン・グラック　安藤元雄訳
シルトの岸辺　ジュリアン・グラック　安藤元雄訳
冗談　ミラン・クンデラ　西永良成訳

《東洋文学》〔赤〕

- 王維詩集　小川環樹・都留春雄・入谷仙介 選訳
- 杜甫詩選　黒川洋一編
- 李白詩選　松浦友久編訳
- 蘇東坡詩選　小川環樹・山本和義 選訳
- 陶淵明全集 全二冊　松枝茂夫・和田武司 訳注
- 唐詩選 全三冊　前野直彬注解
- 玉台新詠集 全三冊　鈴木虎雄訳解
- 完訳 三国志 全八冊　小川環樹・金田純一郎 訳
- 金瓶梅 全十冊　小野忍・千田九一 訳
- 完訳 水滸伝 全十冊　吉川幸次郎・清水茂 訳
- 紅楼夢 全十二冊　曹雪芹 高蘭墅補 松枝茂夫訳
- 西遊記 全十冊　中野美代子訳
- 菜根譚　洪自誠 今井宇三郎訳注
- 浮生六記 ―浮生夢のごとし　沈復 松枝茂夫訳
- 阿Q正伝・狂人日記 他十二篇（吶喊）　魯迅 竹内好訳
- 駱駝祥子 ―らくだのシアンツ　老舎 立間祥介訳

- 新編 中国名詩選 全三冊　川合康三編訳
- 聊斎志異 全二冊　蒲松齢 立間祥介編訳
- 陸游詩選　一海知義編
- 李商隠詩選　川合康三選訳
- 柳宗元詩選　下定雅弘編訳
- 白楽天詩選 全二冊　川合康三訳注
- ヒトーパデーシャ ―処世の教え　ナーラーヤナ 金倉円照・北川秀則 訳
- アタルヴァ・ヴェーダ讃歌 ―古代インドの呪法　辻直四郎訳
- マハーバーラタ ナラ王物語 ―ダマヤンティー姫の数奇な生涯　鎧淳訳
- バガヴァッド・ギーター　上村勝彦訳
- 朝鮮詩集　金素雲訳編
- 朝鮮短篇小説選 全二冊　大村益夫・長璋吉・三枝壽勝 編訳
- 尹東柱詩集 空と風と星と詩　金時鐘編訳
- アイヌ神謡集　知里幸惠編訳
- アイヌ民譚集 付 えぞおばけ列伝　知里真志保編訳
- サキャ格言集　今枝由郎訳

《ギリシア・ラテン文学》〔赤〕

- ホメロス イリアス 全二冊　松平千秋訳
- ホメロス オデュッセイア 全二冊　松平千秋訳
- イソップ寓話集　中務哲郎訳
- アンティゴネー　ソポクレース 中務哲郎訳
- ソポクレス オイディプス王　藤沢令夫訳
- ヒッポリュトス ―パイドラーの恋　エウリーピデース 松平千秋訳
- バッカイ ―バッコスに憑かれた女たち　エウリーピデース 逸身喜一郎訳
- ヘシオドス 神統記　廣川洋一訳
- ヘーシオドス 仕事と日　松平千秋訳
- アリストパネース 蜂　高津春繁訳
- アポロドーロス ギリシア神話　高津春繁訳
- 黄金の驢馬　アープレーイユス 呉茂一・国原吉之助 訳
- アベラールとエロイーズ 愛の往復書簡　沓掛良彦・横山安由美 訳
- オウィディウス 変身物語 全二冊　中村善也訳
- 恋愛指南 ―アルス・アマトリア　オウィディウス 沓掛良彦訳
- ギリシア奇談集　アイリアノス 松平千秋・中務哲郎 訳

ギリシア・ローマ神話 付インド・北欧神話　ブルフィンチ　野上弥生子訳
ギリシア・ローマ名言集　柳沼重剛編
ローマ諷刺詩集　ペルシウス　ユウェナーリス　国原吉之助訳
内乱 —パルサリア 全二冊　ルーカーヌス　大西英文訳

《南北ヨーロッパ他文学》〔赤〕

ダンテ 神曲 全三冊　山川丙三郎訳
ダンテ 新生　山川丙三郎訳
抜目のない未亡人　ゴルドーニ　平川祐弘訳
珈琲店・恋人たち　ゴルドーニ　平川祐弘訳
夢のなかの夢　タブッキ　和田忠彦訳
ルネッサンス巷談集　フランコ・サケッティ　杉浦明平訳
カルヴィーノ イタリア民話集 全二冊　河島英昭編訳
パロマー　カルヴィーノ　和田忠彦訳
カルヴィーノ アメリカ講義 —新たな千年紀のための六つのメモ　米川良夫　和田忠彦訳
愛神の戯れ —牧歌劇『アミンタ』　トルクァート・タッソ　鷲平京子訳
タッソ エルサレム解放　A・ジュリアーニ編　鷲平京子訳
わが秘密　ペトラルカ　近藤恒一訳
ペトラルカ 無知について　近藤恒一訳
無関心な人びと 全二冊　モラーヴィア　河島英昭訳
故郷　パヴェーゼ　河島英昭訳
流刑　パヴェーゼ　河島英昭訳
祭の夜　パヴェーゼ　河島英昭訳
月と篝火　パヴェーゼ　河島英昭訳
シチリアでの会話　ヴィットリーニ　鷲平京子訳
山猫　トマージ・ディ・ランペドゥーサ　小林惺訳
休戦　プリーモ・レーヴィ　竹山博英訳
ウンベルト・エーコ 小説の森散策　和田忠彦訳
タタール人の砂漠　ブッツァーティ　脇功訳
七人の使者・神を見た犬 他十三篇　ブッツァーティ　脇功訳
ドン・キホーテ 前篇 全三冊　セルバンテス　牛島信明訳
ドン・キホーテ 後篇 全三冊　セルバンテス　牛島信明訳
セルバンテス短篇集　牛島信明編訳
ドン・フワン・テノーリオ　ホセ・ソリーリャ　高橋正武訳
葦と泥 付バレンシア物語　ブラスコ・イバニェス　高橋正武訳
人の世は夢・サラメアの村長　カルデロン　高橋正武訳
恐ろしき媒　ホセ・エチェガライ　永田寛定訳
作り上げた利害　ベナベンテ　永田寛定訳
エスピノーサ スペイン民話集　三原幸久編訳
三大悲劇集 血の婚礼 他二篇　ガルシーア・ロルカ　牛島信明訳
プラテーロとわたし　J・R・ヒメーネス　長南実訳
オルメードの騎士　ロペ・デ・ベガ　長南実訳
父の死に寄せる詩　ホルヘ・マンリーケ　佐竹謙一訳
サラマンカの学生 他六篇　エスプロンセーダ　佐竹謙一訳
セビーリャの色事師と石の招客 他一篇　ティルソ・デ・モリーナ　佐竹謙一訳
完訳 アンデルセン童話集 全七冊　大畑末吉訳
絵のない絵本　アンデルセン　大畑末吉訳
ヴィクトリア　クヌート・ハムスン　冨原眞弓訳
イプセン 人形の家　原千代海訳
民衆の敵　イプセン　竹山道雄訳
イプセン ヘッダ・ガーブレル　原千代海訳
キリスト伝説集　ラーゲルレーヴ　イシガオサム訳

スイスのロビンソン 全二冊 ウィース 宇多五郎訳
クオ・ワディス 全三冊 シェンキェーヴィチ 木村彰一訳
おばあさん ニェムツォヴァー 栗栖継訳
兵士シュヴェイクの冒険 全四冊 ハシェク 栗栖継訳
山椒魚戦争 カレル・チャペック 栗栖継訳
ロボット（R・U・R） チャペック 千野栄一訳
絞首台からのレポート ユリウス・フチーク 栗栖継訳
尼僧ヨアンナ イヴァシュキェヴィッチ 関口時正訳
灰とダイヤモンド 全二冊 アンジェイェフスキ 川上洸訳
牛乳屋テヴィエ ショレム・アレイヘム 西成彦訳
ルバイヤート オマル・ハイヤーム 小川亮作訳
中世騎士物語 ブルフィンチ 野上弥生子訳
王書 ―古代ペルシャの神話・伝説 フェルドウスィー 岡田恵美子訳
コルタサル短篇集 悪魔の涎・追い求める男 他八篇 木村榮一訳
遊戯の終わり コルタサル 木村榮一訳
ペドロ・パラモ ファン・ルルフォ 杉山晃 増田義郎訳
伝奇集 J・L・ボルヘス 鼓直訳
創造者 J・L・ボルヘス 鼓直訳
七つの夜 J・L・ボルヘス 野谷文昭訳
詩という仕事について J・L・ボルヘス 鼓直訳
ブロディーの報告書 J・L・ボルヘス 鼓直訳
グアテマラ伝説集 M・A・アストゥリアス 牛島信明訳
緑の家 全二冊 バルガス＝リョサ 木村榮一訳
密林の語り部 バルガス＝リョサ 西村英一郎訳
失われた足跡 カルペンティエル 牛島信明訳
やし酒飲み エイモス・チュツオーラ 土屋哲訳
薬草まじない エイモス・チュツオーラ 土屋哲訳
ジャンプ 他十一篇 ナディン・ゴーディマ 柳沢由実子訳
マイケル・K J・M・クッツェー くぼたのぞみ訳

《ロシア文学》〔赤〕

オネーギン プーシキン 池田健太郎訳
スペードの女王・ベールキン物語 プーシキン 神西清訳
プーシキン詩集 金子幸彦訳
狂人日記 他二篇 ゴーゴリ 横田瑞穂訳
外套・鼻 ゴーゴリ 平井肇訳
ディカーニカ近郷夜話 全二冊 ゴーゴリ 平井肇訳
平凡物語 全二冊 ゴンチャロフ 井上満訳
現代の英雄 レールモントフ 中村融訳
オブローモフ主義とは何か？ 他一篇 ドブロリューボフ 金子幸彦訳
二重人格 ドストエフスキー 小沼文彦訳
罪と罰 全三冊 ドストエフスキー 江川卓訳
白痴 全二冊 ドストエーフスキイ 米川正夫訳
カラマーゾフの兄弟 全四冊 ドストエーフスキイ 米川正夫訳
家族の記録 アクサーコフ 黒田辰男訳
釣魚雑筆 アクサーコフ 貝沼一郎訳
アンナ・カレーニナ 全三冊 トルストイ 中村融訳
幼年時代 トルストイ 藤沼貴訳
少年時代 トルストイ 藤沼貴訳
戦争と平和 全六冊 トルストイ 藤沼貴訳
トルストイ民話集 人はなんで生きるか 他四篇 中村白葉訳
トルストイ民話集 イワンのばか 他八篇 中村白葉訳

イワン・イリッチの死　トルストイ　米川正夫訳
復活　全二冊　トルストイ　藤沼貴訳
人生論　トルストイ　中村融訳
セヴストーポリ　トルストイ　中村白葉訳
生ける屍　トルストイ　米川正夫訳
かもめ　チェーホフ　浦雅春訳
桜の園　チェーホフ　小野理子訳
六号病棟・退屈な話　他五篇　チェーホフ　松下裕訳
サハリン島　全二冊　チェーホフ　中村融訳
ともしび・谷間　他七篇　チェーホフ　松下裕訳
サーニン　全二冊　アルツィバーシェフ　中村白葉訳
どん底　ゴーリキイ　中村白葉訳
芸術におけるわが生涯　全三冊　スタニスラフスキー　蔵原惟人・江川卓訳
魅せられた旅人　レスコーフ　木村彰一訳
かくれんぼ・毒の園　他五篇　ソログープ　中山省三郎・昇曙夢訳
ベリンスキーロシヤ文学評論集　全二冊　除村吉太郎訳
プラトーノフ作品集　原卓也訳

悪魔物語・運命の卵　ブルガーコフ　水野忠夫訳
巨匠とマルガリータ　全二冊　ブルガーコフ　水野忠夫訳

《日本文学(現代)》〔緑〕